Du même auteur

Romans
Le matin du crocodile (Michalon)
La sentinelle des collines (SÉDRAP)
    Prix National des Conseillers Pédagogiques
Les brumes d'ébène (SEDRAP)
La nuit de la cathédrale (TheBookEdition)
Era net dera catedrala (TheBookEdition)
Saloper le paradis (Fauves Editions - Michalon)
La coupe finale (Cagire)
L'assassinat de Saint-Béat 1 La rivière de la discorde (Cagire)
L'assassinat de Saint-Béat 2 Débordements (Cagire)
L'assassinat de Saint-Béat 3 Le cours de l'enquête (Cagire)
La belle Génoise (Cagire)
Balade mortelle dans les Pyrénées (TDO Éditions)

Albums
Anaïs et la chaussure (EBLA)
Anipuzzle (EBLA)
Roule verrou (EBLA)
Protéger les oiseaux (FOL)

Poésie
Bêtes à rire (SEDRAP)

Livres sur l'art
Place des Artistes (SEDRAP)
Le musée à l'école (SEDRAP)
L'Atelier de Miró (SEDRAP)
L'Atelier de Picasso (SEDRAP)
Détournement de copieur (Éditions)
Sculptures, sculpture (Éditions)
La figure, le miroir et le geste (FRAC)

Livres d'artiste
Picto Drame (Crayon Gris)
Lieux d'Écriture (Crayon Gris)
Un télex pour Nicolas F (Crayon Gris)
Picto Land (Crayon Gris)

Récits
Tickets, billets, étiquettes (CDC)
Lumière des ombres (TheBookÉdition)
Stratégie du regard (TheBookÉdition)

Dépôt légal : novembre 2020
ISBN : 979-10-91175-09-8
©christianLOUIS-2020

Christian LOUIS

Guet-apens
à
Saint-Gaudens

roman

*Ce roman est dédié à mes parents qui,
très tôt,
m'ont initié à la lecture
et à l'amour des livres.*

Lorsque j'écrivais la trilogie « L'assassinat de Saint-Béat », je sélectionnais le matériau utile à bâtir mon récit. Il resta bien des pépites, vouées à l'effacement pour garder les trois tomes dans un format lisible.

L'engouement du public pour ce roman a conduit des lecteurs à me communiquer des documents précieux.

La découverte de nouvelles pièces concernant un des personnages m'a incité à reprendre des enquêtes d'archives et de terrain. Je découvrais alors, mieux encore, un homme qui eut une influence sur la vie des Pyrénéens. Ses actions sont encore lisibles de nos jours dans le territoire, bien qu'aucune rue ne porte son nom.

En marge de sa fonction, il s'intéressa à un crime perpétré à Saint-Gaudens. Cet assassinat est au cœur du roman.

Pour autant, le lecteur n'oubliera pas que, même basée sur des personnages et des faits réels, sur une solide documentation, cette histoire est un roman.

Je remercie :

Éric Fraj pour sa relecture rigoureuse, cultivée et savante, pour ses conseils et ses éclairages sur la langue de mes personnages : le gascon.

Isaure Gratacos et Jean-Paul Ferré pour leurs conseils et traductions en gascon local.

La Société des Études du Comminges, les rédacteurs actuels et passés de leur publication « La Revue de Comminges ».

Jean-Michel Minovez pour ses précieux travaux d'historien.

Les Archives Départementales de la Haute-Garonne et son antenne de Saint-Gaudens.

Anne Lacourt, du service des archives de l'École Nationale des Ponts et Chaussées.

Catherine et François Lhuillery, qui m'ont communiqué des documents précieux concernant leur château de Saint-Mamet.

Première partie

En l'an de grâce 1762
Sous les auspices de sa Majesté Louis le Quinzième

La trame du crime se tisse

1

Montréjeau
Le vendredi 10 décembre 1762

Il lui fallait une nuit sans lune. Il le savait d'expérience. On n'improvise pas dans ce commerce-là. On investigue puis on agit. On ruse et on frappe fort, dur, net. On tranche à vif.

Le silence règne en maître dans le dépôt à ciel ouvert du port aux marbres. Sur l'autre rive, celui des bois rivalise de torpeur. Tout est calme. Juste l'écoulement régulier de l'eau.

L'homme portant un bonnet au sommet rabattu sur le côté marche légèrement courbé. Sa silhouette à peine visible, noyée dans le noir profond, avance lentement. Il tourne la tête, nerveux. Il regarde à droite et à gauche, cherchant à percer l'obscurité épaisse. Ne pas faire de bruit ! Épier le moindre mouvement ! Écouter…

Une nuit sans lune. Le sourd grondement fluide de Garonne. Elle bouscule ses flots sous le pont de bois, ligne tendue entre les deux rives, passage obligé pour rejoindre Montréjeau. Au loin, le léger clapotis rythmé de la roue du moulin. Il tourne à vide. Un chien hurle à la mort. Une flèche blanche fuse. Une chouette effraie a traversé d'un trait.

Tapie dans l'ombre, la silhouette au bonnet attend. Elle écoute les paroles des deux sentinelles qui gèlent sur place. De si loin, l'homme embusqué ne peut saisir ce qui se dit. Que lui importe. Il attend. Il sait que le froid de la nuit va les obliger à quitter leur poste pour se réfugier sous la passerelle. Ils allumeront un petit feu. Qui les verra ? Certainement pas Lassus-Duperron. Monsieur le subdélégué de l'Intendant d'Auch doit dormir profondément dans son château de Gourdan. L'homme le sait. Il a déjà repéré les lieux, observé le comportement des archers de la maréchaussée.

Un bruit de pas résonne sur le plancher de bois de la passerelle. Les deux sentinelles s'éclairent grâce à un modeste lumignon. Un pâle halo se diffuse au plus près des silhouettes et les accompagne. Il fait luire le canon de leur fusil. Les voilà qui quittent le chemin royal pour descendre vers la Garonne, à l'abri du vent.

De sa place, l'observateur ne peut plus les voir. Il guette donc l'allumage du feu. Quant la faible lueur s'étale enfin en colorant d'or tremblant les aspérités des rochers de la rive, il sait qu'il doit en profiter pour traverser. Il fait très froid mais il se déchausse. Les bottes feraient trop de bruit sur les planches de la passerelle. À petits pas, il avance comme un chat vers sa proie. Quelques craquements, certes, mais qui sont noyés dans le vacarme continu des flots. Les archers doivent discuter. La nuit de garde paraît ainsi moins longue.

Arrivée au milieu du pont, la silhouette s'arrête. Le furtif écoute. On ne vient pas. Qui le ferait à cette heure, en plein hiver ? Il a froid aux orteils, alors il accélère un peu. Il sait que, maintenant, on ne peut plus l'entendre. Arrivé sur l'autre rive, il enfile ses bottes. Il les a volées au relais de poste de Bertren voici trois jours. Elles ne sont pas encore formées à son pied et le blessent un peu. Qu'importe, c'est mieux que rien.

Juste après la passerelle, se tient une petite maison. Là, habitent un brave homme et son épouse. Il est tailleur de pierre. Il travaille à quelques pas, au port des marbres.

Les radeaux apportent les blocs des carrières de Saint-Béat. Sa tâche consiste à les dégrossir, à transformer ces pierres brutes en pierres taillées qui viendront trouver place dans des constructions. Ouvragées, elles sont embarquées pour être voiturées sur la Garonne jusqu'à Toulouse.

Son frère travaille juste en face de lui, sur l'autre rive, dans le port aux bois.

Le tailleur de pierre dort d'un sommeil profond, celui de l'homme épuisé par un lourd labeur. Chaque jour, des heures durant, il frappe avec son taillant la surface du marbre pour lui donner forme. Près de lui, sur leur couche, sa femme l'accompagne dans l'abandon nocturne. Elle est usée par son travail de lavandière. L'eau de la Garonne descend de la montagne. Elle est fraîche et le battoir de bois bien lourd pour ses bras trop frêles. Le soir, elle sombre elle aussi sans crier gare.

La silhouette frôle le mur de leur maisonnette. L'homme introduit délicatement un levier de métal entre les volets. Personne alentour. Il force. Ça résiste. Pour un temps, il le sait. Cela va céder. Il insiste. Peser de toutes ses forces sur le levier. Ne pas laisser l'outil de fortune glisser de ses mains, échapper à son emprise, tomber et réveiller la maisonnée et les voisins. Le volet commence à s'écarter légèrement. Son léger craquement pousse un faible cri rauque dans la nuit. La crémone faiblit dans ce bras de fer. Il le voit. Il s'arrête. Il tend l'oreille. Un chien aboie ! Il est très loin. Ce n'est pas une alerte. Il insiste avec sa barre de fer. Un coup sec pour finir. Elle lâche. La ferrure n'a pas tenu. Il ouvre délicatement le ventail. Le gond pourrait grincer. Il le sait. Il a perdu des assauts pour ce détail.

La première défense franchie, la fenêtre doit maintenant capituler sans résistance et sans bruit. La surprise sera totale. La lame de son couteau se glisse entre les deux panneaux vitrés. Elle cherche lentement, montant et descendant le long de cette fente étroite. Le rusé insiste avec délicatesse. S'il tombe sur une nouvelle crémone, c'en est fini de son attaque. Le bruit de l'arrachage éveillerait les dormeurs. Il sent la résistance d'un bois pivotant. Il connaît le mécanisme. Il en a fait tourner plus d'un, ce gibier de potence. La chance lui sourit, plus que ses lèvres serrées sur une dentition incomplète. La rixe marque les visages.

Une fièvre monte en lui. Elle réchauffe une fureur endormie. Le bras mobile bascule et déverrouille l'ouverture. Les gonds vont-ils grincer ? Avec ce noir, il ne peut voir s'ils sont rouillés. Il pousse la fenêtre du bout de ses doigts rêches. Aucun bruit. Il appuie à nouveau. Rien. Les articulations de fer doivent être huilées ou en bon état. Encore un cadeau du destin. Son œil brille. Il ouvre en grand pour pouvoir s'introduire. Le froid de la nuit peut entrer et risque de réveiller les occupants. Vite ! Il enjambe l'ouverture et s'arrête. Ses yeux sont déjà habitués à l'obscurité, mais il faut maintenant faire preuve de plus de calme encore. Il referme en douceur.

Là, à sa droite, à quelques pas, il entend un ronflement ample, grave, profond, et le souffle rapide et plus modeste d'une respiration juste à côté. Il s'approche dans le noir total. Sa jambe frôle ce qui doit être le bord de la couche. Il se fige sur place, serre sa lame. Il attend. Un corps se retourne, expire profondément et reprend son ronflement. Il se figure la position de la tête, la place du buste de l'homme, le plus proche de lui et de son arme. La femme est contre lui, très près. Il retient son souffle. Surtout, ne pas trahir sa présence. Le poing agrippe le manche du couteau à longue lame. Il l'a aiguisée dans l'après-midi. Elle ne peut le trahir. La main ne doit pas faiblir. Le bras ne tremble pas. Il le lève le plus haut possible. Il le tend. Le coup sera rapide, puissant au possible. Il faut qu'il transperce, qu'il entre dans les chairs, qu'il se joue de la résistance des côtes. L'homme attend un long instant ainsi, l'arme prête à frapper. Il rassemble ses forces, crispe sa mâchoire. Il bloque sa respiration sans le vouloir, comme un réflexe, comme les autres fois. Il n'a pas oublié. Cela a toujours bien fonctionné, pourquoi pas cette nuit ? Et soudain, comme l'arc tendu à l'extrême libère sa flèche avec une force inouïe, le couteau s'abat et se fiche dans la masse du corps avec la facilité d'une fourche dans une botte de foin. Un léger bruit sourd et creux. Avant le premier cri, la lame est venue frapper trois fois, vite, très vite. Un râle. Il ne perturbe pas la respiration de la femme. Trois nouveaux coups de couteau viennent l'éteindre elle aussi. Le silence a gagné.

L'assaillant souffle enfin, libéré. Il file vite à la fenêtre pour refermer les volets. À tâtons, il cherche et trouve une bougie qu'il allume avec son briquet. Les deux corps gisent sur le lit. Le sang a giclé sur les draps, sur le mur blanchi à la chaux, sur ses bras, sur ses mains. Le tailleur de pierre râle encore, ce qui irrite l'homme. Il s'approche. Sans la moindre hésitation, il lui tranche la gorge. Un jet de sang chaud l'éclabousse. Il peste en lui, se sentant le visage et les bras souillés de cette liqueur.

Maintenant, il faut fouiller la maison. Un coffre est renversé brutalement. Il est vidé de son contenu. Rien. Un buffet subit le même sort. Les draps en pile sont jetés à terre. Rien non plus. Pas de cassette ! L'homme tourne et retourne, furieux. La cheminée ! Il approche la bougie du mur noirci par le feu. Il voit mieux les joints. Il glisse sa lame en haut, en bas, sur le côté. Aucune pierre ne bouge. Pas de cachette ici ! Les mains couvertes de sang et de suie explorent le tas de draps froissés sur le parquet, les poches du manteau suspendu. Le lit ?

L'homme fait rouler les corps sur le sol. Ils chutent mollement comme de vulgaires sacs. Il retourne le matelas. Rien. Il tranche le tissu d'un vif cri de lame. Geste de colère. Les pièces sont certainement là, quelque part. Le trésor se dérobe encore. Le parquet. Impossible d'arracher les lattes de bois. À genoux, il les teste toutes. Aucune ne bascule, pas une ne coulisse. Pas d'étage. Les poutres du grenier ? La bougie n'est pas suffisante. Les ombres jouent les masques. Il monte sur la table. Le plancher des combles ne bouge pas. Aucune trappe. De rage, il plante sa lame dans la chair de la table.

Il cherche, de plus en plus fébrile. Il se maudit. Il n'aurait pas dû les trucider tous les deux. Leur faire connaître le fil de la lame aurait délié les langues. Il s'en veut. Il s'arrête pour souffler, pour réfléchir. Le sang sur sa peau le dérange. Il saisit un broc sur une petite table. Il est rempli d'eau. Il la verse dans la petite cuvette d'à côté. Il s'asperge le visage, se frotte les bras. Le froid le gifle et lui remet les esprits en place.

Un heure durant, il va fureter en tous sens, explorer le moindre recoin de la maison, puis grommeler avant de se rendre à l'évidence. Il n'emportera qu'un modeste chandelier et une épaisse cape noire dotée d'une capuche certainement bien utile pour le protéger du froid. Rien d'autre.

Il déverrouille la porte. Personne sur le chemin royal. Il enfonce son bonnet rouge sur ses oreilles, se couvre de la cape, rabat la capuche. Fou de rage, il monte d'un pas rapide la côte raide qui mène à l'entrée de Montréjeau. Avant d'approcher les portes de la ville, au risque d'être vu par les hommes du guet, il bifurque à droite et longe le ruisseau, direction la forêt.

La nuit vient de l'avaler.

Il s'arrête sur les hauteurs de Montréjeau. Furieux.
Pourquoi cette défaite ? Dans sa mémoire, il doit chercher la faille. Il récapitule.

Deux jours durant, il a arpenté les lieux, scrutant le manège des radeaux qui arrivaient de Fos et de Saint-Béat. Il s'este fondu astucieusement dans la masse des laborieux qui s'activaient. À son bonnet et à sa veste sans manche, en peau de mouton, on le devinait radelier. Une évidence. Qui viendrait espionner un chantier ? Regard en dessous, œil fiévreux, l'homme ne s'est pas attardé. Il a fureté à droite et à gauche, portant un bloc, le posant un peu plus loin.
Les marins déchargeaient leur cargaison. Les taches rouges de leur bonnet s'agitaient en tous sens en une chorégraphie efficace. D'autres embarcations de troncs liés entre eux se chargeaient avant de prendre le fil du courant, direction Toulouse. Gestes et cris rythmaient les manœuvres. Les mâts des palans soulevaient de lourdes pierres attachées à plusieurs cordes tendues au possible. Leur solidité garantissait le déplacement des lourdes masses. Une rupture aurait tué à coup sûr les radeliers qui guidaient l'opération depuis leur embarcation, sous l'engin de levage.

Sur la passerelle de bois qui relie Gourdan à Montréjeau, assurant le passage de la route royale, la maréchaussée veille. Plusieurs uniformes bleus vont et viennent, surveillant les franchissements tarifés des charrettes, des voitures chargées et, en contrebas, les radeaux en partance.
Il n'a pas besoin de noter ses observations. Juste les inscrire dans sa mémoire.
Le Subdélégué à l'Intendant d'Étigny, le sieur Lassus-

Duperron, oblige les fioles[1] à s'arrêter à Montréjeau pour charger des marchandises et les convoyer à Toulouse. Le dangereux obstacle de la chaussée de Saint-Martory ajoute un péril supplémentaire aux risques de cette navigation périlleuse. Noyade, écrasement sous les troncs guettent l'imprudent ou le malchanceux. Une fois la livraison effectuée à Toulouse, il faut rentrer dans ses montagnes avec les quelques pièces récoltées. La route représente alors un nouveau péril à affronter, surtout lorsqu'elle traverse la redoutable lande de Landorthe, à l'entrée de Saint-Gaudens. Alors, ça peste, ça râle, ça proteste ! Ça s'abouche aussi en catimini pour intriguer, pour déroger et ne point continuer vers le danger, au fond, pour sauver sa peau. Lassus-Duperron le sait. Ses mouches l'informent. Il a donc renforcé la surveillance. L'échauffourée peut exploser à tout moment, à la faveur d'un accident qui allumerait la mèche d'un mécontentement sourd mais puissant.

L'homme au bonnet rouge a écouté les conversations dans les auberges. Ces troubles n'ont plus de secrets pour lui, ou si peu. Malgré sa rigoureuse préparation, il vient d'échouer. Il devra mieux encore préparer son prochain larcin.

Il se lève. Le jour va enfin éclairer la plaine de Garonne noyée dans un brouillard languissant qui s'abandonne entre les arbres dont les cimes pointent la silhouette fantomatique ici et là.

Le petit ruisseau lui fournit l'eau nécessaire pour faire disparaître les dernières souillures de sang sur ses mains, sur ses bras, sur son visage. Il ajuste son bonnet qu'il fait descendre sur ses oreilles, masquant la cicatrice qui barre sa tempe. Il s'enveloppe dans la cape. Il lance au loin le

---

[1] Radeaux.

chandelier trop compromettant. Il se dirige vers Saint-Gaudens. Du hasard d'une conversation entre crapules, entendue en la funeste auberge de Labrouquèro[2], il sait que la lande de Landorthe est favorable aux attaques. Faut voir.

---

[2] Labroquère.

2

*Lande de Landorthe, près de Saint-Gaudens
10 jours plus tard,
Le lundi 20 décembre 1762*

Un froid glacial battait la lande de Landorthe, à l'est et à peu de lieues de Saint-Gaudens. Il balayait les flocons de neige sur la route rectiligne qui traversait la sinistre forêt.

Quelle inconscience guidait cet homme qui conduisait une mule trop chargée ? L'urgence du commerce et de ses subsides ? Peut-être. À moins qu'il ne se fût agi que du retour chez soi après un périple. Quoi qu'il en soit, cheminer ainsi de bon matin, par un temps aussi exécrable, relevait forcément de l'urgence.

Les troncs noirs de froid se piquaient de petits points blancs sur leur face ouverte au vent d'ouest, le plus redoutable.

Soudain, l'homme vit au loin une forme sombre qui émergeait légèrement de la neige. En se rapprochant, il vit qu'il s'agissait d'un individu allongé sur le ventre.

- Quel bougre est assez fou pour dormir ainsi dans cette tourmente ? se dit-il.

Il s'approcha.

- *Eh ! Oh ! Que te cau arrevelhar ! Que te vas atrapar ua tehequèra !*[3]

Pas de réaction. L'homme se pencha, lui saisit l'épaule et le secoua. Rien ! Il voulut le retourner. Il le souleva légèrement. Une flaque de sang gelé noircissait le sol blanc en dessous de son corps.

---

[3] *Eh ! Oh ! Réveille-toi! Le froid va te prendre !* (Traduction du gascon du Comminges).

- *Qu'ei mort !* [4]

L'homme à la mule força la marche de sa bête pour se rendre au plus vite à Landorthe. Le Premier Consul revint sur place avec lui. L'homicide ne faisait aucun doute.

- *Encara un crime dedins aqueth bòsc !*[5] pesta le représentant de la commune.

Il dépêcha prestement le chirurgien du village et le curé. L'homme de science conclut à un égorgement sauvage et rentra coucher son examen par écrit. Homme de croyance, le curé Bordage conclut à l'œuvre du Malin, pria le Ciel et organisa prestement la mise en terre dans le cimetière de la commune. Le Consul écrivit que l'on avait découvert un inconnu assassiné dans la forêt de la lande. Le prêtre fit de même dans son carnet secret, où il notait les faits troublants de sa paroisse et, comme une respiration, les transformait ensuite en poèmes.

Un crime de plus. Un de trop !

---

[4] *Il est mort !*
[5] *Encore un crime dans cette forêt !*

3

Saint-Gaudens
Le lendemain,
Le mardi 21 décembre 1762

Hans Bœchner fut enfin rassuré lorsqu'il aperçut les murs de Saint-Gaudens. La côte de Valentine venait d'user son énergie. Le jour tombait et la faim le tourmentait. Sur le plateau, un vent glacial vint le gifler. Il remonta le col de son manteau et enfonça mieux encore son tricorne.

La neige bordait le chemin empierré qui longeait un muret. Quelques flocons virevoltaient. Le piétinement des habitants rentrant chez eux avait ménagé un large sillon sombre. Maintenant, ils devaient se blottir bien au chaud près de l'âtre, dégustant une bonne soupe.

À droite, le couvent des sœurs de Notre-Dame dormait sous un blanc manteau. Il franchit sans encombre le pont qui enjambait l'ancien fossé de défense. Les sergents de ville, en désertion de leur poste, s'étaient réfugiés à l'intérieur. Qui pourrait leur en vouloir ? Les Consuls, peut-être, pour acte de négligence, car la fripouille sévissait et trouverait là une faille. Pas Hans, qui put ainsi s'engouffrer sans délai dans l'étroit corridor de la rue du Barry. Les boutiquiers avaient posé leurs volets sur les devantures. Les façades muettes inauguraient la pause de la nuit. Le vent sifflait. Il agitait les enseignes qui se balançaient et grinçaient en plusieurs petites plaintes saccadées. Pas un chat. Pas un chien errant sur le sol empierré débarrassé de sa neige.

Lorsqu'il arriva devant l'entrée de la collégiale, il frappa à la porte de la maison à deux étages qui s'appuyait sur le mur de l'édifice religieux. Un homme cria qu'il venait, avant d'entrouvrir, méfiant.

- *Guten abend ! Ich suche nach einem Gasthaus⁶*…Auberge… *albergue*….manger, dormir, bredouilla le Prussien en mimant.

L'homme fronça les sourcils à l'écoute de ces mots étrangers, sonores et gutturaux, claquant comme des coups de fouet. Tenant solidement sa porte juste entrouverte, il dévisagea Hans de la tête au pied, inquiet de ne pas le voir tenir une caisse de colporteur.

- Traverse la halle, répondit-il, désignant du bras l'entrée du vaste couvert.

Puis, accompagnant son propos de gestes exagérés :
Suis la rue, là-bas, en face. Là ! Oui ! Contourne le pâté de maisons et bifurque à dextre ! À dextre ! répéta-t-il en montrant sa main gauche. Tu verras l'enseigne de Lacroix. Lacroix ! Elle est peinte en rouge.

Le gaillard remercia. L'homme claqua sa porte sans autre cérémonie, vérifiant par le carreau de sa fenêtre que l'étranger s'éloignait et s'engouffrait bien sous la halle.

L'imposante construction aux lourds piliers de bois ouvrait sa gueule sombre. Elle avala le voyageur sans qu'il en soit le moins du monde ému. Le Prussien en avait vu d'autres tout au long de son périple.

Il traversa la construction à quatre pans tourmentée par un courant d'air malicieux. Il en sortit et se mit à l'abri sous la galerie aux arcades de pierre. Le vent vif l'enveloppa là aussi. Les flocons se réinvitaient en nombre, énervés par cette brise virevoltante. Il tâta la poche de son manteau de sa main puissante. Le bout des doigts sentit la forme de pièces. Elles étaient dissimulées dans la doublure. Une minuscule fente, ménagée dans la couture, lui

---

⁶ *Bien le bonsoir. Je cherche une auberge.*

permit d'en extirper une qu'il glissa dans la petite poche de son gilet. Faut être prudent, lorsqu'on voyage. Le coupeur de bourse rôde, toujours avide de rapines, ou même pire. Hans Bœchner le savait. Sortir son pécule dans une auberge, sans précaution, pouvait attirer l'attention, le désir, et peut-être le crime.

La neige redoubla d'intensité.

Un vrai gaillard, ce Hans. Solide et, surtout, prudent. Il venait de traverser l'Espagne, de franchir les Pyrénées. Il rentrait chez lui, en son village d'Ingelheim. Il y construirait sa maison. Il épouserait la belle Hilda qui lui donnerait un bataillon de marmousets. Il gardait, dans son sac en bandoulière, la lettre de sa promise. Elle lui confirmait son engagement. Le précieux feuillet valait plus qu'un talisman. Ne l'avait-il pas incité à abandonner ses chantiers pour revenir chez lui ?

Il était heureux de rentrer, Hans, après ces longues années loin des siens.

Il se fraya un chemin dans cette tourmente. La neige collait au sol. Ses chaussures imprimaient leur marque dans l'épaisseur blanche, d'un bon pouce. Il poussa enfin la porte de l'auberge. Au premier coup d'œil, elle lui sembla bien tenue. Un soulagement. Il gardait quelques mauvais souvenirs de gargotes crasseuses.

Un feu crépitait dans l'âtre. Il diffusait une douce chaleur dans la salle. Lacroix vint à lui, affable. Hans bredouilla quelques mots d'un français approximatif. L'aubergiste n'eut pas besoin de traducteur. Il savait qu'un voyageur ne sollicitait pas la lune. Juste dormir et manger.

Hans se débarrassa de son manteau humide et de son tricorne. Les flocons de cette neige grasse avaient imprégné le tissu noir. Il vint tendre ses paluches calleuses face aux flammes. Il écarta les doigts puissants marqués par le travail et la morsure des outils taillants. Il se les frictionna avec énergie.

Pour la soupe aux choux, épaisse et odorante, Lacroix avait demandé à sa femme que l'on soit généreux avec la tranche de lard.

Il regarda le Prussien l'engloutir. Le bougre a grande faim, se dit-il.

- Vous arrivez de loin ? questionna Lacroix.
- San-Maméteu, juste côté Luchon.
- Saint-Mamet ?
- *Ja ! Ja !* Charpentier. Travaillé pour seigneur de Fonteville… Fon…de…vileuh…
- Fondeville ! Fort bien. Je connais ce gentilhomme.
- Gros travail. Fatigué de la route.
- Voulez-vous fumer une pipe de bon tabac avec moi ? Abouchons-nous près du feu.

Hans approuva d'un hochement de tête, recours plus facile que de chercher les mots.

Les deux hommes rapprochèrent leurs chaises de la cheminée. La salle était vide. Les rares voyageurs avaient regagné leur chambre et dormaient. Les flammes crépitaient et lançaient des cris de lumière qui venaient lécher les poutres et les murs en galets de Garonne.

Hans lui raconta, avec difficultés, hésitations, mimiques et gestes imagés, son long séjour à Lisbonne, ses chantiers de charpente. Puis, il narra son interminable voyage de retour vers son village d'Ingelheim.

- Vous n'êtes pas encore arrivé, mon ami. Ah ça non ! Quel périple, *mordiou* ! Quelle aventure !

Hans bâilla profondément.

- Je vous montre votre couche, conclut Lacroix.

4

Saint-Gaudens
Le lendemain
Le mercredi 22 décembre 1762

L'auberge Lacroix se réveillait sans fureur. Les rares voyageurs avaient déjà plongé dans le froid du matin. La cheminée ronflait, crépitait, diffusait un parfum mêlé de bois brûlé, de fumée sèche, mais aussi de soupe mijotant sur la braise, bouillonnant sans excès dans une *oule*[7].

La rue se couvrait d'un ciel gris sombre. La neige avait limité ses assauts à un éphémère passage. Point d'édredon sur le sol et sur les toits. Juste un drap fin pour recouvrir par endroits les accidents du relief de la ville. Une fine couche sur la margelle du puits, sur les rebords des fenêtres et de la fontaine. Pas de quoi décourager l'habitant de la cité de Saint-Gaudens. Pour l'instant, peu de silhouettes jouaient aux ombres chinoises à travers les carreaux vitrés, aux bords gelés, de l'auberge.

Lacroix vaquait à ses occupations. Son plus jeune fils balayait le sol avec énergie. Sa sœur, âgée de treize ans, chantonnait en nettoyant les gobelets de métal. On ne disait mot mais le travail avançait en famille et dans la bonne humeur.

Lacroix ajouta quelques chandelles car le jour tardait à déchirer sa grisaille.

La porte s'ouvrit, invitant une bourrasque de morsures du froid. Un homme élégant, la trentaine, entra et referma la porte prestement. Il retira son tricorne. Son visage s'éclairait d'un large sourire. Ses cheveux, tirés en arrière,

---

[7] Marmite dépourvue d'anse.

se maintenaient grâce à un catogan vert.

- Mon cher Cathérinot ! s'écria Lacroix se précipitant vers lui, les bras ouverts.

- Lacroix, mon ami, répondit l'ingénieur des Ponts et Chaussées, le serrant contre lui en une chaleureuse embrassade.

- Quel bon vent t'amène ?

- Je suis porteur d'un message de notre Vénérable Maître.

- Assieds-toi ! T'es-tu restauré ?

- Si fait ! Je rechigne à partir trop tôt de ma demeure le ventre vide. Et puis, le ciel n'est pas mon allié aujourd'hui.

- Une tâche urgente requiert ton art, mon ami ? Arpenter la campagne par un temps si maussade vaut qualité d'imprudence, pour le moins.

- Ma mission saura attendre quelques jours. Ma tâche du jour est ailleurs.

- Comment se porte ta descendance ?

- À merveille. Mon épouse les couve avec passion. J'aime à ouïr les gazouillis de mon petit Gaudens.

Lacroix sourit. Son ami l'ingénieur Cathérinot, malgré les difficultés de sa mission, sous les ordres de l'Intendant Mégret d'Étigny, conservait la fraîcheur et la naïveté de l'enfant émerveillé face à un mystère de la nature. L'arrivée de ce troisième fils amplifiait encore son enthousiasme communicatif. Il ne pouvait s'empêcher de couvrir d'éloges la belle Thérèse de Cap, qu'il avait épousée à Latoue trois petites années auparavant. Jean-Jacques-Jacquau, puis Jean-Gaudens, et maintenant Gaudens, le bonheur se déclinait par trois. Le séducteur avait enfin trouvé son port d'attache. Pour autant, il effaça un instant son habituel sourire pour balayer du regard la grande salle commune. Vide. Son visage s'éclaira à nouveau, ce qui ne l'empêcha pas de parler à voix modérée.

- Le Vénérable Maître convoque notre respectable loge ce samedi en son château de Latoue. Je suis chargé de transmettre le message à nos Frères.

- Je m'y rendrai. Sais-tu si cela est lié à l'affreux crime de Montréjeau ? demanda Lacroix, l'air grave.

- Certainement ! Nous ne pouvons laisser la contrée sombrer dans la violence. Te rends-tu compte ? Un père et une mère égorgés en leur maison, près du pont, à quelques pas du port des marbres et de sa centaine d'ouvriers ! Quel audace pousse donc ainsi les furieux trucideurs ?

- S'il ne s'agit pas de l'homicide de Montréjeau la semaine passée, peut-être est-ce celui d'il y a deux jours ? suggéra Lacroix.

Il servit lui-même deux gobelets d'un odorant café des Amériques dont il avait la primeur. Il ne réservait cette nouvelle boisson qu'à quelques rares connaisseurs. Peu appréciaient encore ce breuvage des colonies que l'on se procurait avec le thé et le chocolat chez l'apothicaire Jean Couret et son fils Dominique. Une médecine du plaisir, appâtait avec malice Lacroix à ses amis.

- Il s'en est parlé ici même, reprit l'aubergiste après avoir bu une petite rasade de café. L'agitation régnait. Un des hommes, qui avait trouvé le corps de ce malheureux sur le chemin qui traverse la lande de Landorthe, nous fit un récit horrible. Il s'agissait d'un radelier qui rentrait de Toulouse, la bourse nourrie du fruit de son travail. Il fut inhumé au cimetière de Landorthe le jour même.

- Trop de crimes sont perpétrés dans cette affreuse forêt. La route royale n'est pas sûre, s'indigna l'ingénieur.

- Tu sais bien, mon Frère Jean-Baptiste, que nous avons tenté d'alerter le Gouverneur, lors de sa visite en notre cité l'an dernier.

- Le Maréchal Duc de Richelieu serait d'un précieux renfort pour que sa Majesté nous apporte réconfort et, surtout, protection des populations bien trop bousculées. Son prestige personnel et sa charge de Gouverneur de la Guyenne lui assurent l'oreille attentive du Roi et de son Conseil. Le personnage est, dit-on, bien en Cour. Notre Vénérable Maître Dispan de Floran aura à cœur de conduire cette action avec force et sagesse.

- Notre Frère Villa de Gariscan lui est déjà d'un appui solide et loyal dans ses requêtes, dit Lacroix, regardant son ami ingénieur par dessus ses besicles.

- Sa charge de Maître des Eaux et Forêts est un atout non négligeable. Lui comme moi savons les tourments des villageois et la violence qui en découle. J'en mesure la force lorsque je lève les plans des routes, les courbes des méandres de la Garonne, de la Neste ou de la Pique. Notre peuple est inquiet. Il lui semble toujours que l'on intrigue à ses dépens. Il est prompt à saisir un bâton. N'a-t-il pas droit au bonheur, à la tranquillité ? Tu le sais bien, nous devons l'aider à conjurer le malheur par une action incessante et féconde, mon Frère Lacroix.

La fille entra dans la salle, portant deux boules de pain.

- Mais c'est notre Toinette[8] que voilà, s'écria Jean-Baptiste.

- Bien le bonjour ! fit-elle en souriant et en baissant la tête pour masquer la rougeur qu'elle savait empourprer son visage.

Elle posa le pain sur la table haute, longue et étroite, qui barrait l'espace devant les tonnelets de vin en perce et les étagères aux timbales et pichets allégés.

---

[8] Jeanne-Josèphe-Toinette Lacroix, née le 22 août 1749 à Saint-Gaudens. Parrain: Vidal, marchand de la ville. Source: État civil.

- Est-elle toujours aussi travailleuse ?

- C'est une bonne fille, dit Lacroix. Elle fait honneur à notre engagement.

- J'ai souvenir de ce que l'on m'a raconté. La Loge assemblée avait délibéré pour se charger des dépenses de nourriture et de vêtements de ton enfant.

- Qui est filleule de la Loge ! compléta Lacroix avec fierté. C'était il y a maintenant treize ans ! Un premier janvier. Je m'en souviens bien car, cette année-là, notre Loge fut interdite. Si tu avais vu cela ! Toute la bonne société de Saint-Gaudens s'y réunissait : nobles, prêtres, chanoines, marchands. Nous qui, en ce pays, sommes si querelleurs pour des broutilles, nous nous assemblions en bonne intelligence pour apporter du réconfort aux pauvres, pour nous aboucher sur les mille et un tracas de notre monde. Lors des États du Nébouzan, c'était en 1750, au moment du carnaval, si ma mémoire est bonne, nos Frères ont préféré bals et festins aux réunions du Sénéchal qui se retrouva bien seul. Il en prit ombrage et forma des plaintes à la Cour, accusant les francs-maçons de débaucher la noblesse locale. Le Conseil du Roi le suivit. Il édicta un avis d'interdiction et envoya des lettres de cachet au Sénéchal.

- Des épées de Damoclès qu'il a placées sur nos têtes en guise de menace depuis qu'il a fait interdire la Loge. Ne point déroger à ses convocations, au risque de la prison ! La menace se veut sans ambages.

- Voilà pourquoi, mon Frère Cathérinot, tu dois t'imposer la plus grande prudence et mener ta mission sans grand tapage.

L'ingénieur se leva.

- Le devoir de messager m'appelle, mon ami, dit-il en souriant à l'aubergiste.

- Que la journée te soit fructueuse. Prends garde au

froid. Il mord avec zèle ce matin.

Cathérinot ouvrit la porte et plongea dans l'air glacial de la rue. Il prit soin de ne pas glisser sur la fine pellicule de neige. Le voile gris du ciel se déchirait en nuages. Le soleil pourrait peut-être s'immiscer entre ces boursouflures cotonneuses. Rien de moins sûr. L'astre d'hiver préservait le froid des ombres pour ne réchauffer que ce qui s'exposait à sa clarté.

L'ingénieur ajustait le col de son manteau et son tricorne tout en échangeant quelques mots avec un passant qui venait de s'arrêter.

Un bruit de pas lourd vint de l'escalier.

Le Prussien entra dans la grande salle. Il salua d'un geste du bras. Il s'assit sur le banc le plus proche du feu qu'activait Toinette avec son tison. Elle se releva. Elle s'éloigna vers la cuisine.

Hans aperçut, derrière la croisée, la silhouette de l'ingénieur. Il reconnut l'homme qu'il avait brièvement rencontré chez monsieur de Fondeville lors de son passage à Saint-Mamet. Il s'éloignait dans la rue presque déserte. Le Prussien voulut se lever, sortir, aller le saluer. Mais il se ravisa. Certes, le jeune homme lui avait semblé des plus sympathiques mais pourquoi risquer de l'importuner ? Sa condition lui imposait de rester à sa place.

La servante revint avec un petit quartier de lard et un couteau qu'elle déposa sur la table, devant le Prussien. Elle vint ajouter une boule de pain.

Hans se tranchait une épaisse tartine lorsque la porte s'ouvrit. Un homme botté, protégé par une lourde cape de laine, coiffé d'un bonnet rouge dont le haut retombait sur un côté, s'installa à la table. Il ne salua personne. Un visage dur, taillé à la serpe. Mal rasé. De petits yeux noirs, brillants. Un regard vif de rapace en chasse, sous des sourcils épais. Le rictus sévère sur des lèvres fines. Il héla Toinette.

- Un pichet de vin !
- Voilà, dit-elle, saisissant déjà le récipient.

Elle le plaça sous le robinet de bois qui grinça en s'ouvrant, libérant le sombre filet d'un vin parfumé du Languedoc voisin.

- Je payer lit, repas ! bredouilla Hans en direction de l'aubergiste.

Lacroix se leva et vint lui dire le montant de son service. Le Prussien commença son habituelle négociation. Le tenancier, que tous ici connaissaient pour sa bonté, accepta la proposition modeste sans surenchérir, au grand étonnement du charpentier. Il hocha la tête en signe d'accord. Il glissa son gros pouce et son index dans la pochette de son veston. Il déposa une belle pièce sur la table. Lacroix la saisit.

- De l'argent portugais ? On en voit peu, ici.
- *Ja*. Je rentre Portugal. Lisbonne. Travaillé Lisbonne. Traversé Espagne. Pièce vaut ce que toi demandé. J'ai aussi de France.

Le voyageur plongea dans sa poche pour en extraire un louis.

- À la bonne heure, dit Lacroix en confiance.

Le colosse barbu lui inspirait l'honnêteté.

Le manège de cet échange n'avait pas échappé à l'homme au bonnet rouge. Il s'approcha de Hans, dessinant un sourire édenté.

- Un autre pichet et un gobelet, lança-t-il à l'adresse de Toinette.
- *Danke dir, Kumpel !*[9]

---

[9] *Merci à toi, mon gars !*

L'homme retira son bonnet rouge. Une balafre courait sur sa tempe. Avec astuce, il sut contourner la méfiance et les défenses du Prussien.

- Tu rentres du Portugal, l'ami ? As-tu connu, en ce pays, vin aussi bon que celui-ci ?

Hans resta sur sa réserve. L'autre engagea la conversation avec adresse. Le premier gobelet fut le plus difficile à honorer. On trinqua donc.

Ensuite, la solide charpente fruitée de ce breuvage tannique fit son œuvre, gorgée après gorgée. Le pont-levis s'abaissait lentement. Comme une robuste coque trahie par une modeste ouverture qui laisse entrer la mer, l'embarcation s'emplissait d'un pernicieux fardeau qui présageait le naufrage.

Lacroix regardait de loin cette lente corruption. Se devait-il d'intervenir ? Il fit confiance à la stature du Prussien. Le bougre ne se laisserait pas entraîner sans réaction. L'aubergiste grimpa l'escalier. Le travail n'attendait pas. Les chambres se devaient d'être propres pour l'arrivée possible de nouveaux voyageurs.

En bas, les deux hommes se racontaient leurs aventures tout en buvant maintenant sans modération.

- Vais Toulouse ! Puis Lyon. Beaucoup route !
- Toulouse ? J'y vais aussi ! Cheminons ensemble !
- *Ja ! Ja !*
- Un autre pichet ! grommela l'homme au bonnet.

Depuis l'étage, Lacroix entendait les rires puissants. Puis, le silence se fit. Lorsqu'il redescendit, il trouva plusieurs pièces sur la table.

Qui tenait l'autre dans cet attelage titubant dans la rue ? Difficile à dire. Les deux hommes dépassèrent en chaloupant une charrette attelée qui stationnait devant un petit entrepôt. Un brassier descendait lentement une caisse en tenant fermement la corde qui passait dans la gorge d'une poulie de bois.

- Encore un peu ! précisa le second qui tourna la tête, attiré par les chants désordonnés des deux individus.

- Le vin a bien ruiné leur esprit ! rit-il de bon cœur.

- Pour sûr ! confirma celui qui descendait de son échelle pour mieux encore ranger la caisse.

- Attention ! *Miladiu* ! Ces jarres d'olives d'Espagne sont fragiles. Hâtons-nous mais sans désastre !

Plus tard, des témoins, rares mais précieux, affirmèrent avoir vu les deux quidams, hurlant leurs chansons désordonnées, marcher le long de l'Évêché puis prendre la route de Toulouse. Le plus grand tanguait comme une vaisseau dans la houle.

Il ne neigeait plus. Le froid, allié au vent, piquait encore les joues des imprudents, mais le soleil n'avait pas dit son dernier mot.

5

Landorthe
Le même jour, dans l'après-midi
Le mercredi 22 décembre 1762

La route de Toulouse quittait Saint-Gaudens en une ligne droite tirée à la règle. Elle plongeait assez vite dans la forêt de Landorthe. Le paysage ouvert sur la chaîne des Pyrénées blanchie par ses neiges se refermait. Les chênes, les châtaigniers, les merisiers se serraient en un rideau sombre. Leur présence occultaient toute fuite du regard, malgré l'absence de feuilles.

Les deux hommes pénétrèrent dans un couloir végétal étouffant. Quelques corbeaux croassaient en les survolant sans qu'ils puissent les voir. Le ciel gris se dérobait, occulté par le dense entrelacs des branches nues. Mais le soleil s'offrait quelques brutales apparitions. Il dessinait alors, sur le sol, un éphémère tracé de lignes vite effacé par un nouveau nuage. Pour les deux compères de circonstance, tout n'était plus que traits en tous sens. Les grilles d'une prison se refermait sur eux à chaque nouveau pas chancelant. L'individu au bonnet entraînait le Prussien dans une nasse. Le filet se refermait.

Hans vociférait, plus qu'il ne chantait. Il ne pouvait entrevoir qu'il s'insinuait dans un antre dangereux. Le colosse tanguait, allant de part et d'autre du large chemin, sans se douter un seul instant qu'un homme avait été homicidé en ces mêmes lieux deux jours auparavant. Il s'appuyait contre un arbre, riait à gorge déployée, puis repartait de son pas hésitant. Son nouveau compagnon de voyage le soutenait, puis le lâchait, puis l'aidait à se relever. Surtout, il l'observait du coin de l'œil.

Le gaillard l'impressionnait par sa corpulence. Une

voix grave et puissante accentuait sa présence massive. Le fripon l'avait imbibé d'alcool au point de lui faire perdre le cap. L'esprit de l'énorme carcasse à la force inouïe flottait comme drapeau léger au vent. Le fruit lui sembla mûr. Il observa encore ses grosses mains calleuses, larges, puissantes à vous renverser un adversaire. Les armes du Prussien s'émoussaient-elles enfin ? Il vit qu'il transpirait, malgré le froid. Le vin à outrance et la marche difficile brûlaient ses entrailles.

- N'as-tu pas trop chaud ? questionna l'homme au bonnet rouge.

- *Ja ! Mir ist warm jetzt*[10]! Chaud ! Chaud !

- Arrêtons-nous un instant pour reprendre des forces !

- *Ja* ! répondit le Prussien, complétant sa parole d'un rire qui attestait du niveau élevé de sa griserie.

Sur le bord du chemin, le compagnon d'infortune aperçut un arbre couché.

- Voilà un siège qui nous appelle !

- *Ja ! Ja !*

Il aida Hans à s'asseoir sans chuter en arrière. Le Prussien souleva son tricorne et s'épongea le front avec son mouchoir. Il retira son sac de cuir en bandoulière.

L'homme au bonnet indiqua s'éloigner pour se soulager.

- *Ja ! Ja !*

Hans ferma les yeux pour reprendre son souffle. Le malandrin ne fit que quelques pas. Il tira son couteau. Du pouce, il caressa le fil de la lame. Parfait. Il faudrait frapper fort pour le planter dans cette carcasse. Ou plutôt l'égorger par derrière. Il mesura le risque d'échouer et de se retrouver alpagué par ces deux puissantes mains. Il

---

[10] *J'ai chaud maintenant !*

avait déjà vu des attaqués se rebiffer. Il en portait la marque sur la tempe. Après l'échec de Montréjeau, il ne pouvait renouveler une défaite qui lui imposerait encore les tourments du ventre vide. À cette pensée, son sang ne fit qu'un tour. L'assaut devait se donner maintenant, sans tarder. Il trouva une solide branche droite et noueuse. Dans ses mains, elle devint un redoutable gourdin.

Sans bruit, il revint vers le Prussien qui lui tournait le dos. Il leva son arme le plus haut possible. D'un geste puissant, il l'abattit sur la tête de Hans qui déchira le silence de la forêt d'un cri sinistre et grave. Il s'effondra d'un bloc. Raide ! Net ! Aussitôt, le détrousseur se jeta sur lui. Inutile de planter le couteau pour l'achever. La tête ensanglantée, le voyageur était mort, pour sûr. Un coup pareil ne pardonnait pas.

Il fouilla dans la sacoche. Rien ! Il jura. Il la vida sur le sol. Il savait que le Prussien rentrait chez lui avec son pécule accumulé à Lisbonne. Il en était sûr, l'autre le lui avait avoué à demi-mot, entre deux gobelets de vin. Sur le chemin, un carnet couvert de mots et de croquis de charpentes, un paquet de lettres retenues entre elles par une fine ficelle, une plume dans un tube en laiton. Un flacon d'encre venait de se briser libérant une petite flaque bleue sur les pierres usées. Un rasoir et du savon à barbe. Une chemise et une ceinture de flanelle. Un tissu écru enveloppait une forme. Il l'ouvrit frénétiquement. Une hachette !

- La peste soit du Prussien et de son outil !

Il ne pourrait en tirer un bon prix. Qui d'autre se servait de ça ? Seul un charpentier pouvait manifester de l'intérêt pour la chose. Conserver cette hachette reviendrait à signer son crime et prendre le chemin de la roue ou des galères. Un coup de pied rageur fit valdinguer les objets. Il fouilla dans les poches du manteau. Rien, pas plus que dans le gilet ou sous le tricorne. Soudain, un gémissement. Hans reprenait ses esprits.

- Le bougre n'est pas mort ? se dit-il. Je vais le travailler à la lame pour le faire parler.

Mais lorsqu'il lui piqua la joue couverte de sang, juste sous l'œil, Hans, d'un geste réflexe puissant, lui asséna un coup de poing sous le menton. La canaille bascula en arrière et chuta en jurant. Il se releva d'un bond, furieux. Il brandit sa lame pour achever sa victime qui hurlait à tue-tête.

Ce sont ces cris qui alertèrent les deux marchands qui, peu avant, avaient chargé caisses et tonnelets à Saint-Gaudens et qui venaient d'entrer dans la forêt.

- Entends-tu ? s'étonna le premier.
- Pour sûr, répondit le second en saisissant son pistolet.
- Arme ton chien ! Vite ! répliqua le premier, on est en train encore une fois d'homicider sur la lande. Gardons-nous d'une attaque. Hâtons-nous de porter secours !

Ils se mirent à hurler à s'en déchirer le gosier.

- Nous arrivons ! Nous formons un renfort ! Nous sommes une troupe armée ! Sus aux forbans !

Les cris alertèrent l'agresseur. Il trépigna de rage. Tâta à nouveau le manteau en toute hâte. Il sentit la forme des pièces.

- Dans la doublure ! Le coquin est futé comme un renard.

Il planta son couteau dans la laine noire.

- Cesse ton crime, fripouille, ou je te brûle la cervelle ! hurla, dressé sur sa charrette, l'un des marchands qui débouchaient sur la scène.

Le malandrin tourna la tête, saisi de surprise.

- Peste ! lâcha-t-il en voyant le canon du pistolet qui le visait.

Agile comme un félin, il agrippa son bonnet rouge tombé lors du coup de poing et sauta de côté en jurant. On n'avait pas encore tiré la balle. On pouvait encore le faire. Il bondit à nouveau derrière un tronc de châtaignier et il s'échappa en courant.

- *Eths dus bevets d'apias*[11] !
- *Que semblavan plan complicis, aqueris dus*[12] !

Les deux marchands regardèrent à droite et à gauche. Le bandit pouvait avoir des complices. Allaient-ils devenir des proies ?

- Sortez de là ou fuyez ! cria le plus jeune tendant son pistolet au bout d'un bras tremblant. Je vais vous brûler la cervelle !

Pas le moindre mouvement dans les bosquets. Pas de bruits, sauf les gémissements de la victime allongée sur le sol. Ils sautèrent de leur charrette. Ils se portèrent au secours du blessé qui saignait en abondance. Le haut de son crâne s'ouvrait en une vilaine plaie de large dimension. Il le redressèrent en l'appuyant contre un arbre.

- *Ich habe kopfschmerzen*[13]... tête...*cabeça* !

Le bougre pesait son poids. Ils lui firent boire quelques gorgées d'alcool fort de leur gourde. Par temps d'hiver, ils avaient l'habitude de s'accompagner d'un remontant. Hans ouvrit les yeux, étonné. Il se raidit pour se défendre, ferma ses poings. Voyant qu'il ne subissait pas une nouvelle attaque, il s'appuya sur ses mains pour se relever.

- *Esperatz un pauc*, hum...attendez un peu, lui dit lentement le premier marchand, pas certain que l'étranger, dont il ne pouvait déterminer le pays d'origine, ait compris. Votre esprit est encore embrumé. On vous a assommé

---

[11] *Les deux ivrognes de tout à l'heure !*
[12] *On les aurait cru bien complices ces deux-là !*
[13] *J'ai mal à la tête.*

pour vous occire !

Le second ramassait les objets dispersés sur le chemin. Il les replaçait dans la sacoche de cuir.

Dans la charrette, il saisit la pièce de tissu qui recouvrait les tonnelets. Il déchira une bande. Après avoir épongé le sang qui se refusait à ne point trop couler, il confectionna un bandage qu'il enroula autour de la tête de la victime, juste au-dessus des yeux. Hans, la voix faible mais rauque, remercia par des mots en prussien que les marchands ne connaissaient pas. Le ton, quelques faibles mouvements des mains et le regard de l'homme, sérieusement blessé, donnaient le sens de ses paroles.

- Veux-tu que l'on te conduise à Saint-Gaudens ? Nous trouverons un chirurgien.

- *Nein !* Toulouse ! bredouilla le Prussien à voix presque inaudible.

- Ta destination est bien lointaine pour un homme si gravement blessé. Nous allons te mener jusqu'à notre étape sur ce chemin. Mais tu devrais t'accorder du repos et te soigner. Un médecin te serait d'un indispensable secours.

- *Jaaaa !* murmura le blessé.

Une bonne rasade, cette fois d'eau fraîche, apporta quelque réconfort à la solide carcasse amochée. Ils l'aidèrent à monter dans la charrette. Ce ne fut pas une mince affaire. Assis et calé entre deux caisses, le Prussien sembla s'assoupir.

- A-t-il trépassé ? s'inquiéta le premier marchand.

- Oh, mon ami ! T'endors-tu ?

Hans ouvrit légèrement les yeux. Il sourit.

- Allons-y, dit le second. Chemine lentement. Les cahots pourraient l'achever.

La charrette s'ébranla. Ils traversèrent la sinistre forêt

qui couvrait toute la lande. Les arbres dépouillés de leurs feuilles semblaient des cadavres figés sur place, morts de froid. Les troncs dessinaient de menaçantes silhouettes sombres, celles de bandits embusqués. Les branches noueuses figuraient de redoutables gourdins prêts à s'abattre. Le ciel gris et lourd plombait le décor survolé par quelques corneilles égarées, vomissant leur croassement sinistre. La funeste réputation de ce lieu transformait la moindre ombre en menace. Aucun autre oiseau ne se risquait à gazouiller. Ils se réservaient pour le printemps encore bien lointain. Un sanglier traversa la route, fonçant droit devant lui. Rien ne l'aurait détourné de sa trajectoire. Au loin, on entendit les cloches d'Estancarbon.

La forêt laissa enfin place à des prairies rases et à des champs nus. On pouvait voir maintenant quelques corbeaux affamés cherchant une improbable pitance. Ils n'étaient pas les seuls dans cette quête vitale. Dans les villages aussi, certains habitants subissaient la faim en silence. Jusqu'à quand ?

La route descendit de ce plateau vers la plaine de Garonne. Beauchalot traversé, le Prussien gémit de douleur sur la route en corniche qui menait à Saint-Martory. Il fallait rouler lentement pour ne pas risquer de verser dans le ravin. En contrebas, on apercevait quelques radeaux qui filaient grand train vers Toulouse. Ils étaient chargés de bois et au-dessus, pour ne pas les mouiller, de ballots de laines.

La voiture des marchands franchit le pont récent, conçu une trentaine d'années avant, en passant ses deux portes aux formes d'arc de triomphe ornés en leur sommet de frontons triangulaires. Elle s'arrêta sur la place. L'aubergiste, replié dans la chaleur de son antre, sortit de mauvais cœur.

- Vous êtes en retard ! pesta-t-il.

- Nous avons secouru un malheureux attaqué sauvagement sur la lande de Landorthe.

- Encore un attentat ! s'offusqua l'aubergiste. Cela ne finira donc jamais ! Que font les archers de la maréchaussée du Roi ? Dorment-ils quand la canaille trucide en toute quiétude ? Les bougres !

- Aidez-nous à le faire descendre…

Les trois hommes, habitués au déplacement de lourdes charges, ne furent pas de trop pour déplacer Hans, le remettre sur ses jambes, lui faire traverser la place, l'installer à une table. On lui offrit une soupe.

- Je vous prépare une chambre ! proclama comme une sentence la femme de l'aubergiste. Je vais chercher le chirurgien.

Le Prussien refusa poliment. Il se sentait mieux. Il voulait se hâter de rentrer, ou du moins de se rapprocher de son but. On insista mais en vain. Inquiet, on le vit se lever, remettre avec peine son sac en bandoulière. On l'aida à enfiler son tricorne, mais le bandage interdisait qu'il pût tenir et résister au moindre coup de vent. La femme de l'aubergiste le lui noua délicatement avec un tissu blanc. Il grimaça. Il remercia avec ses mots et des poignées de mains vigoureuses. On le vit passer le premier arc de triomphe, puis traverser le pont à pas lents et peu sûrs. Il titubait. On se regarda, se demandant s'il ne valait pas mieux aller vite le récupérer et l'allonger dans une chambre. Il s'arrêta un instant. Il se pencha pour regarder la Garonne et un radeau qui filait, guidé par quatre radeliers coiffés de bonnets rouges et protégés du froid par leurs manteaux en peau de chèvre. Hans fit un geste du bras en direction de ses sauveteurs. Il désigna, d'un index pointé, le radeau qui s'éloignait, puis sa tête bandée. Il brandit son poing fermé, comme pour menacer les marins.

- Pourquoi fait-il cela ? s'étonna l'un des marchands.

- Le coup sur la tête aura perturbé ses humeurs, conclut l'aubergiste.

Hans se dit qu'à la prochaine étape il prendrait la diligence. La douleur trop vive lui brûlait le crâne. Il sentait ses forces l'abandonner. Il n'avait jamais connu pareille défaillance. Il hésita. Devait-il revenir à l'auberge ? Il releva la tête et finit de traverser le pont. Il franchit le second arc de triomphe. Il tituba légèrement mais retrouva son équilibre. Il se retourna pour lancer à nouveau un grand signe de salut aux marchands et aux aubergistes qui ne perdaient rien de sa pénible traversée. Ils le lui rendirent. Il grimpa la rue qui passait devant l'église. Il retrouva bientôt la route vers Toulouse.

Hans avançait à pas lourds, lents, hésitants. Il fut bientôt temps de se reposer à nouveau. Le chemin large semblait abandonné par les équipages. Pas un passage de malle-poste ou de charrette. Il s'arrêta. Les forces l'abandonnaient. Il lui sembla plus raisonnable de s'asseoir contre un arbre et d'attendre une voiture. Il poursuivrait son voyage dans une berline ou même une modeste charrette. Sa tête explosait.

À Saint-Martory, les deux marchands firent la livraison de quelques tonnelets avant de reprendre la route de Toulouse. Leur prochain client de Carbonne attendait sa caisse. Ils retraversèrent le pont en sens inverse puis filèrent sur la grande route royale. À deux lieues à peine, ils aperçurent le Prussien assis. Un filet de sang coulait de son bandage.

- Portons-le à nouveau dans la charrette, dit le premier au visage plus inquiet.

Le blessé se laissa faire.

- L'affaire est trop sérieuse. Nous devons le transporter chez un médecin à notre halte de Carbonne.

- J'en conviens, dit le second qui allongeait l'homme à côté de la caisse.

Hans ferma les yeux. L'un des marchands s'installa à ses côtés. La respiration profonde du blessé le rassura. Il surveilla les mouvements de respiration. La route bien empierrée offrait un roulage doux, sans à-coups.

Le trajet dura quelques heures. Le Prussien s'était réveillé. Le somme avait reconstitué son énergie. Il sourit en se redressant. Arrivés au village de Lafitte, les marchands s'arrêtèrent pour se reposer à l'auberge de Milhau. Hans décida qu'il passerait la nuit dans un bon lit. Demain serait un jour meilleur. Il consulterait le chirurgien du village, sur les conseils de l'aubergiste. Il attendrait la prochaine diligence.

Les deux marchands le saluèrent avant de partir. Hans les remercia longuement en bredouillant des mots incompréhensibles. Le ton et les sourires traduisaient son intention.

Il se fit expliquer où se trouvait le chirurgien.

- Après l'église, vous allez voir le château. Tournez à droite. C'est la première maison sur la gauche du chemin.

L'aubergiste dut répéter, faire des gestes, redire, sans avoir la certitude d'être bien compris. Il ne pouvait détacher l'un de ses commis car la salle était bondée.

Hans réserva une chambre mais n'eut pas la force de négocier. Il s'éloigna à pas chancelants en direction du village. Il faisait froid. La neige gommait les reliefs des prairies. Il avançait lentement, visant le clocher du village qui émergeait de la brume. Il porta sa main au bandage. La plaie saignait à nouveau. La fatigue revint saisir sa solide carcasse. Une pierre érodée lui tendit les bras. Un siège de fortune pour une halte. Il se posa. Ses forces l'abandonnaient. Il se laissa glisser sur le sol. Le gros cailloux lisse devint le dos d'un inconfortable fauteuil. Il ferma les yeux agressés par la lumière pour lui trop vive, malgré la grisaille ambiante. Le froid avait contourné ses défenses. Il songea à Ingelheim. Sa promise lui apparut, souriante. Hilda, belle Hilda. Il la vit danser, rire, courir sur la place du village. Il admira son visage, sa petite larme lorsqu'il annonça son départ. Il lui tenait la main. Ils s'échangeaient des promesses pour demain, pour son retour. Elle l'attendrait. Elle l'attendait. Elle était là, de l'autre côté du chemin. Il fallait se lever, la prendre dans ses bras, l'embrasser, la faire tourner en une danse douce et joyeuse. Il appuya sur ses bras. Ils refusèrent. Il insista.

La malle aux souvenirs ouvrit son couvercle. Le Brésil, la traversée de l'océan sur ce trois mâts, les voisins de Lisbonne, la longue marche à travers le désert d'Aragon, les oliviers, les murets de pierre, la fureur du soleil, le franchissement de la barrière des Pyrénées, la neige après le feu, la charpente du château de Saint-Mamet, les regards du seigneur de Fondeville, les sourires du jeune ingénieur, et puis le regard terrible de son agresseur. Cette pensée lui provoqua un rictus. Il toussa. Il cracha du sang. Hilda se tenait de l'autre côté de la route. Elle l'appelait.

- J'arrive !

Ce n'est pas très loin de Lafitte qu'un laboureur le trouva allongé sur le bord de la route. Hans avait succombé à ses blessures. On transporta son corps au village. Lorsqu'on le prépara pour l'inhumer, on trouva dans la doublure de son manteau, une coquette somme en pièces d'or portugaises. La valeur de deux mille livres, pas moins.

Le Premier Consul, alerté par le curé, découvrit l'adresse de ses parents et de sa promise dans le carnet. Il fut décidé de missionner un jeune soldat du village, démobilisé et rompu aux longues marches. Le petit trésor lui fut confié pour être restitué à sa famille. L'homme devrait se mettre en route aux beaux jours, après les moissons. Il accepta.

6

Latoue
4 jours plus tard
Le dimanche 26 décembre 1762

Cathérinot embrassa Thérèse.
- Je rentrerai tard, ma bonne amie !
- Allez, mon doux époux, et que la soirée vous apporte la sagesse que vous espérez.

L'ingénieur rit de bon cœur en couvrant son élégant habit gris bleu d'un sombre manteau épais. Il choisit son tout dernier tricorne noir, orné d'un galon doré courant le long des bords repliés. Un petit et discret nœud ornait l'un des côtés. Il resserra son catogan vert noué sur sa longue chevelure. Il releva son col. Il sourit en se regardant dans le miroir.

- Allons, mon ami. Faites diligence. Vous voilà rassuré par votre reflet ! rit-elle de bon cœur, habituée à taquiner son époux sur son goût pour l'élégance qui savait, somme toute, rester modérée.

Sa bien-aimée, lui-même, et leurs trois enfants avaient délaissé leur maison de Saint-Gaudens pour quelques jours, en cette fin d'année. Ils avaient rejoint celle de son épouse, la demeure de la famille de Cap, à Latoue.

Jean-Baptiste chevauchait à pas mesurés. La neige gelait sur le chemin qui longeait la rivière, juste après avoir dépassé le moulin en contrebas. Le pas régulier de sa monture assurait de ne pas verser dans l'eau glacée. Il appréciait cette jument de caractère, puissante mais calme face à la difficulté. Et des risques, il en affrontait l'ingénieur lorsqu'il parcourait la montagne pour lever les plans des chemins à tracer, des passerelles à concevoir.

Il mit peu de temps pour se rendre au nord de son village.

Le château de Dispan avait illuminé ses fenêtres à meneaux comme pour une fête. Les généreux chandeliers, placés derrière les carreaux vitrés, dessinaient les ouvertures du deuxième étage dans le noir d'une nuit glaciale. Celles du premier disparaissaient derrière des volets clos.

Il entra dans la cour pavée. Le château de Floran emboîtait harmonieusement plusieurs corps de bâtiments à partir d'une tour sévère et dominante, pauvre en ouvertures. Peut-être un ancien donjon. Une deuxième, moins haute, recouverte d'un toit d'ardoises à quatre pans très inclinés, venait s'abriter sous sa protection. Le corps principal se développait à partir de cette petite tour. La belle porte d'entrée se nichait à l'angle de la petite tour et du corps principal, ainsi protégée du vent.

Leste comme un isard, il sauta de sa monture. Il se découvrit et glissa son tricorne sous le bras. Un valet se précipita pour conduire son cheval à l'écurie. Un autre, tenant une torche, entraîna l'ingénieur vers la grande porte.

Des lumignons, fixés sur les murs, à distance proche et régulière, diffusaient des halos de lumière qui se reflétaient sur les pavés humides et luisants.

Il pénétra dans le vestibule. Il abandonna manteau et couvre-chef. On l'introduisit sans cérémonie dans la grande pièce de réception. Il reçut avec plaisir la chaleur de la vaste cheminée, et celle de ses amis.

- Mon cher Frère Cathérinot ! fit mine de s'étonner le seigneur Dispan de Floran, maître des lieux. Avez-vous fait bon voyage ?

Des rires fusèrent de l'assistance qui s'était retournée vers lui, à son entrée. Des effusions de complicité amicale, sans la moindre ironie. Tous savaient que Jean-Baptiste

Cathérinot séjournait dans le même village de Latoue, mais qu'il avait forte inclination au retard, quelque fois à l'oubli. Il souriait, à son habitude, et tous lui pardonnaient ces modestes écarts, de ceux qui marquent une personnalité, qui lui donnent une spécificité, une coloration, presqu'un charme délicieux. Cathérinot portait en lui la sympathie, la bienveillance et la bonne humeur.

- Mes amis, nous pouvons commencer. Chacun est-il bien installé ? Les chambres ont été promptement réchauffées pour votre confort, mes Frères.

On approuva en remerciements. Seul, Jean-Baptiste, voisin des lieux, ne resterait pas après la réunion de la Loge et le banquet qui suivrait.

Monsieur Dispan de Floran donna des ordres pour que l'on éteigne les lumignons et les chandeliers du deuxième étage. Tous savaient que, depuis douze longues années, les travaux des francs-maçons de Saint-Gaudens avaient été interdits à cause d'un malentendu et de quelques rouëries. La loge attirait les principaux nobles du Nébouzan, les curés les plus fameux, les marchands audacieux et honnêtes, plusieurs hauts fonctionnaires, de grands soldats, officiers de l'armée royale. Le Sénéchal pestait contre la désertion de ses réunions. Il en prit ombrage. Il écrivit au Roi tout en intriguant pour former plaintes et reproches. Le Conseil, lointain et peu instruit des détails de ce différend, se rangea à ses demandes et interdit la Loge, tout en octroyant au Sénéchal des lettres de cachet pour tourmenter les contrevenants, pour pouvoir les convoquer et leur faire entendre, s'ils dérogeaient, le risque d'un séjour peu confortable dans la prison de la porte Sainte-Catherine à Saint-Gaudens.

Dès lors, comme ce soir-là, elle développa une activité secrète. Pour faire masque, mais pas seulement, ses membres organisaient des représentations de pièces de Voltaire. Elles se déroulaient au grand jour, en pleine lumière et avec succès, au palais communal de Saint-Gaudens, dans lequel un théâtre avait été aménagé.

Les autorités de sa Majesté n'étaient pas dupes. N'ayant pas perdu la face, elles s'accommodaient de ce compromis. Organiser du théâtre ne perturbait en rien les activités du Sénéchal. Les représentations ne portaient pas en elles le crime de lèse- majesté, même si le sieur Voltaire et son déisme sentaient le souffre. Le philosophe à la mode provoquait l'ire des nombreux religieux de la ville, toujours prêts à dénoncer ce qu'ils percevaient comme l'œuvre du Malin. Ils s'offusquaient de quelques écrits parvenus jusqu'ici. Voltaire définissait Dieu comme un horloger ayant conçu un mécanisme qui fonctionnait tout seul, lui-même se désintéressant du sort des hommes.

Les valets fermèrent les doubles portes d'accès au grand salon. Ils s'activèrent pour transformer au plus vite la vaste pièce d'apparat. Ils déplacèrent tables, fauteuils et canapés.

Ils déroulèrent un grand tapis brodé de signes et de symboles. On pouvait y distinguer deux colonnes dessinées sur les longs côtés du rectangle et, entre elles, un damier de carrés noirs et blancs. Au niveau des chapiteaux, une étoile flamboyait près de deux fenêtres tracées sommairement. Venaient ensuite un niveau et une perpendiculaire, tels que les connaissait Cathérinot sur ses chantiers. Plus haut encore se lisaient une pierre ouvragée surmontée d'un taillant. Jouxtaient une équerre et une pierre brute. Un soleil et une lune chapeautaient le tout, entourés d'une corde qui suivait les bords du tapis, se nouait à plusieurs endroits et se terminait à ses extrémités par des houppes.

Au bout de ce rectangle brodé d'images, du côté des

dessins des astres, un valet installa un petit hôtel bas sur lequel il déposa une équerre de bronze. Deux domestiques approchèrent une chaise en forme de trône, au dossier surmontée d'une lune et d'un soleil sculptés. En face, à l'autre extrémité du tissage illustré, deux autres fauteuils furent installés dans les deux angles du rectangle, ainsi que deux imposants chandeliers devant eux. Un troisième fut placé lui aussi sur le coin, à gauche du trône. Les trois candélabres formaient un triangle rectangle.

Les valets se mirent à plusieurs pour déplacer de lourds mais confortables canapés et les positionner l'un à la suite de l'autre, sur les longues bordures du tapis. Ils formèrent ainsi deux colonnes parallèles sur lesquelles viendraient s'asseoir, face à face, les Frères de la Loge.

L'installation silencieuse s'opérait avec facilité, montrant une certaine habitude de la domesticité. Les réunions de la Loge changeaient de lieu pour ne point attirer l'attention. Pour autant, les valets, muets comme des tombes, savaient ce qu'ils devaient positionner et comment. Sans jamais s'introduire dans le secret des initiés, ils savaient que ce décor et la position de chaque chose répondaient à des impératifs liés à ces cérémonies. Peu leur importait d'en connaître les rouages. Juste respecter les instructions à la lettre.

Les curés qui faisaient partie de la Loge savaient l'importance du décorum, des habits, des objets, de la place de chacun. Ils en mesuraient les effets lors des célébrations. Les officiers du Roi, rompus aux usages des protocoles, partageaient cette culture, de même que les nobles soumis aux impératifs de l'apparat. Une part de la société ne pouvait échapper à l'exercice de rituels dans lesquels chacun jouait son rôle, sa fonction dans la société. Le spectacle n'était pas l'exclusivité des fastes de Versailles. Le peuple et les marchands n'accédaient pas à ce monde-là. Ils en étaient quelques fois spectateurs. Beaucoup en ignoraient même l'existence.

Les Frères s'habillaient. Ils fixaient, à leur ceinture, un petit tablier de peau, suspendaient à leur taille une épée dans son fourreau et enfilaient des gants blancs. Certains passaient un cordon bleu autour de leur cou. Tous arboraient une perruque, sobre mais poudrée avec rigueur.

Le Frère Mariande jeta un coup d'œil circulaire. Le temple correctement installé, comme d'habitude, il invita les valets à se retirer. Il vint dire quelques mots au seigneur Floran de Dispan. Celui-ci, le seul à avoir conservé un tricorne sur la tête, vint s'asseoir sur le trône, suivi par le sieur de Castillon et par l'abbé de Ganties qui prirent place sur leurs sièges respectifs. Les trois hommes formèrent ainsi un triangle, sur le tapis, en ses bordures. Les deux surveillants occupaient les deux angles d'un petit côté du rectangle, le Vénérable trônait au milieu du petit côté opposé.

Monsieur de Dispan frappa trois sonores coups de maillet sur le petit hôtel devant lui.

- Silence mes Frères, et en Loge, proclama-t-il avec solennité.[14]

Ce signal lança le placement des Frères sur les canapés alignés sur ces deux colonnes parallèles aux longs côtés du tapis. Une fois installés, ils cessèrent leurs discussions. Le silence se fit, profond, grave. Plusieurs fermèrent les yeux.

Le Vénérable Maître de Floran attendit un long instant propice à la concentration de chacun.

---

[14] - Les dialogues du document de référence est ici respectés dans leur graphie pour tout ce chapitre, en particulier pour les majuscules. L'orthographe de l'époque a été actualisée. Source BNF. Voir bibliographie.

Il reprit la parole.

- Frères premier et second Surveillants, engagez nos chers Frères, dans tous leurs grades et qualités, de vouloir bien nous aider à ouvrir la loge d'Apprentis Maçons.

Le sieur de Castillon répéta les mêmes paroles, puis l'abbé de Ganties.

- Frère premier Surveillant, êtes-vous Maçon ? questionna le Vénérable Maître.

- Tous mes chers Frères me connaissent pour tel, répondit avec un peu d'emphase de Castillon.

- Quel est le premier soin d'un Maçon ? insista monsieur de Dispan depuis son fauteuil.

- C'est de voir si la Loge est couverte, dit de Castillon.

- Faites-vous en assurer par l'Expert, conclut le Vénérable Maître.

L'un des Frères se leva et vint vérifier que la porte de la salle de cérémonie était bien close, avant de retourner à sa place, sous le regard attentif de Castillon, qui prit la parole pour dire :

- Elle l'est, Très Vénérable.

- Quel est le second soin ? demanda Dispan de Floran.

- C'est de voir si tous les Frères sont à l'ordre, répondit de Castillon, qui fit mine, en exagérant son geste, de regarder chaque participant le long des colonnes.

Il répondit qu'ils y étaient.

- Pourquoi nous rassemblons-nous ? interrogea le Vénérable, continuant son dialogue avec le premier surveillant de Castillon.

- Pour élever des Temples à la vertu et creuser des cachots pour les vices, répondit ce dernier.

- Combien de temps devons-nous travailler ?

- Depuis midi jusqu'à minuit.

Un jeune Frère, entré récemment dans la confrérie, regarda le fauteuil du Vénérable et comprit alors pourquoi il s'ornait d'un soleil et d'une lune. Il répéta en lui : « de midi à minuit ».

- Combien faut-il de temps pour faire un Apprenti ? poursuivit Dispan de Floran à l'adresse du premier surveillant.

- Trois ans.

- Quel âge avez-vous ?

- Trois ans.

- Quelle heure est-il ?

- Près de midi.

Le Vénérable marqua une pause, avant de reprendre.

- En considération de l'heure et de l'âge, avertissez tous nos chers Frères que la Loge d'Apprenti Maçon est ouverte, et que nous allons commencer nos travaux à la manière accoutumée.

- Mes chers Frères, sur ma colonne, je vous avertis de la part du Vénérable, que la Loge d'Apprenti Maçon est ouverte, et que nous allons commencer nos travaux à la manière accoutumée.

L'abbé de Ganties, second surveillant, répéta la même phrase.

C'est alors que tous les hommes rassemblés se levèrent. Ils placèrent sous leur gorge leur main droite gantée formant une équerre entre le pouce et l'index. Puis, ils déplacèrent cette main à l'horizontale, puis à la verticale vers le bas, tous en même temps. Cela signifiait qu'ils préféraient avoir la gorge tranchée plutôt que de trahir leur serment d'aider les autres, d'être vertueux, de chercher la concorde. Tous crièrent à l'unisson:

- Vivat ! Vivat ! Vivat !

Chacun se rassit. Cette cérémonie d'introduction avait semble-t-il transformé les participants. Volubiles avant, ils glissaient maintenant vers le calme et la concentration, celle de l'esprit vif et libre, prêt à réfléchir loin des postures et de l'emphase des propos habituels de la comédie sociale. Ils avaient franchi une porte, un sas. Ils siégeaient maintenant dans le Temple de la Raison, dans l'égalité des uns et des autres, quel que soit leur état dans la société. Une sorte de miracle dans un monde de hiérarchie bien marquée. Nobles, ecclésiastiques, marchands pouvaient échanger sans passion. Le jeune Frère, initié récent, semblait un peu perdu, égaré, étonné par cet échange auquel il ne comprenait rien, sidéré de voir les personnages les plus importants de la contrée se livrer à pareil exercice. Il n'y manquerait que monseigneur l'Évêque, se dit-il.

Cathérinot appréciait ce moment, ce passage. Il en tirait un plaisir profond. Les tumultes de la vie se brisaient contre les portes de ce temple éphémère. La violence, la misère, le crime, l'injustice, la morgue des grands, tout restait à distance pour être interrogé librement, transformé en objet de philosophie.

Le Vénérable Maître invita les Frères qui le souhaitaient à prendre la parole. De Giscaro, le chanoine de la collégiale de Saint-Gaudens, leva la main.

- Un Frère de ma colonne demande la parole Très Vénérable, annonça de Castillon.

- Accorde-lui la parole !

- Tu as la parole, dit le premier Surveillant.

- Vénérable, et vous mes chers Frères, dans tous vos grades et qualités. Comme vous le savez, notre Loge organise des spectacles de théâtre à la maison commune de Saint-Gaudens. Cette année encore, nous offrirons ces moments de beauté, de sagesse et d'éducation aux vertus, à la population qui ne les boude pas. Cela représente une dépense pour la Loge. Je propose donc que nous portions la capitation pour l'admission d'un profane à vingt-quatre livres[15], et pour être reçu maître à quatorze livres[16]. J'ai dit.

Le Vénérable invita à la circulation de la parole. Car c'est ainsi que les francs-maçons procédaient, à la grande satisfaction de Cathérinot qui y voyait un signe de modernité. Le Vénérable, élu au scrutin secret par ses Frères, ne décidait pas seul, comme un seigneur en son château, comme un Évêque en son palais. Il interrogeait la Loge et acceptait la décision collective. Plusieurs Frères firent de courtes interventions. Puis, aucune nouvelle demande ne se manifestant, monsieur de Dispan demanda l'avis de la Loge par un vote à main levée. La majorité approuva.

- Votre proposition est adoptée ! conclut le Vénérable.

Le Frère secrétaire, derrière son écritoire, nota cette conclusion sur le grand registre qui se devait de relever les actes de la loge. Cathérinot sourit, pensant que si le royaume adoptait ces procédures antiques du vote, du choix par consentement collectif, l'arbitraire reculerait certainement. Dans la Loge, sa voix comptait autant que celle des autres Frères, ni plus ni moins que celle du sieur Villa de Gariscan, Maître des Eaux et Forêts, que celle du chanoine de Giscaro, que celle de l'aubergiste Lacroix.

Le Vénérable Maître invita à un nouveau sujet de discussion. Cathérinot obtint la parole. Il se leva, plaça sa main droite gantée à l'équerre sous sa gorge, le bras gauche le long du corps. Ainsi, ne pouvant faire de gestes pour illustrer son propos, il devait se concentrer sur les mots choisis. Une rigueur qui aurait fait rire le commun des mortels en discussion sur le marché du jeudi, sous la

---

[15] Archives privées de la Loge La Candeur de Saint-Gaudens: environ 270 euros actuels.
[16] Idem: environ 158 euros actuels.

halle. Une pantomime figée et ridicule, aurait pensé un spectateur pas informé de cette recherche de la justesse et de la sagesse dans la forme du propos.

- Vénérable, et vous mes chers Frères, dans tous vos grades et qualités. La semaine passée, deux hommes ont été homicidés dans la forêt qui couvre la méchante lande de Landorthe. Ce passage du chemin royal est un vrai coupe-gorge, nous le savons tous. Nos *carrassaïres* qui s'en retournent de Toulouse après avoir voituré leurs radeaux chargés de bois, de marbre ou de laine, subissent d'horribles attentats en ce funeste lieu devenu source de périls. Ils y sont dépouillés, quelquefois occis. La révolte légitime gronde. Or, il n'est pas possible de tenir, en ce lieu, un détachement permanent de Dragons. Il est de notre devoir d'agir avec zèle pour mettre fin à ce fléau. Je songe à l'une des victimes, un certain Hans Bœchner. Songez que ce brave homme rentrait d'un long séjour à Lisbonne. Il avait offert la science de son métier de charpentier et l'habileté de ses mains pour voler au secours des martyrs lusitaniens. Il venait de traverser toute l'Espagne, de franchir nos sévères Pyrénées pour expirer chez nous, sans avoir revu sa famille. J'ai du chagrin pour eux, mes Frères, et la volonté de trouver réponse à ces crimes atroces. J'ai dit.

Jean-Baptiste se rassit.

Le sujet préoccupait. Cela se sentit au nombre élevé de prises de parole, toujours concises et modérées dans leur forme. Le lieu ne se prêtait pas aux déclarations emphatiques, aux subtilités des rhétoriques spectaculaires. Nombre d'entre eux proposaient des idées, des solutions à ces troubles que les autres écoutaient avec attention.

Cathérinot sollicita à nouveau son surveillant en levant la main. Il savait qu'il ne pouvait pas parler plus de trois fois sur le même sujet. Il devait donc choisir ses mots pour être clair et bref. On lui accorda la parole. Après avoir récité la formule d'introduction :

- Je me propose, mes chers Frères, de demander au Roi, propriétaire de la lande, le privilège de lui acheter cent arpents de ce terrain. Ensuite, je le ferai complètement défricher pour éliminer les cachettes des bandits. Désormais à découvert, ces détrousseurs devront lever le camp. À la place, je ferai pousser des céréales utiles à nourrir les pauvres de la contrée.

Les prises de paroles suivantes n'apportèrent pas d'inclinations nouvelles. Tous approuvaient l'idée. La Loge vota favorablement. Cathérinot n'avait plus qu'à rédiger sa requête. Il financerait l'opération sur sa cassette personnelle.

- Afin de faciliter la démarche de notre Frère, et maintenant de notre Loge, et d'en chercher un heureux dénouement, dit le Vénérable, je transmettrai les courriers au Maréchal Duc de Richelieu qui doit venir à nouveau présider les États du Nébouzan. Le Conseil du Roi sera ainsi édifié au plus juste, sans risque de perte dans les méandres de l'administration de sa Majesté. Si la requête l'exige, si le zèle s'endort ou s'égare en de funestes méandres, j'irai faire ambassade, allant à Versailles en défendre l'esprit et la lettre. La lumière sur cette affaire de crime ne doit point être ensevelie. Il est grand temps de la placer près d'un puissant chandelier pour dessiller les yeux aveugles de la justice du Roi. Notre action incessante et féconde se doit de dissiper l'épaisseur de ces ténèbres.

Puis il frappa un coup de maillet pour interrompre les travaux. Les Frères se levèrent. Les valets entrèrent. Ils installèrent des tables en U, positionnant les chaises à l'extérieur de ce fer à cheval. Une nappe blanche tendue à la perfection, accueillit vaisselle et chandeliers. Le banquet se préparait.

Le Vénérable appela à l'installation, lui au centre de la table qui reliait les deux ailes du U, les Surveillants prenant place à leur extrémité.

Les valets en livrée apportèrent les premiers plats de victuailles préparés avec grand soin à l'office. Un délicieux fumet envahit la salle lorsqu'apparurent sur la table les pâtés et les gibiers parfumés. Des carafes de vins vinrent compléter la promesse d'un bon festin, une tradition bien ancrée dans la vie de la Loge. Puis, les domestiques quittèrent la salle après avoir alimenté copieusement la grande cheminée au linteau gravé des armoiries du seigneur des lieux. Les Frères s'installèrent.

- Frères premier et second Surveillants, engagez nos chers Frères, tant du côté du midi que du nord, de vouloir bien nous aider à ouvrir la Loge d'Apprentis Maçon et celle d'instruction de Table.

Les Surveillants répondirent et les travaux commencèrent.

- Chargez mes Frères pour une santé, proclama le Vénérable.

Les verres se remplirent de vin rouge ou blanc, selon chacun, nectar que les francs-maçons appelaient « poudre », les verres étant des « canons », perpétuant ainsi les coutumes des Loges militaires très présentes dans la plupart des régiments. Les Frères se levèrent, tenant haut leur coupe.

- Premier et Second Surveillants, Frères de cette Loge, nous allons boire à la santé du Roi, notre auguste Maître, à qui Dieu donne une santé parfaite et une longue suite de prospérité, annonça le Vénérable. Second Surveillant, commandez l'ordre.

L'abbé de Ganties prit la parole.

- Mes Frères, regardez le Vénérable, dit-il en portant la main à son canon, un verre à pied en cristal taillé.
Puis, il ordonna:
- Portez la main droite à vos armes.
Chaque Frère saisit son verre mais sans le lever.
- En joue, dit l'abbé.
Chaque Frère leva son verre droit devant lui, le bras tendu.
- Feu, grand feu. C'est pour le Roi, notre Maître.
On but, le regard fixé sur le Vénérable pour ne reposer son verre qu'après lui. Mais avant cela, on porta son canon à gauche, puis à droite, trois fois de suite. Le verre enfin sur la table, chacun frappa trois fois dans ses mains et tous crièrent « Vivat ! Vivat ! Vivat ! ».
La Loge reprit le même rituel en faveur de la Reine et de la famille royale. Puis tous se rassirent un instant.
Le Vénérable frappa trois coups de maillet.
Tous se levèrent à nouveau. Chacun croisa ses bras devant lui, saisit la main du Frère qui se trouvait à sa gauche, et celle de celui qui était à sa droite. Ainsi se forma une chaîne tout autour de la table. Le Vénérable entonna le cantique de clôture, suivit en chœur par ses Frères. Un peu à l'écart, un Frère accompagna le chant de son violon.

Frères et Compagnons
De cet ordre sublime
Par nos chants témoignons
L'esprit qui nous anime :
Jusque sur nos plaisirs,
De la vertu nous appliquons l'équerre,
Et l'art de régler ses désirs
Donne le titre de Frère.
On a vu de tout temps
Des Monarques, des Princes,
Et quantité de Grands

De toutes les Provinces,
Pour prendre un tablier,
Quitter sans peine leurs armes guerrières,
Et toujours se glorifier
D'être connus pour Frères.
Profanes curieux
De savoir notre ouvrage,
Jamais vos faibles yeux
N'auront cet avantage.
Joignons-nous main en main,
Soyons fermes ensemble,
Rendons grâce au destin,
Du nœud qui nous rassemble.
À toutes les vertus
Ouvrons nos cœurs en fermant cette Loge;
Et que jamais à nos statuts
Nul de nous ne déroge.[17]

Le silence se réinvita dans le temple.

- Frères premier et second Surveillants, tous les Frères sont-ils à l'ordre ? demanda le Vénérable.

- Ils y sont, Très Vénérable, répondit de Castillon.

- Quelle heure est-il ? poursuivit Monsieur de Displan.

- Minuit, dit le premier surveillant.

- Quel âge avez-vous ?

- Trois ans.

- En considérations de l'heure et de l'âge...

Cathérinot n'écoutait plus les propos de conclusion du Vénérable. La vue des plats sur la table, là, devant lui, avait lancé ses assauts. Les parfums des gibiers sapaient ses défenses. Il salivait. Son ventre grouillait. Enfin, la délivrance vint. Le repas s'ouvrit avec l'arrivée des valets.

---

[17] - « L'origine et la déclaration mistérieuse des francs-maçons contenant une Relation générale et sincère, par Demandes et Réponses de leurs Cérémonies » (orthographe originale du document avec ses erreurs), par Samuel Prichard. 1743- Source BNF.

Comme d'habitude, le banquet laissa libre champ au commerce des papilles, pour des langues déliées. Les sujets ne manquaient pas. On s'inquiétait de la pauvreté générale de la contrée, de l'obligation qu'avait le peuple de migrer quelques mois par an en Espagne pour travailler dans les fabriques d'objets en fer blanc, afin de ramener quelques subsides, des olives et de l'huile à revendre sur les marchés. On dissertait sur les moyens d'élever la qualité des tissus produits par les nombreux métiers des villages. Rases et cadis ne se commerçaient pas au niveau permettant une rémunération suffisante.

On parla de Voltaire, de sa façon d'estimer que les malheurs venaient des hommes et non de Dieu. En ce lieu de concorde, les Frères ecclésiastiques pouvaient entendre et échanger sans être obligés de se parer de la posture d'outragés. Ils défendaient leur conception et leur dogme sans violence.

Vinrent bientôt les mets suivants et les pâtisseries.

Les discussions semblaient vouloir ne jamais se terminer. Le plaisir de l'échange ne faisait aucun doute, à l'abri des mouches de la police du Sénéchal et des violences qui agitaient le siècle. Chacun jouissait du confort que procurait la possibilité de converser en toute liberté avec des hommes des trois ordres, habituellement cloisonnés dans leur monde. S'aboucher en toute sécurité, protégés par le serment du secret que tous respectaient.

L'heure avancée invita les Frères à rejoindre leurs chambres. On se congratula avec chaleur, se souhaitant le meilleur avant de se revoir dans peu de jours. On tenta de conclure quelques dernières discussions.

Cathérinot prit congé. Son cheval attendait dans l'écurie. Il traversa le village à pas lent. Le gel figeait les pierres du chemin en un voile glissant.

De retour en sa demeure, il savait ne point pouvoir trouver le sommeil. L'amitié de ses Frères, la qualité de leurs échanges, stimulaient son imaginaire, décuplaient son énergie. Il se rendit dans son cabinet de travail. Il alluma trois chandelles avec celle qu'il tenait à la main. La lumière repoussa les ombres vers les coins de cette grande pièce. L'obscurité régressa au point d'abandonner le terrain de la table de travail. Il enroula la grande feuille sur laquelle il reproduisait le tracé d'une route. Il écarta sa règle, son équerre, son compas, pour saisir une plume d'oie taillée et un encrier.

Il plia en deux un papier vélin de qualité afin de former un cahier. Il alluma une chandelle supplémentaire. Il écrivit en gros, sur la première feuille, en haut :

« *Au Roy.* »

Il hésita un instant. Puis, en dessous :

« *En son Conseil.* »

Retour à la ligne :

« *Sire.* »

À la ligne à nouveau, dans une écriture plus petite :

« *Plaise à votre Majesté que son humble serviteur, Jean-Baptiste Cathérinot, sieur de Nose-Feré, ci-devant ingénieur des Ponts et Chaussée à Saint-Gaudens, capitale de votre vicomté de Nébousan, œuvrant avec zèle et dévouement à l'embellissement de votre Royaume, ait l'honneur de lui exposer un trouble malfaisant qui agite cette contrée et une modeste solution pour tenter d'y remédier.* »

Cathérinot trempa sa plume et fit une pause. La formule d'introduction était-elle assez respectueuse ? N'allait-il pas porter ombrage au gouverneur de Guyenne, le Maréchal Duc de Richelieu ? Et qu'en penserait l'Intendant d'Étigny ?

- Je me devrais de lui soumettre ce placet avant de l'adresser à Versailles, se dit-il, persuadé que la confiance qu'il lui accordait depuis ses travaux sur le débardage du bois en Bigorre serait d'un précieux secours.

Ne l'avait-il pas protégé lors de cette douloureuse affaire d'Espagne, alors que son implication ne pouvait se contester, alors même qu'à Paris on avait exigé sa tête ?

Il tourna la page.

« *J'ai l'honneur d'exposer respectueusement à votre Majesté les arcanes de cette affaire. Au Levant de Saint-Gaudens, la route vers Toulouse traverse une forêt dense qui fut visitée en son temps par monsieur de Froidour. Elle est devenue le refuge de brigands qui, poussés par le vice, attaquent les voyageurs et quelquefois les homicident.*

Le dernier malheureux était un sujet du Roi de Prusse qui rentrait du Royaume du Portugal.

Vos sujets souffrent et ne veulent plus vivre dans la perplexité et la crainte du malheur.

Il faudrait détruire cette forêt, ce désert vaste et affreux, et, sur cette terre libérée de ses sordides cachettes, rendue enfin impropre aux guets-apens, semer des céréales. Ainsi, le danger disparaîtrait et les villages disposeraient de plus de grains à farine.

Cette suite de crimes, et cette idée pour se libérer de leurs ténèbres, m'ont fait m'aboucher avec les Consuls de la commune de Landorthe. La forêt se situe au Septentrion du village. Ils m'ont dit être dépourvus de fond pour défricher.

Plaise à votre Majesté de reconnaître le besoin que le requérant a de ce méchant terrain pour le débarrasser de ses coupeurs de bourses, tout en offrant des ressources aux pauvres.

Lui accorder la préférence pour en acquérir cent ar-

pents royaux appartenant au domaine de votre Majesté, à charge de le défricher sur sa cassette, et de le semer. »

Cathérinot posa sa plume et saisit son menton entre le pouce et l'index. Il relut. Suis-je assez clair ? Convainquant mais point trop arrogant ?

Son billet serait examiné avant d'arriver au Conseil. Il ne fallait pas froisser. On pourrait, à Versailles, interpréter cette demande comme une critique de la politique du Roi. Il barra « *Vos sujets souffrent* ». Il ajouta, biffa, reformula et dut changer de bougies avant de s'attaquer aux formules de politesse de conclusion.

« *J'ai l'honneur d'être votre humble et* ». Il ratura. « *J'ai l'honneur d'être, avec un respectueux attachement, Sire, votre très humble et très obéissant serviteur* ».

- Voilà, se dit-il. Il ne me reste plus qu'à recopier avec soin avant de signer.

Devait-il cacheter à la cire plusieurs copies, l'une pour la malle-poste, l'autre pour Dispan de Floran, une voie normale et une autre parallèle en cas de perte ? Il opta pour l'écriture au propre de deux placets.

Les courriers pliés et cachetés, il n'en souffla pas pour autant les chandelles.

Il songea à ce Prussien, à sa famille qui ne le reverrait plus. Il trouva cela si profondément injuste qu'il en fut ému aux larmes. Qui était cet homme ? Qui l'avait homicidé ? On saisirait certainement un Juge Criminel au Parlement de Toulouse. À moins que ce ne soit le Juge Royal le plus proche. L'ingénieur buttait souvent sur le découpage complexe du territoire, une route ou une rivière passant naturellement d'un ressort à l'autre, d'une juridiction à l'autre, d'un pouvoir à l'autre, lesquels étaient détenus par des personnes dont le zèle ne se dirigeait pas forcément dans la même direction. Ce que l'un voulait, le suivant le refusait avec vigueur. Il fallait en référer à l'échelon supérieur, avec la perte de temps, d'énergie et d'argent que cela entraînait. Mais baste, il fallait bien s'adapter aux difficultés de l'époque. L'écheveau administratif du royaume lui semblait aussi complexe qu'un nœud gordien.

Pour autant, ce crime de Landorthe ne pouvait rester impuni.

Cette nuit-là, Jean-Baptiste Cathérinot prit une décision lourde de conséquences. En parallèle de ses travaux d'ingénieur, il investiguerait pour retrouver le ou les assassins du Prussien.

Il ne pouvait savoir, en mouchant les bougies, qu'il s'engageait sur un chemin périlleux et à quels dangers il s'exposait désormais.

7

Latoue
Le lendemain
Le lundi 27 décembre 1762

La nuit fut courte. Jean-Baptiste se leva très tôt. Il sella son cheval et se dirigea vers le nord du village. Il fallait arriver au château de Dispan avant que ses Frères ne se dispersent.

Dispan de Floran le reçut par une embrassade rituelle.

- Eh bien, mon cher Frère, que me vaut cette visite si matinale ?

- Je me dois de solliciter vos éclairages concernant l'affaire dont nous avons débattu hier soir.

- L'homicide de ce voyageur Prussien dans la forêt de Landorthe ?

- Si fait. J'ai le courrier à porter au mieux à Versailles.

Cathérinot extirpa le pli cacheté et le tendit à son Vénérable Maître.

- Voilà une prompte démarche. Je reconnais là votre sens de l'efficacité, mon cher Frère.

- Ce n'est pas tout. Il m'agréerait d'avoir quelques éclairages sur les gestes à venir de la justice du Roi.

- Suivez-moi en mon salon de travail. Nous y serons plus à l'aise pour expliciter tout cela.

Un couloir les mena devant une double porte couleur verte. En passant, le seigneur de Floran demanda à un valet d'apporter du café.

La pièce s'ornaient de portraits. Certainement les ancêtres de la noble famille. Costumes militaires avec, sur le bord, la lance, le bouclier et au sol l'armure d'Arès, le dieu grec de la guerre. Parlementaires en costumes de leur charge et en perruques, regards durs de la fonction. Jean-

Baptiste se souvint de son séjour à Paris en mille sept cent cinquante neuf, et de sa visite au salon de l'Académie Royale de Peinture et de Sculpture. Au Louvre, dans le Salon Carré, il avait été ébloui par cette avalanche de plus de cent quarante tableaux disposés sur tous les murs, jusqu'au plafond. Le portrait du Maréchal de Clermont-Tonnerre, droit et fier dans son habit et sa cuirasse, posant devant sa tente de campagne, l'avait impressionné. Il avait préféré, tout de même, l'humanité qui se dégageait de la peinture « Le repos » de Jean-Baptiste Greuze. La mine nostalgique de cet enfant regardant sa mère tenant un bébé sur ses genoux avant la tétée, montrant de sa main un troisième assis sur une chaise suspendant un tambour, l'avait ému. Un retour de chasse de Chardin l'avait étonné. Ces lapins sur une table, recouverts en partie par un faisan, et cette pomme avec ses feuilles, le tout baigné dans une faible lumière, sentaient la mort. Dans le salon de travail du seigneur de Floran, l'ambiance était plutôt à la célébration en portraits des gloires d'une famille.

Dispan s'assit à sa table et invita l'ingénieur à faire de même.

- Comment va procéder la justice du Roi dans cette affaire ? questionna sans détour Jean-Baptiste.

- Il faut, en première instance, qu'elle soit saisie, à l'évidence. Pour cela, trois conditions sont requises. Il faut qu'ait été enfreinte une des règles qui font l'ordre du temps.

- C'est bien le cas, ici, puisqu'on a homicidé, coupa Jean-Baptiste, oubliant dans sa fougue, l'un des usages des francs-maçons, de ne jamais interrompre celui qui parle. Dispan de Floran sourit. Tout se pardonnait à ce jeune homme fougueux mais loyal et généreux.

- Il faut que s'exprime un des plaignants. La famille

doit donc intervenir.

- Je vois là une première difficulté, soupira Cathérinot en fronçant les sourcils. Comment les retrouver ? Nous n'avons pas son nom.

- Nous ? s'étonna le seigneur. En quoi sommes-nous de la partie ?

- Je voulais dire, plutôt, n'avoir pas personnellement ces informations.

- Que vous importe, mon Frère. Vous informez les autorités royales. Elles seules peuvent instruire.

- Cela me convient peu. Tant de crimes en ces contrées restent sans punition. Cela renforce le zèle des mauvais sujets. L'impunité me semble la règle. En confidence, je vous avoue avoir décidé d'investiguer en secret. Il me semble que nous le devons à sa famille.

- Nous sommes tombés d'accord en Loge hier soir. Vous souhaitez vous engager plus avant dans cette énigme sanglante, je le vois. L'entreprise n'est pas sans péril, mais le geste vous honore. Vous aurez mon appui. N'oublions pas une troisième condition. Il faut qu'il y ait un magistrat ayant la compétence, mais aussi la volonté et les moyens, de donner suite à cette requête en plainte de la famille, laquelle doit être formulée par écrit et rédigée par un avocat. Vous le voyez, mon cher Frère, le voyage comporte bien des obstacles.

- Je paierai l'avocat sur mes deniers. La difficulté résidera dans la recherche de la famille.

- Si celle-ci accepte de faire requête en plainte, l'affaire sera de *petit criminel*. Mais si un procureur du Roi décide de requérir un châtiment, alors l'affaire relèvera du *grand criminel*. Il s'agit tout de même d'un *assassinat de guet-apens* ! La gravité des actes m'inclinent à penser en la classification de grand criminel, car la peine encourue est afflictive. Le condamné risque la pendaison, la roue, les galères. Dans ce cas, seul le Parlement de Toulouse est compétent pour prononcer la peine infligée. Vous le voyez, les arcanes sont tortueuses et l'incertitude règne en maître.

- Il me faudra donc retrouver la famille et l'instruire de la procédure.

- Notre Frère Mariande n'est pas encore rentré à Saint-Gaudens. Ses compétences d'avocat vous seront utiles.

Dispan de Floran appela un valet. Il lui demanda de quérir Monsieur Mariande dès qu'il apparaîtrait, et de le conduire en ce salon.

- Il est temps de déguster cet odorant café, n'est-il pas ?

Jean-Baptiste sourit. Il lui tardait de filer sans attendre vers les mystères de cette affaire. Il ne percevait pas encore les dangers de mort qui venaient de se lever pour lui, son épouse et ses trois enfants.

8

Saint-Gaudens
Le lendemain
Le mardi 28 décembre 1762

Depuis une bonne heure, Jean-Baptiste traçait ses plans sur la grande table de travail. Il multipliait, divisait, appliquait une règle de trois pour dessiner à l'échelle et reporter ses mesures de terrain.

Il fit un pause.

Il repensa à l'affaire qui l'obsédait. Il ouvrit un vieux carnet oublié, qu'il avait inauguré le jour de son arrivée dans la capitale de l'État du Nébouzan. Il sourit à la découverte de ses premiers croquis de la collégiale et de personnages. Il vit le visage de Claire, disparue, oubliée.

Il décida d'y consigner les éléments de l'enquête.

À la plume fine, celle qu'il utilisait pour ses dessins, il nota quelques phrases. Qui est ce Prussien ? D'où vient-il exactement ? Que faisait-il à Saint-Gaudens ? Quelle est sa famille ? Pourquoi a-t-il été trucidé ? Par qui ? Où l'ai-je rencontré ? En effet, il avait croisé le chemin d'un Prussien, ce qui était fort rare en cette contrée. Il ne se souvenait pas quand, ni où.

Un voyageur ne couche pas sous les ponts. Il loge dans une auberge. Plusieurs s'établissaient dans la ville. Autant commencer par celle qu'il connaissait le mieux.

Cinq minutes après, il entrait chez Lacroix.

- Bien le bonjour ! sourit-il au tenancier.

- Viens-donc te réchauffer près de l'âtre, répondit Lacroix.

Jean-Baptiste ne se fit pas prier. Dehors, le froid taillait comme une lame effilée.

- Veux-tu un bon chocolat chaud ?

- Je ne puis refuser !

Toinette comprit et fila dans les communs préparer la savoureuse mixture.

- As-tu reçu en ton auberge ce Prussien dont nous avons parlé en Loge ?

- Pourquoi ne te l'ai-je pas dit tout de suite ? C'est vrai. Il a passé ici la nuit qui a précédé son meurtre.

- A-t-il dit quelque chose, son nom par exemple ?

- Il se prénommait Hans. Nous avons peu parlé. Il rentrait du Portugal, m'a-t-il dit. Il ne semblait pas avoir beaucoup d'argent.

- Était-il dépenaillé ?

Ses habits montraient l'inverse. Sobres et sans luxe mais d'une qualité de tissu indéniable. Il a essayé de marchander sa nuit et ses repas.

- Il a donc été victime car il passait par là. La mauvaise route au mauvais moment.

- Un homme s'est attablé avec lui, tout de même.

- Ils se connaissaient ?

- Pas le moins du monde. Il a essayé, et réussi, à le faire boire plus que de raison.

- Quand il est sorti, cet homme est-il demeuré à table ?

- Non point. Il a accompagné le Prussien.

- Certainement pas très loin. S'il avait traversé la forêt, il aurait été homicidé lui aussi.

- C'est vrai. Te voilà maintenant exempt du procureur du Roi ou du juge Criminel ? plaisanta Lacroix.

Cathérinot sourit puis trempa ses lèvres dans le nectar brun qui diffusait son parfum dans la pièce.

- Fameux ! conclut-il. Je dois retrouver cet homme. Peux-tu me le décrire ?

- À grands traits, mon Frère. Je n'ai pas eu le loisir de l'observer finement comme un portraitiste. Il avait un visage anguleux avec une balafre sur sa tempe gauche. Il portait un bonnet rouge retombant sur le côté.

- Un radelier !

- Ou quelqu'un qui a dérobé une coiffe de radelier.

- Pourquoi cette prévention ?

- Car il chaussait des bottes de qualité, jamais vues chez un *carrassaïre*.

- À moins qu'il n'ait volé les bottes !

- Pour sûr. Le reste de ses habits ne ressemblait pas à ceux d'un marin de Garonne.

- Il ne portait pas de gilet de laine ?

- Je ne crois pas. Mais il était enveloppé d'une cape, avec une capuche, comme celle des bergers.

- S'il a laissé partir le Prussien tout seul, il me faut investiguer à partir de ton auberge, en allant vers la collégiale, en direction de la place Saint-Bernard. Je ne t'ai jamais demandé pourquoi tu as situé ton établissement ici, en cette maison.

- Je suis à deux pas de la route royale qui emprunte la rue du Barry, avec le puits tout près et le loueur de chevaux Talazac en face. Les marchands qui descendent chez moi sont à un souffle de la halle et de son marché du jeudi.

- Tu es fin stratège mon Frère Lacroix, sourit Cathérinot. Je te quitte pour glaner quelques indices.

- Bonne chasse, mon Frère. À bientôt.

- Merci pour ton chocolat !

Cathérinot posa quelques questions à Talazac.

- Pour sûr que je les ai vus ces deux compères. Ivres comme mouches folles en temps d'orage.

- Se sont-ils séparés ?

- Pas le moins du monde. Ils sont partis en chantant vers la place Saint-Bernard. Ils ont croisé un Jacobin qui s'est signé en les voyant ainsi agités.

Cathérinot remercia et marcha vers la place. À l'évidence, s'ils avaient quitté la ville ensemble, ils s'étaient dirigés vers la rue de la Trinité. L'ingénieur interrogea quelques commerçants devant leur boutique. Les cris des deux soulards avaient attiré l'attention. Les témoignages confirmaient l'équipée. On lui dit que plus loin habitait le marchand qui avait secouru le Prussien. Il avait raconté son aventure au voisinage. On lui indiqua sa porte.

Peu après, l'ingénieur en bousculait le heurtoir. L'épouse du propriétaire confirma mais son époux ne rentrerait que dans l'après-midi.

- Je reviendrai le voir. Dites-lui que je suis l'ingénieur Cathérinot, serviteur du Roi.

Seconde partie

En l'an de grâce 1755
Sous les auspices de sa Majesté Louis XV

Retour sur les premiers fils de la trame

9

Saint-Gaudens
6 ans et demi avant
Le samedi 19 avril 1755

Il avait fière allure le jeune Cathérinot, marchant d'un pas rapide vers le centre de la cité. Il venait d'arriver au Nébouzan, en la capitale de son État. Dans son bagage, le pli officiel signé et tamponné des trois fleurs de lys de son premier poste. Nommé sous-ingénieur en la ville de Saint-Gaudens, dans la Généralité d'Auch, avec des appointements de mille deux cent livres[18] l'année. À peine installé à l'auberge Lacroix, il voulut voir cette église romane dont on lui avait vanté la beauté sobre et la sage harmonie. La collégiale.

Pour un jeune ingénieur arrivant de Paris, sortant de la toute récente École des Ponts et Chaussées, les enseignements passaient par la participation à de véritables chantiers. Il avait assisté les sieurs Dubois et de Brie pour lever le plan du chemin de Saint-Ouen à Saint-Denis. La modeste somme de dix-sept livres et dix sous, octroyée à cette occasion, correspondait peu au niveau de fortune de son père Nicolas, seigneur de Villeportun, Garde Marteau à la Maîtrise des Eaux et Forêts de Châteauroux. Qu'importe. Depuis son entrée, en tant que surnuméraire, au bureau de l'ingénieur Bouchet à Grenoble, la passion du dessin, de la géométrie et de l'architecture le brûlait d'un brasier intérieur.

Bouchet l'avait chaudement recommandé pour qu'il entre à l'École des Ponts et Chaussées tout juste créée. Jean-Baptiste n'avait pas hésité une seconde. Il avait foncé vers Paris.

Très vite, ses professeurs notèrent son état d'esprit. « *A*

---

[18] Équivalent à 13 500 euros actuels.

du service, est vif et appliqué[19] » écrivit sur son dossier monsieur Picault, de sa calligraphie soignée. Il ajouta: *« Le sieur Cathérinot paroist avoir de l'éducation et de l'activité »* [20]. Mais c'est surtout le projet pilote du pont d'Orléans qui cheminait en lui comme un modèle de la science et de la technique modernes. L'ingénieur Perronet, fondateur et directeur de l'École, l'avait choisi avec plusieurs de ses camarades pour travailler sur cet ouvrage remarquable, symbole de la grandeur du royaume et des zélés serviteurs de son aménagement.

Ici, à Saint-Gaudens, au siège de son nouveau poste de sous-ingénieur à la Généralité d'Auch, il voulait découvrir une remarquable construction du passé. Il savait appliquer à la lecture des formes, ses connaissances de la géométrie et de l'architecture. Les jeux des forces en présence, des masses sur les piliers, l'action des arches, les contraintes des ouvertures, des croisées d'ogive, les styles de la décoration n'avaient plus de secrets pour lui. Mieux, il affectionnait particulièrement la traque d'anomalies par lui repérées mais pas encore découvertes par une population peu au fait de l'histoire de l'architecture. Il en tirait des questions, tel un policier du Châtelet en quête de réponses.

Cathérinot possédait cette passion de l'investigation. Il n'était pas rare de le voir compulser l'archive à la recherche d'explications. Lieutenant Criminel sans crime à élucider mais face à un ordonnancement de pierres peu habituel. Nombre de ces édifices qui peuplaient les villes du royaume sédimentaient des versions de plusieurs époques. On bâtissait sur du construit antérieur. On aménageait, on transformait, on adaptait. Se percutaient alors des formes d'époques différentes. Les jonctions offraient

---

[19] Archives de l'École Nationale des Ponts et Chaussées.
[20] Idem.

des énigmes à son esprit curieux.

Venant de la porte Saint-Catherine, il ne distingua que le sommet du clocher octogonal masqué par le toit imposant de la halle. Il la traversa. Elle était vide. Un courant d'air se glissait entre ses lourds poteaux de chêne. Il leva les yeux pour admirer la remarquable charpente, pour en lire les lignes de force des pièces ajustées avec art.

Jean-Baptiste Cathérinot se planta en face de l'entrée de la collégiale. Le portail gothique sur un ensemble roman produisit un effet de contraste qui aspira plus encore son attention. On eût dit un plaquage, comme une heureuse anomalie. L'élégance surgissait de sa confrontation avec la sobre lourdeur monacale de cette collégiale. Il en fallait moins pour le captiver, pour ravir son attention et son désir de savoir.

Son regard attentif balayait maintenant la façade, s'accrochait aux détails. L'encombrement du site ne lui permettait pas de prendre du recul pour voir correctement l'édifice. La façade nord supportait, tout du long, une suite de maisons appuyées contre son mur. Leur toit arrivait à la base de quatre étroites ouvertures en plein cintre. Le haut de la paroi de pierres taillées se découpait en formes de créneaux, laissant envisager une fortification médiévale.

À gauche du portail, on s'activait fort devant l'entrée de boutiques. Ça discutait, ça marchandait, ça faisait semblant de s'invectiver pour un sol, un denier ou deux de différence, et personne ne voulait lâcher cette pièce-là. La rondelle de métal naviguait en paroles tempétueuses et nerveuses du vendeur à l'acheteur et retour, comme si elle était vitale. Plus que la valeur marchande, il semblait que l'honneur des duellistes se jouait. La comédie amusa Jean-Baptiste. Il ne comprenait rien, ou presque, à cette langue des Pyrénéens. Il suivait la chorégraphie lyrique, riche des gestes théâtraux des courroucés. Une pantomime qu'il avait observée lors de son séjour à Grenoble. Ces simagrées ressemblaient au fond à celles de son pays de Châteauroux, avec d'autres mots mais avec les mêmes gestes des mains et des bras. Pareilles grimaces, sourires, froncements des sourcils et œillades exagérées ponctuaient les négociations pour des pacotilles. Aurait-il navigué jusqu'à Zanzibar qu'il eût certainement constaté d'identiques gesticulations bruyantes. Un langage universel irriguait le commerce de rue.

Si son zèle et sa fidélité le hissaient à la hauteur de la mission confiée par l'administration du Roi, il resterait certainement quelques années en cette contrée. La connaissance du gascon s'imposait donc. Plus tard, il découvrirait et intègrerait les petites différences de langage, d'accent, de vocabulaire, de prononciation, qui existaient tout au long de la chaîne des Pyrénées, d'une vallée à l'autre, entre la montagne et les plaines. Cette langue unique composait une mosaïque de particularismes locaux. Mais pour l'heure, il n'en savait rien. Il avait repéré les « *adiu* », les « *adichats* ». Il avait adopté tout de suite la musique de ces expressions, dès ce premier jour, avec les maladresses de l'arrivant. Car, pour sûr, il n'était pas du pays. Il mesurerait, assez tôt, la méfiance atavique de ces populations rudes et querelleuses. La notion d'étranger connaissait une définition large. Elle introduisait, dans les esprits, des frontières qui s'imposaient à l'inconnu, barrières invisibles au voyageur, mais irréductibles aux autochtones.

Les transactions marchandes qui impliquaient des sommes importantes, il en avait vu la scénographie dans le salon de travail de son père. Posée, calme, toute en courtoisie, en rondeur, en mots recherchés, en formules imagées, mais non sans férocité. Le grand commerce aux accents feutrés tenait de la stratégie guerrière et de la ruse mondaine. Celui de la rue ressortait de l'escarmouche, de l'assaut tonitruant pour de bien piètres résultats.

Fier de son duel sonore et théâtral, un homme régla de quelques pièces l'achat de timbales de métal blanc. Il s'éloigna, arborant un sourire en tout point semblable à celui du boutiquier. Les deux se frottaient les mains, heureux de leur victoire.

À droite du grand portail, entre le solide pilier contrefort surmonté de billettes et le bas du clocher-tour, après une étroite échoppe couverte elle aussi d'un toit de tuile romane, s'élevait une bâtisse de deux étages. Une habitante à la fenêtre invectivait un homme dans la rue, qui lui rendait ses jurons, le bras levé. L'ingénieur s'étonna de cet étrange couvre-chef qu'il portait, sorte de bonnet noir, plat comme une galette.

Jean-Baptiste visa un groupe de tonnelets, comme abandonnés au milieu de cette placette qui se dégageait de l'emprise de la halle, de la collégiale et des maisons. Ils attendaient d'être chargés sur une charrette stationnée à proximité. Il s'assit sur l'un d'eux. Le siège improvisé lui permettrait de lever plus facilement un croquis rapide de ce portail qui accrochait son attention.

De sa sacoche, il extirpa un carnet à la couverture de cuir teinté en vert. Il dénoua le fin lacet de peau pour accéder aux feuilles reliées. Il toucha, du bout des doigts, la première page. Malgré la banalité de l'objet, il le regarda comme on admire un talisman. Sur la face intérieure de la couverture de carton recouvert, une petite étiquette lui rappela ses derniers jours à Paris, juste avant son départ :

« *À la toison d'or. À Versailles, rue de l'Orangerie, proche les quatre Bornes.* »

Il sourit, se remémorant la foule agitée qui se pressait aux portes du château de Versailles, qui entrait et sortait avec la vigueur nerveuse de l'urgence. Venir plaider sa cause, intriguer, commercer, porter lettres et placets d'une multitude d'affaires, petites et grandes, expression de tous ces tourments, du banal au plus sérieux, qui obligeaient à s'aboucher avec des proches du pouvoir. Jean-Baptiste accompagnait son directeur dans la livraison de plans. Il portait quelques rouleaux précieux, fruit du travail d'un bureau qui ne chômait pas. Sa modeste tâche accomplie, il en avait profité pour déambuler, parcourir quelques ruelles de la cité avant de retourner vers la puanteur des miasmes de Paris.

Rue de l'Orangerie, une boutique à l'enseigne « *Loquet - Marchand papetier* » l'avait happée. Sur le panneau de bois peint qui se balançait au-dessus de la porte d'entrée, un nom à faire rêver d'aventures héroïques : « *À la toison d'or* ». Il aimait le contact des papiers, les chiffons vergé, les vélins, les forts et les fins, ceux qui supporteraient ses traits à la mine de plomb ou à la plume. D'une feuille à l'autre, le grattement de l'outil chargé d'encre n'était pas le même. Les yeux fermés, il pouvait reconnaître la plume d'oie utilisée pour les courriers, et celle de corbeau, plus petite, pour les dessins précis. À force d'utilisation, il en mesurait, mieux, il en ressentait la fine différence, l'infime variation du petit bruit de frottement sur les grains du papier.

Le comptoir présentait, en bon ordre, toutes sortes de produits : des cartes à jouer, des papiers de texture et de poids différents, des lisses, des granuleux. Un carnet recouvert d'une peau verte l'attira. Sa bourse, bien que peu garnie, lui permit tout de même d'en faire l'acquisition.

Il relut l'étiquette.

« *A Versailles, ruë de l'Orangerie, proche des quatre bornes.*

LOQUET, Marchand Papetier, fait & vend de toutes

sortes de Papiers, fait & vend toutes sortes de Cartons à la volonté des personnes; fait & vend des Paravens, Ecrans, garnit des Cabinets & Garde-robes en papier des Indes, & autres de toutes especes, tant à la Ville qu'à la Campagne. Vend toute sorte de Papiers, & tout ce qui concerne l'Ecriture, & des Papiers de toutes couleurs. Vend aussi de très-belles Cartes à joüer: Le tout à juste prix.[21] »

- Papiers des Indes, se dit-il. Il soupira. Les Indes lointaines...

Le carnet ouvert sur les genoux, Jean-Baptiste regarda le portail, typique de l'art gothique qu'il avait étudié avec le sieur Dumont, son professeur de « *dessin, levé de plan, architecture et trait* ».

Deux lignes verticales de colonnettes et une horizontale, sorte de plaquage de pierre noire, formaient un rectangle long et étroit. Encadré par cette figure simple, qu'il avait dessinée en respectant les proportions, s'ouvrait le portail. Il observa attentivement la ligne des arcs brisés des voussures. Mais, avant de les tracer, il crayonna ce pilier central qui divisait l'entrée en deux parties.

Le sieur Dumont, toujours précis dans la convocation du vocabulaire de sa science, parlait de trumeau, dont la force soutenait le linteau en son milieu. Au-dessus siégeait le tympan. Ici, il n'était pas sculpté de figures. On voyait nettement l'appareillage de pierres régulières. Il se perçait de deux oculus ornés de rosaces, placés dans le prolongement vertical des portes. L'ensemble montrait une presque parfaite symétrie. La petite différence, avait noté l'ingénieur, résidait dans les rosaces qui n'étaient pas identiques.

---

[21] Texte du véritable carnet, recopié dans sa graphie et dans son orthographe.

Il dessina la courbe des voussures à main levée. Faire le geste sans toucher le papier. Rotation vive de la main autour de l'axe du poignet. Une fois. Deux fois, Trois fois. Puis frôler le support. Laisser une infime trace. Refaire en touchant mieux la feuille. Une première courbe. Une deuxième. Traits vifs, rapides, précis pour saisir la forme. La mine de plomb courait maintenant sur la surface blanche. L'œil naviguait du dessin au modèle de pierre dans un rapide va-et-vient.

À l'aide de son petit couteau, il tailla la mine plate qui se logeait dans la rainure du manche de bois. Il traça deux traits purs qui semblaient vouloir couvrir le portail. On eût dit de lourds rideaux qui s'écartaient pour libérer la porte d'entrée. Entre cette paire de courbes en symétrie, il perçut un disque en bas-relief, gravé dans un bloc plus clair que l'appareil de ce mur. Il se leva pour s'approcher et mieux voir. Un chrisme ! Oui, c'était bien cela. À gauche, le dessin de l'alpha, et à droite, celui de l'oméga.

Passionné par l'histoire de l'art, l'ingénieur entendait encore les mots de son professeur, souvent raillé par ses camarades qui ne pensaient que science moderne. Cathérinot aussi, bien sûr, mais par tradition familiale, en était instruit. À la fin de l'année 1752, ses professeurs avaient noté sur son livret « *A des lettres* ». Le jeune ingénieur en était fier. Dumont leur avait parlé des chrismes, représentations symboliques des mystères de la religion.

- « *Je suis l'alpha et l'oméga, le premier et le dernier, le commencement et la fin, dit le seigneur Dieu, celui qui est, qui était, et qui vient, le Tout-Puissant.* », leur cita de mémoire le professeur. Mes jeunes amis, vous trouverez ces mots dans l'Apocalypse de Saint-Jean.

Sur le portail de la collégiale, quatre anges semblaient tenir le disque du chrisme divisé en croix. C'est ce qu'il imaginait, car les motifs des personnages étaient trop petits. Il se rassit pour continuer son croquis. Il dessina le disque de pierre sculptée avec ce qu'il voyait, ce qui lui semblait probable, et ce qu'il savait. L'exercice le changeait de son travail de levé de plan, à la rigueur mathématique obligatoire. Il aurait tout le temps de revenir modifier son esquisse et d'ajouter des détails.

Le dessus de l'entrée se surmontait d'une sorte de linteau tenant d'une forme en relief représentant un arc surbaissé.

Une anomalie capta son attention. Deux dais, de part et d'autre des portes de bois, demeuraient étrangement vides de statues. Comment ces niches désertes de figures pouvaient-elles marquer ainsi l'imparfait accomplissement du programme de décor ? Il se promit d'investiguer sur le sujet. Jean-Baptiste Cathérinot ne se contentait jamais de l'apparence du monde. Malgré son jeune âge, il se nourrissait de questions. La quête de la vérité en toutes choses lui donnait un feu intérieur que chaque énigme alimentait. S'il n'avait été ingénieur, il aurait certainement embrassé le destin aventureux de policier du Roi, de ceux qui investiguent. Il ne savait pas encore que la vie lui réserverait, en la matière, bien des surprises et des dangers. Chercher dans la noirceur de l'âme humaine pouvait se payer au prix du sang et des larmes.

Un colporteur s'arrêta quelques instants pour observer ce dessin qui naissait sur le papier. Il hocha la tête, admiratif.

La sombre bouche béante de la collégiale libéra un homme à la solide corpulence, habillé d'un surplis blanc, coiffé d'une barrette carrée noire, les épaules couvertes de son aumusse bien utile pour se protéger du froid. Découvrant cet étranger qui dessinait, le prenant pour un voyageur, certainement un de ces Anglais qui parcouraient les campagnes, il s'approcha afin de le saluer.

- Bonjour mon ami. Je suis le chanoine de Giscaro. S'il est des lumières à vous apporter sur notre maison du Seigneur, je suis votre obligé serviteur.

Cathérinot leva le nez de son croquis. Il sourit très généreusement. Son visage radieux exprimait la gratitude. Ses petits yeux rieurs disaient une forme de gentillesse. Leur éclat trahissait la passion.

- Soyez-en remercié, Monsieur le chanoine.

L'ecclésiastique se pencha vers le carnet. Il loua la qualité de son dessin. Constatant qu'il n'était pas un visiteur pressé, il échangea quelques banalités. Par d'adroites questions, celles que maîtrise tout homme de la religion, il sut qu'il s'entretenait avec le nouvel ingénieur affecté à l'État de Nébouzan.

- Lorsque vous parcourrez notre contrée, mon ami, afin d'y lever vos plans, prenez garde. Il est des lieux obscurs et périlleux pour le naïf ou l'étranger peu renseigné sur leur malignité. Faites prudence chaque fois que vous cheminerez en direction de Toulouse, sur la route royale. Elle traverse la lande de Landorthe couverte d'une méchante forêt. Là se dissimulent quelques fieffés coquins et autres détrousseurs. Des lames agiles et brutales y menacent le voyageur vulnérable. Munissez-vous d'une épée, et même d'un pistolet chargé. Leur exposition à la vue du coupeur de bourse sera plus utile qu'une incantation !

Après une formule de politesse, il s'éloigna.

Jean-Baptiste regarda alentour les gens de cette petite ville, qui allaient et venaient. Son attention fut attirée par deux hommes qui s'invectivaient devant un sac de grains ouvert. Tous deux portaient un grand bonnet plat et noir, ainsi qu'une cape brune. L'accoutrement intrigua le jeune ingénieur. Certes, Paris lui offrait un éventail de costumes les plus divers, mais il ne connaissait pas l'habillement des Pyrénéens. Les deux hommes en sabots portaient une culotte. Le bas de la jambe se couvrait de longues guêtres lacées sur le devant, et qui montaient jusqu'aux genoux. Lorsque la cape marron de l'un deux s'ouvrit pour libérer un bras nerveux qui s'agitait en tous sens, il vit qu'il portait en dessous un gilet et une large ceinture bleue. Coiffé d'un chapeau à larges bords, un troisième personnage vint écouter la querelle.

10

Saint-Gaudens
6 mois après
Le samedi 1er novembre 1755

C'est surtout le rouge du capulet d'une jeune femme qui provoqua l'œil de Jean-Baptiste. Il venait régulièrement dessiner les façades des maisons, les abords des couvents, les édifices remarquables. Non point qu'il en fût mandaté par l'Intendant d'Étigny, mais par simple plaisir. Son travail lui faisait produire des plans et des colonnes de calculs. La rigueur lui plaisait mais n'occultait pas sa sensibilité artistique. Le croquis d'architecture réunissait les deux vertus en un même objet. La recherche de la ressemblance n'interdisait pas le jeu des ombres, des textures des pierres. L'aquarelle enrichissait encore ses paysages urbains de teintes douces.

Ce jour-là, le toit et le rythme des piliers de la halle captaient l'acuité de son œil et la dextérité de sa main.

La femme au capulet venait de la rue en face de la collégiale, celle qui reliait la porte du Barri deth Mièi et la place couverte[22]. Elle avançait lentement, à petits pas, comme en rêve, au ralenti. Elle portait un petit panier sous son bras. Marchait-elle ou flottait-elle en douceur sur le pavé de la rue ? Une coiffe rouge vif couvrait sa tête, ses épaules et descendait jusqu'à la taille. Un casavé[23] noir moulait à merveille une taille fine et une chute de reins qui donnaient à sa marche, une légèreté, une élégance, qui troubla le jeune ingénieur. La jupe sombre, ample et froncée, se couvrait d'un tablier alternant des rayures verticales bleu sombre et gris clair.

---

[22] Plan de la ville en fin de livre.
[23] justaucorps.

Elle s'approchait. Bientôt, il put voir son visage gracieux. L'ovale parfait s'ornait de deux grands yeux verts. Une mèche s'échappait d'un probable chignon masqué par sa longue coiffe rouge. L'incarnation vivante du plâtre de la déesse Vénus qui lui servait de modèle à l'École. Il entendit le claquement discret de ses petits sabots sur le sol. Elle allait le croiser. Il se leva d'un bond. Son carnet, sa plume et son encrier, heureusement en métal, s'étalèrent sur le sol. Il la regarda.

Quand elle arriva à quelques pas de lui, et avant qu'elle ne bifurque pour éviter l'attirail de dessin dispersé, il retira son tricorne d'un geste ample et afficha un sourire du plus éclatant qu'il put. Elle le regarda, ne s'arrêta pas, mais sourit de même. Il en fut transporté. Son cœur se mit à battre comme cheval au galop. Malgré le froid de ce traître de vent d'ouest, il transpira.

Un frisson le parcourut. Il voulut lui parler mais aucun mot ne sortit. Il replaça son tricorne. Elle entrait sous la halle. Il la regarda se noyer dans la petite foule qui se pressait devant les étals. Il resta figé sur place, foudroyé, hagard. Un gamin s'approcha et tenta de se saisir de son encrier. La petite main sale qui agrippait son bien le fit sursauter.

- Laisse ça ! cria-t-il, faisant retourner les passants.

L'enfant en haillons s'échappa d'un bond et d'une course nerveuse, sans sa proie, d'autant que deux archers, dans leurs uniformes d'un bleu rutilant, patrouillaient.

Jean-Baptiste ramassa promptement son attirail. Il le fourra dans sa sacoche avec le carnet vert. Il plongea sous la halle sombre. Une foule bigarrée avait rapidement envahi le couvert protecteur. Absorbé par son dessin, il en avait oublié le temps. Il n'avait pas entendu l'arrivée pourtant bruyante des camelots et des clients. Il écarta les uns et les autres, se frayant un chemin, parcourant l'alignement des tréteaux, dans le brouhaha des transactions. Ici des pains, là l'odeur forte du poisson. Des rouleaux de tissu, rases et cadis. Des bonnets de laine, des capes suspendues.

Comment la repérer au milieu de tous ces capulets rouges ? Il refit le tour. Dehors, le soleil éclairait la rue. Le fond de la halle sombre, ouvert, devenait l'écran lumineux d'un théâtre d'ombres chinoises. Soudain, il reconnut la silhouette de la jeune femme. Elle quittait le marché. Il se précipita. Elle marchait dans la rue d'un pas gracieux. Comment l'aborder sans l'effrayer ? Comment lui parler ? Il ne connaissait que très peu, voire pas du tout, le langage local. Parlait-elle français ? Devrait-il user de gestes, au risque du ridicule ?

Elle franchit les deux tours de la prison Sainte-Catherine. Elle bifurqua vers la gauche avant d'entrer dans la rue de la Trinité. Elle s'arrêta devant la deuxième maison. Elle ne toqua pas, mais entra. Il se planta devant la façade et se dit qu'il attendrait qu'elle ressorte. Les heures passèrent et sa fièvre ne redescendait pas. Il dut se rendre à l'évidence, la jeune femme ne visitait pas, elle vivait là. Était-elle mariée ? Logeait- elle avec ses parents ? Le grenier présentait une grande ouverture. À la poutre linteau pendait une solide poulie. La demeure d'un marchand, cela ne faisait aucun doute. D'autant que la porte cochère s'ouvrait certainement sur une cour intérieure, peut-être des entrepôts.

Il reviendrait plus tard. Les commis de son bureau le renseigneraient sur cette maison. Ils connaissaient les noms des rues de cette ville. Lui, pas assez. Ils sauraient forcément identifier le marchand. Demain, il se planterait là à nouveau pour l'apercevoir. Oui, la revoir, car désormais elle hantait son cœur bouleversé.

L'esprit enfiévré, il ouvrit sa sacoche pour vérifier que tout son matériel était bien là. Rassuré, il se dirigea vers l'auberge Lacroix où l'attendrait, tout à l'heure, une bonne soupe et, lui avait promis le tenancier, une pièce de petit gibier.

Un colporteur approchait. Il l'arrêta d'un geste de la main quand il vit que celui-ci vendait du papier. Une aubaine. Il négocia deux feuilles roulées avec soin. Il entreprit un échange d'amabilités et de questions. L'ambulant lui dit savoir que le propriétaire de cette maison négociait des laines.

Dix heures n'avaient pas encore sonné à la collégiale. Soudain, Jean-Baptiste se figea. Un grondement sourd, profond, monta des entrailles de la terre. Le sol de la rue se mit à très légèrement vibrer, comme si une voiture chargée fonçait sur eux à tombeaux ouverts. Il ne stationnait pas sur un pont fragile. Il était au cœur d'une cité. Quel maléfice venait la tourmenter ? Il tourna vivement la tête en direction de la rue de la Trinité pour voir ce danger qui allait donc surgir de l'entrée de la ville, côté du Levant. Rien ! Un claquement sec ! Une tuile de la maison vint s'éclater en mille morceaux à leurs pieds.

- *Miladiu* ! La terre tremble ! maugréa le colporteur en s'échappant, agrippant son chapeau d'une main crispée. Dieu est en colère.

11

Lisbonne
Le même jour
Le samedi 1ᵉʳ novembre 1755

João Pinto entra dans sa petite maison nichée dans une étroite ruelle du centre de Lisbonne. Sa femme Geraldina invita leur garçon Amico et leur fille Miranda à se mettre au travail sans tarder. Sur le sol en terre battue, une pile de plaques de liège attendait, ainsi que des morceaux découpés.

Amico saisit une lame bien aiguisée et un fragment d'écorce de chêne qu'il posa sur une planchette de bois calée sur un tabouret. En quelques gestes adroits, mais nécessitant un bel effort car la matière résistait, il tailla un petit cylindre. Il lança le bouchon grossier dans un panier tressé et recommença l'opération.

- Il faudrait terminer de le remplir avant demain, précisa Geraldina.

Amico ne protesta pas. João ajouta une bûche dans la modeste cheminée. L'automne avançait les affres de sa fraîcheur humide portée par l'océan. De gros nuages joufflus filaient vers l'intérieur des terres.

- Sa Majesté a assisté à la messe de Toussaint, laissa tomber João.
- Si tôt ?
- Oui. Au lever du jour. J'ai vu tout à l'heure le Roi et la Cour quitter le palais.
- Que faisais-tu près du Tage ?
- Il me fallait négocier un arrivage de liège.
- Les moines ont encore passé commande ?
- Oui ! Je dois me rendre à Cintra. Le *Convento dos Capuchos* a besoin de ces panneaux pour réparer l'isola-

tion de plusieurs cellules. Ils en posent sur les plafonds et sur les parois. Même si les pièces sont minuscules, je vais leur porter une pleine charrette d'écorces, et de la plus épaisse.

- Le liège les protégera du froid qui va bientôt arriver, s'alarma Geraldina.

- Ils ont aussi besoin de silence, sourit João.

Il ouvrit la petite porte pour sortir dans l'étroite ruelle rejoindre sa mule attelée et son chargement.

- Il est arrivé une étrangeté tout à l'heure. Des milliers d'oiseaux quittaient les rivages et s'envolaient vers les terres…

Il n'eut pas le temps de terminer sa phrase. Un choc violent les projeta au sol. Une poutre s'abattit dans un terrible fracas, soulevant un nuage de poussière. Une deuxième s'effondra. Elle écrasa la table. João saisit ses deux enfants et les entraîna à l'extérieur. Geraldina cria, se tenant la tête entre les mains.

Dans la rue, les maisons vacillaient comme dans un étrange rêve, puis s'écroulaient. Le sol tanguait et grondait de ses profondeurs. Une sale poudre fine et brune envahit le moindre recoin, troublant la vue, attaquant les poumons. Un homme les dépassa en courant et en toussant. Soudain, il disparut dans un long cri. Une faille béante de plusieurs mètres de large venait de l'avaler.

- Suivez-moi ! hurla João.

Il jucha son petit sur ses épaules, saisit la main de sa fille et de l'autre celle de sa femme tétanisée d'effroi.

La rue n'était plus que hurlements des blessés écrasés sous leur maison. Les voisins détalaient en tous sens. D'autres, hébétés, couverts de poussière, semblaient transformés en statues inertes, en spectres morts sur place.

- Vite, sur le port !

Pas le temps d'expliquer. Il fallait fuir, s'écarter des maisons qui se disloquaient. João courait, entraînant sa famille avec lui. Lorsque le nuage de saletés en suspension se refermait, trop dense, il ralentissait pour ne point les entraîner dans les crevasses qui s'ouvraient. Courir, oui, mais sans se jeter dans le vide. Courir au milieu des rues encombrées de gravats. S'éloigner des restes de murs en instance d'écroulement final. À droite, à gauche, contourner ces trous béants. Revenir en arrière. Changer de chemin. Éviter la chute des tuiles et des pierres, mais toujours le plus vite possible vers le Tage. Les charpentes, le bois des colombages s'écroulaient sur des cheminées en action. Des craquements sinistres. Des brefs ! Des longs comme des plaintes ! Le bruit sourd des lourdes pierres qui percutent le sol. Les foyers des familles commençaient à cuire les repas à venir. Plus du tout contenues, les flammes libérées et les braises incandescentes, ici et là, allumaient des incendies. L'air pulvérulent se chargeait maintenant de fumées âcres. Les gorges brûlaient, les poumons s'enflammaient. Ça toussait ! Ça crachait ! Ça invoquait le Ciel. Ça se signait en courant comme des diables en furie ! Ça tombait et ça se relevait pour fuir au plus vite le brasier qui enflait, qui démarrait de toutes parts. Des corps écrasés. Du sang. Des visages figés dans l'effroi. Les yeux exorbités. Ça criait comme jamais on ne l'avait entendu ! Déjà des morts. Beaucoup. Les cadavres enjambés avant d'être soi- même happé par un trou géant ou réduit à néant par un amas de tuiles. Un fracas puissant, interminable, venait d'ici et de plus loin, tout près ou d'une colline. Comment éviter les pièges dans cette folle course en direction du rivage ? Comment ne pas oublier les siens ? Comment abandonner ce visage connu au bout d'un corps écrasé, perforé, enfoncé, noyé dans son sang ? Peur et survie. Peur et lâcheté ? On se bousculait ! On se piétinait ! On trébuchait sur les blessés hurlants ! On se récitait des prières et l'on voulait y croire. Ce n'était pas dieu possible cette apocalypse ! Pourquoi ? Mais pourquoi ? Ne pas s'arrêter. Courir ! Sauter ! Éviter la chute d'une pierre. Se faufiler sous une poutre tout juste tombée, là, devant soi. Pas le temps de souffler malgré la gorge en feu. Repartir, comme habité par une énergie invisible qui décuplait les forces. Survivre ! Courir, courir encore, courir !

Enfin João déboucha sur l'esplanade du port. Une foule immense s'entassait, hurlant sa frayeur. On se signait en gestes nerveux. On le refaisait encore et encore. On joignait ses mains pour implorer. On invoquait Dieu. On abjurait ses péchés. De cette place, vaste mais saturée de rescapés, tous voyaient les collines flamber, le palais royal écroulé, et même les clochers jetés à terre. Dieu les avait abandonnés ! Pourquoi ? Qu'avons-nous fait pour mériter une telle vengeance ?

- Regardez, hurla de terreur un homme tendant son bras vers le Tage.

Les eaux se retiraient à grande vitesse. Les cris d'effroi redoublèrent lorsque l'on vit les bateaux s'échouer, se renverser, se briser en écrasant les infortunés marins. Quelques-uns pataugeaient dans les algues mises à nue. Le vacarme sourd de l'effondrement des murs ne couvrait plus les cris de la population. Un chœur de la terreur montait de la foule en accents désordonnés et grinçants, en rugissements d'animal fou et désespéré. João serra très fort les mains de sa fille qui pleurait et de sa femme muette de stupeur. Ils s'approchèrent du bord du quai. Les gens vociféraient leur angoisse. Certains, évanouis, gisaient sur le sol, piétinés par d'autres qui ne savaient où aller maintenant.

- Nous allons en réchapper ! hurla João aux siens. Restez près de moi ! Ne me lâchez pas les mains !

Mais, soudain, un hurlement collectif plus fort encore surgit des entrailles de cette foule. Le fils de João, au-dessus de la mêlée, ouvrit les yeux comme jamais. Là, devant lui, se dressait une vague plus haute que les maisons, plus haute que les murs du palais royal, plus haute que le clocher de la cathédrale. Une déferlante gigantesque arrivait. Il serra de ses bras la tête de son père. La population compacte s'échappa à l'opposé, bousculant tout sur son passage. João agrippa le plus fort possible la main de sa fille mais elle céda. La petite fut piétinée, écrasée sous ses yeux. Il hurla. Son fils chuta de ses épaules. Il tourna la tête et vit l'immense muraille d'eau. Il n'eut pas le temps de crier. Une montagne s'abattit. Un poids immense. Il sentit ses côtes se briser. Une immense douleur explosa en lui. Il suffoqua. Il aspira d'un spasme. Il avala l'eau salée. Elle brûla ses poumons et ses yeux. Il bloqua sa respiration. Son corps virevolta, entraîné par le courant comme un fétu de paille dans une bourrasque. Tout tournoyait autour de lui. Plus de haut ni de bas. Il engloutit encore de l'eau salée. Il la respira par le nez. Les yeux brûlés, il ne voyait presque plus rien derrière les bulles nerveuses de cette soupe. Il étendit ses bras, ouvrit ses mains en un réflexe, comme si quelqu'un allait la saisir et le faire remonter à la surface, à l'air libre, à la vie. Il aspira d'un coup. L'eau de l'océan le consuma de l'intérieur. Le sel brûla ses yeux déjà en feu. Brinquebalé en tous sens au milieu des corps et des bois, sa vue affaiblie se brouilla encore. La lumière s'effaça dans une douleur incommensurable. Quelques secondes avaient suffi.

Quand l'eau se retira, il ne subsistait plus que des décombres, des amas de bois de charpentes, des restes de bateaux et des milliers de corps.

Geraldina ouvrit les yeux. La ville rasée brûlait. Une fumée âcre recouvrait la fière cité du sale linceul de la mort. Des gémissements s'échappaient, timides et faibles. Geraldina voulut se lever pour appeler ses enfants et son João. Son corps ne bougeait pas.

- João, viens à mon aide ! Viens, je t'en supplie ! Viens ! Viens ! Mes enfants, mes pauvres enfants, où êtes-vous ? João ! João ! Amico ! Miranda ! Amico ! Amico ! Ami…co…

Elle rassembla son courage et son énergie. Elle se raidit. Elle força, à s'en faire éclater le cœur. Rien ! Impossible de bouger. Elle vit alors ses jambes écrasées par une poutre. Son bras brisé laissait percer un os. Elle essaya encore de bouger. Son corps refusa de l'entendre. Elle voulut tourner la tête, crier, appeler encore João. Son corps abdiqua, l'abandonnant dans cette posture de gisant. Elle ne ressentit pas de douleur. Elle appela, mais sa voix faible s'éteignit lentement. Elle eut froid. Elle s'affaissa sur le côté, les yeux ouverts, figés pour toujours dans leur effroi.

12

Saint-Gaudens
Presque 8 mois plus tard
Le dimanche 20 juin 1756

Il faisait chaud et humide. Très chaud. Le soir allait tomber. Le soleil cuisait encore, mais à feu doux, les pierres des façades du palais épiscopal que Cathérinot longea sans forcer sa marche. L'obscurité libèrerait ses réserves de chaleur comme un four qui ne s'endort que très tard, en une lente décrue de son brasier intérieur.

Après avoir franchi, par la porte de la Trinité, l'ancien fossé qui bordait Saint-Gaudens, l'ingénieur bifurqua dans la ruelle en face du couvent[24]. Puis, laissant la porte du Moulat à sa droite, il se dirigea vers le couchant. Il dut plaquer un mouchoir sur son nez. Une eau croupie stagnait entre la maison Dustou et la porte nord de la ville.

- La peste soit de ces miasmes ! râla l'ingénieur, en se souvenant de la puanteur de Paris.

De par ses fonctions, il s'était abouché avec les Consuls. Il lui fallait connaître les coulisses d'un territoire, les rouages discrets d'une sociabilité qui influençait la vie locale, les pièges cachés, les chausses-trappes à éviter. Il fut informé à mi-mot, entre autres, de la dispute qui opposait les tenants d'une transformation de cet ancien fossé en une rue à ceux qui ergotaient pour obtenir un arrangement financier. On lui raconta que cela faisait un siècle que la commune négociait en vain. Jean-Baptiste comprit très vite que l'on cherchait à le ranger parmi les plaideurs. Prudence ! Bien que jeune en expérience, il savait qu'il devrait, avec tact et sagesse, tempérer les efforts de l'intrigue et prévenir les abus de la faveur. Sa liberté en dépendait.

---

[24] Plan de la ville en fin de livre.

- L'exécution de ce chantier remédierait aux vapeurs malignes qu'exhalent les eaux qui s'y corrompent et rendrait à l'air la salubrité si essentielle à la santé ! Il suffirait de combler et de paver. La tâche est des plus aisées, lui avait expliqué le premier Consul de la ville, confirmant par ses propos l'intuition de l'ingénieur. Le notable cherchait un renfort de poids dans sa démarche.

- Ah ! Le rude pays que voilà ! répondit le jeune ingénieur fraîchement nommé. Cette contrée me semble bien rétive à tout changement. Ma tâche ne sera pas de tout repos.

La suite lui donnerait raison. Mais, pour l'heure, il se rendait chez le sieur Dustou pour y souper.

Le maître de maison l'accueillit en personne et l'introduisit dans la salle à manger. L'ingénieur s'excusa de son retard.

- Mes amis, je vous présente Jean-Baptiste Cathérinot, sieur de Nose-Feré. Il a été nommé, ce printemps, sous-ingénieur en notre bonne ville.

- Certainement arriverez-vous à faire établir une rue pavée devant la maison de notre ami Dustou, rit sans retenue un ecclésiastique à la solide corpulence.

Jean-Baptiste reconnut l'homme jovial qui l'avait salué devant la collégiale.

- Comme vous y allez, chanoine de Giscaro, répliqua Dustou. Laissez donc notre hôte prendre place.

Cathérinot sourit, se donnant le temps et le recul pour jauger le propos. Ironie ou simple introduction à la discussion ?

- Je vous présente nos convives. À votre droite, précisa Dustou, se trouve Bertrand de Dispan, seigneur de Floran et son épouse Élisabeth, à votre gauche Jean-François de Villa, seigneur de Gariscan, Maître Particulier des Eaux et

Forêts, et son épouse dame Arnaude de Figuères, Monsieur de Vie, Monsieur l'abbé de Ganties et notre bon chanoine Labarthe de Giscaro.

À l'énoncé de leur nom, chacun salua et sourit en forme d'accueil amical. Le titre, même de petite noblesse, de cet ingénieur serviteur du Roi, lui octroyait de fait et de coutume un passeport pour entrer dans le cercle de la notabilité de la cité. Il était des leurs, déjà.

- Sans vous oublier, cher Dustou, ni vous, ni votre épouse Clothilde ! rit à nouveau le chanoine, accompagné des autres convives.

L'ambiance est à la bonne humeur, se dit Cathérinot, rassuré.

On discuta à bâtons rompus de tout et de rien, tout en dégustant des gibiers de montagne accompagnés de succulents croquets confectionnés avec une farce délicate que l'ingénieur sembla particulièrement apprécier.

On le questionna. Venir de Paris pour s'installer dans cette contrée, quel choix audacieux !

- Sa Majesté souhaite ardemment le bonheur de ses sujets. Cela passe par le tracé de nouvelles routes, de ponts, de canaux, de constructions à la gloire de notre monarque tout en étant de grand secours à son peuple.

- Vous voilà lancé dans une noble entreprise, mon jeune ami, répliqua Villa de Gariscan. Mais prenez garde. La population est rétive. La rixe n'est jamais très loin. Monsieur l'Intendant d'Étigny a dû vous donner quelques clés pour naviguer sur ces flots tempétueux. La corvée soulève les enthousiasmes malheureux, les débordements fâcheux, et même la sédition.

- Si fait, monsieur de Gariscan. Souffrez que je sois à l'écoute de vos conseils avisés.

L'ingénieur leur sembla être un honnête homme, à

l'écoute attentive et non simulée, éloigné de l'arrogance du conquérant parisien. La tablée, rassurée, fit glisser ses propos vers du plus léger. Il échangea donc sur mille et une anecdotes. On rit. On s'émut. Mais ce ne fut que parenthèse car le sérieux se réinvita.

- Il nous faut importer en nos vallées, plus que de la laine espagnole, la voix de sagesse de nos philosophes, conclut le sieur de Vié.
- Nous y œuvrons avec zèle, répondit de Giscaro. N'organisons-nous pas des pièces de théâtre de Voltaire ?
- Ici, à Saint-Gaudens ? s'étonna l'ingénieur.
- Oui, dans notre capitale du Nébouzan.
- Avez-vous lu son « *Candide* » ? questionna Arnaude de Figuères.

Le non général fut réfuté par Clothilde Dustou.

- La prose de ce Voltaire est d'une grande beauté. J'affectionne d'en découvrir les charmes et les pensées. Il a ajouté un poème à ce conte. Il y narre le tremblement de terre de Lisbonne.
- Un terrible drame qui plongea cette fière citée dans l'horreur l'an dernier, n'est-il pas ?
- C'est cela. Voulez-vous en entendre quelques strophes ?

L'accord fut général pour répondre à la curiosité et au plaisir d'entendre sa douce voix caresser les mots de Voltaire. Madame Dustou fit un signe au valet qui servait. Elle lui indiqua que le livret se trouvait dans la bibliothèque du petit salon.

Les convives terminaient un délicieux gâteau lorsque la maîtresse de maison, sous le regard fier et attentif de son époux, entama la lecture, d'une voix douce :

 « *Ô malheureux mortels ! Ô terre déplorable !*
 Ô de tous les mortels assemblage effroyable !

D'inutiles douleurs éternel entretien !
Philosophes trompés qui criez: « Tout est bien »,
Accourez, contemplez ces ruines affreuses,
Ces débris, ces lambeaux, ces cendres malheureuses,
Ces femmes, ces enfants l'un sur l'autre entassés,
Sous ces marbres rompus ces membres dispersés ;
Cent mille infortunés que la terre dévore,
Qui, sanglants, déchirés, et palpitants encore,
Enterrés sous leurs toits, terminent sans secours
Dans l'horreur des tourments leurs lamentables jours !
Aux cris demi-formés de leurs voix expirantes,
Au spectacle effrayant de leurs cendres fumantes,
Direz-vous : « C'est l'effet des éternelles lois
Qui d'un Dieu libre et bon nécessitent le choix » ?
Direz-vous, en voyant cet amas de victimes :
« Dieu s'est vengé, leur mort est le prix de leurs crimes
» ?
Quel crime, quelle faute ont commis ces enfants
Sur le sein maternel écrasés et sanglants ?

Lisbonne, qui n'est plus, eut-elle plus de vices
Que Londres, que Paris, plongés dans les délices ?
Lisbonne est abîmée, et l'on danse à Paris.
Tranquilles spectateurs, intrépides esprits,
De vos frères mourants contemplant les naufrages,
Vous recherchez en paix les causes des orages :
Mais du sort ennemi quand vous sentez les coups,
Devenus plus humains, vous pleurez comme nous.
Croyez-moi, quand la terre entrouvre ses abîmes
Ma plainte est innocente et mes cris légitimes. »

Jean-Baptiste avait écouté avec attention. La discussion s'orientait maintenant vers d'autres horizons.

- Les causes des orages, comme voilà bien posée l'interrogation, mes amis, laissa tomber Dustou.

L'échange courtois oscilla entre science et foi.

Le jeune sous-ingénieur laissait ses pensées dériver. Elles naviguaient sur d'autres flots. Il glissa un doigt dans la petite poche de son veston. Il était là. Il ne l'avait pas oublié sur sa table de travail. Il toucha discrètement le pli écrit peu avant, d'une plume fébrile. Après une cour des plus assidues, quoique secrète, menée avec finesse et grande dissimulation aux regards indiscrets, il donnait enfin rendez-vous à sa belle saint-gaudinoise. Peut-être oserait-il lui prendre la main, la regarder dans les yeux. Il serait prudent, pour ne point la compromettre aux yeux de son père au dur caractère.

Jean-Baptiste avait investigué, tout en se plongeant avec zèle dans les premières sollicitations de l'Intendant d'Étigny. Le pays avait tant besoin de ponts, que les torrents furieux s'ingéniaient à briser à la fonte des neiges. Pour l'heure, il voulait franchir le Rubicon, jeter une passerelle entre sa belle et lui.

Avec sa fougue de jeune homme de vingt-huit ans, il ne savait pas encore qu'il s'approchait inéluctablement du danger et de la mort.

13

Saint-Gaudens
Plus de 2 mois plus tard
Le mercredi 25 août 1756

Jean-Baptiste vérifia s'il n'avait pas oublié son plan. Parfait. Tout était là. Il roula les feuilles au plus serré et les enfila avec délicatesse dans un fourreau de cuir rigide. Il ajusta son tricorne. L'escalier le propulsa dans la rue peu animée. Le jour se levait et, à l'observation du ciel déjà laiteux, l'ingénieur sut tout de suite qu'il ferait chaud.

Sous l'enseigne d'un double fer à cheval, il retrouva Talazac.

- Votre cheval est prêt, dit-il en lui montrant une belle bête sellée dans l'écurie.

Cathérinot se rendait à la convocation de l'Intendant d'Étigny, en sa bonne ville d'Auch. Peut-être aurait-il préféré rejoindre la capitale de la Généralité en diligence, mais la ville n'était point correctement desservie. Avant de quitter Paris, pour organiser au mieux son voyage, il avait fait l'acquisition d'une gravure, celle de la carte des Postes. Quelle ne fut sa surprise en constatant que la contrée de son futur exercice semblait oubliée ! Comme un chapelet, les villes-étapes se reliaient les unes aux autres par une ligne en pointillés. Le trait contournait ce territoire mais ne le pénétrait point. Se pouvait-il que le document fût incomplet ?

À partir de Toulouse, la route se dirigeait vers Carcassonne. Là, elle se divisait en deux directions. L'une, vers les Pyrénées, filait au sud jusqu'à Mont-Louis, au cœur même des montagnes. L'autre, vers l'est, desservait Narbonne, continuait vers Montpellier puis vers Nimes, pour prendre la direction de Lyon. Peu avant Narbonne, une branche bifurquait vers Perpignan.

Pour se rendre à Auch en voiture rapide, il aurait dû remonter jusqu'à Toulouse, prendre la route qui passait par L'Isle-Jourdain, puis Gimont. À son âge, débordant d'énergie, on préfère un bon cheval pour galoper sur les chemins plutôt que de s'enfermer dans une caisse étroite bousculée par les chaos de la chaussée.

Il vérifia ne pas avoir oublié ses deux pistolets et le nécessaire pour les charger. Ils reposaient bien au fond de son sac de cuir qu'il fixa à la selle, ainsi que le tube protégeant ses plans.

Les premiers rayons de soleil rasaient les cimes des Pyrénées lorsqu'il se mit en selle. Le bleu sombre du ciel s'empourprait en dégradé. Une aquarelle aux tons doux se transformait, dans une lente mutation vers la lumière.

Plutôt que de filer grand train vers les collines du nord, traverser la place Saint-Bernard près du couvent des Jacobins et passer la porte du Barri deth Mièi, direction Boulogne, puis Masseube, il chevaucha au pas vers la collégiale. Il longea l'édifice, dépassa le cimetière qui jouxtait le chevet. Il contourna la halle déserte. Son toit offrirait une ombre bien agréable lorsque dans quelques heures le soleil darderait les hommes de sa pleine énergie. Au milieu de la rue de la Trinité, il bifurqua, en face du couvent. Pourrait-il la voir ? Non, bien sûr. Elle dormait à cette heure. Il s'arrêta devant sa demeure. Les volets clos confirmaient le sommeil de la maisonnée. La large porte du grenier dormait elle aussi. La poulie, figée, se reposait avant une journée de labeur. Il faudrait en descendre des ballots de laine et de tissu !

Un léger coup de talon de sa botte sur le flanc et le cheval reprit son pas serein. Cathérinot franchit la porte du Moulat, saluant les hommes du guet qui le reconnurent. Il pouvait maintenant galoper vers les collines, mais sans forcer l'allure. Dix heures de voyage imposent la modération et la sagesse dans la conduite de sa monture. La chaleur à venir n'aiderait pas. Auch ne s'offrait pas. Elle devait se gagner.

En chemin, il songeait. Lorsqu'il ralentissait le pas de sa monture, son cœur de jeune homme, lui, galopait encore. À tout rompre ! Le visage parfait de sa belle à conquérir le hantait, le perturbait, agitait ses sens, bousculait sa poitrine. Il en frissonnait. Le jeune homme avait investigué avec tact, ne voulant pas éveiller les soupçons. Cacher son attirance.

La ville de Saint-Gaudens ressemblait à un gros village bourré d'ecclésiastiques. Les chanoines de la collégiale, les Frères du couvent des Hospitaliers de Saint-Jean de Jérusalem, ceux des Trinitaires, ceux des Jacobins, les Sœurs Dames religieuses de Notre-Dame. L'injonction divine rivalisait de messagers. La prudence s'imposait. Les familles bourgeoises et les négociants en vue veillaient jalousement sur leur réputation et celle de leur famille. Il en allait du cours de leurs affaires. Compromettre la fille d'un marchand relevait de l'attitude suicidaire pour un serviteur du Roi.

À Paris, Perronnet, le directeur de l'École des Ponts et Chaussées, avait clairement averti tous les élèves, dès leur entrée dans son établissement, rue des Blancs-Manteaux. Une observation rigoureuse de leurs mœurs serait opérée et leur comportement évalué. Il devait les conduire sur le chemin de la vertu. Le vice les condamnerait sans appel au renvoi *sine die*.

Jean-Baptiste contenait ses émois comme les barrages provisoires sur Garonne, lorsqu'en faibles eaux il fallait les retenir pour les libérer ensuite d'un coup et permettre une flottaison des radeaux.

Les deux amoureux se rencontraient en grand secret. Elle prétextait descendre à la fontaine de Goumetx, en dessous de l'hospice, dans cette pente légère qui abandonnait le plateau de la ville pour mener à la plaine s'étirant jusqu'à Garonne et ses moulins à foulon. Elle se munissait d'un pot de terre vernissé.

Jean-Baptiste feignait de venir y lever des croquis. Après avoir assuré la place, vérifié qu'aucun témoin gênant ne pouvait les importuner, ils se rapprochaient mais sans se toucher, chacun restant de part et d'autre du petit bassin collecteur de l'eau. Ils se regardaient intensément, les yeux fiévreux. Ils échangeaient à mots doux.

L'ingénieur, lecteur assidu, amateur des arts et des lettres, poétisait sur la nature, sur la beauté, sur la force de cette montagne proche, sur ces pics saillants qui se dressaient vers les cieux, fiers et conquérants. Il colorait ses vers improvisés d'allusions mythologiques suggestives mais jamais grivoises. Elles faisaient néanmoins rougir la belle, elle aussi grande lectrice. Apollon et Vénus venaient souvent illustrer les vers déclamés.

Un jour, toujours aussi taquin et souriant, il déposa une bourse sur le rebord de l'étroit bassin. Elle l'ouvrit et extirpa un ruban. Elle fronça les sourcils, non pour réprouver mais pour faire entendre qu'elle ne saisissait pas le sens de ce message.

Jean-Baptiste, main sur le cœur, déclama d'une voix suave :

> *Dans cette bourse que veut dire*
> *Ce ruban mis en guise d'or.*
> *Le voici, charmante Thémire.*
> *Le lien qui m'attache à votre doux empire*
> *Est mon trésor et ma richesse.*

Elle rosit une fois de plus, puis elle éclata de rire.

- Mon bel ami, que de préventions en renfort de ce mystérieux présent !

- S'ils expriment avec douceur mes sentiments profonds, ces vers ne sont pas miens. J'en ai fait capture pour vous mieux être gré.

- Ne vous en prévenez pas, mon ami. Je suis comme vous, je le constate, lectrice du Mercure de France.

Le jeune homme démasqué éclata de rire.

- Comme il est doux de rencontrer chez vous ce goût des lettres.

Ils poursuivirent la conversation sur ce journal qu'ils lisaient donc tous deux. Elle lui avoua attendre avec impatience l'arrivée de la malle-poste pour dévorer son exemplaire au frontispice illustré d'une gravure représentant Mercure, le dieu messager. Son père lui achetait à Toulouse, chez le libraire Robert, avant qu'il ne l'abonne en écrivant à maître Lutton, avocat commis au recouvrement, rue Saint-Anne, Butte Saint-Roch à Paris.

Qu'une personne s'approchât dans le chemin en pente, et la mine de plomb de Cathérinot reprenait son croquis. Le modeste pot de terre, versé d'un geste, se remplissait à nouveau. Que cette personne stationne trop longtemps à la fontaine et il fallait lever le camp. Elle remontait vers la ville en premier, ne pouvant laisser son récipient déborder, au risque de se perdre. Jean-Baptiste savait, lui, enrichir son croquis, tourner la page de son carnet sans éveiller de soupçons. La belle franchissait la porte de Goumetx sous sa tour. Elle devait revenir vers la collégiale, la longer, suivre le cimetière, passer la porte qui menait au chemin d'Encausse et rejoindre par un sentier large, soit la fontaine de Martre, soit celle, plus loin, de Hountarelle. La passion qui les animait leur donnait des ailes.

Chevauchant vers Auch, il songeait à ces moments de transport.

Il fit quelques haltes pour désaltérer sa monture. La chaleur torride mettait bête et voyageur à rude épreuve.

Avant d'entrer dans les gorges de la Save, il s'arrêta près de ruines livrées aux ronces. Pour certains, ces pierres abandonnées marquaient la présence d'un ancien monastère de Templiers abandonné. D'autres, plus hardis, estimaient que le site était romain. On ergotait sur le sujet en douces querelles d'esprits érudits dans les salons de la contrée. Il tira les pistolets de son sac. Il les vérifia. Ils étaient bien chargés. Il les glissa à la ceinture, près du fourreau de son épée.

Le chemin suivait les courbes de la rivière aux eaux opaques et vertes. Il arriva devant la première falaise blanche, paroi abrupte, lisse, douchée des clartés aveuglantes du soleil en rage. Elle surgissait de la rivière, les pieds dans l'eau.

Il entendit le cri d'une chouette. En plein jour ? En voilà une anomalie ! Une alerte aussi. Il tira l'un des pistolets. Il l'arma. Il tendit son bras droit devant lui. Si un détrousseur l'observait, il savait que le cavalier pouvait lui brûler la cervelle. Il avança à pas mesurés. Au galop, un simple obstacle en travers du chemin, une branche, des roches, surprendraient son cheval. Il pouvait alors se cabrer, le désarçonner, le jeter à terre et le perdre. Le pas se fit donc aussi lent que l'écoulement de la petite rivière sans courant. Les falaises qui bordaient de part et d'autre la gorge couverte de forêts recelaient nombre de grottes. Malgré le dense feuillage, Jean-Baptiste pouvait apercevoir ces trous noirs qui perforaient les roches lisses et blanches.

Caches ? Abris pour canailles à l'affût ? Nouveau cri de chouette à sa droite, en hauteur, vers les ruines du château de Lespugue dont il ne voyait que le sommet de pierres sombres. Un cri d'oiseau maintenant au loin, au niveau de la rivière. Que faire ? Déroger et retrousser chemin à bride abattue ? Aller de l'avant et faire illusion de sa force ? Il tira un coup de feu en l'air, passa son pistolet main gauche et montra le second. Il accéléra le pas, comme s'il voulait charger. La proie devenait chasseur. Les détrousseurs devaient le croire. Il entendit des pas, une course. Une fuite ou une attaque. Il perçut une forme blanche qui s'éloignait. Une autre remontait vers le haut des falaises en se faufilant entre les arbres.

- Fuyez gibiers de potence ! hurla Jean-Baptiste. Craignez mon feu !

Il franchit les virages sans encombre. Il sortit enfin et fila grand train jusqu'au village de Blajan endormi sous le poids de la chaleur. L'abreuvoir fut apprécié.

Il traversa la bastide de Boulogne désertée. Un chien égaré le suivit dans sa descente, sur la route de Masseube. Le reste du chemin fut occupé par ce sentiment d'insécurité qui l'accompagnait. Il ne redoutait pas une attaque car il savait se défendre. Mais que dire du voyageur faible ? Il devrait profiter de sa rencontre avec l'Intendant Mégret d'Étigny pour lui en parler.

Jean-Baptiste arriva à la nuit tombante au pied de la cité d'Auch. Il passa le gué sans difficulté, montrant le pli de d'Étigny. Il grimpa lentement le chemin vers la cathédrale et sa place bordée de maisons à colombages. Dans la petite rue qui descendait légèrement derrière le palais de l'Intendant, il trouva une auberge. La nuit serait profitable. Il dîna d'une soupe et d'une petite friture. L'aubergiste savait cuisiner, pour sûr.

.

14

Auch
Le lendemain
Le jeudi 26 août 1756

Jean-Baptiste se leva tôt, réveillé par les cloches de la cathédrale. La rue s'animait déjà. Les artisans avaient ouvert leurs volets et l'on pouvait les voir à l'œuvre. L'hôtel de l'Intendance se repéra très vite. Jean-Baptiste opta pour l'aile droite et il tomba juste. Derrière la porte, les commis grattaient déjà le papier. Il salua d'un bonjour généreux et souriant. Les têtes se levèrent brièvement avant de replonger dans leurs écritures. Un des préposés quitta son tabouret pour s'approcher.

- Puis-je vous être d'un quelconque secours ?
- Si fait. Je suis attendu par votre Intendant afin de m'aboucher avec lui.
- Vous devez préalablement vous entretenir avec le premier secrétaire habilité à enregistrer la démarche qui vous conduit ici.
- Bien. Pouvez-vous me conduire auprès de lui ?

L'homme, dans la force de l'âge, engoncé dans son habit sombre, sembla gêné.

- Il vous faudra attendre son arrivée et faire antichambre.
- Qu'à cela ne tienne. Je ne suis pas pressé. Aucune autre affaire ne m'oblige en votre bonne ville.

Un léger soulagement se lut sur le visage du commis. Il s'excusa et retourna à sa table de travail. Cathérinot s'assit. Découvrant plusieurs cartes fixées sur les murs, il se leva pour les voir de plus près. La Généralité se dessinait. Cartes d'Hippolyte Matis sur les cours d'eau, déjà étudiées à l'École des Ponts et Chaussées. Cartes des relais de poste, qu'il connaissait déjà. Plusieurs cartes de Cassini, qui reconstituaient la totalité de ce vaste territoire administré par le prestigieux Maréchal Duc de Richelieu. Il admira ces dessins de reliefs rehaussés de couleurs très finement aquarellées. Ils donnaient une force à ces topographies. On devinait les montagnes, les forêts, la profondeur des vallées. Aménager le royaume exigeait de savoir représenter le territoire de façon précise pour mieux en parler avec l'administration du Roi, pour calculer l'ampleur des travaux projetés, pour établir les devis.

Neuf heures sonnèrent à l'horloge qui décorait la cheminée du bureau. La cathédrale confirma. Les plumes grattaient. Quelquefois, un commis soufflait, agacé par son erreur, obligé de refaire un calcul ou un courrier.

Cathérinot regarda par l'une des grandes fenêtres. La rue charriait son lot de passants. Colporteurs qui haranguaient la foule, porteurs d'eau venant de la grande fontaine, vieillards au pas lent mais à la canne ferme, jeunes hommes coiffés de leur tricorne riant à gorge déployée, femmes élégantes, petit panier au bras, marchands guidant par le licol leur mule chargée, bourgeois en costumes à la mode, quidams aux chapeaux à large bord ou porteurs d'un bonnet plat.

Neuf heures trente tintèrent d'un son cristallin. Jean-Baptiste ne s'abandonnait jamais au comportement de l'homme pressé, arrogant, persuadé que son temps à lui s'imposait aux autres. Il s'étonna tout de même de ce retard considérable. Il redouta qu'il en entraîne un suivant avec d'Étigny. Une bien mauvaise introduction à son premier contact avec l'Intendant.

- Monsieur le premier secrétaire viendra-t-il ce matin ? demanda-t-il avec tact et sourire diplomatique.

Le commis qui l'avait accueilli retrouva son regard

fuyant.

- Monsieur Genain n'a pas pour habitude d'arriver avant dix heures. Il vous faudra encore patienter.

Le jeune sous-ingénieur se cala à nouveau dans une des confortables bergères. Il abandonna ses bras aux accoudoirs. Il soupira sans excès. Il regarda ses bottes, puis le plafond. Il laissa dériver des yeux vers les tables de travail des commis. Les gestes des scripteurs qui trempent la plume dans l'encrier, qui font crisser l'outil. Celui qui réajuste ses bésicles. Celui qui éternue et se mouche sans grâce. Celui qui feuillette un mémoire, s'arrête, tourne la page suivante, revient en arrière, recopie sur sa feuille puis se replonge dans son exploration des arcanes du sujet pour lequel il doit produire une note à Monsieur le Premier Secrétaire qui n'est toujours pas arrivé lorsque dix petits coups cristallins se manifestent dans ce silence studieux.

Cathérinot attendit encore. Que faire d'autre ? Il ne pouvait sortir faire un tour dans la rue. Si Monsieur Genain entrait ? S'il ne faisait que passer avant de se rendre à un autre rendez-vous ? S'ils se croisaient ?

Soudain, peu avant que dix heures trente ne sonnent, la porte s'ouvrit. Un homme entra, certainement de la noblesse. Vêtements de luxe, coupe élégante, étoffe raffinée, perruque de bon goût et certainement d'un coût substantiel. Port altier. Présence.

- Enfin l'Intendant ! se dit l'ingénieur en se levant pour saluer.

L'homme au regard hautain dévisagea ce jeune qui se penchait, tenant son tricorne à la main. Jean-Baptiste n'avait pas imaginé d'Étigny aussi âgé. Le commis s'approcha de lui.

- Ce gentilhomme vous attend Monsieur le Premier Secrétaire. Il est ingénieur affecté à Saint-Gaudens. Monsieur l'Intendant l'a requis ce jour.

Les autres employés inclinèrent légèrement la tête pour mieux voir la scène. Jean-Baptiste perçut de l'amusement dans leurs yeux rieurs et dans leurs sourires discrets. Monsieur Genain cultivait le retard avec rigueur et constance. Jour après jour, il ne se présentait pas aux heures requises. Inutile d'espérer l'apercevoir à l'Intendance avant dix heures. À midi, il fuyait sans attendre pour rejoindre son épouse. Vers quinze heures, il daignait retrouver sa table de travail, vérifier les dossiers préparés par les deux secrétaires aidés de neuf commis. Point besoin d'attendre la disparition du soleil pour fuir. Les chandelles du bureau ne connaissaient pas son ombre.

- Veuillez me suivre, dit-il d'un air suffisant.

La pièce de modeste dimension, sobre et sans décoration, contrastait avec l'allure du Premier Secrétaire, affecté d'un âge certain qu'il cherchait à gommer par le costume et l'élégance du geste. Il désigna une bergère devant sa table de travail et s'installa dans la sienne. Il saisit une feuille filigranée, une plume. Il écouta et nota rapidement le nom de l'ingénieur, les raisons de sa visite.

- Voulez-vous voir mes plans ? interrogea Jean-Baptiste.

- Non point, mon ami. Cela reste du ressort de Monsieur d'Étigny en personne. Je les consulterai lorsqu'il les aura approuvés. Je vous conduis près de lui sans tarder.

Jean-Baptiste sourit.

- Sans tarder ! En voilà un coquin. Il m'a fait prendre racine et le voici maintenant des plus diligents, se dit-il, en se gardant bien de montrer quelque signe de désappointement.

L'Intendant Antoine Mégret d'Étigny l'accueillit avec chaleur.

- Bienvenue en notre hôtel Monsieur le sous-ingénieur. Prenez place mon jeune ami ! Le directeur de l'École des Ponts et Chaussées ne tarit pas d'éloges sur vous. Il loue sans détours votre zèle et vos savoirs. Je ne puis que m'en féliciter. Vous serez un précieux renfort sur le grand chantier de cette Généralité. Tant de routes à ouvrir, tant de ponts à construire et de rivières à aménager pour rendre possible la flottaison de nos marbres. Pour un esprit jeune et plein d'allant, la situation est propice à l'exercice du talent.

- Votre bienveillance me va droit au cœur, Monsieur. Je m'espère être à la hauteur de vos attentes.

- Ne soyez pas trop modeste, mon ami. Je sais votre valeur. Je vais très vite l'éprouver. Nous devons sortir le royaume de l'ombre et du doute. Je devine que cet étui contient les plans demandés.

- Si fait. Puis-je ici les dérouler et les soumettre à votre expertise ?

- C'est bien l'objet de ma requête. Faites donc, Monsieur l'ingénieur.

Jean-Baptiste étala la petite pile de grandes feuilles qu'il maintint à plat en posant, sur leur bord, quatre objets réquisitionnés sur le bureau de Mégret d'Étigny, avec son accord. Il montra, de l'index, les lignes du terrain. La main à plat balayait la surface d'une forêt. Il expliquait avec fougue comme s'il eût à convaincre. Convaincre de quoi ? Il ne négligeait aucun détail. Du coin de l'œil, il apercevait le hochement de tête approbateur de l'Intendant. Pour sûr, ce jeune ingénieur possédait le talent et la flamme. Il passa au plan suivant, laissant la feuille s'enrouler toute seule. Nouvel exposé et même approbation.

- Voilà un excellent travail, mon ami !

- Serviteur, Monsieur.

- Vous pouvez maintenant évaluer les coûts. Établissez donc les devis et faites-les-moi parvenir sous huitaine.

Jean-Baptiste marqua une pause, se rassit. Il entendit les cloches de la cathédrale. Soudain, il se souvint de ce qu'il devait faire, très vite. Il voulut prendre congé, courir à l'auberge, récupérer son sac, sauter sur un cheval et filer à bride abattue vers Saint-Gaudens. Il ne pouvait perdre une minute. Il chevaucherait de nuit, quitte à tuer sa monture sous lui. Impossible ne pas être en Nébouzan au matin. Inimaginable. Cette pensée le rendit fiévreux.

- Reprenez place, mon ami, sourit l'Intendant qui arborait une veste rouge avec deux rangées verticales de boutons dorés.

Que faire d'autre ?

- Mais vous transpirez ! Voulez-vous que je vous fasse porter une citronnade bien fraîche ?

Cathérinot déclina la proposition. Vite ! Qu'il finisse enfin.

- J'ai pour ambition, Monsieur le sous-ingénieur, de tracer une belle route carrossable de Montréjeau à Bagnères-de-Luchon. Cette étude délicate que je vous expose en peu de mots sera confiée à Monsieur l'ingénieur en chef de la Généralité. Nous y reviendrons plus tard en détail. Je compte vous associer à cette mission. Pour l'heure, étudiez, arpentez, tracez, établissez les premiers devis avec lui. Voyez également la possibilité de prolonger cette voie de Bagnères-de-Luchon au royaume d'Espagne par le port de Vénasque. Investiguez sur place. J'ai préparé un placet. Monsieur Genain vous le remettra. Vous le porterez sans tarder au subdélégué de Lassus en son château de Gourdan. Il est déjà instruit en grandes lignes de ma requête. Vous irez de conserve sur les pentes de cette montagne qui ne doit plus demeurer un mur infranchissable.

Nous devons d'abord ouvrir une voie vers le plus profond de cette vallée. On y dit les eaux bénéfiques à la santé. Ensuite, ce passage entre les deux versants des Pyrénées bénéficiera au commerce et à la prospérité des populations.

D'Étigny se lança dans un long descriptif de la situation de la contrée. Il évoqua l'industrie des textiles. Il développa sur les marbres, fit des remarques sur le radelage et son organisation. Puis il revint sur une de ses obsessions.

- Ne laissons pas leurs enfants se rendre à l'école des villes. Ils y deviennent avocats ou curés. Ils privent notre Roi de bras dans les champs. De retour dans leurs villages, ces maîtres du Droit ergotent, fomentent des querelles au profit de leur bourse. Au sein d'une population déjà vindicative, ils battent briquet sur des buissons secs.

Jean-Baptiste écoutait, hochait la tête pour approuver, mais piaffait comme un taureau.

Justement, d'Étigny embraya sur son désir d'interdire les corridas. L'homme semblait vouloir faire fi des traditions séculaires. Il puisait ses idées dans l'esprit des Lumières qui irriguait les gens de progrès, ceux qui discutaient dans les salons et dans les loges maçonniques. Jean-Baptiste approuvait tout ce qu'il entendait, sauf sa charge contre l'école. Pour le reste, cela correspondait à son désir de participer, à son modeste niveau, à la transformation d'une société corsetée. Mais l'heure pressait.

Enfin, Antoine Mégret d'Étigny se leva. Il conduisit le jeune ingénieur dans le bureau de son premier secrétaire. Il était vide.

- Le bougre ! laissa tomber l'Intendant. Venons voir un secrétaire.

Dans la rue, tube en main, placet dans la poche de son veston, Jean-Baptiste courut, manqua de renverser une femme, s'excusa en levant son tricorne, entra en trombe dans l'auberge, ralentit le pas, grimpa à l'étage, dévala l'escalier, déposa le nombre de pièces nécessaires au règlement de son hébergement, se jeta dans la rue, entra dans l'écurie, sauta sur le cheval sellé déjà préparé depuis bien des heures, marcha au pas dans la rue en rongeant son frein, accéléra dans la descente et, enfin, lança sa monture au galop dans la plaine. Arriverait-il à temps ? Une catastrophe se profilait, tout comme la nuit. Qu'importe, il chevaucherait à s'en briser les reins.

Il fit ce que son cœur enfiévré lui dicta. Une nuit entière !

Il arriva brisé aux premières lueurs du jour. Un baquet d'eau chaude. Le fil du rasoir sur les joues et le menton. Son plus bel habit.

Beau comme un Apollon, il se dirigea vers la fontaine, tenant une monture fraîche par le licol. Un cœur pouvait-il battre plus vite que le sien ?

15

Saint-Gaudens
Un an plus tard
Le samedi 27 août 1757

Jean-Baptiste fréquenta souvent la fontaine, durant toute une année, sauf quand le temps se chargeait de pluies, de vents ou de neige. Les deux jeunes gens changèrent de lieu de rendez-vous. Il leur fallait un cadre propice aux regards éperdus, aux embrassades tendres sans s'abandonner à une intimité coupable. Jean-Baptiste, ci-devant séducteur, n'en était point pour autant un libertin. Son amour se jouait sur le terrain de la tendresse, de la poésie, de l'échange. La nature ceinturait Saint-Gaudens. Les cachettes abondaient. Certaines pouvaient se révéler redoutables.

- Ne nous retrouvons pas demain en cette lande, dit Jean-Baptiste.
- Me repoussez-vous mon ami ? s'inquiéta Claire.
- Pas le moins du monde, ma mie. Comment le pourrais-je ? Je brûle d'amour pour vous.
- Mais alors ?
- Cette lande dont vous me parlez est dangereuse. On y compte déjà plusieurs attaques.
- Vous avez raison Jean-Baptiste. Mon père en parle souvent lors du dîner. Cette situation préoccupe les marchands de ses amis. Comment l'avoir oublié ? Vous me troublez tant. Ne pouvez-vous pas informer l'autorité royale de ces dangers ?
- Les Consuls alertent en vain. Rien ne bouge. Nous aurons un jour quelque drame en cette forêt. Il sera alors trop tard.

Les deux jeunes gens surent ajuster leurs escapades aux

richesses de la contrée. Grimper sur les collines au nord de Saint-Gaudens et admirer le mur des Pyrénées.

Jean-Baptiste courait pas monts et par vaux à la demande de d'Étigny. Il arpentait, mesurait, traçait. Il se rendait de temps à autre à Auch. L'Intendant le recevait toujours avec courtoisie. Il ne lui ménageait pas ses encouragements.

Vint le temps où il lui sembla être suivi. Illusion ? Crainte exagérée ? Lacroix lui confirma avoir vu un homme se mettre dans ses pas à plusieurs reprises, avoir écouté ses conversations à l'auberge, le regard dur et sournois. Lacroix le pensait intéressé à la bourse de son ami.

- Reste sur tes gardes, Jean-Baptiste. La pauvreté de la contrée fait des envieux. Munis-toi d'un lumignon le soir. Écarte les ombres.

Cathérinot ne pouvait savoir qu'il glissait lentement, inexorablement, vers le danger, le vrai, celui qui complote pour effacer la vie. Des destins se rapprochaient mais pas ceux qu'il imaginait. Il cherchait le meilleur et le pire grandissait loin de lui. Plus tard, il se dirait qu'il avait été aveugle.

Un soir, il reçut un pli, banal de l'extérieur. Aucune mention de l'expéditeur. Il reconnut l'écriture. Un frisson l'envahit. Il décacheta. Elle disait oui. Oui ! Elle lui donnait rendez-vous le lendemain, aux premières heures du jour.

Le matin se levait. Elle était là, près de la fontaine. Il la vit. Il n'avait pas dormi de la nuit. Aurait-il pu fermer l'œil ? Non, à l'évidence. Tout son être chavirait.

Elle lui sourit. Il s'approcha.

- Dans quelques minutes, à Valentine…

Elle sourit encore, fit un petit signe de la main et se hissa sur son cheval. Elle s'éloigna vers la plaine.

Elle suivrait Garonne et la franchirait par la passerelle jetée sur le fleuve à l'entrée de la bastide de Valentine.

Jean-Baptiste, en manœuvre de diversion, cheminerait par la ville, prendrait la rue royale, longerait le couvent des Sœurs de Notre-Dame, traverserait le plateau pour prendre la route qui descendait.

Ils s'étaient donné rendez-vous à proximité des ruines romaines d'Arnesp, à la sortie de Valentine. Deux itinéraires différents pour ne point éveiller les soupçons et tromper les mouches du redoutable père de Claire.

Elle était arrivée avant lui. Il fit un signe des bras. Elle le vit. Il continua sur le chemin de La Bartes[25]. On pouvait encore les reconnaître. Prudence ! Ils chevaucheraient à une minute d'écart l'un derrière l'autre.

À la sortie du village, il aperçut sa silhouette lointaine. Il freina le pas de sa monture.

Ils franchirent Cier. Après les virages, Jean-Baptiste accéléra. Il ne pouvait laisser sa Dulcinée entrer ainsi seule dans la forêt. Après le village, le passage se resserrait. La montagne descendait en deux versants opposés et semblait vouloir coincer la route. À moins que celle-ci ne fût passée en force. Dans ce défilé, une jeune fille serait en danger si quelques soldats démobilisés ou quelques coquins détrousseurs se dissimulaient dans les broussailles. Le galop puissant de sa monture lui permit de la rattraper rapidement. Il souleva son tricorne comme s'il saluait une inconnue. Elle éclata de rire. Le soleil caressait la peau lisse de son doux visage. Ses grands yeux verts étincelaient. Ils chevauchèrent côte à côte.

Ils descendirent de Barbazan en passant près du lac. Ils

---

[25] - Labarthe. Orthographe trouvée dans plusieurs documents d'époque. *La barta* est le terme régional pour désigner les futaies ou tout lieu boisé.

longèrent une tuilerie, puis un moulin. Inutile d'attendre le bac, ou de passer à gué à Galié. Ils remonteraient le cours de la Garonne en longeant les berges. Ils s'arrêtèrent à hauteur de Bertren qu'ils devinaient sur l'autre rive. Il fallait se reposer. Il l'aida à descendre du cheval. Il la tint par la taille et la déposa lentement, très lentement, sur le sol. Son corps frôla le sien. Il ne put résister et la serra dans ses bras. Elle le regarda dans les yeux. Plus rien n'existait. Il approcha ses lèvres des siennes. Jamais il ne l'avait vue de si près. Il respirait son souffle. Il en frémissait. Sa poitrine explosait. Il la serra encore mais relâcha sa pression comme s'il eût craint de briser une fine porcelaine. Elle ne recula pas. Elle laissa ses lèvres se poser sur les siennes. Déjà bouleversée, elle succomba. Ils restèrent ainsi liés l'un à l'autre, sans mesurer le temps aboli.

Au loin, la cloche de Bertren les réveilla. Ils se tinrent la main en se regardant. Ils se séparèrent et se hissèrent sur leur monture pour reprendre le chemin.

La cité royale de Saint-Béat se profila bientôt, coincée entre les montagnes. La forêt recouvrait les pics et s'arrêtait sur le haut de falaises de pierre claire. Elle débordait légèrement sur la roche.

Sur leur gauche, le Pic du Gar émergeait, majestueux, mur minéral érodé, avec ses parois vertigineuses retenant entre elles des parcelles de pelouse agréables aux moutons. Ils ne pouvaient pas les voir de la vallée en chevauchant, même à pas lent. Le soleil vengeur les écrasait.

Les premières maisons du faubourg apportèrent un peu d'ombre et un air frais.Ils passèrent sous un porche humide qui traversait toute la longueur d'une maison. Une aubaine. Au bout de ce tunnel, une passerelle sur Garonne permettait d'entrer dans la cité. Ils s'arrêtèrent au-dessus des flots pour regarder un radeau passer.

- Martin ! cria une voix. Gérard Martin !

À l'étage, un homme se pencha à sa fenêtre.

Une tignasse grise sur une tête massive enfoncée dans ses épaules. De gros sourcils noirs.

- Qui m'appelle ? rugit le dénommé Martin.[26]

- Audoubert le colporteur. On dit que tu tiens des draps en commerce.

- Entre ! sembla grommeler Martin d'une voix rude.

Cathérinot et sa belle Claire n'avaient pas prêté attention à l'échange. Les yeux suivaient le radeau qui filait vers la plaine. Les *carrassaïres* agrippés à leurs longues rames se criaient leurs consignes pour ne point se fracasser contre le mur des maisons de la rive.

Jean-Baptiste et Claire longèrent le Gravier, passèrent la porte de Taripé et sa prison sans avoir à acquitter de taxe. Ils ne transportaient aucune marchandise. À l'archer, ils dirent aller visiter un parent à Fos.

Le voyage se poursuivit le long de la rivière aux eaux basses mais suffisantes pour des flottages modestes. Les roches de cette vallée tiraient sur les bruns, les rouges, oxydées. Les pentes abruptes enfermaient la plaine.

À Fos, une tour plantée sur un rocher massif formait une butte dépassée. Ils suivirent le chemin du Plan d'Arem.

Ils entrèrent sans difficulté au Val d'Aran, en passant le pont du Roy. Le paysage grandiose, couvert de forêt, les accompagna tout au long du chemin qui remontait Garonne. Enfin, ils arrivèrent à Bossost. Les maisons se blottissaient autour de la vieille église romane. Sur la place, une auberge leur tendait les bras pour la belle nuit à venir. Jean-Baptiste pénétra dans la fraîcheur humide de la salle.

---

[26] Voir « L'assassinat de Saint-Béat »

Il n'eut pas à longuement négocier pour obtenir la meilleure chambre.

Il retrouva Claire devant l'édifice religieux, face au portail nord surmonté d'un tympan représentant un Christ en majesté, encadré du soleil et de la lune, placé au-dessus d'un chrisme sculpté dans le linteau, entouré des quatre évangélistes. Du pain bénit pour sa curiosité. Mais de cette décoration, il ne vit aucun signe. Aveuglé par le doux visage qui lui souriait, il ne regarda même pas ce portail de pierres claires qui se détachait du mur sombre de l'édifice. Il naviguait en lévitation. Elle lui sourit encore. Rien d'autre ne comptait.

- Êtes-vous assuré que nous ne commettons pas une folie ?

- Me voulez-vous encore, ma belle ?

- Je vous choisis pour époux, sans la moindre hésitation ! Mon cœur est prisonnier de ses transports vers vous, mon tendre ami. Mais mon père ! Mon pauvre père ! Mon terrible père ! Comment réagira-t-il à cet affront ?

Jean-Baptiste ne sut que répondre. La raison et la sagesse s'étaient dissous dans le regard de feu de Claire. Il saisit délicatement sa main et l'entraîna dans la petite basilique plongée dans l'obscurité.

- Bien le bonjour, curé ! Je vous salue mes amis.

Deux jeunes gens, choisis pour être témoins, se courbèrent pour lui répondre. Le prêtre, engoncé dans une soutane noire élimée, recouverte de son surplis blanc et d'une étole, opina du chef. Son visage fermé et son air grave indiquait qu'il appréciait peu cette cérémonie qu'il savait devoir être discrète.

L'officiant chaussa ses bésicles pour lire le papier que lui tendit Jean-Baptiste. La promise dut traduire les mots recopiés et signés, passeport indispensable au mariage.

« *Claire Bégué, fille du sieur Jean, marchand, et de demoiselle Marie Dufaur, mariés, est née le vingtième et a été baptisée le vingt et troisième janvier, de langue de son parrain...* »

L'écrit était signé Bascans, curé, et Soulé de Besin.

Le prêtre reconnut la signature de ses homologues de Saint-Gaudens et de Tuzaguet de l'évêché de Saint-Bertrand. Il avait déjà entre les mains le deuxième acte de naissance, celui de Jean-Baptiste.

« *Le 3 octobre mille sept cent vingt et huit, Jean-Baptiste Cathérinot est né, fils de Nicolas, sieur de Villeportun, Garde-Marteau, et de Rhodène-Angélique Dherer, baptisé le 30 octobre...* ». Suivait la signature des témoins et du curé de Châteauroux.

La noblesse du jeune homme le rassura et gomma quelque peu, mais sans trop, son air renfrogné.

La cérémonie fut brève, mais conforme au rite. Elle se termina par la lecture du registre, complété par un scripteur installé au fond de l'église, et par la signature des époux, des témoins et du ministre du culte.

Jean-Baptiste attendit d'être sur la place pour serrer son épouse dans ses bras. Ils s'embrassèrent longuement, tendrement, sans jamais vouloir faire une pause. Puis ils marchèrent le long de la rivière, riant, courant, se rapprochant comme des enfants innocents. Ils s'éloignaient du village en se parlant.

Soudain, un cri. Non, plutôt un appel puissant. Un gamin courait vers eux, agitant les bras. Ils se figèrent pour l'attendre.

- *Cuidado señor ! Cuidado !*

- Peux-tu parler français, petit ?

- Il connaît aussi notre gascon, je vais vous traduire, proposa la jeune mariée.

Le garçon s'exprimait vite et de façon désordonnée, agitant les bras, mimant des gestes. Claire cria, se saisissant le visage des deux mains, se voilant la face puis sanglotant.

- Que se passe-t-il ? Un malheur vient-il de survenir ?
- Oh, mon Dieu ! Mon père et plusieurs hommes à lui nous ont suivis. Ils nous cherchent pour te rosser et me ramener à Saint-Gaudens. Nous sommes perdus.
- Vite, fuyons ! Récupérons nos chevaux et enfonçons-nous en Espagne.
- Trop tard ! cria Claire. Regarde la troupe qui fond sur nous.

Impossible d'espérer distancer cinq hommes à cheval. Ils eurent tôt fait de joindre les jeunes époux et de les encercler. L'un deux tenait un pistolet, les autres de solides bâtons. Ils sautèrent de leur monture.

- Fieffé coquin ! hurla Jean Bégué, coiffé d'un chapeau à larges bords. Je vais te rompre l'échine.
- Pitié mon père, sanglota Claire se mettant devant Jean-Baptiste, le protégeant de ses bras ouverts.
- Écarte-toi, petite effrontée !

Un homme la saisit par le bras. Jean-Baptiste voulu s'interposer. Un coup de bâton le jeta à terre.

- Regarde ce que j'ai fait de ton torchon infamant ! hurla le père.

Il montra la page du registre paroissial de Bossost arrachée. Il la déchira.

- Le curé saura tenir sa langue s'il veut encore la conserver ! vociféra le marchand, rouge de colère.

Il tendit un index vengeur vers sa fille.

- Toi, ta place est désormais au couvent, en un lieu austère et lointain !

Il ferma son poing à l'adresse de Jean-Baptiste.

- Vous, Monsieur, louez le seigneur de n'avoir pas consommé ce mariage indigne et ainsi conservé la vie sauve. Quant au curé Bascans de la collégiale, je vais de ce pas lui chauffer les oreilles. On me dit que vous exercez la charge d'ingénieur. Je me dois d'alerter Monsieur l'Intendant et même le Conseil du Roi de vos funestes emportements et de votre conduite scandaleuse. Je vais, croyez-moi, mener grand tapage et travailler à votre infortune. Vous n'êtes pas digne de servir notre Monarque !

Il fit un signe du bras. Un nouveau coup de bâton dans les côtes fit plier Jean-Baptiste de douleur. Il ne cria pas. Ramassé sur lui, incapable de se lever, il entendit sa belle emmenée de force qui hurlait sa douleur en s'éloignant.

Il resta longtemps allongé dans la prairie, face contre terre, ivre de douleur.

Le retour à Saint-Gaudens fut pénible. Plié en deux sur son cheval, le corps blessé hurlait moins sa souffrance que son âme déchirée.

Plongé dans une indicible tristesse, Jean-Baptiste ne réapparut pas en son bureau d'une semaine. Puis, il questionna entre deux mots, au coin d'une conversation, pour savoir quel couvent emprisonnait sa belle. Il s'en voulait de l'avoir entraînée dans cette aventure.

La ville ne parlait pas de cette affaire. Leur rapprochement avait été secret, comme leur escapade. Il s'aboucha avec le curé Bascans qui le houspilla. Il lui reprocha vertement de l'avoir abusé et, de ce fait, d'avoir été complice de la rouerie de la petite Claire.

Bégué, le marchand de tissu, fulminait toujours. Il se devait maintenant d'écarter l'ingénieur de la contrée, pour espérer faire revenir sa fille qu'il chérissait mais promettait à un mariage déjà négocié avec un de ses associés dans le commerce de la laine.

Il écrivit donc à Versailles.

Qui sait le chemin qu'emprunte un placet acide et destructeur pour atteindre sa cible ? À chaque étape, il peut se dissoudre et se noyer dans les méandres de l'administration. Il peut aussi se renforcer, se transformer dans les réponses qu'il génère. À l'École des Ponts et Chaussées, on avait maintenant l'habitude d'inscrire le bon et le mauvais sur les dossiers des élèves et des ingénieurs en poste. Celui de Jean-Baptiste s'enrichit d'une phrase lourde de conséquences : « *M. Picault a mandé que le sieur Cathérinot venoit d'enlever la fille d'un négotient à Saint-Gaudens pour aller l'épouser en Espagne* »[27]. Dès lors, le sous-ingénieur risquait le renvoi.

Ignorant ce qui se tramait dans son dos, voulant chasser la tristesse qui l'accablait, Jean-Baptiste se plongea sans mesure dans ses travaux. Il songea longtemps à sa belle, confinée entre les murs sombres d'un couvent.

Il allait mesurer bientôt qu'il avait fait naître dans son dos, dans l'ombre, un danger qui venait à sa rencontre.

---

[27] Archives de l'École Nationale des Ponts et Chaussées.

16

*Océan Atlantique, puis Lisbonne
Presque 1 an plus tard.
Début juin 1758*

Le vent gonflait les voiles tendues du vaisseau de ligne britannique. Le trois-mâts solidement armé cinglait à grande vitesse vers les rivages du Portugal. Hans Bœchner perdait son regard dans les voiles tendues, dans les ondulations du pavillon. Une traversée sans encombre. Ou presque. Une petite tempête sans gravité, vite oubliée. Mais pas aussi intense que la frayeur provoquée par l'apparition d'un navire suspect, au départ des côtes du Brésil. Corsaire français, pirate ? Peu importe, quand on devient une proie.

Le capitaine William Thomas Albertson ne commandait pas sa première traversée. On aurait même pu affirmer qu'avec son expérience, il n'était pas dépourvu de ruse. Plutôt que de virer de bord et tenter de fuir, au risque de se faire rattraper et de subir un meurtrier abordage, il hurla ses ordres pour placer l'équipage en position de bataille.

La guerre contre le Roi de France et ses alliés ne permettait pas la moindre erreur. Il savait que la suprématie britannique se contestait. Les Français, grâce à d'audacieuses missions d'espionnage, avaient percé les secrets des constructions navales anglaises. Ils construisaient de nouveaux navires performants. L'échec du raid sur les arsenaux royaux de Rochefort, en septembre de l'année d'avant, n'avait pas ragaillardi le moral des officiers de marine du Roi Georges II.

Le capitaine fit charger les batteries des gaillards d'avant et d'arrière, les plus hautes du navire, les plus visibles aussi, ainsi que les batteries basses, les plus puissantes. Les premières pour montrer sa détermination, les secondes en cas d'attaque.

Albertson fonça vers cette voile suspecte. Pendant que le matelot à la barre et son officier manœuvraient et plaçaient la cible face à la proue, les marins en repos se ruaient sur le pont et chargeaient les fusils.

Le capitaine, campé sur ses deux jambes, raide comme une sculpture de condottiere, hurla à nouveau, depuis le gaillard arrière. Ordre répété par les officiers à leurs hommes. Sifflets. Une brève canonnade d'une douzaine de coups dans l'eau avertirait le navire menaçant de l'armement de bord, pièces de feu et troupe armée.

Le bruit de la poudre parla.

La dissuasion fonctionna à merveille. Du haut de la dunette, la vigie cria vers le pont qu'il voyait le changement de cap de la voile lointaine. Un revirement qui attestait des intentions initiales du petit bâtiment. Les ordres donnés incitèrent l'équipage à la vigilance. La ruse se partageait sur les flots. Trop de navires marchands avaient péri par naïveté ou suffisance face à de frêles esquifs mobiles et déterminés. Perdre une précieuse cargaison et la vie. Bonne raison pour rester prudent, en particulier la nuit venue.

Le capitaine Albertson doubla les vigies. Il fit charger des fusils supplémentaires et des pistolets. Rien ne devait retarder la réaction de défense à une attaque. Une dizaine d'hommes armés descendirent dans une chaloupe que le vaisseau tira au bout d'un solide filin. Le sillage se protégeait. Deux sentinelles postées sur la rambarde du gaillard d'arrière pouvaient à tout moment donner l'alerte. Deux autres, postés sur la proue, observaient les reflets de la lune sur les flots calmes. On avait installé des fanaux sur le pont. Aucune ombre suspecte n'aurait pu échapper à la vigilance de l'équipage de quart.

Hans ne quitta plus son herminette, qu'il avait aiguisée avec sa pierre. Prudence, oui. Il avait appris les bons réflexes au Brésil, quand on ne peut compter que sur sa force.

Le jour revint, avec son vent glacial qui vous gifle le visage au sortir de l'entrepont lesté de la chaleur grasse et puante des marins endormis. Bientôt, le soleil et son feu du diable s'inviteraient pour éclairer l'océan mouvant.

La voile suspecte avait disparu, en quête d'une proie plus vulnérable.

Pas le temps de s'adonner à la rêverie sur un voilier de cette puissance. Les manœuvres se succédaient sans pause. Le quart terminé jetait chaque matelot fourbu sur son hamac suspendu aux crochets plantés dans les poutres de la structure. Dans cet amatelotage, il fallait partager son hamac à tour de rôle. L'un se levait, libérant sa couche pour l'autre qui s'allongeait. Les muscles en feu demandaient grâce. Ce n'était pas le roulis et le tangage qui les plongeaient dans un sommeil profond, prisonniers de cet espace réduit, saturé de ronflements. Les corps brisés de fatigue n'entendaient pas les craquements des bois de cette noble carcasse, assez solide pour résister aux forces de l'océan. Le vent sifflait dans les haubans. Les vagues frappaient contre la coque. L'humidité salée envahissait le moindre recoin. Le navire voguait, droit vers son cap.

Un matin, l'un des marins qui nettoyaient le pont lui montra un sillage d'écume à bâbord. Il insista du geste pour le persuader de regarder. Hans s'accouda au bastingage. Une forme grise et arrondie surgit des flots calmes, suivant le chemin du bateau. Une baleine ! Hans n'en connaissait que la gravure de la Bible de son père. Montrant l'illustration expressive, le pasteur lui avait raconté l'aventure édifiante de Jonas. L'infortuné était-il prisonnier du ventre de ce mastodonte qui filait aussi vite que

lui, mais sans l'aide du vent ? Le Prussien se souvenait. Il entendait la voix douce, mais sans hésitation, de son père :
- « *Car, comme Jonas fut dans le ventre du cétacé trois jours et trois nuits, ainsi le Fils de l'homme sera trois jours et trois nuits dans le sein de la terre.* »

Puis il ajoutait toujours ce petit bout de phrase qui semblait magique :
- Matthieu 12,40.

Suivait alors la leçon de morale. Des sentences rigoureuses. Trop rigides pour un esprit libre. Elles l'avaient éloigné de la religion. Oui, trop de carcans pour un jeune homme qui voulait connaître le monde et qui savait n'en rien pouvoir dire. Dieu, oui, peut-être, mais pas les bondieuseries, même parées de la rigueur bienveillante de son père.

La liberté, il la trouva sur le chemin, apprenant son métier d'un chantier à l'autre. Puis, ce fut l'appel du large, de cette Amérique rêvée, imaginée, puis vécue dans sa dureté, dans sa vérité crue, dans le spectacle abject de l'esclavage.

Il rentrait dans le vieux monde instruit de la folie des hommes et de quelques sagesses aussi. Le pire n'était pas inéluctable. Les ressorts de la bonté sommeillaient en chacun. Il en était persuadé, mais sans faiblesse ni naïveté. Car la canaillerie tenaillait aussi les têtes enfiévrées de tas de coquins. Il fallait donc naviguer à vue au milieu des récifs. Ne pas se jeter à cœur ouvert sans prudence. Ne pas se renfermer derrière son armure, au risque de ne point rencontrer la félicité du monde.

Peu de casse à bord durant cette traversée. Hans n'avait que modestement utilisé ses outils. Pour autant, il lui tardait d'accoster. La viande fumée commençait à l'incommoder, tout comme ces poissons séchés. Heureusement, le maître de cuisine ajoutait des cornichons, conservés dans une sorte de liquide à base de vinaigre aromatisé au piment et à l'estragon. L'eau des barils sentait le croupi. Pas moyen de faire autrement que de boire cette infection. Lors de quelques menus travaux dans la cabine du capitaine et dans le carré des officiers, il avait salivé à la vue de poulets rôtis. Il avait réparé plusieurs cages de gallinacés, une de porcelets promis au braséro. Une porte renforcée protégeait ce trésor aussi bien, peut-être même mieux, que la grande cale de la cargaison enfermée dans des caisses et des tonneaux. Que transportait donc ce vaisseau ? Il ne le sut jamais.

Ce matin-là, une nervosité ambiante agita les hommes. Hans venait tout juste de recracher son biscuit sec infesté de charançons. Il rectifiait une pièce de bois de chêne à coups de rabot pour l'ajuster au mieux. Ça parlait plus fort que d'habitude. Les matelots grimpaient vivement les échelles de coupée, sans même s'aider du tire-veille. Pas besoin de s'agripper à ce filin pour se hisser. Des hommes au repos sautaient de leur couche balançoire et couraient pour accéder au pont supérieur nimbé de soleil. Ils sortaient des écoutilles comme des diables bondissant de leur boîte. Les coursives s'encombraient d'un flux rapide. L'agitation régnait plus que d'habitude. Ils avaient entendu les cris stridents des premières mouettes. Pas besoin d'attendre le signal de la vigie qui scrutait l'horizon, perchée sur la hune du grand mât. Mécanique bien rodée, chacun savait quel cordage saisir pour carguer les voiles. Ça sifflait. Ça gueulait les ordres. Monter aux mâts ! Prendre équilibre sur les vergues.

Hans s'extirpa du pont inférieur. Il se fraya un chemin vers le bordage. Au loin, il perçut une fine bande un peu plus sombre que le vert de l'océan. Il mit sa main en visière pour contrecarrer les reflets du soleil. Le prestigieux royaume du Portugal se réduisait à un mince ruban sans relief. Le vent fouettait les visages. Il gonflait encore sans mesure la grande voile, le grand perroquet et le grand hunier. Les hommes tiraient en cadence pour amener la voile de misaine et le perroquet de beaupré.

Hans redescendit dans l'entrepont. Il s'assit sur le plancher, près de son sac qu'il ouvrit. Il sortit sa hachette. Du pouce, comme une habitude, il vérifia le fil du taillant. Parfait, se dit-il. Prête à travailler à terre.

Il savait qu'il faudrait encore une bonne heure pour accoster et s'amarrer au quai du port de Lisbonne. Alors, il grimpa dans son hamac. Il ferma les yeux. Au-dessus de lui, on s'activait. Il n'était pas marin. Les manœuvres ne le concernaient pas. Charpentier de bord d'occasion, voyageur et pas engagé dans le rôle de l'équipage, il avait accepté de réparer quelques modestes avaries. Ce qui occupait son esprit ne relevait plus de cette fin de traversée.

Il avait été recruté aux Amériques pour participer à la reconstruction de Lisbonne. Les échos du tremblement de terre étaient arrivés jusqu'aux colonies portugaises. Il avait abandonné ses chantiers de Rio de Janeiro, attiré par les bonimenteurs patentés en uniformes colorées. Le Roi Joseph espérait une aide conséquente dans la capitale du royaume. Des ingénieurs, des tailleurs de pierre, des charpentiers, des couvreurs, des faïenciers, des manœuvres aux bras solides et forts, des forgerons pour fabriquer et réparer les outils, et toute une armée d'hommes de métiers. Le chantier se disait pharaonique, au regard de la destruction massive d'une ville rasée.

Le ministre de Pombal avait tracé un nouveau centre de la cité, sous la forme d'une grille, situé près du port. Des lignes s'orientaient du Levant au Couchant, d'autres croisaient les premières à angle droit. « *Que nul n'entre ici s'il n'est géomètre* » aurait fait graver le philosophe Platon au fronton de son école d'Athènes. De Pombal pouvait faire sienne la légende, tant il inspirait son cercle de bâtisseurs d'une injonction à la géométrie. Fini le tracé en désordre de ruelles improbables, proies offertes aux prochains incendies. Le temps était venu de la rigueur de la science et du calcul. Encore fallait-il des ingénieurs inspirés pour trouver des solutions techniques, et d'adroits maîtres pour les réaliser, avec le secours obligatoire d'une population qui ne pouvait quitter le chantier surveillé. La troupe encerclait la ville.

Hans Bœchner avait vendu sa petite maison nichée sur les hauteurs de Rio. Après avoir récupéré ses économies, il s'engagea et prit le premier bateau sûr, mûrissant son projet tout au long de cette traversée. Trop de récits de batailles navales l'avaient rendu prudent. Il avait choisi un vaisseau de ligne qu'il savait armé de solides canons.

Il travaillerait un temps à Lisbonne. Puis, son pécule enrichi de ses émoluments portugais, il rentrerait au pays pour construire une belle maison. Revoir son village d'Ingelheim et y fonder une famille. L'image d'Hilda, de ses mèches blondes tressées avec soin, retenues en un sage chignon, de leurs futurs enfants jouant dans la cour de la demeure qu'il imaginait vaste, qu'il aurait construite de ses mains, avec son atelier plein d'outils.

Ces pensées lui procuraient un intense bonheur. Il se voyait transmettre son savoir à l'un de ses garçons, lui montrer le maniement des outils, corriger ses gestes. Seul l'éclat de ses yeux trahissait le récit qu'il imaginait en regardant les vagues de l'océan ou en scrutant les veines du plafond de bois que constituait le pont au-dessus de lui.

Par chance, et grâce à une solide constitution, il n'avait pas contracté les fièvres dans ces redoutables Amériques. Allongé en suspension dans son hamac, profitant du léger balancement du roulis, il songeait à ce bonheur qui se dessinait quand il s'endormit, malgré l'agitation bruyante des manœuvres sur le pont.

Il se réveilla lorsque de nombreux marins firent irruption dans l'entrepont. Ça parlait fort. Au-dessus de lui, les pas et les chocs résonnaient. Les hommes allaient et venaient, engagés dans les manœuvres du débarquement à venir.

Hans saisit son sac et grimpa l'échelle. Depuis le bastingage, il découvrit les collines de Lisbonne. La bande de terre se plissait maintenant en doux reliefs. La ville ne s'ornait pas de grands bâtiments de pierre, d'aucun clocher. Elle avait abandonné sa fierté à un amoncellement de poutres noircies par le feu et à des tas de gravats. Une foule considérable s'activait.

Il quitta le navire par une étroite passerelle tendue entre la terre ferme et le bastingage.

Sur le quai, il se retourna. Le vaisseau de ligne avait fière allure, tout comme les officiers aux uniformes colorés qui dirigeaient les manœuvres de déchargement. Deux d'entre eux, descendus à terre avec des feuillets, prenaient possession des fûts de vin portant le nom de Porto gravé dans le bois.

Juché sur un tonneau massif, un braillard appela les engagés aux travaux. Ils se rangèrent en une longue file. Le Prussien vint s'intégrer à ces hommes qui arrivaient d'autres bateaux ou de longues marches vers l'épicentre du drame. Un à un, ils se présentèrent devant une table. Hans donna son nom et signa sur le registre, dans la colonne que lui indiqua le recruteur de son doigt fin de commis de bureau. Le préposé lui remit trois pièces pour se loger et se restaurer.

Mais, où aller ? Il n'y avait plus de rues dans cet amoncellement de ruines. Ici et là, quelques fragiles cabanes de bois émergeaient. Il se fraya un chemin, croisant des habitants qui déplaçaient des poutres, des planches et les entassaient. Un rat traversa d'un jet pour s'engouffrer sous un tas de pierres. Soudain, dépassant un amoncellement de gravats plus haut que les autres, il tomba sur deux gibets. Il eut un haut le cœur. Un couple de pendus séchaient au soleil, couverts de mouches.

Plus tard, on lui expliquera que le Roi, juste après le tremblement de terre, avait interdit à tout habitant de quitter les lieux, avec obligation de participer aux travaux de déblaiement. Toute tentative de fuite conduisait à la corde, sans autre forme de procès.

Il lui sembla qu'une des constructions de bois, plus grande que les autres, devait faire office d'auberge. Il ne s'était pas trompé. On l'accueillit avec la gentillesse légendaire de ce peuple meurtri. La soupe de poisson lui plut. La couche, sommaire, suffirait bien pour une première nuit. L'aubergiste lui expliqua où trouver les fonctionnaires du Roi qui organisaient le gigantesque chantier. Hans ne connaissant pas la ville, il se proposa de le conduire.

Ils marchèrent longtemps sur les flancs de ces pentes dévastées. Leur marche, hachée par les obstacles, louvoyait entre les blocs épars, les pans de murs figés, les planches noircies presqu'entièrement consumées, les objets brisés, les fragments de pots éclatés. Çà et là, une maison de bois reconstruite avec soin donnait un souffle d'espoir dans cette pagaille de matériaux éparpillés, quelques-uns entassés avec méthode.

Tout un peuple s'activait depuis deux ans et demi dans un chantier ouvert, mouvant et surtout incroyablement gigantesque.

- Quelle est donc cette grande construction de bois ? questionna Hans.
- C'est le nouveau palais de notre Roi.
- En bois ?
- Depuis le tremblement de terre, notre monarque craint une nouvelle catastrophe. Il séjourne maintenant sous une tente, dans la cour intérieure.
- Mais j'ai vu le commencement de constructions en pierre près du port.
- Le ministre Sebastião José de Carvalho dirige d'une main de fer la restauration de la ville. Il a été ambassadeur à Londres. Il connaît les grandes capitales. Il veut une ville moderne. Tu vas ouvrager sur ce chantier ?
- Je ne sais. Rien ne m'a été dit. J'irai où l'on m'enverra.

Le lendemain lui délivra ses réponses. Il ne pouvait se perdre le moindre jour. L'urgence le réclamait, comme elle happait ces nouveaux bras qui affluaient.

Hans offrit ses mains et son savoir à l'édification de charpentes des bâtiments de ce nouveau quartier en grille. Les bases rectangulaires de ces immeubles se démarquaient les unes des autres par un espace libre, celui des rues. On leur donnerait le nom des artisans et des commerçants qui y travailleraient. Les austères façades s'élevaient sur plusieurs étages. Et lui, juché si haut, assemblait ses poutres préparées au sol, puis hissées par des manœuvres à l'aide de palans.

Quand la douleur dans les bras lui intimait l'ordre impérieux d'une pause, son regard embrassait l'océan et le Tage qui lui abandonnait ses eaux douces. Les collines se couvraient de nouvelles maisons basses, souvent en bois. Il en parlait avec ses compagnons charpentiers lorsqu'ils s'accordaient un peu de repos. La ville, chantier grouillant d'une tour de Babel, réunissait des ouvriers aux multiples accents. Leur langage était celui de leur métier, celui des gestes partagés, celui des dessins précis, des tracés cotés, même si inféodés à des valeurs différentes. Si chaque doigt des mains de ces maîtres de la construction exprimait la même rudesse du travail, leur pouce comme unité de mesure n'avait pas la même valeur. Il fallait donc s'adapter. Ainsi échangeaient les tailleurs de pierre, les charpentiers, les maçons.

Dans cette Lisbonne meurtrie, les bâtiments modernes en construction, géométriques et rigoureux, deviendraient les nouvelles cathédrales, celles du culte du commerce à venir lorsque le port retrouverait son activité. Dans cette épopée collective, les artisans se comprenaient. Si de temps à autre, l'un d'entre eux proposait une originalité, elle s'adoptait rapidement si elle répondait efficacement à un problème rencontré.

Au nord de Baixa, une flopée d'ouvriers construisait le *Passeio público*[28], ceinturé de murs et percée de portes.

Hans louait maintenant une petite maison de bois à une famille de pêcheurs qui vivait dans la construction attenante.

Le ministre Sebastião José de Carvalho, réformateur du royaume, zélé mais brutal, avait institué une compagnie de pêche du thon et de la sardine. Ses voisins vivaient modestement mais en sécurité. Dès leur retour au port, ils fournissaient leurs prises à cette société.

Tout Lisbonne ne pouvait se résumer à Baixa la géométrique. Plus on s'éloignait du centre et plus l'ancien enchevêtrement médiéval reprenait force et vigueur lorsque se relevaient de modestes masures sur leurs anciens em-

---

[28] La promenade publique.

placements.

Après le travail, dans la ruelle qui se formait à la faveur des maisons en construction, assis sur un banc sommaire fait d'une poutre de forte section abandonnée sur le sol, Hans amusait les enfants des pêcheurs. Il ramassait une toute petite pierre. Il verrouillait solidement sur elle son poing massif. Il fallait alors essayer de l'ouvrir pour gagner le petit caillou. Le Prussien faisait semblant de céder. Un doigt lâchait lentement sous les efforts et les rires des gamins. Puis un deuxième. Puis un troisième. Mais, soudain, la main se refermait au grand désespoir des enfants qui renouvelaient leur tentative. Le manège durait et diffusait la bonne humeur. Il fallait bien chercher à effacer le traumatisme de ce séisme. Sortir de ce décor d'apocalypse. Oublier les images des corps disloqués, des visages broyés, méconnaissables, de ces effrayants pendus qui exhalaient plus encore l'odeur de la mort et de la pourriture.

L'étranger à la barbe drue se plaisait lui-même à rire à gorge déployée. Ses éclats tonitruants et communicatifs lavaient les jeunes têtes des images de cadavres comme le vent emporte les feuilles mortes. Dépouilles d'une vie terminée, elles reviendraient souiller le paysage. Pour l'instant, elles s'évanouissaient avant d'avoir pu macérer en une pourriture assez dense pour corrompre les esprits bousculés par tant de malheur. Il ne fut pas surpris lorsqu'on lui demanda de devenir le parrain de la petite dernière de ses voisins.

Dans le quartier qui s'agrippait à l'une des nombreuses collines de la ville, le Prussien devint connu et apprécié de tous. Le colosse avait suscité l'inquiétude, à son arrivée. Mais le gaillard montra beaucoup de douceur. Son sourire devint passeport. Il ne s'économisait pas dans l'aide à ses voisins. Rentrant fourbu du quartier du port, après une longue journée de labeur, il pouvait reprendre ses outils pour aider à terminer le toit de l'un, élever la palissade de l'autre et même, avec sa hachette, tailler des bois récupérés pour en faire un banc, une table, un poteau. Jamais il ne réclama le moindre émolument. La gratitude des voisins valait salaire.

Quelquefois, un vieil érudit venait s'asseoir sur le banc adossé à la cabane du Prussien. Ses chaussures à boucles d'argent, son tricorne démodé et son gilet usé, sentaient l'ancien monde et l'aisance perdue. Courbé, il stationnait là, le menton appuyé sur le dos de ses mains fripées, elles-mêmes posées sagement sur le pommeau de sa canne. Il attendait le retour du charpentier pour le questionner sur son pays du nord, mais aussi et surtout sur le Brésil. L'évocation imagée et riche d'anecdotes de cet Eldorado lointain lui restituait le regard vif de sa jeunesse effacée. Le grand âge n'avait en rien altéré sa curiosité. Il avait perdu tous ses livres dans le tremblement de terre puis l'incendie de sa demeure. Trop tard pour reconstituer la collection d'une vie. Et puis, où en trouver de nouveaux, et avec quel argent ?

Hans répondait toujours, distillant des détails qui mettaient le vieux en joie. En retour, le Prussien le pressait de questions sur le Portugal. Le charpentier, qui maintenant comprenait mieux le langage de la ville, saisissait, dans les conversations sur les chantiers, que le pays se transformait. Mais en quoi ? Il ne l'avait pas connu avant le tremblement de terre.

L'érudit connaissait bien, sans s'en mêler, prudence oblige, la vie politique et ses évolutions. Il avait conservé quelques amitiés à la Cour et dans l'administration du Roi. Il lui expliqua en quoi le Premier Ministre Sebastião José de Carvalho modifiait le Portugal en profondeur. Il reconstruisait le quartier Baixa, la ville basse, dans lequel Hans travaillait, en appliquant des principes modernes. Des rues rectilignes, de vastes places pour accueillir les marchés. Afin de limiter l'impact d'un futur incendie dans le reste de la ville, il faisait fixer des azuléjos sur les murs.

Un jour, Hans lui demanda ce qu'était ce *Passeio Público* qu'il voyait se construire. Le vieux sourit.

- Cette promenade publique sera réservée à la haute société de la ville. Le petit peuple ne pourrait franchir ses portes.

Une autre fois, il le questionna sur l'immense place près du port. Depuis ses toits, Hans voyait le rythme régulier des arcades d'un passage abrité. L'érudit expliqua :

- Avant le séisme, le palais royal se situait à cet endroit-là. Un éclat humide fit briller ses yeux lorsqu'il évoqua la destruction des soixante-dix mille livres de la Bibliothèque Royale.

- Un trésor effacé, parti en fumée !

Le charpentier savait maintenant que les bâtiments aux arcades, sur les trois côtés de la place, deviendraient le nouveau palais. Il ne montra pas sa fierté intérieure de participer à l'aventure.

On murmurait que le ministre réorganisait la culture du cacao au Brésil. Le vieux le questionnait souvent sur le sujet. Qu'avait-il vu lors de son séjour ? Hans peinait à répondre. Il ne dissertait pas comme un livre. Il n'en détenait aucun. Il ne connaissait que son quotidien, son travail, ses chantiers, ses voisins, ceux d'ici, ceux du Brésil. Il ne possédait pas une large vue du monde dans lequel il était plongé. Enfin, pas assez pour apporter une once de science à son vieil ami de plus en plus présent sur le banc.

La rue parlait, souvent à mots couverts. Chacun voyait bien que le Premier Ministre créait des manufactures. Le vieux expliquait qu'il fondait des compagnies pour contrôler les productions du pays. Le monopole accordé à la compagnie des vins du haut Duro avait provoqué l'émeute des taverniers de Porto en février de l'année précédente. La protestation fut durement réprimée. Le commerce de ce vin doux et puissant, qu'affectionnaient les Anglais, venait de leur échapper. Hans écoutait religieusement.

L'érudit prenait un air de conspirateur et parlait à voix basse lorsqu'il évoquait le conflit du ministre avec les Jésuites. La ville n'avait pas renoncé à sa profonde religiosité. L'Inquisition sévissait, même si de Carvalho avait soumis ses sentences à l'approbation de l'administration. Il se murmurait qu'il avait l'intention d'abolir l'esclavage dans les colonies.

Pendant ce temps, le Roi se désintéressait des affaires du pays. Depuis sa grande frayeur lors de la catastrophe, il avait abandonné son *Palacio da Ribeira* pour loger, avec la Cour, sur les hauteurs de Ajuda, dans la *Quinta de Cima*, le palais de bois que les habitants nommaient à voix basse la *Real Barraca*, « la baraque royale ».

Les discussions enrichissaient les soirées dans la douceur de l'air de Lisbonne. Quelques fois, des chants tristes s'élevaient vers le ciel comme des plaintes. Ils disaient l'incompréhension de cette divine punition. Rarement, une guitare à cinq doubles cordes miraculeusement épargnée par la fureur tellurique et l'appétit des flammes, apportait son concours en douces harmonies poétiques. Le jeune fils d'un marchand, rentrant d'un lointain voyage, vint un jour leur jouer d'une nouvelle version de cet instrument. Les cordes n'étaient plus doublées et une sixième, grave, s'était ajoutée. Sa voix langoureuse, aiguë et ondulante, pleurait comme les visages des voisins touchés par les accents de ces mélopées. On se souvenait des disparus et de cette terrible journée. On s'interrogeait sur la signification de ce désastre dont la mémoire ne s'effacerait jamais.

Son voisin rentrait chaque jour sur les hauteurs, après avoir remaillé les filets sur le port, en face de sa barque. S'il trouvait Hans en train de discuter avec le vieux, il se joignait à eux. Il apportait son lot d'anecdotes savoureuses qui illustraient les propos de l'érudit. Elles concouraient à la bonne humeur.

Vint le temps où le fils aîné du pêcheur se joignit à eux. Il écoutait en silence, buvant leurs paroles, surtout celles de Hans évoquant les lointaines contrées, les coutumes étranges de peuples si différents.

Un jour, le gamin devenu jeune homme prit le chemin de la barque pour aider son père. Il parla à son voisin charpentier de son désir de se marier, d'avoir des enfants.

Hans songea à sa propre famille, celle qu'il devrait former bientôt. Pas trop tard.

Cette pensée s'insinua en lui de façon lancinante, occupant maintenant son esprit. Bientôt, il ne pensa plus qu'à cela. Il se dit qu'il faudrait bien partir un jour. Son cœur se déchira entre tristesse de la rupture et bonheur d'un futur prometteur. Il hésita pendant des semaines et des mois. Puis, il fixa son départ au terme de son chantier actuel. Il fallait bien s'imposer une borne. Il l'avait choisie. Il en fut presque soulagé. Sa vie n'allait plus filer de jour en jour, sans cap. Cinq longues années avec ses compagnons seraient nécessaires, pour terminer une grande partie des bâtiments de Baixa. Il ne s'engagerait pas sur un autre chantier. Cinq ans encore et pas un de plus. Il l'écrivit à Hilda. Elle devait patienter, l'attendre. Non, il n'avait pas basculé dans le néant. Il vivait. Il pensait à elle. Il reviendrait bientôt.

Si Dieu lui prêtait vie, ne l'engloutissait pas dans un

accident, dans une chute, dans une blessure sévère et fatale, alors, ayant accumulé assez d'argent, il filerait vers Ingelheim pour construire cette fois, bien plus qu'une charpente, une nouvelle vie.

17

Lisbonne
4 ans plus tard.
Le mardi 15 juin 1762

Hans tirait sur sa pipe. Assis devant sa petite maison de bois, sur les hauteurs de la ville, il contemplait le paysage familier. Le Tage charriait ses eaux sombres. L'océan reflétait le soleil pourtant pas très haut dans le ciel. Son regard balayait lentement le plissement des collines. Il s'arrêtait sur des maisons qu'il reconnaissait. De son promontoire, il pouvait voir l'alignement parfait du nouveau quartier en forme de grille. Il repérait les bâtiments dans lesquels il avait œuvré. Certaines de ses charpentes, figées, encore nues comme des squelettes dépouillés de leur peau, attendaient leur protection de tuiles. Patience. La couverture venait toujours, inéluctablement.

Lisbonne se transformait. Une cité moderne et aérée naissait près du port. Une multitude de petites maisons imbriquées les unes dans les autres colonisait les pentes douces des bosses du relief. Les ruelles étroites serpentaient dans ce dédale.

La reconstruction prendrait encore bien des années, il en était sûr. Le travail ne manquait pas. Son pays, oui. La nostalgie avait gagné peu à peu le gaillard, comme sa barbe maintenant bien fournie. Le temps du retour était venu.

Il fallait régler ses affaires, toucher ses derniers émoluments. Il dut négocier pour faire valoir ses droits. Vendre sa maisonnette fut plus aisé. Il manquait de toits dans ce Lisbonne renaissant et Hans, n'oubliant pas l'hospitalité et la gentillesse dont il avait bénéficié, la brada sans remords. Il s'était attaché à ce peuple industrieux, courageux, toujours enthousiaste malgré le malheur. Se relever d'un tel cataclysme tenait du miracle. Des familles entières avaient disparu dans le tremblement de terre, puis le tsunami et l'incendie. Pouvait-on subir pire destin que l'alliance destructrice de l'eau, de la terre et du feu ? Pour certains, Dieu les avait abandonnés. Il les avait frappés le jour de la Toussaint. Il avait tué des centaines de milliers de personnes en cette fête des morts. Un signe ? La plongée dans une plus profonde religiosité devint une planche de salut. Au contraire, pour d'autres, la défiance s'installait. Il n'y eut pas de protestation de la rue quand de Carvalho, ayant pris l'ascendant sur un Roi enfermé dans sa peur, avait chassé les Jésuites et muselé l'Inquisition.

Hans tira longuement sur sa pipe, les yeux dans le vague.

La veille au soir, les voisins l'avaient honoré d'une fête. Un vin capiteux du Duro avait accompagné les poissons grillés sur un braséro allumé dans la rue. On dansa même. Et on chanta. On voulait le remercier. Il en fut ému. Le gaillard aux grosses paluches masquait difficilement sa sensibilité. Un voisin lui remit un petit objet qu'il avait sculpté dans du liège. Hans le montra à tous, avant de l'examiner. Il représentait une maison en miniature, avec ses ouvertures incisées à la pointe d'un couteau.

- Ainsi, tu te souviendras de nous, Hans, toi qui as construit tant d'habitations ici, les grandes pour le Ministre, les petites pour nous.

Le Prussien resta sans voix. Chacun savait qu'il n'allait pas se lancer dans un long discours. Alors, pour ne pas le plonger dans la gêne, tous se mirent à chanter. Il sourit. Les plus proches purent voir que ses yeux brillaient d'une humidité qui déborda très légèrement d'un œil, vite essuyée et gommée par son sourire encore plus radieux.

Ce matin-là, Hans tirait sur sa pipe. Le quartier était désert. Tous travaillaient sur les chantiers qui couvraient la ville. Il regarda les barques à l'horizon. Le poisson ne manquerait pas. Plusieurs vaisseaux mouillaient dans le port. Il était trop loin pour voir l'agitation des chargements. Et puis, les nouveaux immeubles de pierre masquaient les quais et ne laissaient au regard que les fins sommets des mâts libérés de leurs voiles.

Lorsqu'il s'accordait une pause, quand les bras devenaient trop douloureux, le Prussien prenait plaisir à regarder les tailleurs qui ajouteraient leurs pierres travaillées pour élever des façades pures, géométriques. Les portes se surmontaient de frontons triangulaires. On disait que c'était la nouvelle façon d'atteindre la grâce, l'élégance et l'harmonie. Certains avançaient même que l'on imitait les Grecs ou les Romains. Hans, habitué à dessiner les charpentes avant de tailler ses bois, connaissait la géométrie. Il savourait les lignes pures, les symétries parfaites, les angles droits. Un équilibre se dégageait de ces bâtiments hauts de plusieurs étages. Il y était sensible. Il cheminait donc quand il le pouvait entre les blocs qui se taillaient dans la rue, prenant garde à ne point passer sous les cordes tendues qui hissaient les pierres taillées. La fière nation dépensait sans compter pour renaître. L'or de ses colonies se transformait en une fière cité.

Dans sa petite maison, le Prussien avait reçu plusieurs lettres de son père et de sa mère. Le pasteur, en fin lettré, savait à merveille décrire leur village. Il ajoutait toujours quelques considérations de morale biblique. Cela faisait sourire Hans qui entendait sa voix douce. Sa mère lui racontait des petites anecdotes, des faits quotidiens. Elle évoquait leurs voisins, les travaux de l'ami d'enfance de Hans, devenu forgeron.

La dernière lettre distillait une saveur étrange. Hans perçut un léger malaise. Son père évoquait son grand âge, et celui de son épouse. Entre les lignes, le charpentier sentit qu'on espérait son retour. On l'attendait même. Le pasteur avait acheté un terrain pour lui.

- *Tu pourras y construire ta maison, mon fils,* avait-il écrit.

Il évoquait, comme une évidence, le bonheur de marier son fils, de baptiser ses enfants. Cette lettre, il la lut et relut à plusieurs reprises. À chaque fois, il sentit que sa base s'érodait. Il lui fallait arbitrer entre son amour pour cette ville de Lisbonne et ses habitants, et celui de ses chers parents. Son destin s'écrivait-il ici pour toujours, dans ce port à l'activité débordante, ou dans son petit village niché au cœur d'une dense forêt ? L'horizon large et ouvert sur l'océan, ou l'univers clos mais tendre de la famille ? Le débat s'insinua en lui de plus en plus souvent, lorsqu'il posait ses outils et rentrait chez lui, que les voisins de son quartier plongeaient dans leur sommeil réparateur. Respecterait-il sa promesse d'un retour après cinq ans de travaux à Lisbonne ?

Hans commença à ne plus fermer l'œil de la nuit. Les chats se coursaient dans la rue. Il en suivait les bruyantes péripéties. Quelques chiens hurlaient. Des bruits qu'il n'avait jamais remarqués peuplaient ses insomnies.

Un jour, il ajusta sans difficulté une longue poutre de bois. Après avoir percé, il introduisit une cheville de chêne. Quelques coups de maillet et l'assemblage s'accorda pour devenir solide. Il pouvait souffler. Il s'assit sur le sommet du toit. Au loin, l'océan brillait comme chaque jour. Quelques nuages lointains annonçaient peut-être un grain pour la nuit. Les bateaux allaient et venaient dans le port, hissant leurs voiles ou les amenant. Les bruits de la rue montaient jusqu'à lui. Un trois-mâts s'approchait. Il lui rappela son bateau, sa traversée, cette excitation à quitter Rio pour venir ici secourir les malheureux lisboètes, offrir la force de ses bras et ses connaissances. Il sentit ce jour-là que son séjour à Lisbonne se terminait, comme ce chantier. La tâche accomplie, il pouvait maintenant partir, quitter cette aventure pour retrouver les siens. Soudain, il se dit que la dernière lettre lui indiquait, sans le dire explicitement, que son père était malade. La pudeur du pasteur ne l'avait pas conduit à en dire plus. Sur ce toit dominant le nouveau quartier de Baixa, sa décision fut prise. Il respecterait son engagement. Il allait rentrer chez lui.

Hans tira plus profondément encore sur sa pipe. Il soupira. Il avait préparé son sac de cuir. L'essentiel, l'indispensable l'accompagnerait pour ce long voyage. Il saisit la hachette qu'il venait d'aiguiser sur le banc appuyé contre le mur de sa maisonnette. Il l'enveloppa dans un tissu blanc et la fourra dans son bagage à bandoulière. Elle pourrait se révéler utile en cas d'attaque.

Du bout des doigts, il tâta la doublure de son manteau. Parfait, se dit-il. Les pièces cachées, recouvertes d'un autre tissu épais, ne se sentaient pas. La cachette lui sembla efficace. Il ne laissa que quelques *réals* dans sa bourse. Il fallait être prévoyant. La crapule ne manquait pas en bordure des chemins. Aurait-elle peur de sa stature ? Rien n'était moins sûr. Le nombre de malfaisants pouvait jouer en leur faveur. Sa voix gutturale et sa barbe devraient dissuader le funeste agresseur.

Il se leva, plaça sa sacoche de cuir en bandoulière, ajusta son tricorne gris, absorba une dernière fois le paysage de Lisbonne comme on boit sans limite à la fontaine avant d'affronter le désert. Il s'engagea dans une ruelle qui grimpait encore vers le sommet de la colline. Plus loin, un chemin redescendait en douceur vers le Levant. Il commençait à faire chaud. Hans, face au soleil, cligna des yeux. Il rentrait avec, en poche, l'expérience du constructeur et l'argent nécessaire à son rêve. Son pas accéléra.

Il lui faudrait affronter l'épreuve du nord du royaume d'Espagne, avec ses plaines arides d'Aragon, puis celle de la barrière géante des Pyrénées, puis la France, passer le Rhin, et s'enfoncer dans les forêts épaisses pour retrouver son village. Le périple ne l'effrayait pas. N'avait-il pas traversé l'océan, œuvré dans les colonies, travaillé des années durant à Lisbonne sans se blesser, sans rencontrer la maladie ?

Solide comme un roc, c'est avec la foi de l'invincibilité que Hans Bœchner s'engageait dans sa traversée d'une mer terrestre non dépourvue de tempêtes dévastatrices.

De l'autre côté des Pyrénées, face nord, l'ingénieur Cathérinot dépliait son échelle d'arpenteur. Il notait les distances mesurées dans son carnet. En fond de cette vallée aux flancs couverts de prairies, le torrent furieux brisait ses flots en écume contre les rochers usés. Plusieurs granges foraines somnolaient sous leur toit de chaume. Les foins rentrés après leur séchage au soleil s'entassaient dans les greniers. Ils seraient indispensables à l'automne, lorsque les troupeaux descendraient des estives.

Jean-Baptiste pouvait compter sur quelques jours supplémentaires pour tracer sa proposition d'implantation de la route commandée. Tout restait encore à inventer. Il savait la puissance de sa mine de plomb. Son trait sur le papier deviendrait bientôt une saignée dans la pente herbeuse. Il regarda le paysage. Un villageois traversait la prairie avec sa mule chargée et, lui sembla-t-il, récalcitrante. L'homme s'approchait. Bientôt, il le croisa. Un salut bref grommelé, et un regard dur, en dessous. Une expression d'hostilité qui ne fit aucun doute à Jean-Baptiste.

- Pour sûr, pensa le villageois, voilà encore un de ces maudits serviteurs du Roi qui va nous contraindre à la corvée.

Il pesta en s'éloignant. La mule en fit les frais.

Dans quelques mois, Jean-Baptiste allait plonger dans une bien plus périlleuse situation. Il lui manquait, comme à tous les sujets de sa Majesté, une vision globale de la situation. Chacun vivait dans son monde sans savoir ce qui se tramait plus loin. Seul, un grand architecte, s'il existait, pourrait tout voir depuis les cieux. Les marionnettes et les fils, les trajectoires et les pièges, rien ne lui échapperait. Pour Jean-Baptiste et pour Hans, l'horizon ne délivrait pas de message de prudence, d'alarme, alors que le drame se profilait, se tissait, se construisait dans l'ombre.

18

Royaume d'Espagne
Été 1762

Les plaines d'Aragon souffraient sous un soleil d'enfer. Les rayons séchaient sur pied les épis de blé. En s'évaporant, l'air transparent dansait en un filtre mouvant qui modifiait les lignes du paysage. Il pouvait arriver, mais c'était rare, qu'un petit vent chaud et sec vienne faire onduler les champs blonds comme s'ils furent les flots d'un lac endormi. Quelques vagues agitaient les tiges. Hans retirait son chapeau un court instant pour que l'air en cavale caresse son front dégoulinant de sueur. Il ne fallait pas espérer de rivière, pas même de ruisseau, avant la montagne qu'il devinait au loin.

Les pas du Prussien soulevaient une fine poussière qui s'insinuait dans les plis de ses vêtements. Il avait roulé son manteau tenu par une cordelette qui lui servait de bandoulière. Son tricorne peu efficace fourré dans son sac, il avait acheté un chapeau à larges bords. Il ne lui procurait pas la fraîcheur escomptée mais le protégeait de l'insolation. Derrière les murets de pierres claires, les oliviers somnolaient, supportant le feu d'un ciel bleu délavé. Aucun vent n'agitait leurs petites feuilles. Les stridulations des cigales envahissaient l'espace, dans ses moindres recoins. Il n'existait pas d'îlot de silence. Elles étaient là. Elles occupaient bruyamment leur territoire.

Quand il entendait le son lointain d'une cloche, qu'il devinait la tour d'une église, il soufflait et retrouvait l'énergie pour accélérer le pas.

Chaque rare village devenait une oasis dans ce désert de feu. Il offrait une ombre épaisse, fraîche, dense, celle des murs des maisons, celle des églises, celle des auberges, pas celle des arbres, trop perméables au feu du ciel. Ici, pas d'embruns du large. La fontaine remplissait l'abreuvoir comme les pièces d'or le coffre d'un trésor !

Souvent, il dormait à la belle étoile. Les pierres et le sol restituaient encore la chaleur du jour. Seul, le petit matin offrait une légère rosée et un petit frisson, juste avant que le soleil ne se lève, quand l'horizon passait du bleu profond à l'orangé, puis qu'il n'éclata en un flot éblouissant. À ce moment-là, les chants d'oiseaux entraient en jeu.

Hans se méfiait du vin des tavernes autant que des vipères aperçues en bord de chemin. Trop fort à son goût. Inutile de s'enflammer de l'intérieur. L'air brûlant suffisait bien.

Il avançait, jour après jour. S'enfonçant dans l'été, dans le paysage du royaume d'Aragon, il ne chemina bientôt plus que très tôt le matin et en soirée. Sans lumière, la nuit lui parut dangereuse, même lorsque la lune jouait à peindre le sol poussiéreux de dessins d'ombres sur ombres. On l'avait averti. Il pouvait se faire dépouiller pour son manteau, pour son chapeau, pour sa sacoche, pour son argent, s'il en avait. Ce à quoi il répondait par la négative. Une veste, un tricorne débordant de la sacoche, oui. Pouvait-il nier l'évidence ? Mais de l'argent, non ! Il était un voyageur démuni cherchant à survivre loin de chez lui.

Prudent, dans chaque auberge, il négociait le repas et la couche, insistant sur son état de miséreux. Sa bourse secrète pouvait honorer sans réserve les demandes des taverniers, mais inutile d'attirer les convoitises. Dangereux même ! Pour le malandrin en quête de proie, face à ce démuni, inutile de risquer quelques mauvais coups en attaquant pour rien un tel colosse. Hans en rajoutait, de sa forte voix. Il préférait être craint. Ses amis de Lisbonne n'auraient pu le reconnaître dans cette comédie du méchant dangereux.

Vers la fin de l'été, il demeura quelques jours à Saragoza. Il fallait reprendre des forces. Mais bientôt il lui sembla que trop rester en un lieu le mettrait en danger. Il se méfiait. Il prit la route de Huesca.

En chemin, il fit des haltes dans de minuscules *pueblos* entourés de champs de céréales et d'oliveraies. Il entendit parler une autre langue que l'aragonais. Le soir, il tentait de converser avec des hommes du Comminges et du Nébouzan, qui lui racontèrent qu'ils louaient leurs bras pour les moissons, puis au début de l'automne pour cueillir les olives.

Il arriva à Barbastro. Il était impératif de se reposer. Un marchand l'avait averti.

- Il te faudra longer le *río* sur un étroit chemin et monter jusqu'au village de Benasque, *amigo* ! Ensuite, grimpe jusqu'aux prairies d'altitude et redescend côté français. On t'indiquera le chemin sur place pour ne pas te perdre dans la montagne. Les falaises ne pardonnent pas si elles intriguent avec le brouillard.

- Et pour ne pas rencontrer de trafiquants qui n'aiment pas les curieux, ajouta l'autre homme qui était attablé près de lui.

Il engloutissait bruyamment une soupe de pois chiches, la tête penchée plongeant presque dans l'écuelle, le regard en dessous, perçant, vif, menaçant.

Hans se fit répéter plusieurs fois ces informations. Il comprenait le portugais, maîtrisait quelques bribes d'espagnol, mais peu encore l'aragonais, malgré de nombreux mots assez semblables dans ces langues.

L'automne ne se lisait pas sur ce paysage décharné, fait de falaises et de pierriers. Le *río* large et profond charria ses flots. Des troncs d'arbres ébranchés passaient, emportés par le courant. Il vit aussi des radeaux descendant à des vitesses folles. Lui, il grimpait sans accélérer, pas après pas sur le chemin caillouteux. De temps à autre, il croisait un convoi de mules. Il saluait sans s'attarder. Quand les convoyeurs baissaient la tête, masquant leur regard du rebord de leur chapeau, il comprenait qu'il fallait vite s'éloigner.

Lorsqu'il arriva à Benasque après avoir longé le *río* Eseria, il visa la tour de l'église. Le village de pierre occupait un modeste plateau entourée de hautes montagnes qui barraient l'horizon. Hans, éprouvé par ce périple, voyant les vertigineuses falaises, prit conscience que la suite serait encore plus fatigante. Il décida de chercher une auberge, de s'accorder un bon lit et de se reposer quelques jours.

L'église, massive, imposait sa présence. Pas de tympan sur le portail d'entrée mais plusieurs arches. Son regard fut attiré par un oculus, minuscule en son centre, mais qui s'élargissait vers l'extérieur, trahissant l'épaisseur du mur. Un cyclope le fixait. Ou bien était-ce l'œil de Caïn dont lui avait parlé son père ?

Sur la place centrale, on lui indiqua une bonne adresse. Il s'insinua dans une ruelle. Il longea une belle construction flanquée d'une échauguette en son angle, d'un portail encadré de pilastres et d'un fronton triangulaire.

Il tourna à droite comme on lui avait indiqué par des gestes précis. Il vit l'enseigne. Il frappa à la petite porte surmontée d'un solide linteau. Il entra. Une fraîcheur humide aux senteurs de vin fort l'accueillit.

19

Benasque. Espagne
Le mercredi 8 septembre 1762

La couche s'était avérée de qualité. Une aide précieuse pour trouver le repos espéré. Aucune porte n'avait claqué dans la nuit profonde. L'altitude se chargeait de distiller une fraîcheur qui le changeait de ses longues journées dans la plaine aride. Un confort sommaire mais apprécié. Une exception dans son périple. L'auberge tenait un rang, certes modeste, mais envié par les voyageurs.

Hans s'ébroua. Il descendit dans la grande salle. Sans tarder, il confirma à l'aubergiste son souhait de demeurer plusieurs jours. À son habitude maintenant, il négocia mais constata que la transaction avait peine à trouver conclusion. Toutes les chambres occupées, il fallut donc transiger. Qu'importe au fond, puisqu'il s'agissait de faire pauvre, ou du moins très peu fortuné.

Le Prussien s'installa à l'une des trois longues tables de bois massif. On lui apporta une belle boule de pain frais et du lard. Quelques voyageurs avaient déjà attaqué leur premier repas du jour.

Deux hommes descendirent par l'étroit escalier qui se glissait entre le mur de grosses pierres et des poteaux de bois. Aux vêtements du premier, Hans sut qu'il s'agissait d'un noble. Le second était certainement son commis. Ils s'installèrent aux seules places libres, en face du Prussien qui les salua d'un hochement de tête et d'un sourire. Ils lui rendirent la politesse.

- Nous ne devons pas tarder à charger ce convoi…
- J'ai vérifié hier la qualité des laines. Elles sont à votre convenance.
- À la bonne heure ! La pureté des eaux de Benasque

permet ce lavage qui donne leur valeur à nos toisons. Ne dérangeons jamais.

- Votre mandataire en ces lieux n'a pas failli.
- Quand pourrons-nous faire route ?
- Dans une heure tout au plus.

Hans écoutait.

- Vous, commerce laine ?

Le noble tourna la tête vers cet inconnu qui se mêlait à la conversation avec un fort accent étranger. Il dévisagea le colosse barbu. Malgré sa carrure, il ne lui sembla pas menaçant. Il observa attentivement ses grosses mains.

- Un homme de l'art, se dit-il.

Une force de la nature s'invitait.

- Êtes-vous un colporteur, mon ami ? questionna le noble

- *Nein* ! Pas marchand. Char…pen…tier ! répondit Hans en mimant le geste de celui qui tient une hachette courbe et qui creuserait le plateau de la table.

- Et que faites-vous ici, en ce village loin de tout ?
- Rentre Portugal. Lisbonne. Tremblement terre. Moi, refaire toits.
- Je comprends. Vous êtes de ces étrangers qui furent appelés en renfort après cette sinistre catastrophe. Mais, on dit que la ville n'est pas encore totalement reconstruite malgré les années de labeur et le nombre d'ouvriers.
- *Ja* ! Encore travail. Moi, rentrer chez moi. Famille.

Le noble regarda son régisseur.

- Ne m'avez-vous pas dit qu'un de nos hommes avait abandonné notre équipée pour suivre le sourire d'une belle aragonaise ?
- Si fait.
- Eh bien, pourquoi ne pas engager ce charpentier ?
- Qu'il en soit fait selon vos désirs, Monsieur.

- Brave homme, que dirais-tu de convoyer nos mules jusqu'en France ?

Hans se fit répéter pour bien comprendre. Il hésita. Il demanda le jour du départ. Fit la moue. Le noble, voyant l'état des vêtements du charpentier, monta quelque peu les enchères.

- J'ai des réparations à effectuer en mon château de Saint-Mamet. Une grange a souffert de trop de neige l'hiver dernier. Des travaux s'imposent. Je te les propose.

Une négociation difficile s'engagea. Non point sur la question de l'argent, mais sur la compréhension des mots. Il fallut même demander une plume et une feuille de papier à l'aubergiste pour tracer quelques dessins explicatifs. On trouva un accord. Hans convoierait les mules chargées de laine, puis il referait une partie de la charpente de la grange pour une somme qui ne se refusait pas. Elle viendrait s'ajouter à son pécule.

- Nous partirons dans une heure. On ne peut attendre, précisa le commis.

- Dans notre famille, nous n'avons pas oublié cette année où la neige tomba si fort qu'elle ferma le col. Nos mules restèrent bloquées. On profita sans vergogne de notre malheur. Un affidé du Roi d'Espagne fit saisir tout le chargement de mon grand-père à son profit, et surtout à celui de l'administration du monarque en ce lieu. La spoliation de ce profiteur de Benasque nous chagrina fort. L'attentat commercial nous rendit bien prudents. Les nuages sur la montagne ne m'annoncent rien de bon. Nous devons nous hâter.

- *Ja ! Ja !* fit Hans.

- Rendez-vous donc à la sortie du village, près des grands bassins, dit le commis qui avait tapé dans la main ouverte du charpentier en guise d'accord. Vous trouverez d'autres convois au départ.

Puis, parlant lentement pour être compris :

- Demandez celui de mon maître, le sieur Bertrand de Fondeville.

Le Prussien, prêt à partir, fit quelques pas dans les ruelles du village. S'approchant de l'église, il soupçonna une belle charpente. La curiosité le poussa à entrer. Un étroit escalier grimpait dans le clocher. La voie idéale pour approcher poutres et solives. En grimpant, il fut surpris par ce grand orgue qui tranchait avec le dénouement de la petite basilique. Il ne savait pas que celui-ci avait été volé en 1708, par les Miquelets[29], dans l'église de Bagnères-de-Luchon. Ces supplétifs espagnols firent traverser l'instrument par le col, puis l'abandonnèrent dans cette église.

Hans cheminait maintenant en fin de colonne, suivant les mules chargées de ballots de laine. Au début, peu après la sortie du village de Benasque, il s'était porté en tête. Le sentier souvent utilisé pour ce commerce et par les voyageurs se lisait dans le paysage. Une trace marquait le sol à mesure que le chemin se rétrécissait, quittait les prairies pour emprunter un sol de pierres. Ses longues jambes et sa force lui firent prendre de l'avance. Dans la colonne, les hommes de Bertrand de Fondeville souriaient en le voyant ainsi s'éloigner. Pour combien de temps ? Ils savaient, d'expérience, pour avoir observé d'autres voyageurs des plaines, qu'ils allaient le retrouver bientôt assis sur le bord du chemin, essoufflé, la gourde de peau à la main. Cela ne manqua pas, une heure après. La file des mules ne s'arrêta pas. Le Prussien la laissa le dépasser. Il se releva et revint se placer en queue de convoi, reprenant sa marche mais en soufflant. Au loin, en bas, le village devenu minuscule, en

---

[29] Troupes auxiliaires formées par des montagnards, levées par les Espagnols.

forme d'olive écrasée sur le tapis d'une prairie entourée de falaises, semblait immobilisé dans un filet formé par les lignes des murets de pierre sèche.

La montée devint de plus en plus raide, malgré les lacets. Un fine pellicule de neige commençait à recouvrir le sol. Hans observait la façon particulière de grimper des Pyrénéens. Des pas lents, peu espacés, souples, en rythme régulier, sans à-coups, sans accélérations, sans ralentissements. Les mules marchaient à l'unisson. Les convoyeurs ne semblaient pas forcer. Chacun s'aidait d'un bâton.

La longue colonne franchit le port de Vénasque. À droite, le pic de la Mine pointait ses roches vers le ciel dégagé, tout comme le pic de Sauvegarde à gauche, au bout de falaises abruptes. En contrebas, la tache vert émeraude d'un lac captiva le regard du Prussien. À perte de vue, il découvrait des montagnes aux sommets enneigés et une étroite vallée qui plongeait. Déjà, les mules descendaient le long de l'étroit sentier à flanc de montagne. Le convoi dominait le lac en le dépassant. Ils laissèrent deux autres plans d'eau plus petits avant de prendre l'interminable échelle faite de courts lacets dans la falaise.

En bas, au loin, au bout de ce rétrécissement, sur un replat, une masse sombre et anguleuse émergeait de la nappe blanche de la neige, tel un roc plus massif que les autres, isolé dans ce paysage vierge de tout arbre.

La colonne s'approcha. En fait de rocher, Hans vit peu à peu que ce volume se couvrait de deux pentes et qu'une faible fumée s'élevait. Un toit ? Une maison en ce lieu de désolation et de solitude ? L'approche vint confirmer son doute. Qui pouvait habiter dans ce désert ?

Le convoi fit halte pour désaltérer les mules. Bertrand de Fondeville poussa l'épaisse porte de bois de l'Hospice de France. L'hiver, le tenancier mandaté par la commune de Bagnères-de-Luchon redescendait dans la vallée. La porte devait toujours pouvoir s'ouvrir. Elle était fermée mais jamais verrouillée. Il en allait de la survie de voyageurs pris par la tempête.

On entendit de Fondeville saluer. Quelques hommes entrèrent à sa suite. La solide bâtisse de pierre les accueillit dans la grande salle. Un marchand qui avait passé la nuit dans l'hospice s'empressa de nourrir l'âtre avec deux grosses bûches de chêne. Il déclencha la colère du feu qui se mit à gueuler une forte chaleur, libérant des étincelles dans la cheminée. Ça crépitait ! S'approcher, les mains ouvertes pour capter quelque réconfort. Une *oule* en terre, en équilibre sur un trépied placé sur les braises, libérait un agréable fumet. Plusieurs autres marchands descendirent pour se joindre aux convives.

- La peste soit de ce vent qui a soulevé des ardoises. La neige s'est faufilée cette nuit.

Un rire général accueillit la protestation sincère. Le conversation dériva sur les activités des uns et des autres.

- Je transporte plusieurs tonnelets de vin, dit l'un d'eux.
- Tu n'as pas peur qu'il gèle ! rit un autre.
- Ils sont protégés ! Et toi, que commerces-tu qui ne gèle pas ?
- Des poissons salés. Plusieurs caisses. Le froid est mon allié.
- Pour ma part, qu'importe si mon huile d'olive durcit. Le soleil la fera bien fondre.

Tous se restaurèrent avec gourmandise, dans la bonne humeur, à l'abri du vent, du froid et de la neige, tout en ergotant sur leur commerce. L'un vantait le prix de revente de son safran, l'autre de ses olives. Bertrand de Fondeville écoutait mais ne disait rien de ses ballots de laine. Hans engloutit le brouet de haricots et de lard comme s'il fût affamé aux dernières extrémités. La frugalité de ses repas du voyage, quelques fois réduits à des olives sur une tranche de pain huilée, pouvait prendre fin. Il pensait le royaume de France être servi d'abondance. À Lisbonne, des ouvriers français du chantier n'économisaient jamais leurs récits d'un pays de cocagne. Il allait donc goûter à ce bonheur de la panse. Cette entrée en matière rendait crédibles leurs histoires, qu'il avait prises au début pour des fables. Il ne connaissait pas la France. Il avait embarqué dans un port du Nord pour cingler vers les Amériques, vers le Brésil.

Un valet vint trouver Bertrand de Fondeville.
- Votre cheval est prêt, Messire !

L'homme avait monté la jument de la vallée. Déjà sellée dans l'écurie, elle attendait son maître.

Il ne différa pas. En ces montagnes inhospitalières, il ne fallait pas musarder. Le mauvais temps pouvait s'inviter sans crier gare. Un brouillard givrant, une brusque chute de neige et la difficulté se renforçait jusqu'à mettre en péril les imprudents. Juché sur sa monture, Bertrand de Fondeville ajusta son tricorne. Il salua ses hommes et prit la chemin de la descente vers Bagnères-de-Luchon.

Le seigneur de Marignac n'exprimait pas une élégance seulement incarnée dans sa posture droite sur le cheval, le couvre-chef fier et le regard vif. Imprégné de bienveillance, il considérait ses valets, ses commis, son régisseur, tout ce petit peuple à son service. Fils d'un marchand anobli, il n'avait rien oublié de ce passé familial. Les nobles ne commerçaient pas. Trop vulgaire. Lui et son père engraissaient des mules, achetées en Auvergne, dans la vallée de Luchon aux riches pâturages. Après trois années, il vendait ses bêtes aux Espagnols. Elles leur étaient indispensables pour circuler sur d'étroits chemins qui ne pouvaient laisser passer les essieux des voitures. Sa fortune se construisait par des transactions adroites sur les marchés de la Saint-Martin, en la cité royale de Saint-Béat, ainsi qu'à la foire d'Esterri d'Aneu, sur le versant sud des Pyrénées, en bordure du royaume d'Espagne.

Son second commerce consistait à importer les meilleures laines pour l'industrie textile qui fleurissait en terres de Nébouzan et de Comminges. Nombre de villages accueillaient un tisserand. Une Inspection des Manufactures et Tissus siégeait à Saint-Gaudens, capitale de cet État. Elle garantissait la conformité des productions en apposant, sur les pièces d'étoffe, un coin de métal frappé des trois fleurs de lys. En ces lieux, les toisons locales ne présentaient pas la même qualité que celles qui venaient d'Espagne et qui étaient lavées à Benasque. De Fondeville avait mandaté plusieurs de ses hommes pour repérer et acheter ce qui se faisait de mieux.

Sa fortune avait été enrichie par un mariage prestigieux avec la belle Jaquette de Lassus, fille du Contrôleur Général des Marbres du Roi. Un dot de cent vingt mille livres[30] l'avait considérablement élargie. Cependant, l'amour présidait aussi à cette union, rendant la transaction heureuse.

Hans le vit disparaître derrière une butte lorsqu'il entra dans la forêt.

La descente du convoi se poursuivit sans difficulté. Hans chercha à questionner un des hommes sur cette tour en ruine qui semblait contrôler la vallée. Peut-être ne comprit-il pas ses mots confus. Il émit un grognement, des mots en gascon, et l'échange se termina là.

Le Prussien découvrit, au loin, le petit village de Bagnères-de-Luchon, entouré de très hautes montagnes qu'il

---

[30] L'équivalent de 1 300 000 euros actuels.

jugea être d'un aspect effrayant. Plus le convoi descendait et se rapprochait et plus la vue devenait bornée par des pentes abruptes couvertes de forêts. La troupe en file indienne plongeait vers l'obscurité, malgré le renfort des clartés de la neige. Des panaches de fumée s'élevaient des maisons blotties autour d'une petite église. Toutes les volutes se dirigeaient vers le Levant, poussées par le vent qui descendait d'une vallée opposée, celle du Larboust.

Bien avant d'arriver aux premières maisons, la colonne tourna à droite et s'engagea sur un chemin rectiligne. Elle franchit le torrent à gué. Hans vit passer plusieurs roules qui descendaient de la montagne. Il était donc des hommes qui bûcheronnaient, faisant fi du froid et de la neige, s'étonna le charpentier.

En lisière de cette plaine, au bout du chemin droit, un autre village se blottissait au pied de la montagne.

- Saint-Mamet, lui dit l'un des hommes en montrant les toits.

Quelques maisons serrées elles aussi autour de l'église. Et, à droite, le château de Fondeville, comme posé au bord d'une pente boisée.

Ils franchirent le grand portail de bois resté ouvert entre de solides piliers de pierre taillée, pour pénétrer dans une vaste cour pavée. Les cailloux sombres, ou clairs, ou veinés de fer oxydé, ronds, usés, allongés ou anguleux, formaient sur le sol une mosaïque irrégulière parfaitement plane. Par temps de pluie, elle devait protéger les mouvements des hommes, des bêtes et des roues, de la boue qu'Hans avait vue dans les fermes de l'entrée du village.

À droite de ce long rectangle minéral, s'élevait une enfilade de bâtiments aux larges portes. Les hommes arrêtèrent les mules et commencèrent sans tarder à décharger les ballots dans cet entrepôt. En face, une bâtisse servait à protéger une voiture dételée et se prolongeait d'une écurie. Un grenier à foin couvrait l'ensemble.

Au fond, le château se détachait de la sombre forêt. Une façade sobre et austère avec de grandes ouvertures aux encadrements de pierre grise. Dans la partie droite, se dressait une tour en prolongement du corps central. Certainement le souvenir d'une plus ancienne construction, attestée par de petites fenêtres à meneaux peu goûtées par les propriétaires. L'époque était à la lumière, à la clarté, moins à la défense, même si la mémoire de l'attaque des bandits espagnols, qui avaient incendié Bagnères-de-Luchon et les villages des alentours, restait vive. On redoutait encore, et pour longtemps, la sourde menace d'une nouvelle incursion des Miquelets.

Au centre du corps principal, une arche de pierre supportait un escalier à deux volées symétriques de part et d'autre du palier. Il permettait d'accéder à la porte d'entrée. Les lourdes marches de pierre contrastaient avec les élégantes rampes en fer forgé formées de fines lignes courbes très à la mode. Elles se rejoignaient en une balustrade centrale ornée d'un F majuscule.

Les deux étages se surmontaient d'une toiture d'ardoise à forte pente. La neige ne devait pas s'accumuler à outrance. En un coup d'œil, Hans reconnut des dispositifs identiques à ceux de son pays natal aux hivers rigoureux. Elle se prolongeait pour recouvrir la tour. Plusieurs cheminées expurgeaient une fumée claire.

- Il doit faire bien meilleur dedans que dans cette cour ventée, se dit Hans en se frottant les mains glacées.

Il savait qu'il ne rentrerait jamais en ces lieux. Qu'importe. Il connaissait sa place.

Déjà informé par son seigneur, le régisseur du domaine se présenta et lui demanda de le suivre.

À côté du grand portail de l'entrepôt, une petite porte donnait sur une pièce de modeste dimension mais dotée d'une cheminée et d'un lit.

- Tu pourras te servir en bois de chauffage. La réserve se trouve derrière les écuries. As-tu un briquet ?

Hans sourit en extirpant sa pipe d'une poche.

- Repose-toi. Un domestique viendra t'apporter une bonne soupe. Nous verrons demain ce toit à réparer.

20

Saint-Mamet
Presque 3 mois plus tard.
Le mercredi 15 décembre 1762

La tâche fut plus difficile que prévue. Bertrand de Fondeville et son père Pierre avaient indiqué leurs attentes. Pas besoin d'un long discours. Hans avait repéré les défauts de toiture. Seul le risque d'un effondrement au-dessus du grenier à foin imposait une réparation d'urgence. La neige interdisait le retrait des ardoises du toit. À Saint-Mamet comme à Bagnères-de-Luchon, à portée de regard, le souvenir de l'incendie restait vivace. Les toits de chaumes promis à la gourmandise des flammes avaient opéré leur mue salvatrice. Les carrières d'ardoise de la vallée avait fourni leurs solides lames minérales insensibles au feu. Les villages s'étaient parés d'une fine couverture grise. Elle luisait sous la pluie. Aujourd'hui, elle se cachait sous la neige. Cette neige qui inquiétait Hans. Il expliqua aux seigneurs de Fondeville, père et fils, qu'il poserait des poinçons[31] pour étayer. Les poutres enfin soulagées du poids, il retirerait des chevrons pour les remplacer. Une réparation de secours. Du provisoire avant le printemps et des travaux plus conséquents, à faire exécuter par un autre homme de l'art.

Le régisseur du château se chargea de lui indiquer les bois secs, coupés à la bonne lune, qui attendaient au fond du local des laines. On lui fournit scies, hachettes, et tous les outils nécessaires, empruntés à plusieurs artisans de la vallée contre quelques sols et espoirs de remerciements en bonne grâce du seigneur, lequel jouait savamment de sa

---

[31] Pièce de bois posée à la verticale.

fonction d'arbitre des discordes. La rixe menaçait si souvent ici, comme l'orage d'été.

Le Prussien se mit au travail sans tarder. On lui permit de se restaurer avec la domesticité. Il accepta de bon cœur. Le vent sec de la montagne piquait ici plus qu'ailleurs. Il n'avait pas la moiteur salée de Lisbonne. Le froid invitait à trouver refuge au chaud. La soupe n'en était que meilleure.

Hans dessinait toujours ses charpentes avant de tailler les pièces qui la composeraient. Il ne dérogea pas. Le régisseur de Pierre de Fondeville ne fit aucune difficulté à lui fournir encre et papier, ainsi qu'une petite table installée dans le modeste local mis à sa disposition. Il mesura, calcula, traça la structure, déterminant les travaux à venir. Certes, il fallait changer les bois fatigués. Mais l'habile charpentier, surpris par cette faiblesse du toit, avait remarqué une anomalie de construction. Une force trop importante portait sur une poutre. Elle menaçait la solidité générale. Qu'un accident de la nature intervienne et le péril se réveillerait en désastre. Grand vent, chute de neige à l'excès, et le drame s'inviterait sans contestation possible. Le miracle perdurait, mais l'écroulement du toit était inscrit dès le départ.

L'incendie du village et de la vallée par les Miquelets avait entraîné de nombreuses reconstructions dans l'urgence de se protéger des rigueurs du climat. Avait-on partout travaillé dans le respect des règles de l'art ? Hans pouvait affirmer que non en cette demeure, du moins dans ses dépendances. Il fallait rectifier.

Ce jour-là, ayant terminé ses croquis, il décida de les présenter aux maîtres du château.

Il osa se risquer à monter l'escalier de pierre à la belle rampe. Il frappa. Un valet vint ouvrir, surpris de voir celui qu'il côtoyait lors des repas, oser demander à être reçu par le seigneur. Il le pria d'attendre en fermant la porte sur le froid interdit de séjour à l'intérieur. Il revint rapidement et l'introduisit dans la grande salle inondée de chaleur. La généreuse cheminée diffusait sans compter les douceurs d'un bon feu. Il ouvrit, sur la droite, une porte surmontée d'une décoration en relief.

- Que me vaut cette intrusion ? questionna Pierre de Fondeville, en fronçant les sourcils sous son crâne chauve.

Si le charpentier s'aventurait ici, cela signifiait certainement un problème, une difficulté, un trouble en son chantier.

Hans tenait un rouleau de papier.

- Vu mauvais travail toit... bredouilla le colosse. Effondrement si pas réparation plus, plus... forte, *gross*.

Ses gestes tentaient une traduction. Voyant qu'il peinait à se faire comprendre, il prit sa feuille, sembla demander la permission de l'étaler sur la table occupée par Bertrand de Fondeville et un jeune homme souriant aux cheveux retenus pas un catogan vert. Pierre de Fondeville donna son accord d'un signe de tête. Hans étala son dessin. Il l'empêcha de s'enrouler à nouveau en déplaçant l'un des chandeliers sur le bord, l'autre flambeau sur le deuxième côté.

Le jeune homme attablé se leva pour se pencher sur le document.

- Voilà un dessin d'une grande maîtrise ! Et d'une connaissance de la science géométrique absolument remarquable.

- Voici donc venu le temps des ouvriers férus de la mathématique ! s'étonna Pierre de Fondeville.

- Si fait, mon cher père, approuva Bertrand. Le monde change, nous le savons bien. Que pensez-vous de ces esquisses, mon cher Cathérinot ?

- Remarquables ! À première vue, et sans avoir investigué plus en profondeur dans les nombres, les forces, les positions des pièces du dessin, je puis attester de sa justesse géométrique, et même mécanique. Voilà un renfort de premier plan pour votre famille et pour la résistance de votre demeure.

Bertrand de Fondeville invita donc le charpentier à préciser son dessin afin qu'il puisse estimer le coût de la réparation. Elle ne pourrait s'effectuer qu'au début de l'été. Hans se trouvait engagé de fait. Bertrand de Fondeville dut expliquer plusieurs fois. Le Prussien déclina l'offre, tentant de faire comprendre qu'il se devait de poursuivre son voyage. En marchand avisé, ayant entendu les éloges de l'ingénieur des Ponts et Chaussées Cathérinot sur cet homme de l'art talentueux, Bertrand monta les enchères, mais en vain. Hans avait terminé sa réparation. Il offrait son dessin aux maîtres des lieux en remerciement de leur engagement et de leur hospitalité. Les nouveaux assauts diplomatiques échouèrent sur les fortifications infranchissables du colosse à la barbe sombre et au sourire généreux.

De guerre lasse, Pierre de Fondeville sortit de la pièce et revint avec une bourse. Il étala des pièces sur la table. Hans ne compta pas. Il les glissa dans sa poche en remerciant.

Dans sa petite chambre près du hangar aux laines, le Prussien, qui avait préparé son sac, glissait dans la doublure de son manteau ses émoluments de métal frappé à l'effigie du Roi, enveloppés dans un bout de tissu.

De la cour, on l'appela. Le convoi de mules chargées des ballots de laine allait partir vers la plaine. Hans l'accompagnerait jusqu'au port de Bagiry, sur Garonne, peu après la sortie de la vallée. Là, les hommes du seigneur de Saint-Mamet et de Moustajon, mais aussi de Marignac et autres lieux, les chargeraient sur des radeaux.

21

Bagiry
6 jours plus tard.
Le mardi 21 décembre 1762

Sur la prairie qui bordait Garonne, de nombreuses roules, venant de la proche vallée de la Barousse, de la forêt de Thèbe, attendaient d'être jetées à l'eau et accarassées en radeaux. Plusieurs embarcations déjà constituées attendaient, attachées solidement à la rive. Elle devaient convoyer les laines du seigneur de Marignac.

Hans assista au déchargement. Une double paire de bœufs tirait lentement un énorme tronc monté sur deux essieux placés à ses extrémités, équipés de roues cerclées de fer. L'attelage arrivait de la montagne de Thèbe. Il traversa lentement Siradan, après avoir franchi l'étroite gorge du ruisseau Gouhouroun.

Déposée sur la berge, la pièce de bois ôtée de ses deux trains de transport vint rejoindre d'autres troncs déjà attachés en radeaux. Une fois plongée dans l'eau, la nouvelle embarcation fut attachée à l'arrière du radeau à l'aide de fines branches de bois souple.

Aucune hésitation dans les gestes ancestraux. La manœuvre s'opérerait avec efficacité. Les radeliers, rompus à cette pratique, vérifiaient si le chargement de planches, de poutres et autres bois de charpente, élevait suffisamment le tas qui recevrait les précieux ballots de laine déchargés d'une colonne de mules qui, maintenant, paissaient librement dans la prairie. Ils ne devaient en aucun cas prendre l'eau. Sitôt installés, calés, attachés, ils furent recouverts d'un tissu épais.

Hans scrutait le manège des marins coiffés de leur bonnet rouge, vêtus d'un épais gilet en laine de mouton sur leur chemise claire. Un manteau en peau de chèvre venait les protéger du froid. Ils poussèrent sur des perches pour éloigner les radeaux de la rive et prendre le courant. Deux hommes agrippèrent les longues rames des gouvernails de l'avant et deux opérèrent de même à l'arrière. Les autres embarcations suivirent et formèrent un train.

Hans les regarda s'éloigner vers le nord, entendant encore les cris des marins à la manœuvre. Il raconterait tout cela à ses parents, à sa promise, à ses enfants qu'il espérait nombreux. Sa mémoire s'emplissait de ces petits riens qui construisent les récits.

La route large et bien tracée amena le charpentier au relais de poste de Bertren. Il franchit la porte cochère au linteau arrondi. Au centre de la salle principale, deux hommes emmitouflés dans leur manteau attendaient. Ils se saluèrent. Hans profita de cette halte pour se restaurer mais ne s'attarda pas. Il hésita lorsqu'il vit la diligence changer ses chevaux pour repartir. La caisse n'était pas remplie de voyageurs certainement peu enclins aux aventures sur la route en plein hiver. Dans la cour, les postillons se démenaient pour que la manœuvre ne retarde pas le voyage. Des flocons éparpillés commencèrent à voleter. À leur vue, Hans héla le maître des postes pour acquérir une place dans la berline.

Il quitta Bertren confortablement installé dans la voiture, les jambes recouvertes d'une épaisse couverture comme les deux autres voyageurs. Ils échangèrent quelques mots et Hans put fumer une pipe avec l'accord qu'il sollicita de son sourire éclatant.

Le ciel gris tourterelle se mêlait à un brouillard dense. De la longue ligne droite de Gourdan qui longeait la Garonne, ils ne pouvaient voir l'industrieuse cité de Montréjeau, perchée sur son plateau. La diligence ralentit avant d'aborder le pont sur la rivière. Le bruit des roues cerclées de fer changea. Le son aigu du métal sur la chaussée devint plus sourd en roulant sur le bois. Hans aperçut les ouvriers qui déchargeaient des blocs de marbre. Un mouton[32] de belle taille pivotait pour déposer son chargement sur la rive.

À la sortie de la passerelle, ils roulèrent devant une maison. Une femme en sortit, chargée d'un panier de linge. La diligence attaqua le chemin qui grimpait raide. Le pas de l'attelage avait considérablement ralenti, malgré les encouragements vocaux du postillon juché sur le premier cheval. La route se divisait en deux voies. L'une descendait et prenait la direction de Saint-Gaudens. L'autre affrontait la côte. La diligence l'emprunta et s'arrêta à la première bâtisse sur le bord, à gauche. Elle entra dans le relais de poste déclenchant la nuée de commis qui dételèrent les montures. Les trois passagers descendirent, laissant place à de nouveaux voyageurs.

Hans poursuivit à pied sa grimpette jusqu'à la place de Lassalle, un fameux balcon sur les Pyrénées, malheureusement occultées par les nuages et la brume. Il marcha dans la rue principale, en cherchant qui pourrait lui indiquer une auberge où se restaurer. Il dépassa l'hôtel particulier du Contrôleur Général des Marbres du Roi, le sieur de Lassus. Arrivé sur la place couverte d'une gigantesque halle, il ne manqua pas d'y entrer voir la charpente. Ce voyage lui offrait des joyaux à observer, à comprendre, pour faire grandir encore son savoir du métier. Il resta planté là un long moment. Son regard suivait les pièces de bois, scrutait les assemblages, même les plus hauts dans la toiture. Il envisageait le jeu des forces, les résistances. Il s'étonnait de certaines solutions avant de les saisir dans leur complexité, se disant qu'un jour elles viendraient ap-

---

[32] Engin de levage.

porter une réponse pratique, une solution efficace à une difficulté qui lui serait confrontée.

Sous les couverts de pierre qui bordaient la place, une enseigne lui indiqua son but. Il entra. Il pouvait s'offrir une part de volaille rôtie. Il n'hésita pas. La nuit allait tomber. Aucun risque à prendre par un temps pareil. Il marchanda une chambre, rompu à sa stratégie misérabiliste. Malheureusement, le tenancier lui indiqua qu'il avait très peu de places et qu'elles étaient occupées cette nuit. Il lui donna une adresse plus loin dans la rue, en direction de Lannemezan.

Hans remercia et s'éloigna. Il dépassa l'église et le cimetière attenant, avant de poursuivre. Une enseigne décorée et peinte l'informa de l'activité du lieu. Il reçut un accueil mitigé. Ce gaillard à la barbe noire et drue s'exprimait en langage inconnu. Un étranger... Méfiance... Il déposa une pièce sur le comptoir. Livres et sols entrouvraient les portes, pas les cœurs. Il précisa que c'était la dernière, gagnée par un lourd labeur voilà quelques jours. Le tenancier se fichait bien de ces maladroites explications tant que la pièce entrait dans sa bourse. La couche laissait à désirer mais, faute de grive, on se contente de peu. Hans prit soin de bloquer l'entrée de sa chambre avec le petit banc qui tenait lieu d'unique siège dans ce minuscule réduit loué à fort tarif.

Le lendemain, il prit la route pour la capitale du Nébouzan.

Il arriva en fin de journée.

On lui indiqua la meilleure adresse pour se restaurer. Il poussa la porte d'entrée surmontée d'une enseigne de bois peinte en rouge : *Lacroix - Auberge*.

- Bien le bonjour ! dit le tenancier au sourire affable.

Le Prussien échangea, négocia, s'installa à la grande table. Puis, il engloutit une fameuse soupe aux choux avec sa généreuse tranche de lard. Le gaillard ne se satisferait pas d'un maigre brouet.

À l'extrémité de la table, deux bourgeois conversaient derrière leur gobelet de vin.

- La religion excite les esprits, mon ami.
- Tout de même, Calas n'est-il pas coupable d'avoir homicidé son fils, son propre fils ?
- Le malheureux a été roué vif place Saint-Georges à Toulouse, en mars dernier. On lui a brisé les os. Jusqu'au bout, il a clamé son innocence.
- Ces protestants intriguent dans l'ombre, mon ami. Il se dit qu'ils doivent tuer leur propre enfant s'il souhaite se convertir.
- Rumeur, tout n'est que rumeur ! Elle se nourrit de l'obscurité des âmes. Allons, oublions tout cela et buvons à la conclusion de notre transaction.

Le lendemain matin, depuis sa table, Hans reconnut l'ingénieur Cathérinot dans la rue. On n'oublie pas le visage de celui qui a apprécié vos dessins. C'était au château de Saint-Mamet. Il n'osa l'aborder. Il le laissa s'éloigner. Une erreur fatale dont il ne pouvait imaginer les terribles conséquences. Ainsi va la vie. Le hasard ou la force du destin vous entraîne vers un chemin de bonheur ou de malheur. Cette pudeur du Prussien scella son sort et la suite de l'existence de l'ingénieur.

Un homme au bonnet rouge couvert d'une lourde cape entra, regarda la salle et vint s'asseoir à côté du charpentier.

- Un pichet de vin, maugréa-t-il à l'adresse de la servante.

Troisième partie

En l'an de grâce 1763
Sous les auspices de sa Majesté Louis XV

enquêter pour dénouer les fils de l'écheveau

22

Saint-Gaudens
Le lundi 3 janvier 1763
Le matin

On eût dit que l'assassinat de ce voyageur prussien était celui de trop, celui qui ajoutait de la colère à la colère au point de la faire déborder. Certes, la rixe ponctuait la vie des villages. L'invective, la querelle, l'hostilité, le rituel de la bastonnade qui se transmettait de génération en génération, nourrissaient un mode de vie rugueux. Qu'un serviteur du Roi fût envoyé en ambassade pour inspecter les forêts à la recherche de grands arbres pour la mâture des vaisseaux et les villageois dégainaient leurs bâtons. Monsieur de Froidour en fut si marri qu'il l'écrivit dans ses courriers. Les pierres savaient voler dans les airs. Pour autant, la limite de l'homicide n'était que très rarement dépassée. Or voilà que de nouveaux crimes agitaient les esprits. Des morts que personne n'arrivait à relier à une querelle. Les questions sans réponses devenaient peur lancinante. Les curés eux-mêmes ne pouvaient qu'invoquer l'influence maligne du démon. Maigre solution pour une population croyante mais qui n'avait jamais abandonné les vieilles superstitions. Les colporteurs vendaient encore le Petit Albert et le Grand Albert. Magie et sorcellerie imbibaient les obscurités de la pensée.

Au palais communal, à Saint-Gaudens, les Consuls ergotaient dans une ambiance lourde.

- Ces crimes vont nuire aux affaires de nos marchands ! pesta l'un d'eux.

- Le dernier en date est insupportable, s'émut le premier Consul Dansan.

- L'homme est un étranger. On le dit Prussien. Sa famille ne va pas saisir la justice du Roi. L'homicide restera donc impuni comme trop d'autres de nos jours ! Voilà que se dessine une porte ouverte sur le pire.

- Nous devons alerter solennellement le gouverneur. Qu'il vienne à nouveau présider les États du Nébouzan et nous lui ferons part de nos griefs.

On discuta ferme sur la stratégie à adopter pour faire revenir à Saint-Gaudens le Maréchal Duc de Richelieu. Son attrait pour les eaux de Bagnères-de-Luchon serait le bras de levier à actionner.

La neige recouvrait les toits. Les fumées s'élevaient pour rejoindre la grisaille du ciel vaporeux. Tous les volets de la maison Cathérinot s'ouvraient sur de belles fenêtres aux petits carreaux. La façade avait été remodelée au goût du jour, avec l'agrandissement des ouvertures.

Au rez-de-chaussée, le salon aux boiseries peintes couleur pastel s'ornait de plusieurs gravures. Pendant ses études à Paris, à l'École des Ponts et Chaussées, Jean-Baptiste avait visité le Salon de l'Académie Royale de Peinture et de Sculpture qui se tenait au Louvre, au Salon Carré. Les murs explosaient de couleur. Il n'était pas un pouce d'espace sans une peinture, du sol au plafond. L'œil ne connaissait aucun repos. Des portraits, des paysages, des allégories, des animaux, des tables couvertes de fruits, de fleurs, de gibiers, des scènes historiques, religieuses. Des tableaux gigantesques et des minuscules.

Jean-Baptiste fut attiré par un très grand tableau représentant une scène pittoresque : « Noce au Village ». Il s'amusa à musarder, passant d'un détail à l'autre. À gauche, une taverne arborait une enseigne et son image de bouteille de vin. Devant sa façade, dans la rue, des personnes buvaient autour d'une table constituée de planches posées sur des tonneaux, recouvertes d'une nappe blanche.

Une femme semblait écosser des pois sur ses genoux. Un chien attendait devant un baquet renversé et un balai appuyé sur le fût de la table. Un jeune homme jouait de la flûte devant une ronde de jeunes femmes. Des personnages à droite, dont deux à cheval coiffés d'un turban. Des enfants jouant près de leur mère. Des mariés de blanc vêtus regardant le contenu d'un coffret. Une cheminée qui fume et le clocher pointu d'une église.

Près de lui, dans cette foule dense des visiteurs, deux hommes admiraient ce même tableau.

- Il se murmure que la Manufacture Royale des Gobelins va traduire cette peinture en tapisserie... dit l'un d'eux.

Jean-Baptiste porta son attention sur un tableau plus petit qui représentait un lieu qu'il connaissait à Paris : la Place Maubert. Il s'y plongea, avant de continuer sa visite. Sortant du Salon Carré, il se retrouva dans la cour du Louvre. Quelques marchands d'estampe commerçaient des reproductions de certaines œuvres des peintres exposés. L'un d'eux proposait des Jeurat. Cathérinot s'approcha et, surprise, la gravure de la place Maubert était disponible. Il l'acheta sans négocier le prix. C'est cette image joliment encadrée qui figurait dans le salon de travail de l'ingénieur.

Devant sa table de travail, Jean-Baptiste souffla. Il reposa sa plume. Ce devis à rendre venait d'occuper sa matinée. Il leva la tête et regarda, dans le cadre de la fenêtre, quelques passants qui ne lambinaient pas, pressés de rentrer au chaud. Le tableau mouvant l'amusa. Ces visages encapuchonnés ne laissaient voir qu'un front et un nez rougis pas le froid.

Il se leva et ajouta deux solides bûches à la cheminée. Elle lui rendit la politesse par une chaude bouffée appréciable.

Il revint à sa table. Il saisit son carnet à la couverture verte qui n'attendait que cela, au coin de son bureau. Il l'ouvrit. Il relut ses notes. Quelques trop rares mots. Pouvait-il attendre la mise en branle de la justice du Roi ? Serait-elle saisie ? Les affaires précédentes, même les plus récentes, croupissaient déjà dans le puits de l'abandon et de l'oubli. Il se dit qu'il devait retrouver lui-même l'assassin du Prussien. C'est ainsi qu'on présentait l'infortuné voyageur dans les conversations de la ville, les soupers, la rue, le marché, les auberges. On parlerait de ce crime quelques jours encore, avant qu'une échauffourée quelconque ne vienne le remplacer dans les discussions.

Jean-Baptiste se dit qu'il devait reconstruire les éléments de l'affaire. Fouiller dans le passé de la victime. Comprendre le contexte. Il ne lui paraissait pas possible d'arriver à une réponse s'il n'avait pas formulé les questions qui lui apporteraient des données, des informations. Il procédait ainsi pour faire ses plans. Aller sur le terrain. Observer le paysage dans sa globalité. Puis, viser quelques points clés, un rocher, un ruisseau, une combe. Imaginer par où pourrait passer la route. Alors, mesurer, noter, récolter le plus possible d'éléments pour ensuite effectuer le tracé, évaluer le travail, rédiger le devis. Le début serait compliqué, il le savait. Chaque petit fragment semblerait incongru, sans signification, comme une digression éloignant du sujet principal. Mais, peu à peu, tous ces fragments se rejoindraient pour donner une représentation claire de l'affaire. Jean-Baptiste se trouvait face à une solution déchirée en mille morceaux. Il fallait retrouver ces petits rien, les analyser, les comprendre, puis les restituer les uns à côté des autres pour obtenir une vision plus claire. Il ne méconnaissait pas la difficulté mais elle excitait sa curiosité. Il s'imagina Lieutenant Criminel. Il ne demanderait jamais la Question préalable. On pouvait tout faire avouer sous la torture, détruisant en cela l'approche de la vérité. Mais, surtout, on martyrisait les corps et les esprits. L'acharnement sanglant contre Jésus de Nazareth, que l'on enseignait aux enfants, cette souffrance acceptée pour racheter les péchés des hommes, toute cette violence l'horripilait. Le monde devait se détacher de ces pulsions morbides. La vie dans la vertu sage valait tous les tourments imposés par ces dogmes. Les solutions aux questions ne tombaient pas du Ciel. Elles devaient se chercher ici, sur terre.

Qui avait assassiné le Prussien ? Que savait-il ? Peu de choses.

La victime, lui avait-on dit, rentrait du Portugal. Il s'était abouché avec un individu marqué d'une cicatrice sur la tempe gauche. Ils étaient partis tous les deux. On l'avait retrouvé mort après Saint-Martory. Une somme de deux mille livres[33] était cachée dans son manteau.

La cloche de la collégiale lui rappela qu'il était l'heure du repas.

Il entendit les pleurs de son petit dernier. Il sourit.

- Mon Gaudens est aussi affamé que moi, se dit-il.

Les gémissements se calmèrent quand le bébé posa ses lèvres sur le téton tendu de la nourrice engoncée dans une bergère près de l'âtre du salon. Jean-Baptiste lui sourit avant de placer une bûche dans la cheminée. Les flammes répondirent sans tarder.

Il marcha vers l'office. Un délicieux fumet s'échappait pour venir provoquer les narines. Que lui préparait Servaise Puyfourcat ?

Il entendit la porte d'entrée s'ouvrir. Son épouse reve-

---

[33] Équivalant à 67 650 euros.

nait de la boutique du relieur. Elle tenait entre ses mains un ouvrage recouvert d'un beau cuir sombre. Le livre pouvait rejoindre la bibliothèque du salon de travail.

23

Saint-Gaudens
Le lundi 3 janvier 1763
Tôt le matin

Il ne fallait pas perdre de temps. Tout chasseur sait que les traces s'effacent. Jean-Baptiste s'habilla chaudement. Son habit de brocard vert pâle sur un gilet assorti irait au mieux. L'habileté du tailleur Sauveur Vigolène s'exprimait dans la qualité soignée de son travail. La coquetterie de l'ingénieur y trouvait satisfaction. Il releva le col du manteau brun clair. Il glissa son carnet dans l'une des poches. Il ajusta son couvre- chef préféré, un élégant tricorne noir bordé d'un galon doré et rehaussé d'un discret petit nœud argenté. Un œil furtif dans le miroir. Il plongea dans la rue peu animée. Chez Talazac, il loua un cheval.

- Prenez garde, mon ami. La route est glissante.

Il se dirigea vers la sortie de Saint-Gaudens, en direction de Toulouse. Personne ne savait qu'il s'était armé d'un pistolet chargé. Il se méfiait maintenant de cette forêt de Landorthe et de tous ses recoins obscurs qui alimentaient les discussions des soupers en ville.

L'inquiétude de la population, qui n'avait pas l'habitude de s'en laisser compter, se ressentait au marché du jeudi. Devant les étals achalandés, les villageois se rencontraient autant qu'ils achetaient. La halle s'animait de discussions. Elle jouait le rôle de l'équivalent populaire et braillard des salons en ville et dans quelques nobles demeures. Il s'y élaborait l'opinion. On prédisait mille supplices à celui qui serait attrapé. Pas besoin de le déférer devant la justice du Roi !

La tension montait à chaque attaque. Pour survivre, les déplacements s'imposaient, et pas seulement pour les conducteurs de radeaux en retour de Toulouse ou de Bordeaux. Nombre de gens du Nébouzan passaient en Espagne pour travailler dans les plaines ibériques. Dans un royaume moderne, les chemins se devraient d'être plus sûrs. Les derniers crimes exaspéraient les plus modérés. Pour un qui de temps en temps donnait lieu à investigation, à arrestation, à procès, à écrits dans le ressort de l'affaire, combien restaient impunis ? Oubliés des tablettes du royaume, mais pas des villageois. Dans ces montagnes, la tradition comptait. Les événements se transmettaient, se racontaient. Une dispute entre voisins durait plusieurs générations. Tous ces nouveaux guets-apens perturbaient les esprits. Il fallait réagir, que diable ! On en serait presque venu à organiser une battue, comme pour traquer un loup. Mais l'ennemi restait invisible, sournois, tapi dans l'ombre, fondu dans la masse.

Jean-Baptiste dépassa le palais épiscopal. L'Évêque Antoine de Lastic ne devait pas encore se trouver à sa table de travail pour ces derniers mois de l'exercice de son sacerdoce à Saint-Gaudens. Déjà vingt-quatre ans qu'il dirigeait le diocèse de Comminges. Les volets de la façade protégeaient ses appartements.

Le séminaire jouxtant l'évêché se débarrassait lentement de la gangue sombre d'une nuit glaciale. Derrière la grille, la grande cour et le bâtiment en L dormaient encore. L'ingénieur s'engagea dans la ligne droite qui filait vers le levant. Une lumière rasante vint l'éblouir, l'obligeant à baisser la tête. La pointe du tricorne offrit un écran salvateur.

Cathérinot fit ralentir sa monture en entrant sur la lande battue par un vent perfide et tranchant. Il pénétra dans le bois en restant au milieu de la route. Il aurait bien le temps de s'écarter si un véhicule s'approchait. Il observa les fourrés qui gribouillaient les bordures de la route derrière le fossé qui la longeait. Les ronces y prospéraient. Elles se couvraient d'une fine enveloppe de givre, rendant leurs épines plus acérées encore. Il fit passer le fourreau de son épée sur le bord relevé du manteau afin que l'arme soit bien visible. Si des crapules guettaient, elles sauraient qu'il se défendrait. Son regard acéré ne négligeait pas les hautes branches sans feuilles qui, par endroits, débordaient au-dessus du large chemin royal.

Lacroix lui avait donné quelques maigres indices, entendus dans son auberge :
- Le bandit a fait asseoir l'infortuné Prussien sur un tronc de chêne couché au bord de la route, en pleine forêt. Les marchands ont trouvé la victime allongée tout à côté.

Jean-Baptiste aperçut le fût abattu, bien reconnaissable à son écorce rugueuse et profondément ridée. Il gisait en lisière du bois, sur la gauche du large chemin, juste après la bordure en terre battue et le fossé. Il s'arrêta. Son regard embrassa la longue ligne droite qui s'enfonçait dans ce bois dense, que tous ici qualifiaient d'affreux. Un trait pur et clair tracé comme un coup de sabre dans un fouillis végétal sombre. La voie était large, confortable. Il la jugea bien empierrée. Pouvait-il se départir d'un regard professionnel ?

À l'École des Ponts et Chaussées, il avait appris la classification des routes du royaume, fixée par arrêtés au début du siècle. Il se devait de les appliquer dans ses travaux de construction ou de redimensionnement.

Un savoir indispensable à sa mission, surtout dans cette contrée, car avec zèle l'Intendant d'Étigny ouvrait de nombreux chantiers.

À vue d'œil, la route royale mesurait bien ses 60 pieds

de large[34]. Les grands chemins qui reliaient les principales villes mesuraient 48 pieds[35]. Les chemins royaux comptaient 36 pieds de large[36] et les chemins de traverse 30 pieds[37]. Regardant le revêtement en cailloutis bien tassé, il le savait de 10 pouces d'épaisseur[38]. Cette partie centrale, minutieusement empierrée par des paysans réquisitionnés pour la corvée, était bordée d'accotements roulables en terre battue, bien utiles pour faciliter les croisements, pour permettre de dépasser sans risque une charrette arrêtée. Ce dégagement autorisait également de tourner sur la voie. La route devait se compléter, tout du long, de fossés puis d'arbres. En entrant dans la forêt, le large sillon destiné à canaliser les eaux de ruissellement se faisait moins profond et l'alignement d'arbres depuis Saint-Gaudens avait laissé place aux essences naturelles du lieu, qui s'y développaient en ordre dispersé.

Il descendit de sa monture. De sa position, il ne pouvait apercevoir une silhouette cachée derrière un puissant chêne.

Me voilà bénit par le Très-Haut, se dit l'homme embusqué. Enfin un esseulé aussi tendre qu'un mouton égaré.

Il tira vivement un couteau de son fourreau. Son pouce calleux effleura machinalement le fil de la lame. Tranchant affûté, l'arme se planterait comme dans du beurre. Il écarta avec prudence sa tête du tronc. Mieux voir sans être vu. De l'autre côté de la route, le voyageur au tricorne lui tournait le dos. Il vit l'extrémité d'une épée qui pointait sous son manteau.

---

[34] 19 m 40.
[35] 15 m 50
[36] 11 m 60
[37] 9 m 70
[38] 27 cm

- Prudence, se dit-il. Je dois être prompt. Percer le dos jusqu'à la garde avant qu'il ne me voie.

Il décida d'avancer. Le bois mort qui jonchait le sol pouvait le trahir. Il se débarrassa de son bonnet rouge trop visible dans les fougères brunes, grillées par le gel. Il fit glisser la cape pour libérer ses gestes. Le froid l'arrêta dans son dépouillement. Il garda son gilet de laine et ses bottes. Un œil sur sa proie. Un œil sur les brindilles. Ne pas les faire craquer ! Un pas en avant, délicat comme celui d'un chat. Un autre. Deux de plus pour venir se cacher derrière un châtaignier plus proche de la route.

Jean-Baptiste franchit le bas-côté dont la terre gelée craquela sous ses pieds. Il sauta le fossé. Il s'approcha du tronc abattu. Il s'accroupit pour regarder le sol de plus près. Peut-être le Prussien a-t-il perdu quelque objet. Sur l'écorce, il subsistait une tache de sang séché. Cathérinot grimaça. Dégoût et tristesse.

De l'autre côté de la route, l'homme se demandait comment traverser ce large espace sans se faire repérer. Le voyageur aurait tout le temps de tirer son épée et de l'embrocher. Pourquoi ne pas se blottir dans le fossé asséché et attaquer au moment de sa remontée sur le cheval ? Il hésita. Le voyageur furetait. Il avait saisi un bâton fin pour écarter les ronces. Il cherchait. Oui, il fouillait. Est-il un policier du Roi ? Peut-être le Lieutenant Criminel chargé de l'enquête. Prudence ! Mais faim au ventre aussi ! Alors, que faire ? Officier du Roi ou simple curieux, l'imprudent possédait forcément une bourse et quelques objets négociables. La différence viendrait de sa capacité de résistance à l'attaque. À première vue, il semblait jeune et plein d'énergie. S'il était un ancien soldat devenu policier, l'affaire se corsait. S'il était un bourgeois, la simple vue du couteau anéantirait toute résistance. Une apathie qui ne l'épargnerait pas d'un coup fatal. Pas de témoin à laisser sur les lieux !

Lentement, il se coucha. Il attendit. Plus de 60 pieds les séparaient encore. Ainsi allongé, il demeurait invisible, masqué par les buissons. Il rampa très lentement, contrôlant chaque mouvement. Il serra la mâchoire partiellement édentée mais ne laissa échapper le moindre cri lorsqu'il posa sa main sur les épines d'une ronce. Il dépassa la dernière ligne d'arbres. Il jaugea la profondeur du fossé. Il sourit. Il se laissa glisser en douceur dans ce creux suffisant pour le masquer en totalité. Le voyageur ne pouvait plus le voir. Il leva la tête. Ses yeux maintenant au niveau de la route, il vit le haut du corps et le couvre-chef de l'inconscient fureteur. Le tricorne de qualité, le manteau, tout indiquait que l'homme n'était pas un manant. La confirmation d'une bourse pleine, certainement ! Ses yeux brillèrent de l'éclat du désir et de la violence. Son sang bouillait. Il transpira d'un coup. Pouvait-il courir pour traverser la route et se jeter sur sa proie sans qu'elle l'entende fondre sur lui ? Devait-il attendre qu'elle revienne sur la route pour se ruer et la percer au moment où elle saisirait la bride du cheval ? Il se maudit de n'avoir pas de pistolet ou de fusil. À cette distance, la tentative aurait pu s'envisager avec efficacité. Il maugréa entre ses dents. Il me faudra bientôt une arme à feu, se dit-il, bien que le bruit de la détonation l'obligerait à fuir au plus vite. Il se promit d'en voler une dès que possible. La lame, moins efficace dans un assaut, restait tout de même plus silencieuse. Elle offrait du temps pour dépouiller sa victime.

Jean-Baptiste se releva. Il ne subsistait que des buissons écrasés, aplatis par endroits, résultat des manœuvres pour tirer le Prussien sur la route, probablement.

L'homme à la balafre se dit qu'il vaudrait mieux avancer encore le long du fossé pour surgir face au cheval lorsque sa proie placerait son pied dans l'étrier. Là se trouvait le point faible, la faille. Les mains occupées, il n'aurait pas le temps de saisir son épée. Le manteau lui sembla trop épais et risquait de freiner la lame. Pour assurer l'attaque, il décida de porter son premier coup à la gorge. Il serait décisif. Les autres le videraient de son sang. Ils l'achèveraient.

Jean-Baptiste sauta le fossé, traversa la petite bande de terre battue, marcha sur la chaussée empierrée pour rejoindre son cheval de l'autre côté de la route, à quelques pieds du péril mortel prêt à bondir. Ses bottes crissèrent sur le cailloutis concassé. L'homme serra son couteau et ses dents. Sa future victime approchait. Il ne pouvait lever sa tête au risque d'être découvert. Il écoutait attentivement ce pas lent qui venait vers lui. Jean-Baptiste contourna sa monture. Il ne se trouvait plus qu'à un mètre du fossé. Le balafré commença à déplier son corps. Il prit appui sur ses jambes et les prépara à se détendre d'un coup, comme un ressort qu'on libère, comme un boulet qui gicle du canon. Il se hissa légèrement pour voir sa cible. Elle lui tournait le dos. Parfait ! Elle allait saisir la bride et glisser le pied botté dans l'étrier. Le cheval s'agita brutalement. Il hennit et frappa du sabot.

- Du calme ! murmura Cathérinot d'une voix douce, en saisissant puis en caressant son chanfrein, puis sa crinière.

L'homme à la cicatrice ne perdait rien de la scène. Encore un instant avant l'attaque. Le cheval piétina et continua à s'agiter. Il avait peur.

- Allons mon vieux, que t'arrive-t-il ?

La monture recula un peu, secoua la tête. Ne plus perdre de temps, se dit l'homme dans le fossé. J'y vais !

Cathérinot savait que l'on avait homicidé le Prussien en

ce lieu, que des radeliers avaient été attaqués dans cette forêt. Le cheval s'énervait. Sentait-il un danger ? Jean-Baptiste écarta le pan de son manteau et tira d'un geste bref son pistolet de la ceinture. Il le leva tout en armant le chien d'un clic sonore.

- S'il en est ici qui veulent se faire brûler la cervelle, qu'ils se montrent ! Un pouce de fer les attend entre les oreilles !

Dans le fossé, l'homme se figea à la vue du canon. Il replongea au plus profond du creux tapissé de feuilles mortes. Il plaqua sa tête dans cet humus naissant, dans cette pourriture végétale qui nourrirait des fleurs et des fougères au printemps. Il passa machinalement son index sur sa cicatrice puis se figea. Un rictus amer déformait sa face. Une sourde colère bousculait son esprit. Il eut envie de se lever d'un coup, de se ruer sur le cavalier, de lui planter sa lame. Il frissonna.

- Allez ! Montrez-vous, bande de lâches ! J'ai de quoi vous conduire *ad patres* !

La situation venait de changer. La cible n'avait rien d'un mouton. Elle devenait chasseur. Elle était armée.

Il devait se dissimuler le mieux possible. Il s'aplatit encore. Inutile de risquer sa peau. Une autre proie se présenterait bien tôt ou tard. Il avait échoué avec ce gaillard tonitruant qui détenait plusieurs centaines de livres dans son manteau. Il avait même tâté l'arrondi des pièces dans la doublure du Prussien. Il n'avait rien trouvé dans la maison de Montréjeau. Et ses autres attaques près de Labrouquèro[39] ? Du sang pour rien, se dit-il, non qu'il eût la

---

[39] Dénomination du village de Labroquère tel que trouvée sur les courriers et documents de l'époque. « Vient de « brouquère : amas de broussailles, terrain couvert de broussailles épineuses ou de bruyère (...) »Simin Palay, Dictionnaire de Béarnais et Gascon moderne, 1932.

moindre pitié pour ses victimes, mais qu'il déplora une dépense d'ardeur et de rouerie pour un résultat nul. Il pesta en lui-même.

Cathérinot se jucha lentement sur sa monture, regardant de tous côtés. Il talonna et se mit en marche, son arme levée comme un signal. L'homme à la cicatrice entendit le pas du cheval qui s'éloignait. Le silence revenu, il s'extirpa du fossé, furieux. Il avait transpiré et maintenant le froid le saisissait d'un coup. Il alla récupérer sa cape et son bonnet.

Cathérinot réfléchissait. S'était-il alarmé pour rien ? Peut-être. Mieux valait trop de précautions qu'une attaque. Il ne devait pas se décourager. L'enquête serait longue. Cheminant à allure modérée, sa pensée l'interrogea sur son attitude, sur ses mots inhabituels. Se pouvait-il que la situation de danger fasse surgir en lui des forces obscures insoupçonnées, une violence inconnue ? Il en eut peur.

- Un cheval fougueux se doit d'être dressé, se dit-il. Tout comme un torrent furieux donne plus de force au moulin lorsqu'il est canalisé.

La route quittait la hauteur du plateau pour rejoindre Beauchalot dans la plaine. À l'entrée du village, il questionna en vain. On voyait bien passer des attelages, mais impossible de préciser si l'un d'eux avait porté un blessé ces derniers jours. L'hiver, les travaux des champs étant en sommeil, les activités se déroulaient à l'intérieur.

Jean-Baptiste descendit de cheval devant une maison qui bordait la route. Il frappa. Il attendit. On entrebâilla la porte.

- Je suis le sieur Cathérinot, ingénieur du Roi !

Du Roi ? Un serviteur du Roi ! Une telle présentation ouvrait les portes sans plus de réserves.

- Entrez donc ! Venez vous réchauffer, dit l'homme en

saluant et se courbant, mais sans trop tout de même. La déférence locale portait en soi ses limites.

- Je ne veux point vous déranger.
- Entrez, vous dis-je !

La salle sombre, mais de belles dimensions, se dotait d'une large cheminée. Elle chauffait en diable mais peinait à éclairer les nombreux recoins. Sur le côté, un jeune homme actionnait un métier à tisser. Assis sur une poutre qui s'appuyait sur deux solides poteaux qui, avec deux autres, formaient les arêtes d'un cube. Son geste rapide glissait une navette entre les fils de trame face à lui. Il salua d'un hochement de tête sans pour autant faire cesser le cliquetis rythmé de sa machine. Près de lui, une jeune fille actionnait un rouet. Un tas de fils débordait d'un baquet.

À l'autre extrémité de la pièce, une femme cardait. À cheval sur une petite machine en bois, elle saisissait une poignée de laine dans un grand récipient de bois. Elle posait sur une grille, devant elle, la belle matière blanche et propre mais emmêlée. Par un aller-retour rapide et cadencé, elle faisait balancer devant elle un demi-tambour hérissé de pointes telle une brosse courbée. Il s'éloignait puis revenait, ses dents caressant la laine à chaque passage. Le peigne démêlait et aérait les fibres pour former peu à peu des mèches.

Cathérinot ne cacha pas sa curiosité. Il était plus habitué à observer les engins de levage, les outils pour tailler les pierres que ces petits dispositifs astucieux. La matière brute, en vrac, devenait peu à peu un ensemble de fils. Certainement ceux qui ensuite passaient au rouet pour constituer les pelotes posées près du métier à tisser.

Le cadre de bois et son opérateur poursuivaient inlassablement leur cliquetis.

Bertrand de Fondeville, lors d'un repas au château de

Saint-Mamet, lui avait expliqué qu'il importait des laines d'Espagne, celles de Benasque, les meilleures, lavées à l'eau pure de la montagne. Ces toisons alimentaient à la fois tous ces petits tisserands des villages et l'industrie textile de la contrée. Nombre de ces tissus étaient exportés.

- Voilà du bien beau travail ! dit l'ingénieur, s'étant approché d'une pièce de tissu.
- Pour sûr, approuva le maître de maison. Nous aurons les coins, ah ça oui !
- Les coins ?
- L'Inspection des Manufactures des Tissus de Saint-Gaudens vérifie nos productions. Si elles ont la qualité requise, leur contrôleur apposera un coin de métal à l'angle et le frappera avec un marteau portant les trois fleurs de lys.

Cathérinot se promit d'interroger l'inspecteur de Lauvergnat lors d'un prochain souper en ville, de ceux qu'il prisait car ils réunissaient, de temps à autre, les personnalités marquantes de la capitale du Nébouzan.

L'ingénieur n'avait pas oublié ce marteau que gardait son père en sa demeure de Villeportun. D'un côté, un taillant permettait de faire sauter l'écorce. De l'autre, la marque en relief qu'il frappait sur le morceau de tronc découvert. Jean-Baptiste l'avait accompagné plusieurs fois lors de marquages d'arbres à abattre dans les forêts du Roi. Objet précieux enfermé dans un coffre, il n'avait pas le droit de le confier à qui que ce soit. Par sa charge, il en était le dépositaire exclusif.

Ici, comme ailleurs dans les villages, l'hiver bloquait les villageois dans leurs maisons, dans leurs fermes. Le temps était venu de réparer les outils, d'en confectionner de nouveaux, de préparer des salaisons qui conserveraient les viandes de cochon. Le lard se suspendrait bientôt aux poutres. Dans cette maison, on améliorait l'ordinaire par le tissage.

- Avez-vous vu passer une voiture conduite par deux hommes, portant des caisses, des tonnelets, et surtout un grand gaillard blessé ? Il était barbu et saignait probablement du crâne.
- Quand ça ?
- Voici six ou sept jours certainement.
- Je n'ai rien vu, répondit l'homme avec une mine indiquant sa déception de ne point aider. Et toi, la Mariette ? lança-t-il à son épouse concentrée sur ses travaux de couture.
- Rien de rien ! dit-elle en souriant. C'est que le travail m'oblige à demeurer à ma table. Je n'ai point loisir à regarder par la fenêtre.

Une vieille femme, près du feu, opina du chef pour aller dans le même sens. Dans un coin, trois enfants jouaient à faire tourner une toupie achetée à un colporteur. Ils ne répondirent pas, absorbés et riant à chaque chute de l'objet qu'il fallait relancer. Il sembla bien à Jean-Baptiste que le vieillard le plus proche de l'âtre fabriquait un autre jouet en faisant sauter, avec son couteau, des copeaux du morceau de bois qu'il tenait de sa main noueuse.

Cathérinot remercia.

Il grimpa sur son cheval, releva le col de son manteau brun clair, saisi par l'air vif à vous faire regretter sur le champ les amabilités caloriques de la cheminée qu'il venait de quitter. Il traversa lentement le village désert. Peu de chance de tomber sur un quidam témoin du passage de la charrette. Il poussa vers Mancioux avec le même résultat. Lorsqu'il arriva à Saint-Martory, il traversa le pont. L'enseigne de l'auberge l'invita à se restaurer.

24

Saint-Martory
Le lundi 3 janvier 1763
Un peu avant midi

Cathérinot ne masqua pas sa déception. L'aubergiste ressemblait à un chardon aux piquants acérés. Son épouse lui sembla plus avenante.

- Il est arrivé sur la charrette de deux marchands de Saint-Gaudens. Il faisait peine à voir.
- Connaissez-vous leurs noms ?
- Tout doux, mon garçon ! coupa le tenancier. On ne se mêle pas des affaires des autres !
- Laissez donc pester ce vieux bougon ! trancha son épouse. Voyez avec le père Targuste. Ils ont déchargé des tonnelets dans sa remise. Prenez la première rue à droite. Longez-la jusqu'à l'église. Sa porte cochère est juste en face.

Jean-Baptiste enfourcha sa monture, remonta son col et s'éloigna. La rue formait un couloir dans lequel le vent glacial s'engouffrait. Il rabattait l'âcre fumée des cheminées vers le sol. L'église, entourée de son cimetière, émergeait de cette brume piquante. En face, une porte cochère bâillait. Jean-Baptiste attacha son cheval à l'anneau. Il fit quelques pas à l'intérieur. Le porche ouvrait sur une petite cour. Des tonnelets attendaient d'être chargés pour être livrés.

- Père Targuste ? cria l'ingénieur.

Pas de réponse.

- Êtes-vous là, père Targuste ?

Silence.

Cathérinot s'approcha d'une porte ouverte.

- Père Targuste !

Il fit quelques pas à l'intérieur, plongé dans la pénombre.

- Ohé de la maison !

Il frappa énergiquement sur une porte intérieure. Pas de réponse. Il fit grincer la ferrure. Une grande pièce plongée dans le noir sauçait dans l'odeur de feu éteint. La cheminée n'avait pas été allumée. Ses yeux s'habituèrent à l'obscurité. Une table. Au bout, une personne avachie, la tête posée sur ses bras croisés.

- Père Targuste ?

Aucune réaction. Jean-Baptiste s'approcha. L'homme lui sembla mort. Un craquement dans un angle obscur de la pièce. Cathérinot bondit en arrière, tira son épée. Prêt à se défendre, il pointa son arme. Il attendit. Rien ne bougea.

- Père Targuste !

Il fit un pas vers le corps. Il posa sa main sur son épaule. Il le secoua légèrement. Un grognement répondit. Cathérinot insista alors plus vigoureusement. Le corps se redressa légèrement. Puis la tête se tourna vers lui. Les paupières lourdes de l'homme libérèrent de petits yeux vitreux.

- Qui ose ainsi troubler mon sommeil ? bredouilla-t-il d'une voix faible, rauque, empâtée.

- Jean-Baptiste Cathérinot, ingénieur du Roi à Saint-Gaudens.

Silence. L'homme se redressait avec peine.

- Que me veut donc un ingénieur du Roi ?

- Vous parler. Êtes-vous le père Targuste ?

- Si fait, jeune homme…

- Puis-je vous questionner ?

L'homme se redressa mieux encore. Il se frotta le visage. Prenant conscience de l'obscurité, il se leva lentement. Il se dirigea vers la fenêtre. Il fit pivoter la crémone.

Il poussa les volets. La faible lumière du jour vint dissoudre l'obscurité. Dans l'angle de la pièce, un chat les observait. À l'évidence, cette affaire le rendait nerveux et méfiant, comme si la mort rôdait à proximité.

Le père Targuste revint à la table. Un visage carré posé sans cou sur un corps puissant, s'enrichissait d'un double menton adipeux, de bas-joues flasques et d'un nez épaté, grêlé de pores comme une fraise, le tout d'un rouge sombre qui racontait son goût certainement immodéré pour le vin. Sa petite bouche aux lèvres fines libérait d'ailleurs une haleine fétide, mélange putride d'ail et d'alcool. Des cheveux gris partaient en arrière du crâne depuis un front haut et ridé. Ses petits yeux brillaient. Jean-Baptiste sentit le coquin en sommeil.

- Que voulez-vous savoir ? La provenance de mes marchandises ? dit-il en retrouvant sa chaise sans quitter cet intrus du regard.

- Avez-vous reçu un chargement de Saint-Gaudens la semaine dernière ? Des tonnelets ?

Le père Targuste saisit une bouteille. Il en versa une belle timbale. Il la tendit à Jean-Baptiste.

- Tenez ! dit-il d'une voix tremblotante, tout en se servant un verre pour lui-même.

Jean-Baptiste saisit le récipient par courtoisie sans aucune intention de le porter à ses lèvres.

- La semaine dernière, deux marchands de Saint-Gaudens m'ont apporté des tonnelets.

Il se redressa d'un coup, l'œil mauvais.

- Toutes les taxes ont été honorées !
- Cela n'est point dans mes investigations !
- Alors, quoi ?
- Je cherche le nom de ces marchands.

Et pourquoi donc ?

Le regard se faisait plus fielleux. Le père Targuste semblait flairer quelque manœuvre.

- Je dois m'aboucher d'urgence avec eux.
- S'il s'agit de leur marchandise, je puis traiter avec vous.
- Il n'est point question de commerce mais d'une affaire d'importance.

Les rides du front, la mimique de la bouche, l'éclat du regard encore enfiévré par l'alcool, disaient à quel point l'homme calculait.

- Ils ont déposé un homme blessé chez l'aubergiste.

La face du père Targuste s'éclaira enfin.

- Le Prussien ?
- Si fait !
- Mais pourquoi donc savoir le nom de ceux qui le transportèrent ? La justice du Roi est-elle saisie ? On investigue dans l'ombre ?
- Non point ! Je me dois de leur parler en toute lumière, débarrassé de mauvaises intentions.
- Quel est votre prix pour cette information ?
- Mon remerciement pour avoir accompli une action charitable. Je veux les assurer de la reconnaissance de la famille du Prussien.
- Une récompense généreusement dotée, je présume.
- Pas le moins. Il ne s'agit pas de vil argent mais de bonté et de charité chrétienne.

Le père Targuste, agacé, souffla puis grimaça. Difficile d'entrer en négociation avec pareil motif. Baste, lâchons ce qui n'a point de valeur sonnante, se dit-il.

- Les deux hommes sont des marchands réguliers de Saint-Gaudens qui me fournissent en huile et en olives d'Espagne, que j'embarque ensuite au port de Cazères.
- C'est bien cela. Comment se nomment-ils ?

Silence. Le père Targuste interrogeait-il sa mémoire plongée dans des ivresses pas encore dissoutes ou rusait-il pour espérer encore un bénéfice à sa révélation ? Cathérinot attendit. Ne voyant aucune surenchère venir, Targuste souffla.

- Jean Montaut et …, et… maudite soit cette mémoire qui me fuit…

Jean-Baptiste sourit. Le vieux tentait encore quelque rouerie pour soutirer une ou deux pièces. Il attendit sans regarder l'ingénieur.

- Jean Montaut et Joseph Cames.
- Jean Montaut et Joseph Carmes, répéta l'ingénieur.
- Pas Carmes ! pesta le vieux, agacé, Cames, Cames vous dis-je.
- Je vous en remercie, père Targuste. Et je vous souhaite une bonne journée, conclut Jean-Baptiste en reposant le gobelet qu'il n'avait point consommé.

Il récupéra son cheval à l'anneau de l'entrée.

Il retourna à l'auberge. Une faim commençait à faire grouiller son ventre. Il apprécia une friture de poissons pêchés le matin même à Garonne. Il parla avec la femme de l'aubergiste qui lui rapporta avec détails les événements de la semaine précédente. Elle décrivit la blessure, les soins, le bandage qui rendait difficile le replacement du tricorne, les hésitations du Prussien sur le pont. Elle lui dit qu'il aurait quelques difficultés à s'aboucher avec les témoins. Tous se reprochaient de n'avoir pas insisté pour retenir le blessé, l'obliger à des soins à l'auberge. Ils auraient dû le sauver contre son gré.

- On eût dit qu'il avait plus peur de rester en notre contrée que de voir son sang s'échapper.
- Encore tes chimères ! coupa l'aubergiste. Retourne donc à ton office ! Ne vois-tu pas ces deux attablés qui

attendent leurs mets ?

- A-t-il parlé de son ou de ses agresseurs ?

- Non, point. La douleur semblait intense, son esprit ailleurs. Nous l'avons questionné mais il n'a rien dit.

- Voulait-il cacher quelque chose ?

- Je ne crois pas. Il bataillait ferme avec sa blessure, voilà tout.

- Vas-tu enfin apporter à manger ? La peste soit des bavardes oublieuses de leur devoir ! rugit l'aubergiste.

Un homme élégant entra. Il salua. À ces premières paroles, chacun comprit qu'il s'agissait d'un étranger.

- Prenez place ici même, dit la tavernière en souriant.

L'homme remercia et s'assit après s'être débarrassé de sa cape et de son chapeau.

- Je suis marchand, dit-il dans un accent lointain et râpeux. Je viens des Provinces Unies des Pays Bas, précisa-t-il en forme de sauf-conduit pour rassurer l'assistance qui s'était refermée et le regardait d'un œil méfiant. Je suis du Brabant. Je viens vous acheter des pièces d'étoffe.

- Encore un Prussien ! grommela un homme hirsute installé près de la cheminée, qui mangeait une soupe en faisant autant de bruit que les cochons de l'arrière-cour de l'auberge. Un ennemi du Roi et de son peuple ! Quel toupet !

- Vous en trouverez au marché de Saint-Gaudens, dit la tavernière.

- J'en fabrique moi-même à la maison, dit un attablé en levant la tête de son assiette.

- Puis-je les voir ?

- Pour sûr. Je vous conduirai en ma demeure après avoir mangé.

- Encore un pirate qui vient nous piller ! éructa le taciturne.

- Je ne suis pas Prussien, précisa le marchand, bien que je parle cette langue ainsi que l'anglais, l'espagnol et, bien sûr, votre français.

- Encore un pilleur étranger qui peut comprendre nos paroles, grommela le teigneux courbé sur son plat.

Jean-Baptiste ne dit rien. Il songeait à la rudesse des gens, à leur inclination à l'invective. Le Prussien avait-il perçu cette violence ? Voulait-il fuir au plus vite ? S'était-il senti encore en danger ?

Peu après le repas enrichi de cette discussion, Cathérinot prit congé. Enveloppé de son manteau brun clair, le tricorne vissé sur la tête, il franchit les deux portes du pont. Un radeau passait lentement, emporté par le faible courant. Il allait s'engager dans le passelis de la périlleuse chaussée. Les marins aux bonnets rouges se criaient entre eux les ordres de la manœuvre.

Cathérinot talonna sa monture. Il fallait en savoir plus. Il se dirigea vers Toulouse, toujours sur ses gardes.

25

Lafitte, près de Vigordane
Le lundi 3 janvier 1763
Un peu après midi

Le village se composait d'une vingtaine de maisons devant et derrière l'église. Un château dont la façade spectaculaire distribuait neuf grandes fenêtres à l'étage exprimait la richesse de son propriétaire. Plus à l'écart, comme saupoudrées au hasard du geste d'un semeur maladroit, de modestes fermes dispersées émergeaient, poussant ici et là sur le drap blanc de la neige alanguie sur le paysage. Un jeune homme conduisait un mulet dans une écurie. De lui, Cathérinot sut où se trouvait la demeure du Premier Consul. Il le trouva occupé à réparer la lame d'une faux qu'il martelait avec précision, faisant disparaître des déformations occasionnées par le travail des moissons.

L'homme affable le fit s'asseoir. L'ingénieur expliqua sa requête. Le Consul revint avec quelques feuilles de papier et une bourse. La qualification annoncée de Jean-Baptiste lui avait inspiré confiance. Il répondrait à ses questions sans détours ni précautions.

- Nous avons trouvé cette somme dans la doublure du manteau.

Le Consul étala les pièces sur la table.

- Je puis regarder de plus près ?
- Faites donc.

De l'index, Cathérinot fit glisser les petits disques de métal. Il regroupa les rondelles en or. Il en regarda une de plus près. Sur une face, un visage jeune, de profil, les cheveux bouclés, s'entourait d'écritures.

- JOSEPHUS.I.D.G. Joseph premier, deo gratias, par la grâce de Dieu.

Le Consul s'étonna de cette rapide et spontanée traduction. L'école d'ingénieurs formait à la culture générale. À Châteauroux, dans la commune de Vineuil, au château de Villeportun à l'écart du village, bâtisse et dépendances qui se découvraient après une longue allée plantée d'arbres, l'éducation familiale avait apporté à Jean-Baptiste des connaissances larges dans de nombreux domaines. Il nourrissait, de ses lectures diverses, une curiosité éveillée dès le plus jeune âge par son père, Garde-Marteau à la Maîtrise des Eaux et Forêts. Un fin lettré. Le latin constituait une base essentielle.

- PORT.ET. ALGAR.REX. Roi du Portugal et de l'Algarve, certainement. Année 1760.

Jean-Baptiste retourna la pièce. En son centre, elle s'ornait d'un écu bordé de tours ceinturant une croix formée de petits écussons dotés chacun de cinq disques minuscules. Une couronne royale surmontait le tout.

- Leur valeur totale est estimée à deux milles livres environ.

- Fichtre ! Voilà une véritable fortune pour un homme simple. Qu'allez-vous en faire ?

- Nous allons la restituer à sa famille, en Prusse. Un jeune homme du village se mettra secrètement en route au printemps.

- Je comprends vos préventions. Un attaque sur le chemin serait dramatique.

- Le jeune homme en question rentre de la guerre. Il est aussi fort qu'un Turc. Il sera armé.

- Ce petit trésor est-il en sécurité dans votre maison ?

- Nous y veillons. Des villageois ont aperçu un homme qui rôdait ces derniers jours. Peut-être n'a-t-il rien à voir avec cette affaire, mais nous sommes en alerte. On viendra derechef m'informer de sa présence. Que vient faire ici un radelier loin de Garonne ?

- Un radelier ? Comment pouvez-vous l'affirmer ?

- Il était coiffé d'un bonnet rouge rabattu sur le côté. Sa cape s'est soulevé devant l'église. Une femme a vu son gilet de laine.

- A-t-elle aperçu autre chose ?

- Un détail l'a troublé. Sa tempe était marquée d'une longue et vilaine cicatrice. Mais un homme, qui l'a vu également peu après, prétend qu'il n'est pas radelier, car il était chaussé de bottes.

- Est-il toujours dans les parages ?

- Qui peut le dire ? J'ai donné ordre de m'avertir si un rôdeur s'approchait. Le renard n'attaquera pas le poulailler sans risque, dit-il d'un air grave.

- Le Prussien possédait-il d'autres objets ?

- Je vous les apporte.

Un souffle de minutes après, le Consul déposait une petite caisse sur la table. Il en tira un chiffon blanc. Il l'ouvrit, libérant un outil.

- Une hachette de charpentier, dit-il.

Pas de doute pour l'ingénieur. Il s'agissait bien de Hans qu'il avait vu furtivement chez Bertrand de Fondeville à Saint-Mamet.

- Il s'accompagnait également de cette sacoche.

Le Consul étala son contenu sur la table.

- C'est grâce à ce carnet et à ces lettres que nous avons connu son nom et l'adresse de sa famille.

Cathérinot retira délicatement un billet du petit paquet retenu par une ficelle. Il le déplia. Il ne put lire que la signature, minuscule, douce, tracée avec légèreté. Hilda. Le reste s'écrivait en une langue pour lui inconnue. Il en ouvrit une deuxième, puis une troisième.

- Comment avez-vous trouvé l'adresse de sa famille ?

Le Consul fouilla et montra un des courriers. Hilda notait le nom d'Ingelheim de sa fine écriture.

- Nous savons maintenant le nom de son village ou de sa ville. Notre soldat devra retrouver cette localité. Il en a la capacité.

- Avez-vous cherché à comprendre le contenu des courriers ?

- Personne au village ne connaît cette langue.

- Il me vient une idée. Ce matin, à l'auberge de Saint-Martory, j'ai vu un marchand hollandais. L'homme parlait le prussien. Peut-être pourrait-il nous instruire de son savoir et nous éclairer.

Le Premier Consul sembla réfléchir.

- Est-ce cet étranger qui vint, voici deux jours, me demander si des tisserands travaillaient au village ?

- Il se peut. Accepteriez-vous de me confier ces lettres. Je me fais fort de filer à bride abattu vers Saint-Martory. Peut-être est-il toujours là !

- Ma confiance vous est acquise, Monsieur l'Ingénieur du Roi. Tenez et galopez. Revenez au plus vite m'instruire de vos découvertes.

Jean-Baptiste fourra le paquet de lettres dans sa poche et replongea dans le froid sec. Il força le pas de sa monture, sans toutefois se mettre en danger. La neige, par endroits encore dure ou alors devenue soupe boueuse, rendait le chemin glissant.

À l'auberge, la chance lui sourit. Le Hollandais discutait ferme. Cathérinot s'assit sur le même banc, mais au bout de la table.

Le marchand échangeait avec un tisserand venu le rencontrer. Le bouche à oreille avait diffusé la nouvelle dans les villages alentour.

Un acheteur de tissu ne pouvait s'ignorer.

- Je me rendrai chez vous dès demain, dit le Hollandais, sitôt les transactions du jour bien conclues. Je quitterai votre contrée peu après avoir fait charger un radeau.

Dans la grange de l'auberge, plusieurs ballots de tissu attendaient. Il avait été déjà convenu, et réglé, leur transport en charrette jusqu'au port de Cazères. Là, ils seraient transférés sur le radeau qui les mènerait à Bordeaux, pour un embarquement sur un voilier marchand en route vers les ports du Nord.

Le tisserand se leva, salua, replaça son chapeau usé sur ses cheveux longs, raides et gris. Son visage marqué de rides de fatigue s'éclairait. Il venait de gagner quelques pièces. Il ne cachait pas sa joie profonde. Il prit congé et laissa le froid entrer brièvement pour attaquer la douce chaleur de la grande salle.

Cathérinot se rapprocha du Hollandais qui allait se lever.

- Puis-je solliciter votre connaissance des langues, mon ami ? l'interpella d'un sourire l'ingénieur.

- Serviteur, Monsieur.

- J'ai là quelques lettres qui méritent traduction.

- Je puis essayer de satisfaire votre curiosité. Pourquoi donc cette requête, pour moi bien inhabituelle ?

- Il se trouve que je dois en savoir plus sur un homme qui fut monstrueusement homicidé en une proche forêt.

- Êtes-vous policier du Roi, avocat au Parlement, procureur, peut-être juge royal ?

- Point du tout, mon ami. Ma charge est celle d'ingénieur du Roi affecté à Saint-Gaudens.

- Que vient faire un ingénieur dans un crime ?

- Nous devons retrouver sa famille pour lui restituer quelques effets personnels.

- Je comprends mieux. Montrez-moi ces écrits.

Le Hollandais déplia une première lettre.
- Elle est écrite en prussien. Je puis donc la traduire.

Le visage de Jean-Baptiste s'éclaira. Le marchand commença à lire lentement, à haute voix. L'aubergiste, qui maugréait dans son coin, se rapprocha pour écouter. Hilda racontait les travaux des champs, les moissons abondantes de l'année. La deuxième apporta plus de précisions sur le village, sur son château et sa tour puissante. Elle parlait du forgeron, de la réparation d'une roue de charrette. Une autre laissait entendre, entre les lignes, qu'Hilda se morfondait dans l'attente du retour de Hans. La plus intime des lettres évoquait son désir de se marier, d'avoir des enfants, de construire une belle maison avec son charpentier encore si loin d'elle. Elle pourrait enfin quitter la chaumière de ses parents et les effluves nauséabondes de la mare qui la jouxtait. Elle parlait du Portugal, en réponse à des courriers de Hans. Elle reprenait, pour les commenter, des anecdotes sur son travail à Lisbonne, sur ses voisins, sur l'aide qu'il leur apportait, sur sa petite maison sur les hauteurs de la ville.

Une lettre venait de son père. Il exposait ses troubles de santé et ceux de son épouse. Il suggérait, introduisant quelques citations bibliques, l'idée d'un rapide retour de son fils. Il voulait le serrer dans ses bras avant de passer.

En commentant les lettres du Prussien, Hilda laissait apparaître le contenu de ses missives. Elle en disait long sur le caractère d'un homme généreux, soucieux des autres.

Cathérinot, ému, découvrait un homme au grand cœur qui aurait bien pu faire partie de sa confrérie pour ses vertus dans le secours d'autrui. Son assassinat n'en était que plus cruel.

Dans une autre missive, qu'il fit relire et traduire deux

fois par le marchand, Hilda décrivait le difficile chemin raide qui descendait de la place de l'église vers la maison de ses parents par trop isolée du village, si proche du Rhin et de ses brouillards malsains. Elle confessait sa peine à remonter la pente chaque jour pour se rendre à la fontaine. Elle saluait l'idée de Hans de leur creuser un puits profond dans la cour même.

Lettre après lettre, Cathérinot se figurait les lieux. Il pourrait tracer un croquis pour le soldat. En écoutant le Hollandais dire les mots de Hilda, il imaginait cette belle fille qui parlait de ses tresses blondes retenues en chignon. Il la voyait. Il imaginait à la fois son sourire radieux et ses petits larmes de l'attente. S'il n'avait pas été dans la charge d'ingénieur à Saint-Gaudens, en mission, il aurait sauté sur son cheval pour filer vers Ingelheim et restituer lui-même le petit trésor.

Il se rappela soudain son ancienne escapade en Espagne et ses deux côtes fêlées. Cette pensée le réveilla. Il songea à sa belle épouse, à ses enfants.

Il revint sur terre, retrouvant sa lucidité. Diable, que les mots d'Hilda pouvaient bousculer par leur tendresse, par leur douceur ! Il comprit pourquoi Hans avait décidé de rentrer. Il eut un pincement au cœur à la pensée du choc qu'allait subir la jeune fille en apprenant la mort de son promis. Et que dire des vieux parents pleins d'espoir ? Le soldat saurait-il trouver les mots justes ?

- Puis-je vous demander encore un privilège, mon ami ?

- Faites donc, Monsieur l'ingénieur !

- Pourriez-vous traduire un court message adressé à Hilda, que je me fais fort de vous dicter ?

L'homme du Nord éclata d'un rire franc, sonore et bienveillant.

- Vous voilà déjà sous le charme ?

- Ne faut-il point préparer en douceur l'annonce du drame à cette jeune personne qui, visiblement, brûle d'amour pour l'homicide ?

- Tavernier, pouvez-vous m'apporter une plume, de l'encre et une feuille ?

L'aubergiste, qui s'était ramolli à l'écoute des lettres, ne se fit pas prier. Il revint très vite avec le matériel nécessaire.

Cathérinot réfléchissait, se tenant le menton, regardant les poutres du plafond. Il énonça plusieurs débuts de lettre en ayant demandé au Hollandais de ne point encore les coucher par écrit. Il lui fallait trouver la formule juste avant traduction. L'exercice fut difficile.

- « *Il nous faut, Mademoiselle, vous informer d'un terrible malheur qui survint le .... du mois ... en une méchante forêt proche de la ville de Saint-Gaudens, à l'infortuné charpentier de votre village, le dénommé Hans Bœchner. Le ci-devant a trouvé la mort par attentat sur sa personne. Il a été inhumé, avec tous les sacrements, dans le cimetière du village de Lafitte où il avait succombé à ses blessures.* ». Le discours vous agrée-t-il ? A-t-il les vertus conjointes de la vérité et de la modération ?

On ergota autour de la table.

Changer tels mots, telles expressions. Être précis. Non, au contraire, se faire plus évasif. Mais n'allait-on pas devenir plus cruel en laissant Hilda imaginer pire encore ? Édulcorer alors ? On transforma, on lissa, on peaufina, puis Jean-Baptiste dicta. Le marchand traduisait et notait. Cathérinot apposa sa signature.

- Il nous faudrait semblable missive à l'adresse du père du Prussien.

Sur la lancée, la lettre se rédigea avec plus de facilité

mais pas moins de réserve. Elle s'adressait à un probable vieux monsieur, de même qu'à une mère âgée. La précaution devait présider au choix des mots.

Fallait-il ajouter quelques détails pour que certains membres de la famille retrouvent le lieu précis de la sépulture ? Feraient-ils ce long voyage ?

La tenancière fut surprise de voir son époux attendri. Il apporta un pichet de son meilleur vin et servit de bon cœur toute la tablée.

Cathérinot s'approcha de la cheminée et fit provision de douce chaleur avant de se couvrir. Il salua l'assemblée émue avant de sortir. La nuit allait bientôt tomber. Il lui fallait maintenant restituer les lettres au Consul de Lafitte et lui confier les missives en prussien. Sa détermination à trouver le coupable venait encore de se renforcer.

Sur le chemin, il ne vit pas que l'homme à la cicatrice s'était posté sous un pont aux arches de pierre. Le balafré savait que les pièces d'or se trouvaient dans ce village. Elles l'attendaient. La nuit viendrait l'aider dans son entreprise.

26

Lafitte
Le lundi 3 janvier 1763
Fin de journée

Le Consul insista pour que Cathérinot reste manger avec sa famille. L'ingénieur négocia en vain.

- Il n'est pas très chrétien de vous laisser partir de nuit par ce froid. Les loups et les coquins ne dorment pas ! Partagez donc cette soupe avec nous. Nous vous préparons une chambre. Vous prendrez la route au matin.

Jean-Baptiste capitula. Après l'odorant potage au chou avec quelques morceaux de pain préalablement trempés dans de l'huile d'olive, enrichi de lard grillé sur la braise et incorporé au mélange qui avait mijoté devant le feu, ils discutèrent à nouveau de cette mission. On toqua à la porte.

- Qui vient ici si tard ? s'étonna l'épouse du Consul.

- N'aie crainte, rassura le maître de maison en se dirigeant vers la porte d'entrée verrouillée. J'ai demandé à Blaise Donnedieu de nous rejoindre.

- À la bonne heure !

Le jeune soldat entra et salua. Le Consul le présenta à l'ingénieur qui traçait déjà un plan sur une feuille. Il s'attabla et accepta un gobelet de vin chaud aromatisé.

- Je vous note nombre de détails qui aideront au voyage. Le plan du village résulte de la traduction des lettres. Mais pour la route, je vous invite, lorsque vous viendrez à Saint-Gaudens, à me retrouver en mes bureaux. Nous regarderons ensemble les cartes à ma disposition. Lors de ma prochaine visite à l'Intendance d'Auch, je tenterai de localiser le village d'Ingelheim. Il se trouve en bordure du Rhin. La maison est proche du château. Je recopierai ce qui sera votre route. Cela vous convient-il ?

Le soldat approuva. Il n'osait parler, ouvrait les yeux et les oreilles.

- Je vous paierai pour cette mission, compléta Cathérinot.

- Votre générosité est remarquable, dit le Consul. Notre communauté est bien pauvre et n'aurait pu faire face à la dépense d'un si long voyage. Cheval, diligence, auberge, l'aventure va coûter. Votre proposition permettra de ne point trop ponctionner ces frais sur les deux milles livres du Prussien. La totalité sera restituée à la famille, moins les émoluments des fossoyeurs et du curé, s'entend.

Le soldat démobilisé hocha la tête en remerciement. Il avait rejoint la cohorte des brassiers qui se louaient pour des travaux pénibles. Autant dire que les repas étaient frugaux. Il n'avait pas convolé en noces et, donc, n'avait pas d'enfants à nourrir. Comment aurait-il pu faire ? Le Consul le connaissait bien, ainsi que sa famille. Ils étaient l'honnêteté même. Il pouvait lui confier ce trésor sans risque.

La conversation se poursuivit au coin du feu. Cathérinot questionna le soldat sur ses campagnes. Il fallut lui tirer les vers du nez. Le vin chaud aromatisé lui vint peu à peu au secours. Il raconta les assauts, les morts, les blessures de ses camarades. Son dernier combat dans l'armée du prince de Soubise fut la bataille de Wilhelmsthal, en juin de l'année passée. La coalition des forces de l'Angleterre, de la Prusse, de Hanovre, du Brunswick et de Hesse-Cassel les submergea. Il fut fait prisonnier quelques jours avant de fuir et de retrouver son village après un bien long périple. Il connaissait donc un peu cette partie de la Prusse. Mais la guerre faisait encore rage. Il lui faudrait se faufiler et ne point se faire prendre. Accusé d'espionnage ou de désertion, son sort serait scellé par un peloton d'exécution. Le risque était donc sérieux. Cathérinot n'eut aucune peine à le convaincre. Il avait déjà donné sa parole au Consul. Il faisait à nouveau la fierté du village. Et puis, pouvait-il ouvertement avouer que l'aventure lui manquait ? Suivre la charrue dans les champs, ramasser le foin et l'entasser en meules, tout cela n'offrait pas la saveur de la poudre.

On trinqua à l'aventure.

- Vous partirez donc au printemps, mon jeune ami. J'aurais aimé vous accompagner. Vous seul pourrez rencontrer Hilda !

On rit de bon cœur avant de rejoindre les chambres, et le soldat, la maison de sa famille, au *casal* de Niou.

Le froid piquait. La fumée des cheminées alimentées par les plus grosses bûches de chêne, celles qui tenaient jusqu'au petit matin, peinait à rejoindre le ciel. Un vent d'ouest la maintenait au ras des toits de tuile romane.

Une silhouette s'approcha. Aucune lumière ne trahissait l'horrible cicatrice. L'homme se plaqua contre la porte de l'église, à l'abri du porche. Il avait traîné dans les parages et déjà repéré la maison du Premier Consul. Il savait que l'on avait porté le corps dans cette demeure. Le trésor était donc là, soit mis de côté, soit toujours dans les habits du Prussien. S'il ne le trouvait pas dans la maison, il reviendrait dans le cimetière déterrer le cadavre juste enveloppé dans un drap, pour fouiller ses vêtements.

Il traversa la rue déserte. Une double ligne dans la neige indiquait qu'une charrette était passée là.

La porte d'entrée, solide et bien verrouillée, lui sembla imprenable. Faire le tour, chercher la faille dans la défense. Il suivit le mur en le rasant. À chaque fenêtre, il chercha à ouvrir les volets. Échec.

Il fit le tour de la bâtisse sans trouver moyen d'entrer. Les ouvertures de l'étage étant trop en hauteur, il chercha une échelle à proximité. Aucune en vue.

Il pesta en lui-même.

Soudain, un aboiement sévère et puissant retentit dans la nuit. Un gros chien de berger, alerté, fondit sur lui. Il aboya de tout son possible, montrant les crocs. Voyant que l'homme ne quittait pas son territoire, il se redressa pour lui sauter à la gorge. L'homme tira son couteau et lui planta la lame dans le cou. Le chien gémit et tomba raide mort. Il avait tout de même alerté le voisinage. Quelques lueurs à l'étage indiquèrent que la maison se réveillait. L'homme à la cicatrice ne demanda pas son reste et s'enfuit en courant sur le chemin. Il se cacha derrière un buisson. La porte de la maison s'ouvrit. Deux hommes en sortirent, s'éclairant avec un lumignon. Le Consul et Jean-Baptiste se penchaient sur le cadavre du chien.

- Est-il possible que l'imprudent au manteau brun soit encore dans mes pattes ? jura l'homme entre ses dents. Un bougre de la police du Roi ! Qu'importe ! Il me faudra donc l'éliminer s'il se trouve entre le trésor et moi.

27

Lafitte
Le mardi 4 janvier 1763
Petit matin

L'homme à la cicatrice se réveilla. Un rayon de soleil venait de le frapper en pleine face, par l'interstice ouvert entre deux planches disjointes de la grange. Il avait dormi à l'étage, dans le foin, le couteau hors de son étui, prêt à frapper s'il était découvert. L'abri lui avait semblé à la fois loin du village et à portée de vue de la route. Il s'étira. Il aurait bien gobé un œuf, mais les poules se blottissaient dans les poulaillers des fermes, protégées des renards et des fouines par des chiens. Trop risqué de s'approcher !

Il se leva. Il bâilla. Il regarda entre les fentes. Il attendit. De sa place, il pouvait surveiller les passages sur la route. Son ventre grouilla.

Il ne s'habituait pas à ce nouveau régime. Il ne digérait pas son renvoi par le patron de son radeau. Il n'avait pas démérité. Le courage ne lui manquait pas, de même que l'ardeur au travail. Quelquefois, une sourde colère montait en lui sans crier gare. Elle le submergeait brutalement, comme une puissante chute d'eau. Sous une cascade, la masse le percutait, le recouvrait de sa force, l'écrasait sous son poids. Elle l'ébranlait. La colère prenait possession de son esprit, de son corps. Elle l'enivrait. Une chaleur l'envahissait. Elle explosait en lui. Il en tremblait. Il devenait sauvage, carnassier, loup furieux. Ses dents devenaient crocs. Ils prenaient la forme de la lame de son couteau. Ils pouvaient déchirer les chairs. Il ne se rendait pas compte de la transformation rapide, brutale, de son énergie, de ses pensées, de son envie de tuer. Peu décelaient, dans son regard froid, l'intensité de cette montée de rage sourde.

Sa mère s'était inquiétée. Le curé de village avait rejoint le jeune homme dans leur petite ferme. Il avait cherché à le raisonner.

- De quoi me parles-tu, curé ?
- De tes excès de colère, mon fils. Tu dois mieux te gouverner !
- De quels excès parles-tu ? Je ne les connais point !

Le curé avait tenté plusieurs approches, évoqué quelques bagarres et altercations avec d'autres jeunes du village. Barthélémy n'avait aucune conscience de son trouble.

Il n'avait pas semblé au prêtre que le furieux rusait, dissimulé derrière son masque. Une sincérité transpirait de ses mots, de ses gestes. Le pire nichait dans ce constat troublant.

Aujourd'hui encore, son regard noir et brillant glaçait les sangs. Le croiser bouleversait.

Certes, il avait volé ses compagnons de flottage lors du retour de Toulouse, mais il aurait pu travailler plus encore, le double s'il l'avait fallu, pour rembourser. Maintenant, on se méfiait de lui. Dans ces vallées, l'exaction se tatouait sur le front pour plusieurs générations. On dirait plus tard « *la mère du voleur* », « *le fils du voleur* ». Pourrait-il revenir à Fos ? Son larcin connu, on jura de l'attraper un jour et de lui offrir un battement de première. Les bâtons s'activeraient sans mesure ni réserve pour lui tanner la couenne.

Soudain, il entendit le pas d'un cheval. Il reconnut le cavalier à son manteau brun clair et à son tricorne noir. Le visiteur du Consul partait en direction de Saint-Gaudens. Le champ était libre.

L'homme remonta la capuche de sa cape, enfila ses bottes, dévala l'échelle, ouvrit avec prudence la large porte.

Personne dans les parages. Il s'engagea dans la prairie enneigée. Le froid avait gelé la surface blanche. Les bottes faisaient craquer cette croûte en s'enfonçant légèrement dans la faible couche.

Il arriva à l'entrée de Lafitte et se cacha à l'angle d'une écurie. Le pâle soleil rasant éclairait l'église, plus loin le château, mais surtout la porte d'entrée de la maison du Premier Consul.

Il entendit parler. Il se dissimula. Deux paysans marchaient et discutaient.

- Le danger était trop sévère pour notre Consul, dit le premier.

- Pour sûr. Il a été sage de confier le magot à cet homme de Saint-Gaudens.

- On le dit courageux.

- Je le crois. Enfin, nous voilà soulagés. Le furieux pourra bien s'approcher, il ne trouvera que caisse vide !

Les deux rirent sans modération tout en s'éloignant.

La colère empourpra le balafré qui jura en lui-même. Pour peu, il se serait rué sur eux et les aurait plantés. Le trésor du Prussien venait de lui passer sous le nez, à quelques pas. Il se maudit de tant de maladresse.

Jean-Baptiste filait vers Saint-Gaudens. La ruse prendrait-elle ? Le bruit indiquant que le trésor du Prussien ne se trouvait plus à Lafitte protègerait-il le Consul et sa famille ? Les pièces, bien cachées dans l'église du village, seraient-elles découvertes malgré la surveillance du Consul et du soldat ?

Jean-Baptiste semblait inquiet. Il talonna sa monture. Vite, revenir à Saint-Gaudens, en sa demeure. Il se retourna. Il n'était pas suivi. Seuls les corbeaux pointaient leur bec dans le ciel gris acier, lourd comme le plomb.

Il franchit à nouveau la forêt de Landorthe, le pistolet

en main. Rien ne pouvait arrêter les guets-apens pour l'heure.

Saint-Gaudens offrait ses rues au vent. Il passa au pas devant la maison Bégué. Le marchand de tissu sortait. Il fusilla Jean-Baptiste du regard. Cinq années s'étaient écoulées depuis l'enlèvement de sa fille. Il en gardait une rancune tenace, d'autant que toutes ses démarches n'avaient pas abouti au départ de la ville de l'ingénieur toujours en poste. Il ne négligeait aucun courrier, aucun fiel. Le venin se diluait. Ou alors ce Cathérinot possédait un antipoison efficace. Bégué ne pouvait savoir la protection de d'Étigny qui, en coulisses, différait, laissait dormir les placets assassins à transmettre. Il ralentissait la procédure fatale à l'ingénieur. Une erreur de jeunesse, une fougue coupable, ne devaient pas priver la Généralité d'un homme talentueux et devenu sage.

Cathérinot se réfugia bien vite dans son doux foyer.

Servaise Puyfourcat, la cuisinière inventive, avait préparé plusieurs plats aux parfums irrésistibles. Le sourire de Thérèse et sa douce voix vinrent enrichir ce moment.

28

Saint-Gaudens
Le mercredi 5 janvier 1763
Petit matin

Carrefour commercial, la ville de Saint-Gaudens fourmillait de marchands. Il devait s'aboucher d'urgence avec Jean Montaut et Joseph Cames. Lacroix, connaisseur de tous les habitants, de leur métier, de leur adresse, lui avait indiqué leurs maisons, dans la partie nord-est de la ville.

- Pour te repérer, mon ami, pars de la collégiale. Longe la grande halle vers le nord et passe la porte du Barri deth Mièi.[40]

- Et sa tour ?

- Oui. Continue tout droit vers la porte de Simonet, mais ne la franchit pas. Tourne à droite dans la ruelle parallèle à l'ancienne enceinte.

- Parallèle ? Comme vous y allez monsieur l'aubergiste ! rit Cathérinot.

- Que personne n'entre ici s'il n'est géomètre, m'a-t-on dit en Loge ! précisa Lacroix, en mêlant son rire à celui de l'ingénieur.

- Notre géométrie n'est pas celle de mes plans mais celle de la rigueur de notre vertu, dit plus sérieusement Jean-Baptiste. Une équerre ne ment pas. Elle donne quatre-vingt dix degrés, pas plus, pas moins.

- Cela étant dit, Monsieur le philosophe, tu trouveras la maison de Jean Montaut à l'entrée de la ruelle et celle de Joseph Cames à peu près au milieu. Les deux se repèrent à leur grand portail avec une porte cochère qui donne sur la cour.

---

[40] Plan de Saint-Gaudens à cette époque, en fin de livre.

Jean-Baptiste parut soulagé. Leurs demeures ne jouxtaient pas celle du père de Claire Bégué. Chaque fois qu'il passait par là, le visage de la jeune fille lui revenait en esprit. Les sentiments amoureux envers son épouse Thérèse avaient recouvert cette histoire de jeunesse d'un manteau aussi étanche qu'une cape de berger sous la pluie.

Claire siégeait dans sa mémoire des emportements irraisonnés que la fougue de l'âge allume en brasier ardent. Les braises refroidies, il les regardait avec distance, comme on scrute les détails d'une peinture à la recherche d'un message caché de l'artiste. Il songeait à son destin. Il se jugeait responsable de l'avoir entraînée dans une voie funeste. Enfermée dans un couvent, soustraite au monde des vivants. Il ne pouvait se départir d'une tristesse sourde. Il se sentait coupable et, pour sûr, il l'était. S'il avait été informé du nom et du lieu du tombeau religieux qui la privait de vie, il aurait chevauché pour la délivrer. Non point pour l'enlever à nouveau mais pour la libérer. Peut-on être pleinement heureux quand on sait un être profondément malheureux ? Avait-elle rencontré la foi entre les murs sombres de ce sinistre cachot peuplé de recluses pas toujours volontaires ? Comment survivre en l'absence de l'amour ? Comment résister à des heures agenouillée face aux peintures et sculptures de ce divin jeune homme presque entièrement nu, le sexe faussement masqué par les plis suggestifs d'un tissu froissé, les bras ouverts ? Ces images tourmentaient-elles les sens des plus jeunes novices ?

Mais, au fond, peut-être vivait-elle dans une autre ville, mariée, mère, heureuse, ou bien aventurière chevauchant cheveux au vent, naviguant sur une goélette. La mesure d'éloignement du père avait pu être levée. Chacun savait, à Saint-Gaudens, que l'ingénieur avait une épouse et trois fils. Il ne passait pas pour un libertin fréquentant quelques maisons coquines de Toulouse. Il faudrait qu'il s'attaque de front à ce souci qui demeurait niché au fond de son esprit. Être rassuré sur son sort, ou agir pour la libérer.

Il songeait à ce tourment lorsqu'il arriva devant le portail de Montaut. Il était ouvert sur une cour vide. Pas de charrette, pas de caisses ou de tonnelets. Son épouse confirma qu'il était en négociation sur un marché.

Cathérinot enfonça un peu plus son tricorne. La fraîcheur du matin piquait. Un panache de vapeur d'eau accompagnait ses moindres paroles. Il salua et poursuivit son cheminement dans la rue au sol gelé. Le soleil, même lorsqu'il pointait ses rayons, peinait à éclairer ce corridor étroit qui rendait délicate la sortie et l'entrée des charrettes. De belles pierres de Gourdan, taillées en cônes tronqués en haut, protégeaient les pieds des piliers des portails de la morsure funeste des roues cerclées de métal.

Le quartier né d'un agrandissement de la ville vers le nord possédait des maisons en pierre. Les constructions à colombages se limitaient au cœur médiéval.

Au bout de la rue, on arrivait au quartier du Moulat, avec sa porte à gauche. L'entrée sur la cour de Joseph Cames était ouverte. Deux brassiers chargeaient des tonnelets dans une étroite charrette attelée à une mule.

- Le maître est à l'intérieur. Je vais le héler.

Aux cris, Cames sortit. Un petit homme presque chauve, court sur pattes, une mâchoire carrée, des épaules larges. Il dégageait la puissance d'un bœuf d'attelage. Des mains larges et puissantes. Mieux valait certainement ne point l'affronter dans une bagarre.

- Bien le bonjour ! dit Cathérinot tout sourire.
- Que puis-je pour votre service ?
- Pouvons-nous nous aboucher un instant?

- Si fait. Négocions à l'intérieur. Le froid y est en défaite.

Une cheminée exprimait au mieux une douce chaleur. Cames invita Cathérinot à s'asseoir près de l'âtre, dans l'une des deux bergères. Il se cala dans l'autre.

- Notre huile d'olive est de grande qualité, dit-il. Pressée en Espagne.

- Ce n'est pas précisément le but de ma visite.

Cames fronça les sourcils.

- Je suis Ingénieur du Roi.

- Le sieur Cathérinot, je présume. Nous n'avons pas eu l'honneur d'être présentés.

Cames songea au scandale de l'enlèvement de la fille d'un de ses compagnons commerçants. La chose fit grand bruit dans la ville. Le père humilié se répandait en invectives, cherchant à restaurer son honneur bafoué en proclamant qu'il ferait rendre gorge à cet impudent qui, heureusement, n'avait pas eu le temps d'attenter à la pureté de sa fille.

- Voilà chose faite, sourit Jean-Baptiste.

Il y avait, dans ce sourire, peu de la coquetterie d'une civilité feinte, mais de la gentillesse véritable et pas une once de malice, de la bienveillance généreuse et pas un grain de moquerie. Tous ses interlocuteurs le sentaient.

- Je cherche des dires attestés sur l'homicide de ce voyageur prussien.

- Quelle horreur ! Un bien grand malheur. Nous qui espérions l'avoir sauvé. Mais que vient faire ici un Ingénieur du Roi. L'homme a-t-il un lien de parenté avec vous-même ?

- Point du tout. Je veux retrouver son assassin.

- Voilà l'affaire de la police du Roi, et de sa justice.

- Je subodore qu'elle ne sera point saisie. La famille est

bien loin.

- Et le crime restera impuni ! pesta Cames dont les sourcils épais se froncèrent.

- Nous partageons cette indignation. Je voudrais retrouver l'homme pour aider à rendre justice au Prussien et à sa famille.

- Je vous approuve, Monsieur l'Ingénieur. Le désordre nuit aux affaires. Que voulez-vous savoir ?

- La description de ses habits, de son visage, la langue de ses paroles, l'accent s'il s'est exprimé comme nous, et des détails qui vous auraient frappé.

Cames réfléchit. Il se leva. Il saisit une petite pipe blanche qu'il bourra méticuleusement, l'air absorbé. Un braise saisie par la pincette alluma le tabac. Il aspira. Une fumée odorante s'invita. Il se rassit, toujours en méditation.

- Faites excuses, Monsieur l'Ingénieur. Voulez-vous du tabac ? Prisez-vous ? Avez-vous une pipe ?

- Point du tout. Je ne m'adonne pas à ce plaisir que mon épouse déclare funeste.

- Nous avons vu le bandit un court instant. Il détala promptement. Il chaussait des bottes, portait un gilet de laine comme les bergers.

- Et les radeliers…

- C'est vrai. Les *carrassaïres* ont les mêmes. D'ailleurs, il a saisi un bonnet rouge en fuyant. Nous voilà peut-être en présence d'un conducteur de radeau. La piste me semble sérieuse.

- Ses paroles ?

- Le peu entendu est manifeste. L'homme est des nôtres. Je veux dire de notre contrée. Je dirai même de la montagne, comme l'attesta son accent caractéristique des hautes vallées.

- Nous progressons bigrement, mon ami. Point d'autres détails ?

- Une balafre affreuse sur la tempe... J'ai gardé souvenir de son regard furieux. Un sinistre personnage sans nul doute ! Prenez garde, mon ami ! Le brigand est certainement redoutable.

- Voilà un édifiant entretien.

- Cherchez donc en direction de Saint-Béat, de Fos et des villages de cette contrée. Poussez jusqu'au Val d'Aran et Bossost. Vous connaissez certainement ?

Cames plongea son regard dur dans celui de Jean-Baptiste, qui en fut troublé. Sous ses dehors affables, le marchand délivrait une pique discrète mais acérée. On n'attentait pas à l'honneur d'un marchand aussi facilement. L'affront resterait bien calé sous le coude, toujours prêt à ressortir.

Cathérinot ne détourna pas le regard. Il sourit, se leva, remercia, salua et sortit. Une modeste récolte, peu d'éléments nouveaux, à part que l'homme parlait avec l'accent local, mais la confirmation du témoignage de Lacroix. S'il avait été un aigle à l'œil acéré, planant au-dessus des villes et des villages, il aurait accédé à une connaissance précise de la carte de cette affaire. Mais il n'était qu'un être au ras du sol. Il devait donc se confronter face à face, à hauteur d'homme, avec les arcanes de cette affaire. La pensée, la réflexion, la spéculation sur les maigres indices pourraient lui permettre, peut-être, de s'élever pour côtoyer le rapace en chasse et son point de vue élargi.

29

Saint-Gaudens
Le lendemain, le jeudi 6 janvier 1763
Petit matin

Une journée bien chargée allait bientôt s'ouvrir. Les camelots n'étaient pas encore arrivés pour le traditionnel marché du jeudi. La halle déserte les attendait.

Il faisait encore nuit lorsque Jean-Baptiste sortit de l'écurie de Talazac avec une monture fraîche. Direction Montréjeau par la route royale.

Peu avant la ville, il bifurqua à gauche, vers le bas. Il franchit la passerelle de bois. Le port des marbres dormait encore, comme les maisons du quartier du bout du pont. Une longue ligne droite traversait les prairies enneigées. Elle menait au village de Gourdan. Au loin, l'église plantée sur un rocher émergeait de la brume. Cathérinot longea le village silencieux. Au pied de la montagne du Bouchet, en bordure du chemin de Pujo qui conduisait à Garonne, le château du subdélégué de Lassus imposait sa présence. Son plan en équerre sur deux niveaux possédait un donjon en son angle. Deux échauguettes sur l'un des corps embellissait l'ensemble, renforcé par une tour dans l'angle intérieur. Des fenêtres à meneaux apportaient la lumière dans les vastes salles. Une quinzaine d'années auparavant, il avait fait l'acquisition de la demeure et de la seigneurie associée, à la prestigieuse famille de Binos.

Cathérinot connaissait la réputation du lieu. Jean-Joseph Lassus-Duperron, nommé également Monsieur de Gourdan, était un homme que l'on disait d'esprit et de courtoisie. Il recevait beaucoup, comme son frère le Contrôleur des Marbres. Une invitation en son salon se percevait comme un honneur dont on se vantait. Sa table était réputée pour la qualité de ses convives, souvent de nobles personnages de passage, mais aussi de ses mets et de ses gibiers. Leur fourniture était assurée par les Consuls de plusieurs petits villages des vallées de Garonne et de Pique. Lassus de Gourdan n'hésitait pas à leur écrire pour leur demander quelques produits de chasse. Aucun enthousiasme n'accompagnait la réception de ces ordres dans des villages pauvres qui voyaient ces gibiers s'éloigner de leurs écuelles pour rejoindre la table des nobles.

Malgré l'heure, une monture sellée l'attendait.

Aux portes de la soixantaine, l'homme brillait par son élégance vestimentaire et ses paroles distinguées mais jamais infatuées. Il reçut Cathérinot sans cérémonie. Entre les deux serviteurs du Roi, une complicité facilitait la relation. Ces hommes lettrés conversaient au-delà des mots, accédant à l'échange des idées. Les trente-cinq ans de Jean-Baptiste ne constituaient pas une barrière de génération. Malgré la différence d'âge, ils s'inscrivaient dans la modernité de leur époque. Chacun dans son domaine œuvrait au développement du royaume sous la direction de d'Étigny qui les portait tous les deux en grande estime. L'Intendant avait ouvert les travaux de la route entre Montréjeau et Bagnères-de-Luchon, à la grande satisfaction du Maréchal Duc de Richelieu qui avait pris les eaux en ce fond de vallée encore peu équipé pour accueillir la Cour de Versailles charmée par l'aventure.

Le chemin royal était carrossable, certes, mais des améliorations se devaient encore d'être terminées. D'Étigny leur avait confié le soin d'étudier une liaison routière entre les deux versants de la chaîne pyrénéenne, après Bagnères-de-Luchon, afin de rejoindre le village de Benasque en Espagne. Cathérinot et de Lassus avaient convenu qu'il faudrait confronter ce projet à la réalité du terrain sous plusieurs conditions climatiques. Pour les voyageurs à cheval, le passage par le port de Vénasque n'était praticable que quatre mois de l'année, entre juin et septembre. Allonger la possibilité de commercer entre les deux versants semblait constituer un enjeu pour d'Étigny et donc probablement pour l'administration du Roi. Ce début janvier leur donnait l'occasion de vérifier mieux encore les pièges de la montagne, les passages délicats. À quoi servirait de bâtir une belle route, dans la difficulté et la peine, si on offrait à l'avalanche le luxe de la gommer facilement du paysage, réduisant à néant l'effort des hommes et la fortune engloutie dans l'opération ?

- Mon cher ami, dit Cathérinot en savourant un vin chaud avant de partir, puis-je vous questionner sur les radeliers de Garonne ?

- Vous le pouvez, mon ami, vous le pouvez. Les bougres occupent mon esprit avec un zèle inépuisable.

- On les dit rétifs à la navigation après Montréjeau.

- Ils sont au bord de la révolte ! Ces hommes de grand courage, à la ténacité remarquable, redoutent autant leur retour de Toulouse que les tourments de la rivière. Savez-vous qu'il me fallut écrire aux Consuls de Fos, en juin dernier, pour qu'ils enjoignent les radeliers de charger des pièces de bois au port de Montréjeau ? J'ai dû menacer les récalcitrants d'une peine d'amende et même de prison. Croyez-vous qu'ils aient obtempéré ? Pas le moins du monde !

- À leur décharge, reconnaissons que la lande de Landorthe et sa méchante forêt ne sont pas sans péril.

- Ne trouvez-vous pas que l'on pousse les feux vers l'exagération ?

- Comme vous y allez, mon ami ! Deux meurtres en quelques jours, voilà une bien morbide addition, s'étonna le jeune ingénieur.

- Un crime vient aussi de survenir à Montréjeau. Un tailleur de pierre et son épouse ont été homicidés près de la passerelle. Par chance, leur nièce était absente. Il n'est pas question de dangerosité supposée de route et de la rivière dans ce cas.

- Je vous l'accorde. Cependant, deux crimes à quelques jours d'intervalle dans cette forêt ! Le massacre d'un Prussien de passage a ému le peuple.

- Je ne vois point le lien avec la question des radeliers.

- L'homme aperçu à proximité de la victime, et qui prit la fuite, portait le costume caractéristique des conducteurs de radeau : gilet de laine et bonnet rouge.

- S'il fallait compter sur l'habit pour faire le moine ! sourit Lassus-Duperron, peu enclin à des effusions.

On disait l'homme vif d'esprit mais un tantinet bougon.

- Je cherche à identifier l'auteur de ce crime.

- Fichtre ! Et qui donc vous a confié cette mission en dehors de vos attributions ? D'Étigny en personne ? sourit malicieusement Lassus-Duperron.

- Non point, bredouilla Jean-Baptiste.

- Le juge Criminel de la sénéchaussée de Toulouse ?

- Pas le moins du monde.

- Alors qui ? s'étonna le subdélégué qui, ès qualité, devait tout savoir des affaires de son territoire.

- Il s'agit là d'un emportement personnel que je mène, soyez-en assuré, en sus de mes fonctions et sans en altérer le zèle.

- Voilà un bien étrange passe-temps. L'expérience de l'année dernière semble vous avoir ouvert les portes de nouvelles aspirations.

- Je vous l'accorde, cette affaire de loup m'a passionné. Mais ici, il n'est point question du plaisir de l'esprit dans la résolution d'une énigme. Voyez-vous, j'ai été touché au cœur par le destin de ce Prussien. Je me fais un devoir de lui rendre justice.

- Il est, en notre royaume, des hommes dont c'est le rôle de faire sortir le coquin de l'ombre pour le conduire au gibet, ne croyez-vous pas ?

- Certes. Mais le justice du Roi n'est pas saisie. Le crime restera impuni. La violence pourra continuer à prospérer sans obstacle.

- Je vous suis volontiers dans votre légitime indignation, mon ami. Qu'attendez-vous de moi ?

- Votre administration possède-t-elle les noms des radeliers ? Avec quelques éléments de la description de notre meurtrier, je pourrais investiguer avec aisance. Je ne puis requérir ces documents, s'ils existent, auprès du Premier Secrétaire de l'Intendant. Il soupçonnerait une activité peu conforme au périmètre de ma charge.

- Je comprends votre prudence. Passons dans le bureau de mon secrétaire et voyons cette liste.

Les deux hommes s'éloignèrent de la cheminée pour revenir dans le hall d'entrée. Ils pénétrèrent dans une petite pièce aux murs tapissés d'étagères saturées de livres et de chemises cartonnées.

Le commis n'était pas encore arrivé. Jean-Joseph de Lassus-Duperron examina plusieurs rayonnages. Il s'arrêta pour extirper un dossier qu'il posa sur la table.

À travers la large fenêtre de style Renaissance, le jour levant projetait une lumière vive dans la pièce. Le subdélégué feuilleta, referma, renoua la ficelle, glissa la pochette à sa place initiale sur l'étagère. Il en tira une deuxième et l'explora. Puis une troisième. L'administration du Roi croulait sous l'avalanche de papiers.

- Voilà qui devrait faire votre bonheur, mon jeune ami.

Cathérinot lu ce courrier signé Lassus-Duperron, adressé à « *Messieurs les Consuls de ~~Barbazan~~ fos, à fos* »[41].

- Ne tenez pas compte de cette rature, dit le subdélégué, il s'agit bien de la copie d'un de mes courriers pour Fos, en date du…

Il lut le bas de son feuillet qu'il venait de récupérer des mains de l'ingénieur.

- Du 26 août 1757.
- Puis-je le conserver ?
- Je ne puis vous autoriser l'extraction d'une pièce administrative. Trouvez ici même en cette table, une plume et du papier pour recopier le document. Prenez votre aise, je vous abandonne un instant pour donner quelques ordres à la domesticité. Rejoignons-nous à l'écurie lorsque vous aurez terminé.

Cathérinot s'installa. Il extirpa son carnet vert et l'ouvrit. Il alluma une chandelle. Il plongea la plume dans l'encrier. Il se dit devoir recopier cette liste en totalité. L'assassin y figurait certainement.

« *État des radeliers qui sont à Fos*[42]

Baptiste Cazat, Bertrand Lafont de Piteu, Bernard Foix, Mathieu Baubé, Raÿmond Fiman de Saubat, Joseph Soumastro de Las Closes, André Cazanaus de Monpol, Guilhem de Siryere, Mathieu Cazeneuve de Roupoc, Guilhem Esclarmonde de Bouneto, Thomas Cazal, Pierre Bezan de Thoumieu, Marc Redounet, Guilhem Redounet, Pierre Cazalot, Pierre Lafont du Glanet, Thomas Lafont du Planet, Thomas Laffont du Planet, Jean Andrillon, André Bounsom, Arnaud ladeveze de Rambas, Noël Candau

---

[41] Graphie originale du document- Archives départementales 31.
[42] Archives départementales de la Haute-Garonne. L'orthographe des noms du document est respectée. Elle est quelquefois légèrement différente du cadastre de l'époque.

de Barbé, Bertrand Dega, Bernard Esclarmounde de Bounete, Pierre Esclamonde de la Capélé, Bernard Candau Destounte, Guilhem Cazal dit Caperan, Bernard Daugerie, Martin Luxembourg, Pierre Cazeneuve de Campané, Bernard Lortet, Guilheim Lafount, Thomas Tougne, François Bazelé, Simon Lavesqué, François Maubé, Jean Maubé, Pierre Laprade, Jean Esclarmonde de Bernateu, Jean Barrau de Gorgolÿ, Jeannet Esclamonde, Grégoire Saubens, Domeng, Beze (pêcheur), André Laprade, Jean Lafont de Lache, Marc Lafont de Simone, Marquet Lafont, Antoine Candau, Jean Candau,, Jeannet Candau, Marc Lafont de Labladie, Pierric Lafont de Labladie, Jean Duppuÿ, Jeannet Duppuÿ, Jeaniu Beze, Jean Cazeneuve de Mateu, Pierric Cazeneuve de Mateu, Raÿmond Vinaux, Pierre Andrillon de Felide, Pierre Lafount de Tache. »

- Séparer le bon grain de l'ivraie ne sera pas chose aisée, se dit Cathérinot, dubitatif. Le nombre de pistes est considérable. Autant chercher une aiguille dans une meule de foin. Des familles entières naviguent sur Garonne. Pour sûr, la connivence masquera la vérité.

La suite du courrier lui donnerait-elle quelques lumières supplémentaires ?

« Je vous donne avis messieurs que M. Dallaret officier des classes de la marine du Roi doit se rendre chez vous pour y classer les Radeliers, conducteurs de Bateaux et pêcheurs pour cela vous faire commandement à ceux qui sont dans votre communauté de ne pas désemparer, ou du moins qu'on puisse les avertir commodément pour se rendre le jour qui leur sera indiqué. Je vous envoie copie de la liste de ces gens la que vous m'adressâtes l'année dernière en exécution des ordres de M l'intendant. Je suis parfaitement messieurs, votre très humble et très obéissant

serviteur. Montréjeau le 26 aout 1757 Lassus-Duperron Subd. »

- Il me faudra donc me rendre à Fos, se dit-il en refermant son carnet vite enfoui dans la poche de son manteau.

Monsieur de Lassus-Duperron discutait avec un valet devant l'écurie.

- Allons-y maintenant, mon jeune ami ! La montagne est encore bien lointaine. Nous ferons halte ce soir à Saint-Mamet, chez notre ami Bertrand de Fondeville. Demain à l'aube, si le Ciel nous l'accorde, nous cheminerons sur les pentes de la haute montagne.

Les deux hommes cheminèrent côte à côte sur la nouvelle route royale.

Le sol gelé obligeait à modérer l'allure des montures. Alors, on discutait ferme. L'eau basse de Garonne permit un passage facilité au gué de Labroquère.

- Ne pensez-vous pas qu'il faudrait ici un beau pont que je me ferais plaisir de dessiner ?

- Vous avez raison, mon ami, approuva de Lassus. J'en ai déjà instruit d'Étigny qui approuve le projet. La liaison routière vers Bagnères-de-Luchon en serait facilité. Monsieur de Richelieu souscrit lui aussi. Il en a fait remarque lors de son séjour en notre contrée, pendant un des repas pris chez mon frère en son hôtel de Montréjeau. D'Étigny financera à nouveau sur sa cassette, je présume. S'il n'y consent, nous trouverons un entrepreneur qui se remboursera sur le péage.

Ils traversèrent Loures aux rues désertes.

Ensuite, la route courait en fond de cette vallée plate, sur son versant peu éclairé par le pâle soleil.

À Bertren, on s'affairait dans le relais de poste. Une diligence venait de faire halte.

Arrivé à Cierp, les deux hommes se plurent à distinguer

au loin, au-dessus du village de Marignac, la façade du château de leur ami Bertrand de Fondeville.

- Nous aurions pu dormir en sa demeure, fit de Lassus. Sa proposition de nous accueillir dans la maison de son père, à Saint-Mamet, me semble plus raisonnable.

- Nous serons à pied d'œuvre, si j'ose dire, sourit Jean-Baptiste.

Le chemin longeait maintenant la rivière Pique. Les villages de Binos et de Baren s'accrochaient sur les pentes, d'autres reposaient en fond de vallée.

La journée était bien avancée lorsqu'ils traversèrent Bagnères-de-Luchon. L'allée conduisait du centre du village regroupé autour de son église aux bains que l'on disait salvateurs. Les arbres plantés par Cathérinot l'année passée se dressaient, branches nues encore frêles, mais bien présents. L'ingénieur se souvenait de ce chantier homérique. Il fallut le renfort des Dragons pour empêcher les Luchonnais de détruire, la nuit venue, les plantations du jour[43]. À cette occasion, Jean-Baptiste fit la rencontre de Bertrand de Fondeville. Repas après repas, une solide amitié se construisit.

Enfin, la demeure de Fondeville apparut, plaquée au pied de la montagne.

Le bruit des fers des chevaux sur le pavage de la cour alerta un domestique qui vint saisir les montures. Les deux cavaliers grimpaient l'escalier quand la porte s'ouvrit.

- Mes amis ! dit Bertrand de Fondeville. Entrez vite !

Il s'inclina devant le subdélégué, avant de prendre Jean-Baptiste dans ses bras pour une chaleureuse accolade.

Deux pas à l'intérieur et une douce chaleur les captura,

---

[43] - Cf « L'assassinat de Saint-Béat tome 1 ».

les aspira vers la cheminée.

La table s'ornait déjà des assiettes et des verres. Un parfum s'échappait de l'office.

- Nous serons trois, mes amis. Ma bonne épouse est demeurée en famille à Marignac. La maison y est plus confortable.

- Vous saluerez ma nièce pour moi, demanda Lassus-Duperron.

On s'installa sans cérémonie.

- Racontez-moi donc cette nouvelle aventure que vous comptez conduire sous les tourments de l'hiver.

De Lassus expliqua le projet de d'Étigny. Jean-Baptiste sourit en voyant la mine renfrognée de son ami De Fondeville. Ils avaient déjà discuté de ce sujet. Le seigneur de Marignac ne voyait pas d'un bon œil cette brèche ouverte dans la muraille protectrice des Pyrénées. Augmenter la fréquence des passages l'inquiétait. Cathérinot ne comprenait pas la raison que pouvait avoir à rendre difficiles les communications entre les deux royaumes, un marchand exportant des mules et important des laines. Une contradiction que les explications fuyantes de son ami n'avaient pas levée. Cathérinot sentit qu'il fallait changer de conversation.

- Vous souvenez-vous de ce charpentier qui répara un toit de votre demeure, voici quelques semaines ?

- Si fait. Un habile maître de son art. Un colosse prénommé Hans, me semble-t-il. Ce courageux Prussien rentrait de Lisbonne. Pourquoi cette question ?

- La nouvelle vous attristera, mon ami. Il a été homicidé !

- Diantre ! La nouvelle est cruelle !

- Il a été attaqué près de Saint-Gaudens, sur la lande de Landorthe.

- Dans la forêt ?
- En son cœur même, sur la route.
- Que j'emprunte lorsque mes hommes livrent par charrettes des ballots de laines à la manufacture de Carbonne. Je privilégie tout de même les radeaux, mais les marins craignent ce lieu en retour.
- Je me suis mis en quête de retrouver l'assassin.
- Fichtre, mon ami, rien ne vous effraie ! Êtes-vous armé ?
- Deux bons pistolets et mon épée devraient suffire à repousser les assauts malveillants.

La conversation se poursuivit tard. Bertrand de Fondeville exprima ses inquiétudes.

- Vous êtes en danger, mon ami. Qui sait ce dont sont capables ces furieux indécrottables. Un différend commercial peut ici conduire à homicide. Une dispute tourne vite en coups. Traquer un assassin n'est pas sans risque. En avez-vous conscience ?

Jean-Baptiste n'écoutait plus. Son regard vague trahissait cette fuite. Il revoyait Hans dans cette même pièce, montrant ses croquis de charpente. Qui pouvait alors imaginer qu'il serait trucidé quelques jours après ?

30

Saint-Mamet
Le lendemain, le vendredi 7 janvier 1763
Petit matin

Bertrand de Fondeville provoquait les braises de la cheminée avec un tison quand apparut Jean-Baptiste.

- Bien le bonjour mon bon ami, sourit-il.

- Que le vôtre soit aussi enchanteur. Il vous faudra du courage pour grimper avec ce froid. Mais vous n'en manquez pas.

- Chaque mission apporte ses tourments. S'il le faut, nous retournerons à l'abri en vos murs.

- Ma demeure vous est toujours ouverte, vous le savez bien.

- Comment se porte votre petit Pierre-Clair ?

- Il va sur ses dix ans. Comme sa mère, il aime se plonger dans les livres, tout observer et me questionner sans cesse. Il affectionne aussi l'art de la conversation qu'il mène avec brio malgré son jeune âge. Il a le don de trouver les arguments qui font mouche. On le dirait avocat en herbe. Et votre tribu ?

- Une tribu ? Comme vous y allez, mon ami ! Je ne compte que trois fils. N'avez-vous pas le bonheur de faire grandir vous-même quatre filles et deux garçons ?

Bertrand éclata de rire.

- Ma belle Jaquette tient à coeur d'offrir, à notre famille et au Roi, de bons et loyaux sujets.

- J'aspire à la même vertu.

De Lassus entra enfin et se mêla tout naturellement à la discussion.

La cuisinière sortit de l'office en portant sur un plateau un bel ensemble qu'elle déposa sur la table. Dans la demeure des de Fondeville, des de Lassus, et chez Cathérinot de Nose-Féré, cette rupture du jeûne de la nuit retrouvait le rituel urbain. Enfin, on déjeunait. On ne se contentait pas, comme dans les villages et les fermes, d'un bol de lait ou de soupe et, pour les plus riches, de harengs et de haricots. Le café et le chocolat enrichissaient ce premier repas de la journée. Les effets de la boisson brune et parfumée étaient scrutés d'un œil attentif par les épouses. Sa réputation de posséder des vertus aphrodisiaques s'évaluait dans l'intimité.

Les trois hommes dégustèrent avec délice un plateau de charcuterie, ainsi que du fromage. Cathérinot montra un faible pour un pâté de lièvre. De Fondeville trempa une tranche de pain recouverte de beurre. De Lassus apprécia la saucisse cuite comme il aimait. Le café des îles vint conclure le petit repas destiné à affronter le froid.

- Les affaires m'occupent toute la journée à Marignac. Venez donc y dormir au retour de votre odyssée, mes amis.

- Peut-être serons-nous bloqués à l'Hospice de France, dit avec prudence le subdélégué.

- Si la montagne ne nous dévore pas, il se peut que nous fassions cette halte en votre demeure. N'est-il pas ?

De Lassus approuva. On se salua. La cuisinière avait préparé quelques victuailles enfermées dans un sac de tissu, l'hospice n'étant pas approvisionné l'hiver.

Bientôt, les deux chevaux prirent le chemin de la vallée.

Les cavaliers emmitouflés dans leur manteau, tricorne enfoncé au mieux, dépassèrent la tour de Castelvielh. La route montait raide. Les chevaux savaient éviter les pièges des plaques de glace.

Peu à peu, le voile de grisaille se déchira. Les sommets

enneigés se détachaient d'un fond bleu pur. Le soleil vint caresser les pentes. Il fit surgir des ombres et les plis du relief. Les crêtes se découpaient. Un vent d'altitude provoquait un léger brouillard qui les enveloppait par endroits.

La lente montée les mena sur un replat. L'hospice émergeait de la neige. Ils attachèrent leur monture aux anneaux.

- M'est avis, dit Cathérinot, que le projet respire mieux sur le papier qu'ici même. Voyez ces pentes, mon ami.

Face à eux, s'ouvrait une étroite vallée en V, coincée entre deux parois. Le ruisseau provoquait une ligne sombre dans la neige. Il serpentait.

- Je suis moi-même dubitatif. Par où passer au minimum des risques ?

- Sur le flanc droit, nous sommes gênés par cette falaise. Passer au pied ou au-dessus ? La partie gauche nous est interdite par la trop raide inclinaison offerte aux avalanches.

Les deux hommes entrèrent. Il était midi. De Lassus alluma un feu dans la cheminée collée contre le mur pignon. Le bois sec amassé dans un angle s'enflamma d'un crépitement bref. Puis, avec quelques bûches, il ronronna. La chaleur eut grand peine à envahir la pièce. Qu'importe, les deux hommes approchèrent une table.

Cathérinot ouvrit le petit sac. La boule de pain devint tranches épaisses. Le pâté s'étala généreusement. La petite gourde de vin abonda les gobelets de métal.

Dehors, les nuages venaient de rompre la trêve. Ils gommèrent le bleu pour imposer des nuances de gris. Quelques flocons semblaient vouloir entrer en jeu.

L'ingénieur sortit son carnet de croquis. Il s'appuya sur le rebord de la minuscule fenêtre. Sa mine de plomb traça les pentes, la ligne du ruisseau, le profil de la falaise, les rochers, les arbres qui montaient à l'assaut de la montagne.

- Nous ne pouvons aller plus loin dans notre observation. J'effectuerai l'arpentage au printemps ou à l'été.

- Je rédigerai mon rapport à d'Étigny en ce sens. Il est plus que temps de redescendre dans la vallée.

Le soir, ils arrivèrent enfin à Marignac, au château de leur ami et seigneur des lieux. Un beau dîner les attendait. Bertrand avait invité quelques amis qui se retrouvaient autour d'une table généreusement éclairée par un candélabre richement garni. Le petit Pierre-Clair ouvrait grands ses yeux et ses oreilles, installé entre son père et Jaquette de Lassus, sa mère.

Venu en voisin, le procureur du Roi Bessan de Rap animait la conversation. Cailheau de Campels, le juge royal de Saint-Béat, plus mesuré, écoutait. Jaquette de Lassus lança le sujet sur les sciences.

On échangea sur des avis différents mais dans un esprit de recherche de lumière sur la question. Sortant de son silence, le juge montra, par quelques remarques prudentes, son attachement à la religion qui ne devait pas se voir contestée par le savoir. Cathérinot exprima sa foi en la connaissance de la nature. Avec quelque adresse, et une idée derrière la tête, l'ingénieur évoqua les cartographies des Mathis.

- Voyez, sur leurs dessins colorés, leur capacité à figurer avec exactitude les tracés de la Garonne.

- J'ai vu ces cartes voici quelques années chez l'Inspecteur des Manufactures et Tissus de Saint-Gaudens, Monsieur Joly, confirma Bertrand de Fondeville.[44]

---

[44] Voir « Assassinat de Saint-Béat: la rivière de la discorde » Tome 1

- Elles y sont toujours, fixées au mur. Le nouvel Inspecteur Jean-Baptiste de Lauvergnat les utilise. Elles précisent les lieux navigables et les montrent avec une rare justesse.

- Voilà des outils que la science et les techniques mettent à notre disposition, approuva de Lassus. Ma charge en est facilitée dans la conduite des activités de nos radeliers, prolongea le subdélégué, provoquant un très discret sourire chez Jean-Baptiste qui saisit, sur l'instant, l'ouverture qu'il espérait.

- À propos de cette marine de la Garonne, oserais-je, messieurs les serviteurs de la justice du Roi, vous entretenir d'un sujet qui m'occupe ? Auriez-vous, dans votre ressort, eu affaire avec un radelier à la tempe balafrée ?

- Voilà une bien étrange demande, mon ami. Quel est votre dessein ? s'étonna François de Bessan de Rap. Ma charge de procureur du Roi me fait approcher quelques canailles, mais en quoi un Ingénieur des Ponts et Chaussées viendrait-il piétiner les plates-bandes de mon jardin ? dit-il en souriant, sur un ton plus amusé que vindicatif.

- Notre ami s'est entiché d'une énigme. Il ambitionne de résoudre un meurtre affreux commis près de Saint-Gaudens voici quelques jours, prolongea de Lassus.

Pierre-Clair se figea, reposa sa fourchette et sembla hypnotisé par les propos de l'ingénieur. Il aimait lire les récits d'aventure, écouter ceux de sa mère et de ses soeurs. Meurtre, radelier, Garonne, il venait d'être ferré comme une truite de la Pique.

- Mes premières constatations me ramènent à un homme habillé en *carrassaïre*, comme vous les notez en votre langue gasconne. De plus, il a la tempe marquée d'une belle cicatrice.

- Je n'ai point embastillé pareille engeance dans la prison de Taripé, dit le juge Cailheau, et pourtant, je vois défiler quelques furieux au coup de poing facile, souvent pour des broutilles.

- Il vous faudrait vous aboucher avec les Consuls de Fos. La plupart des marins de Garonne proviennent de ce village, précisa Bessan de Rap.

- Je possède la liste des radeliers de cette commune, dit Cathérinot, constatant que de Lassus plongeait son regard dans la viande de gibier parfumée qui ornait provisoirement son assiette.

- Je me propose de vous accompagner demain dans ce village, où demeure mon parent Donniès, avança Bertrand de Fondeville. Vous joindrez-vous à nous, Bessan mon ami ? Et vous Cailheau ?

- Une lourde journée m'attend dès l'aube, déclina le procureur. Les dossiers s'empilent sur ma table de travail. Ils se doivent de recevoir ma signature, quelquefois mon avis.

- J'ai moi-même, dit le juge, une affaire de battement entre deux villages qui retient toute mon attention. À cause de l'abattage peut-être frauduleux d'un arbre, les habitants du village voisin, se sentant spoliés par cet attentat, mirent le feu à une grange. Quelques mois après, les incendiés attaquèrent leurs voisins sur les estives. L'expédition punitive à l'aide de haches, piques, hallebardes, et même de fusils, provoqua de nombreuses blessures. Les rapports des chirurgiens sont accablants. Je fais donc actuellement saisir par corps les tenants de cette bagarre. La prison de Taripé est bondée. Comprenez mon impossibilité à me joindre à vous.

- Réservez tout de même une place pour notre homme à la cicatrice, sourit Jean-Baptiste.

- Croyez-vous un seul instant qu'un meurtrier se laissera facilement saisir ? laissa tomber froidement le juge. À peine sentira-t-il le danger s'approcher qu'il détalera comme un lièvre derrière la frontière. Le Val d'Aran est un refuge sûr pour les poursuivis de notre justice.

Autour de la table, chacun sentit la frustration sourde du jeune juge Cailhau de Campels. L'enclave espagnole, qui couvrait la haute vallée de Garonne, constituait un repli facile pour fuir toute enquête, que chacun savait toujours redoutable. Être mis en accusation impliquait de subir la question préalable. Qui pouvait résister à la torture ?

- Père, dit Pierre-Clair, m'emmènerez-vous avec vous ?

- Je ne puis, vous être bien trop jeune.

- Mais père, je suis fort comme un berger de la montagne, courageux comme un chasseur d'ours.

- N'ayez crainte. Je vous conduirai bientôt sur les sentiers avec moi. Mais, pour ce qui nous occupe, le froid est par trop préjudiciable à un enfant, fût-il le plus téméraire de la contrée.

- Père ?

- Voilà un bien courageux jeune homme, dit de Lassus. Le sang de la famille De Fondeville coule bien dans ses veines.

- Un de Fondeville qui va bientôt regagner sa chambre pour une nuit en toute sécurité, conclut Jaquette de Lassus, faisant signe à la gouvernante de conduire son fils à l'étage.

Pierre-Clair arbora la mine renfrognée de la déception. Il salua avec application et suivit la gouvernante. Sa nuit serait peuplée de rêves d'aventures, de petits frissons.

Autour de la table, on convint des détails du déplacement du lendemain à Fos.

L'homme à la cicatrice se cachait-il dans la montagne ? Allait-il attaquer l'ingénieur ?

31

Marignac
Le lendemain, le samedi 8 janvier 1763
Le matin

Il ne neigeait pas dans la vallée. Les premiers rayons de soleil proposaient un écrin de lumière dorée aux falaises du Pic du Gar. La montagne acceptait de s'en parer sans réserve. L'or dégoulinait de son sommet pour corrompre les ombres de la vallée.

Sur le chemin royal, marchaient de front Bertrand de Fondeville, Jean-Baptiste Cathérinot mais pas de Lassus. Il se devait d'être en son château de Gourdan. Un groupe de radeliers protestait encore, refusant d'aller plus loin que Montréjeau. L'éternelle difficulté sur laquelle butait le subdélégué. Un courrier arrivé à Marignac en fin de repas l'avait informé de cette révolte, certes limitée à une poignée de marins mais pouvant se répandre comme un feu de broussaille en été. Aucun début d'incendie ne pouvait se négliger.

- Si l'un d'eux porte une cicatrice, dit de Lassus, je le ferai arrêter sur le champ. Nous verrons ensuite avec le Sénéchal les arcanes de la procédure pour mettre le furieux hors d'état de nuire.

Sur le chemin encore enneigé, marchant d'un pas alerte avec son ami de Fondeville, Cathérinot se dit qu'il faudrait bientôt réparer cette route, l'agrandir, mieux l'empierrer pour qu'elle résiste aux tourments de l'hiver. Il en parlerait à d'Étigny.

La voie contourna un énorme rocher. Il sembla avoir été abandonné là par un géant. Ils longèrent l'étang des Estagnaux gelé. À la sortie du défilé, Cathérinot regarda, au loin, la façade du château de Géry, avec la montagne de

Gar en fond. Bientôt, ils furent à hauteur de la demeure de Rap. Un beau panache de fumée indiquait que la maison était réveillée. François de Bessan avait rejoint son bureau, à l'extrémité sud du corps principal de sa demeure. Il signait des registres, compulsait des arrêtés, rédigeait des placets.

Un peu plus loin, ils firent une halte en face des fours à chaux.

- Puis-je relever un rapide croquis, mon ami ?
- Pour sûr. Nous avons le temps.

Les deux hommes appuyèrent leur dos contre le muret de pierre qui clôturait le verger de la famille Sacaze. L'angle se matérialisait par un rocher pointu plus important.

Bertrand de Fondeville ne pouvait imaginer que, dix-huit ans après, il serait assassiné en ces lieux mêmes, au pied de ce roc. Seul, peut-être, un grand architecte, du haut d'un nuage en surplomb, connaissait les ficelles du destin, celles qu'il allait tirer. Pour l'heure, nos deux amis reprenaient leur marche. La forge du jeune Cabiro ne faisait pas encore tinter son enclume.

Ils durent montrer patte blanche à la porte de Saint-Roch. Les hommes de guet reconnurent le seigneur de Marignac et le saluèrent avec respect.

À hauteur de la passerelle de bois, une belle maison se dressait fièrement sur l'autre rive. Une dispute semblait régler la discussion entre deux hommes, devant la porte d'entrée. L'un d'eux, massif et trapu, les cheveux gris et raides, une tête de taureau à large mâchoire posée sans cou sur un torse large et puissant, en invectivait un autre bien plus grand que lui, maigre et voûté qui bredouillait des mots faiblement.

- Tu devais m'apporter ces sacs hier ! L'as-tu oublié,

oiseau de malheur ? Que la honte t'étrangle comme je devrais le faire ici même et sans tarder ! Qui me retient de te jeter dans Garonne ? Qui donc ?

Cathérinot sourit largement à cette scène qu'il découvrait depuis l'autre côté du modeste pont.

- J'ai dû faire charger le radeau sans cette marchandise que l'on attend à Toulouse ! Maudit sois-tu !

Le mot « radeau » piqua la curiosité de l'ingénieur qui se tourna vers Bertrand de Fondeville.

- Avez-vous entendu, mon ami ? Cet homme en colère utilise des radeaux. Il emploie donc des marins. Peut-être connaît-il notre crapule. Allons l'interroger.

- Je ne vous le conseille pas. Il s'agit du marchand de bois Gérard Martin. Une sombre brute qui terrorise la vallée.

- Au point de ne pas pouvoir discuter avec lui ?

- Passons notre chemin, je vous prie. L'homme est dur, redoutable, aussi dangereux peut-être que notre balafré. Il règle ses affaires par la force, par le coup de poing.

Cathérinot, qui connaissait le courage de son ami, fut surpris par cette retraite sans combat. Il vit la gravité se dessiner sur le visage de Bertrand.

Au Gravier, le billard était ouvert mais encore désert. La notabilité travaillait. Il n'était pas encore temps de choquer les billes. Le plaisir du jeu et de la discussion viendrait en fin de journée. L'apothicaire Bailly recevait son premier visiteur. À travers les vitres de sa devanture, on le voyait ouvrir ses pots de faïence blanche pour saisir quelques pincées de ses herbes, qu'il mélangeait devant la cliente attentive.

Un drapier avait sorti une pièce de tissu rouge vif, enroulée avec soin. Il l'avait déposée sur le rebord de son échoppe débarrassé de sa neige. On le voyait s'affairer derrière les vitres.

Les deux amis franchirent la porte de Taripé. Derrière les barreaux de l'étage, un homme hurlait sa colère, menaçait de brûler la ville si on ne le libérait pas. On avait bien détruit sa grange par le feu ! Alors, pourquoi l'emprisonner pour avoir fait sauter quelques malheureuses dents à l'un des incendiaires ?

Ils dépassèrent les moulins, puis la vallée s'élargit. Arlos dormait encore. Les pentes abruptes et sombres proclamaient leur puissance de rempart. La montagne pesait de sa présence. Les pics enneigés dessinaient la lame d'une scie aux dents acérées qui regardaient le ciel, comme pour dire que seuls les oiseaux pouvaient la franchir.

La tour de Fos s'invita dans le paysage. Passé le moulin, la belle demeure Donniès leur ouvrit ses portes. Le maître de maison les salua.

- Rentrez donc vous réchauffer mon cher Bertrand, dit le marchand de bois certainement le plus riche du village, peut-être même de la vallée.

Le célèbre Louis de Froidour qui vint, sur mandat de Colbert, inspecter les forêts des Pyrénées à la recherche d'arbres pour la mâture de la flotte du Roi, en 1667, mentionnait déjà cette famille.

On se cala dans les bergères au tissu raffiné, brodé de motifs végétaux finement dessinés.

Le feu crépitait comme il se devait dans une maison cossue. Un valet apporta des gobelets de chocolat épicé. L'idéal par ces temps d'hiver.

- André, mon ami, nous allons solliciter votre connaissance du peuple des marins de Garonne que vous utilisez dans votre commerce.

- Si fait. Je voiture mes marchandises par radeaux. Mon père, en son temps, fournissait des bois à Monsieur de Colbert, pour la flotte de sa Majesté.

- Mon ami l'ingénieur Cathérinot possède une liste fournie par votre beau-frère de Lassus-Duperron.

- Cathérinot ? N'êtes-vous pas ce courageux ingénieur qui réussit à implanter les alignements d'arbres à Bagnères-de-Luchon ?

Jean-Baptiste sourit. La nouvelle avait couru de vallée en vallée.

- Comment va notre parent le subdélégué ? poursuivit Donniès.[45]

- Sur des charbons ardents, vous l'imaginez. S'il n'était cette protestation des *carrassaïres*, il nous aurait accompagnés.

- Le feu couve en permanence dans nos vallées, vous le savez bien, mon cher ami. Comment puis-je vous aider ?

- Je recherche, dit Jean-Baptiste, un radelier portant une cicatrice sur la tempe. En connaissez-vous un ?

- Voulez-vous l'engager pour quelque transport ?

- Non point !

- Est-il indiscret de savoir pour quelle raison vous le cherchez ?

- La question est délicate, reprit Bertrand face à la gêne de Cathérinot. Ce coquin est fortement soupçonné d'avoir homicidé.

- Diantre ! En voilà un tourment. Vous voilà donc en mission du Sénéchal !

- Point non plus, se risqua l'ingénieur. Un crime reste impuni près de Saint-Gaudens, celui d'un Prussien dont nous fîmes brièvement connaissance, Bertrand et moi-même. Un étranger affable et courageux. Nous œuvrons pour la justice des hommes avant celle du Roi. L'une ouvrira la porte de l'autre, nous l'espérons.

---

[45] André Donniès était marié avec Jeanne Marie Élisabeth de Lassus-Duperron, soeur du subdélégué.

Donniès réfléchissait. En commerçant avisé, il pesait les avantages et les inconvénients de parler. Si le criminel savait qu'il l'avait dénoncé, allait-il en subir les funestes conséquences ? Ne devait-il pas, en priorité, protéger sa nombreuse progéniture ? Et ses affaires ? Bertrand de Fondeville dont le courage valait réputation, et ce jeune ingénieur à l'engagement intrépide et généreux, ne pouvaient le plonger, sans le vouloir, dans les affres de la couardise.

- Mon savoir se limite à Fos, et aux patrons de radeaux avec qui j'ai pris habitude de traiter. La famille du Premier Consul Soumastre, les Lafont, les Esclarmonde, les Redonnet, les Cazat, les Maubé, les Dupuy, les Candau. Voilà des gens honorables. Je ne connais pas de balafré dans leur rang. Je ne m'abouche, pour passer contrat, qu'avec les pères de ces familles. Peut-être ont-ils un fils, un neveu, un employé que je ne connais point. Il vous faudrait rencontrer le Premier Consul Soumastre.

André Donniès posa quelques questions sur l'affaire. Une de plus caractérisée par la violence.

- Mais vous-même, Bertrand, n'utilisez-vous pas les radeaux pour descendre vos toisons vers les plaines ?
- Si fait, mon ami. Mon régisseur Delplan s'occupe de ces questions. Je n'ai pas de proximité avec les radeliers. Je suis aveugle sur le sujet, bien incapable d'aider mon cher Cathérinot.

Ils s'emmitouflèrent pour sortir, et prirent un chemin qui grimpait vers le haut du village. Donniès avait précisé :
- La maison de Domeng, celle d'un chirurgien.

Bertrand de Fondeville expliqua à son ami qu'ici le nom de famille s'associait à la maison qui lui était supérieure, qui se perpétuait dans le temps. Il repéra l'enseigne sculptée en relief dans le linteau. Elle représentait des tenailles d'arracheur de dents et le rasoir du barbier, le métier initial des hommes de médecine, habiles à pratiquer les saignées.

Cathérinot bouscula le heurtoir du *casal* de Jean Siman de Domeng. On vint ouvrir.

- Bien le bonjour maître Siman. Je suis le sieur Cathérinot de Nose-Féré, ci-devant Ingénieur du Roi, et voici noble de Fondeville, seigneur de Marignac et autres lieux.

Siman courba sa haute stature pour saluer.

- Bien le bonjour Messieurs. Entrez donc !

À sa table, un homme tenait une plume. Il écrivait. Il se leva et se présenta :

- Soumastre ! dit-il en fronçant les sourcils. Consul de Fos.

Était-ce des envoyés de Lassus-Duperron venant le houspiller pour ses retards ? Le subdélégué n'hésitait pas à lui écrire souvent. Il lui demandait la fourniture de gibiers pour sa table, pour celle de son frère le Contrôleur des Marbres du Roi, ordre émanant de d'Étigny lorsqu'il s'agissait de régaler une personnalité invitée. L'Intendant avait un penchant marqué pour les gelinottes, un gibier rare à la chair goûteuse.

- Que me vaut votre visite ? dit Siman.

- Nous sommes à la recherche d'un radelier.

Le visage de Soumastre marqua son soulagement. Celui de Siman resta fermé.

- Entrez donc, dit-il aux deux visiteurs qui stationnaient à la porte. Le froid ne doit pas nous tourmenter plus que de raison.

Sobre et modeste, la façade extérieure en pierre sèche dissimulait un intérieur non point luxueux mais confortable.

- Prenez place, dit le Consul en désignant les fauteuils

installés près de la cheminée en action. Examinons votre requête.

- Nous voudrions connaître le nom et le domicile d'un *carrassaïre* porteur d'une balafre sur la joue.

- Je n'en vois pas, messieurs. Aucun marin de Fos n'est porteur de ce stigmate. En connais-tu un, Soumastre ?

- Non !

- Se peut-il que des radeliers habitent d'autres communes ?

- Pour sûr. Quelques-uns viennent d'Argut, de Saint-Béat, d'Arlos.

- Avez-vous interrogé le cabaretier Tapie, au bout du village ? Il voit passer beaucoup de personnes et son oreille est toujours aux aguets.

- Voilà une nouvelle piste, lâcha Cathérinot.

- Pourquoi cherchez-vous cet homme ?

- Une affaire sérieuse le concerne, coupa de Fondeville, prudent.

Dans les villages, on protégeait les siens. Les deux Consuls connaissaient peut-être cet homme. Évoquer l'assassinat risquait, en cascade et en complicité villageoise, de l'alerter, et de provoquer sa fuite au Val d'Aran, en royaume d'Espagne, hors de portée.

- Puis-je en savoir plus ?

- Une affaire d'héritage à régler, poursuivit Bertrand. Nous aurons une bonne nouvelle à lui annoncer.

Une quinzaine de minutes plus tard, Bertrand et Jean-Baptiste s'installaient à l'extrémité d'une table, dans la salle sombre de l'auberge Tapie. Le plafond bas et les poutres se couvraient d'une grisaille déposée par la fumée d'une cheminée au mauvais tirage. Son odeur couvrait celle des plats que servait une jeune fille aux longues tables copieusement garnies de victuailles et occupées d'homme courbés sur leur écuelle. Quelques têtes se levèrent.

Tapie vint les rejoindre. L'homme masquait bien l'étendue de son commerce considérable. Souhaitant fuir les taxations comme la peste, il se faisait discret, à l'image de son habit élimé. Bertrand de Fondeville savait qu'il était l'un des plus riches du village. Son auberge, située près de la frontière, recevait tous les étrangers de passage. Le vin coulait à flots. Les denrées alimentaires ne restaient pas longtemps dans les sacs et dans les caisses. En outre, il vendait des céréales en Espagne. Il négociait du bois, ce qui le mettait en concurrence avec Donniès, et surtout avec le plus redoutable des marchands, le terrible Gérard Martin de Saint-Béat. Ses meilleurs bénéfices provenaient de transactions de mulets.

Tapie proposa quelques plats simples. Le seigneur de Marignac déclina l'offre, tout comme Jean-Baptiste.

- Servez-nous donc un bon verre de vin de Porto, dit Bertrand.

- Je n'ai pas ce nectar en fût ! coupa sèchement l'aubergiste, marri de ne pouvoir honorer la demande.

- Allons alors vers votre meilleur vin !

Tapie retrouva le sourire.

- J'ai là un petit Bordeaux qui vous plaira, j'en suis sûr.

- Dites-donc, Tapie, dit Cathérinot, on me dit que vous connaissez tous les radeliers de la vallée.

- On vous a bien renseigné, en effet. Il n'en est pas un qui ne vienne chez moi se désaltérer.

- Connaissez-vous le nom de celui qui porte une affreuse balafre sur la tempe ?

Tapie se figea. Ses yeux changèrent d'éclat. Il regarda la salle.

- Non ! Je ne vois pas ! Aucun de ces marins n'a une

telle cicatrice, bredouilla-t-il d'une voix plus basse en retournant à son office.

Les deux enquêteurs d'occasion se regardèrent.

- Pour sûr, il sait quelque chose, chuchota Jean-Baptiste.
- Sa mimique vient de trahir sa dissimulation.

À voix basse, ils échangèrent pour affiner une stratégie. Leur verre terminé, ils saluèrent et sortirent. Ils prirent le chemin de Saint-Béat. Mais deux maisons plus loin, ils bifurquèrent pour se cacher à l'angle de la bâtisse. De là, ils pouvaient surveiller la porte d'entrée de l'auberge.

À l'office, Tapie appela son fils.

- Va donc à Argut en te cachant le mieux possible. Va chez Pétronille Serdant.
- Je ne la connais pas, père.
- Demande au curé Fontan. Il saura.
- Que dois-je faire ?
- Dis-lui que son fils Barthélémy est cherché par de nobles personnages. Il me semble que ces deux investiguent. Elle connaît les penchants de son fils. Pour sûr, ils dissimulent, derrière leur masque avenant, une corde pour le saisir par corps. Hâte-toi.

Le jeune homme ne se fit pas prier. Il se vêtit chaudement et passa de l'office à l'écurie. Il sella un cheval. Il poussa la lourde porte, conduisit sa bête jusque devant la porte de l'auberge.

- La coïncidence est forte. Voilà le fils du tenancier qui sort juste après nous, en plein service.
- Malédiction, pesta Jean-Baptiste, nous ne pourrons pas suivre ce jeune.

Le cavalier passa devant eux au pas lent de celui qui veut éviter la glissade.

32

Argut
Le samedi 8 janvier 1763

Le jeune Tapie arriva chez la veuve Serdant. Elle filait de la laine. Aux chocs sonores contre sa porte, elle se leva péniblement, s'aidant d'un bâton de noisetier. Elle entrebâilla l'étroite et basse ouverture.

- Qui es-tu petit et que me veux-tu ?
- Mon père m'envoie…
- Qui est ton père ?
- Tapie, l'aubergiste.
- Que me veut ton père ?
- Vous informer que des hommes recherchent Barthélémy !
- *Miladiu* ! hurla la veuve. Qu'a-t-il encore fait ce bandit ?

Le jeune homme resta sans voix, incapable de répondre, impressionné par le regard de braise de la vieille femme.

- Il n'est pas ici. Je l'ai chassé après ses méfaits avec les radeliers. Qu'il aille au diable ! cria-t-elle en claquant la porte.

Le fils Tapie souffla, soulagé d'avoir accompli sa mission. Il s'éloigna à grands pas pour redescendre dans la vallée.

Les rues désertes d'Argut s'offraient au vent glacial. Les cheminées fumaient. Chacun chez soi s'activait dans ses tâches d'hiver.

La veuve Serdant s'était postée derrière sa petite fenêtre. De là, elle observait la ruelle en pente. Non, personne ne passerait. Elle sortit par une minuscule porte à l'arrière de la maisonnette. Elle donnait sur une courette boueuse, puante de fientes de volaille. Un appentis couvrait l'abri d'un cochon. À l'angle, une échelle menait au grenier à foin qui couvrait l'étable. Malgré son âge, la vieille femme grimpa les échelons avec agilité mais lenteur. Elle poussa le volet de bois noirci par les éléments. Elle entra et le referma. Il faisait bon. La neige sur les ardoises formait un matelas pour abriter la pièce des rigueurs du froid. La chaleur de la paire de vaches, de la mule et d'une douzaine de moutons, montait à travers le plancher de planches brutes. La trappe qui permettait d'alimenter le râtelier en foin bien sec, laissait passer l'air chaud.

- Barthélémy, chuchota-t-elle.

Une silhouette apparut derrière un tas. La faible lueur qui s'immisçait dans le grenier à la faveur de l'écart entre le volet et le linteau, éclaira cruellement la cicatrice qui barrait sa tempe. Les cheveux hirsutes indiquaient qu'il se réveillait.

- J'ai entendu parler, dit-il à voix basse.

- Tapie nous informe que tu es recherché par deux hommes.

- Quel type d'hommes ? Des marins ? Des bergers ? Des soldats ?

- Il ne m'en a rien dit. Peut-être bien la maréchaussée !

- *Hilh de puta* ! Faut que je m'échappe vite.

- Attends la nuit. Ils sont peut-être postés en dessous du village.

- Je vais filer vers la montagne.

- La neige !

- Elle ne me fait pas peur, mère.

- Je descends te trancher du lard et du jambon. Il reste quelques pommes sèches dans le coin du grenier. Un bout de saucisse aussi. Vas-tu passer au Val d'Aran ?

Il ne répondit pas. Elle ne vit pas son regard maintenant enflammé.

Lorsque la nuit vint recouvrir la vallée, une ombre se glissa dans les ruelles. Prudente, elle quitta le chemin pour traverser les prairies. Ses bottes s'enfonçaient dans la neige profonde. Le village dormait, celui de Fos également. L'homme à la cicatrice ne put éviter la traversée de Saint-Béat. L'obscurité devint une complice de qualité. Il passa sous le porche de la maison Martin. Il avait travaillé pour Gérard et son frère Bernard. Il grimaça en pensant à la brute épaisse qui l'avait chassé sans ménagement, avec, en prime, un magistral coup de poing dans la face. S'il avait eu son couteau, ce jour-là ! Il se vengerait de ce marchand, le temps venu.

Il était jeune garçon quand son père avait travaillé pour les Martin. Il avait voituré du charbon de bois depuis Bagnères-de-Luchon avant de grimper sur un radeau pour convoyer son bois. Martin l'avait obligé à aller jusqu'à Toulouse. Premier et dernier voyage qui se termina à Saint-Martory. Son père ne possédait pas encore les secrets du maintien en équilibre sur ces embarcations dangereuses. Au passelis, il chuta dans l'eau glacée et fut écrasé par les troncs solides de l'embarcation. Gérard Martin n'assista pas aux funérailles mais promit au fils de l'engager lorsqu'il aurait l'âge. Il fallut lui rappeler son engagement à de nombreuses reprises. Finalement, aux vingt ans de Barthélémy, il le plaça sur un radeau conduit par des marins expérimentés. Non point que Martin fût généreux et bienveillant. Il avait calculé qu'un jeune homme peu payé lui rapportait plus encore.

Fallait croire que Barthélémy possédait le diable au corps. Les petits larcins devinrent plus conséquents. Vint le jour de son renvoi et la bascule dans le crime.

Pour l'heure, il fallait en savoir plus. Qui le recherchait et pourquoi ? Était-ce en rapport avec ses derniers forfaits de Montréjeau et de Landorthe ? Ou d'autres plus anciens ? Peut-être le cherchait-on pour qu'il se joigne à une bande. Il déclinerait. Il ne voulait pas de compagnons. Le partage d'un butin soulevait les rancœurs. L'ami de forfait devenait rival, puis ennemi. Les couteaux réglaient les mésententes. Les trahisons aussi. Il préférait agir seul et se cacher ensuite. Se fondre dans la masse. Sa cicatrice l'obsédait. Elle révélait son identité. Il ne pouvait simplement voler. S'il était surpris, il devait homicider.

La contrainte ne lui était pas désagréable. Il aimait entendre le râle de sa victime. Les agneaux criaient lorsqu'il les égorgeait. Le cochon hurlait lui aussi, conscient qu'il serait bientôt saigné. Les hommes devaient trépasser avant de hurler. Sa main ne pouvait trembler, hésiter. Un coup rapide, sec et précis. Il savait faire maintenant.

Qui le recherchait et pourquoi ? La nouvelle se répandrait dans les vallées. Fallait tendre l'oreille.

Il décida de nouer un foulard sur sa tête avant d'enfoncer son chapeau. Le froid piquant expliquerait sa protection des oreilles. La cicatrice disparaissait enfin.

C'est ainsi qu'il alla, les jours suivants, d'une auberge à l'autre pour écouter.

À Bagnères-de-Luchon, deux hommes conversaient en buvant.

- Pourquoi cet homme nous a-t-il posé tant de questions ?

- Il recherche un marin porteur d'une cicatrice à la tempe.

Barthélémy se pencha pour cacher son visage et pour mieux entendre.

- Pourquoi donc ?

- Le bandit aurait assassiné un Prussien près de Saint-Gaudens.
- Qu'a-t-on à faire d'un étranger ? Un Prussien ! Un ennemi de sa Majesté !
- Il veut certainement le renvoyer devant la justice du Roi.
- Comment se nomme ce juge Criminel ?
- Il n'en est point. Je l'ai reconnu. Il s'agit de l'ingénieur qui conduisit l'an dernier les travaux de l'allée qui mène aux thermes. Un certain Cathérinot.
- Une fripouille qui a volé nos terrains ! Un serviteur du Roi qui nous contraint à la corvée sur cette satanée route vers Montréjeau !
- L'Intendant d'Étigny est responsable de ces troubles. Cathérinot exécute. Il n'est qu'ingénieur affecté à Saint-Gaudens.
- On dit qu'il est accompagné du seigneur de Fondeville.
- Si fait. Que vient faire ce noble de Marignac dans cette quête ? N'a-t-il pas déjà tâche immense dans son commerce de mules et de laine ?
- Et d'armes, chuchota le bavard, sur le ton du comploteur de l'ombre. Peut-être d'or...

Barthélémy adopta un air grave. Ainsi donc, ce Cathérinot, cet ingénieur était bien à sa recherche, comme lui-même pistait l'individu au tricorne. Chasseur et chassé !
- Prudence, se dit-il.

La conversation se poursuivit par l'énumération outrée de décisions, d'actes, de petits évènements qui choquaient les deux hommes habitués à encenser leurs idées personnelles, à l'exclusion de toute autre. Dans un monde séparé entre le bien et le mal, leurs avis ressortaient à la vertu, les contraires exprimaient le vice.

Barthélémy Serdant se leva sans se faire remarquer. Il sortit. En face de l'auberge, l'église sonna. Il décida de se rendre à Saint-Gaudens.

33

Saint-Gaudens
Le lendemain
Le dimanche 9 janvier 1763

Barthélémy Serdant avait revêtu des hardes de mendiant, volées le soir précédent à un malheureux dont le corps devait maintenant flotter dans Garonne et filer vers Toulouse. Assis sous le porche de la collégiale, à côté d'autres crasseux en guenilles, il tendait une main tremblante aux paroissiens qui entraient pour la messe.

Nobles et notables passaient sans voir les souffreteux plus gris que les pierres de l'église. Invisibles.

Le chanoine de Giscaro sortit de l'obscurité de l'église, remontant le courant des entrants. Passant devant la brochette de mendiants, il se pencha pour déposer une pièce dans la main de chacun d'eux, les regardant et les gratifiant de mots de réconfort. Voyant quelques nouveaux parmi eux, conscient que la misère grossissait le flot des mis à l'écart, il leur dit, d'une voix calme et mesurée :

- Venez donc sous la halle après l'office. On y distribuera du pain pour vous.

Chacun opina du chef en signe de remerciement. Serdant fit de même, tout en observant les gens qui arrivaient devant le porche, descendant de voitures pour quelques nobles en habits, à pied pour le reste de la population. Son sang se glaça lorsqu'il aperçut un jeune homme vêtu d'un long manteau brun, coiffé d'un tricorne noir aux galons argentés avec un petit nœud sur le côté. Il reconnut le fureteur de la forêt de Landorthe qu'il n'avait pas réussi à planter avec sa lame. L'homme avait belle allure. Le manteau ouvert dévoilait des habits raffinés à l'élégance certaine. On aurait pu les découvrir sur les gravures qui diffusaient dans le royaume les vêtements et les coiffures à la mode.

Le visage de Serdant s'éclaira. Il ne laisserait pas s'échapper une nouvelle occasion de le détrousser s'il le rencontrait encore en un lieu sombre. Une jeune et jolie femme l'accompagnait.

- Allons, se dit-il, ne te disperse pas. Tu cherches l'ingénieur Cathérinot. Laisse donc pour l'instant d'autres proies à venir.

Il se tourna vers son voisin de misère qui agitait un gobelet contenant un petit caillou pour faire du bruit, pas encore une piécette..

- Connais-tu ces beaux messieurs ? chuchota-t-il.
- M'en fiche bien de savoir qui ils sont !

Barthélémy se pencha vers l'autre mendiant qui appuyait son épaule contre la sienne. Il portait un tissu blanc crasseux sur les yeux. Il gémissait. Il invoquait une bataille pour le Roi, une blessure, une misère.

- Et toi, les connais-tu ?
- Je suis aveugle…
- Pas à moi, bougre de canaille ! coupa Barthélémy pris d'un coup de chaud. Je t'ai vu mettre ton chiffon tout à l'heure.
- Tais-toi donc ! Veux-tu ruiner ma demande de charité chrétienne ? Je suis là tous les dimanches. Je ne peux être chassé.
- Si tu ne veux pas que je te dénonce, dis-moi les noms de ceux qui passent.
- Tout le monde est entré. La messe va commencer. D'accord, mais à la sortie.

De rage, Serdant jeta sa sébile vide sur le sol.

Les chants liturgiques montaient vers les voûtes de pierre et redescendaient, avant de s'échapper sous le porche.

L'organiste, penché sur le clavier du grand orgue au spectaculaire buffet en chêne et en tilleul massif, diffusait la somptueuse et pénétrante musique de ses tuyaux géants. Venu de Toulouse, à l'invitation de son ami le chanoine de Giscaro, comme lui franc-maçon, Bernard Aymable-Dupuy, le titulaire des orgues de Saint-Sernin, n'avait pas oublié qu'il le fut aussi à Saint-Bertrand de Comminges. Les tubes métalliques, regroupés en cinq colonnes reliées entre elles par un alignement de tuyaux, sublimaient l'une de ses compositions. La musique envahissait l'espace de son harmonie. Les fidèles silencieux étaient entrés, grâce à elle, dans une bulle hors du temps. Pas tous, bien évidemment. Aux croyants sincères, se mêlaient ceux qui se devaient d'être là, en représentation de leur place dans la société.

Barthélémy Serdant n'était en rien sensible à ces effluves de beauté et d'harmonie. Sa brutalité profonde n'autorisait aucun accès à sa sensibilité enfouie sous des couches de malheur et de sang. Son bonheur restait simple. S'emparer de pièces. Les tenir dans sa main. Mais il ne savait les retenir. Elles filaient comme le sable entre les doigts. Les menus larcins, comme les plus dramatiques, ne lui offraient que mauvaise pitance et surtout méchantes boissons, de celles qui font bouillir les nerfs de ceux qui n'avaient pas besoin de ce renfort pour donner le coup de poing. Il lui fallait donc fuir souvent. Sa bouche édentée et sa cicatrice à la tempe témoignaient de ses algarades souvent ponctuées de blessures. Pour l'instant, sous le porche de la collégiale, sa préoccupation se résumait à bien masquer, sous le foulard et le chapeau miteux, la balafre qui pouvait le trahir.

Il pesta contre la longueur de la messe. Avaient-ils tant que cela à dire à leur dieu, ces endimanchés ?

Enfin, les cloches sonnèrent à toute volée pour marquer la fin de l'office religieux. Sous la halle, des valets disposaient des planches sur des tréteaux. Un boulanger arrêta sa petite voiture tirée par un cheval. Il posa un énorme panier débordant de gros pains qu'il plaça sur les nappes qui recouvraient maintenant les tables provisoires.

Le faux aveugle releva légèrement son pansement et pencha la tête en arrière. Il la posa contre le mur. Ainsi, il pouvait apercevoir les fidèles qui sortaient et se dispersaient. De temps à autre, il chuchotait un nom, une fonction, une possibilité. Mais, pas de Cathérinot. Le connaissait-il ? Serdant ne pouvait le lui demander aussi ouvertement. Tout le monde sortit. Le balafré rugit en lui. Les yeux injectés de haine, celle qui venait toujours après la moindre frustration. Il se leva. La tête baissée pour masquer son visage, il se dirigea vers la halle, les oreilles aux aguets. Il entra sous le toit géant.

Derrière les tables, plusieurs nobles personnages, reconnaissables à la qualité de leurs habits et à leur gestuelle mesurée, saisissaient des pains et les donnaient à des pauvres qui attendaient de l'autre côté des plateaux couverts de nappes blanches.

Le faux aveugle vint le rejoindre, tapotant devant lui avec son bâton de noisetier.

- Pourquoi ses nobles portent-ils une petite équerre en collier ? lui demanda Serdant.

- Sais pas moi. Sais pas !

Barthélémy fit semblant d'attendre son pain en se plaçant près de la file des pauvres. Le chanoine de Giscaro organisait la distribution. Il fit signe au boulanger d'aller chercher d'autres nourritures.

Serdant sourit en voyant le jeune homme au tricorne qu'il se promettait de dépouiller, s'approcher du chanoine pour le saluer.

- Bien le bonjour mon très cher Frère !
- Votre épouse n'est pas là, mon cher Cathérinot ?

L'homme à la cicatrice sursauta. Cathérinot ! Voilà donc qui est Cathérinot, cet infâme ingénieur qui me recherche. D'un geste vif, il tira plus encore son foulard sur sa cicatrice. Cathérinot ! Te voilà enfin, enfant de malheur. Il se mit à nouveau à bouillir. Il aurait aimé sauter la table et l'embrocher. Il dut réfréner ses ardeurs. La nuit viendra. Oui, elle sera là pour se rendre complice. Cathérinot ! Le nom l'envahissait, saturait sa tête, bousculait son corps, tendait ses muscles, irriguait ses yeux de sang, affolait sa respiration. Sa main se fourra sous sa cape. Il saisit le manche de son couteau, sans toutefois le tirer de son fourreau. Ses doigts se crispèrent. Il transpirait malgré le froid piquant qui s'était allié sous la halle avec un courant d'air. Il fit grands efforts pour se calmer. Il recula de quelques pas, sans toutefois s'extraire de la masse des pauvres. Il devait rester caché. Suivre Cathérinot. Découvrir sa maison. Il avait une femme, une proie facile à éliminer. Attendre le moment opportun pour le trucider, pour les homicider. Avait-il des enfants ? Sa rage se mêla d'un plaisir qui le fit frissonner.

La distribution toucha à sa faim. Aucun pauvre n'avait été oublié. La crapule tenait sous son bras un pain pour lui encombrant mais nécessaire à sa dissimulation.

Les hommes qui portaient une équerre au cou se regroupèrent. Cathérinot était avec eux. Serdant n'avait pas remarqué ce bijou que l'ingénieur n'arborait pas. Le groupe sortit du côté du cimetière près du chevet de la collégiale. Il les suivit à distance.

Ils passèrent devant la maison communale puis bifurquèrent dans la rue du Carro.

Barthélémy se débarrassa de son pain en le jetant par dessus le muret qui ceinturait l'espace des tombes.

De l'angle de la rue, il vit les hommes à l'équerre entrer dans une maison. L'un d'eux, placé à l'entrée, tenant un glaive dressé, portait un tablier de peau, des gants blancs et un sautoir bleu. Chaque entrant s'approchait de lui et semblait lui murmurer un mot de passe. Alors, il s'écartait et laissait entrer. Bientôt, il n'y eut plus personne dans la rue. Dix heures sonnèrent au clocher.

Serdant attendit. Son sang bouillait. Quand allaient-ils ressortir ? Pourquoi ses hommes s'abouchaient-ils ainsi après la messe ? Rester sur place allait le rendre suspect. Il marcha, ne s'éloignant pas trop au risque de perdre sa trace. Il alla jusqu'à la porte Sainte-Catherine à petits pas. Il revint vers la halle. Il longea les couverts aux boutiques fermées. Il retourna à l'angle de la rue du Carro. Aucun mouvement. Il pesta. Il recommença son circuit. Il le fit plusieurs fois. À midi, rien à manger. Qu'importe ! Ce n'était pas la première ni la dernière fois. L'après-midi se déroula de même, avec l'apparition de flocons de neige. Les petites billes blanches se laissaient choir sur le sol déjà gelé. Les nouvelles faisaient corps avec les précédentes. Une petite couche se formait. Elle trahissait ses déambulations. Aucune double ligne ne marquait le sol. Les charrettes somnolaient à l'abri. Les cheminées fumaient. Le manteau de Serdant se constellaient de points blancs, comme son chapeau.

Le soir commençait à tomber. Un homme venait d'allumer quelques rares lumignons.

Enfin, il entendit des rires. Il se dissimula à l'angle de la maison commune. Les hommes à l'équerre se dispersaient, marchant d'un pas rapide pour rejoindre leur maison. Plusieurs voitures attendaient près de la halle pour ceux qui habitaient hors de Saint-Gaudens. Elles démarrèrent lentement, traçant leur chemin dans la neige.

Il vit Cathérinot qui saluait et qui s'éloignait tout seul. L'ingénieur passa à quelques pas de lui. Le furieux sortit son couteau. Une fièvre venait de réveiller son engourdissement. Il le leva assez haut pour le planter au mieux dans le dos de l'ingénieur.

34

Saint-Gaudens
Le dimanche 9 janvier 1763
Le soir

Dans la maison Cathérinot, Thérese de Cap lisait un épais volume au coin du feu. Servaise Puyfourcat entra.

- Les enfants dorment, Madame.
- Venez donc vous reposer près du feu.

Dix heures sonnèrent à l'horloge. Dix coups cristallins qui firent lever les yeux de Thérèse.

- Il est bien tard et mon cher époux n'est pas encore entré.
- Ce n'est pas dans ses habitudes, abonda Servaise qui s'était installée dans la deuxième bergère.
- Ces assemblements du dimanche ne durent jamais après neuf heures.

La cuisinière et gouvernante ne dit rien mais son visage trahissait lui aussi une inquiétude certaine. Une mauvaise rencontre dans ces rues sombres n'était jamais à exclure. Elle regarda à l'entrée. Monsieur s'était armé de son épée. Elle n'était pas suspendue.

Le feu ronronnait. Il assurait une fausse quiétude.

- Pourriez-vous garder la maison ? Je vais aller au devant de mon époux.
- Vous n'y pensez pas sérieusement, Madame ! Sortir de nuit, dans l'obscurité, par un temps pareil.
- Ce retard est anormal, Servaise.
- Eh bien, je vais aller à sa recherche.
- Mais pourquoi y aurait-il moins de danger pour vous que pour moi ?
- Il est de mon devoir de vous seconder. Je suis de la vallée de Luchon, vous le savez. Rien ne nous fait peur,

pas même les ours ! Tout au plus, m'accordez-vous le privilège d'emprunter le pistolet de Monsieur ?

- En connaissez-vous le maniement ?

- N'ayez crainte. J'ai chassé avec mon père dans la montagne.

- Me voilà maintenant doublement inquiète, pour mon époux et pour vous, Servaise.

- Ne tardons plus. Je vais me munir d'un lumignon.

La cuisinière s'habilla chaudement. Elle vérifia la charge du pistolet que venait de lui tendre Madame Cathérinot. Elle ouvrit la porte. Un coup de vent fit entrer le froid. Elle plongea dans la rue déserte et silencieuse. Elle leva au plus haut sa lumière qui fit scintiller les flocons. Le sol se recouvrait de deux bons pouces de neige fraîche. Devait-elle raser les murs pour se rendre discrète au risque de recevoir une masse de poudreuse se détachant des toits ? Devait-elle rester bien au milieu ? Elle hésitait, allait de l'un à l'autre en avançant en direction de la collégiale. On n'entendait plus que ses chaussures faisant crisser la couche blanche.

Soudain, au débouché de la rue, elle vit au loin une masse sombre allongée. Un sac abandonné. Elle avança à pas mesurés et, peu à peu, il ne fit aucun doute qu'il s'agissait d'une silhouette couchée dans la neige et en partie déjà recouverte. Elle se figea sur place, tétanisée d'effroi. Monsieur ? Monsieur homicidé et abandonné aux chiens errants ?

Thérèse regardait l'aiguille de l'horloge qui poursuivait sa course sans pause, indifférente aux drames humains qui se jouaient. Son tic-tac n'avait aucune âme, aucune sensibilité. Il s'égrenait mécaniquement, froidement, inéluctablement. Elle posa avec délicatesse une bûche de chêne sur celles qui brûlaient déjà avec intensité. Il faisait chaud dans le salon mais elle frissonnait. L'inquiétude la taraudait. N'y tenant plus, elle se rua à la porte d'entrée. Elle l'ouvrit. Les traces de pas de Servaise commençaient à s'effacer. Elle voulut courir, happée par un mauvais pressentiment. Les enfants ? Elle ne pouvait les laisser ainsi seuls dans la maison. Elle rentra, ferma la porte et revint près du feu. Impossible de s'asseoir. Elle se mit à marcher d'un bout à l'autre de la pièce. Onze heures sonnèrent.

Servaise avança vers la forme allongée. Elle était trop loin pour distinguer les détails. Sa seule certitude : un corps gisait bien contre le mur, étalé de tout son long. Elle eut peur et fut gagnée d'une profonde tristesse. Ses joues rougies par le froid laissaient couler une larme.

- Monsieur, Monsieur !

De cette croisée de rues, elle pouvait apercevoir l'enseigne de l'auberge Lacroix. Une lumière coulait sur la neige de la rue. Elle indiquait que l'on ne dormait pas encore, que la grande salle n'avait pas éteint ses chandelles. Demander de l'aide à l'aubergiste. Elle le savait ami de son maître. Elle regarda encore la masse sombre. Elle restait inerte. Elle courut en direction de l'auberge. Elle ne toqua pas mais entra essoufflée.

- Maître Lacroix, maître Lacroix ! Venez-moi en aide ! Monsieur, notre pauvre Monsieur !

Devant la cheminée, Thérèse se laissa choir dans la bergère. Les années de mariage n'avait point entamé son amour. Elle appréciait la délicatesse de Jean-Baptiste, sa bonne humeur, son sourire permanent, son attachement à ses fils. Elle avait été émue à voir ses yeux humides lorsqu'il évoquait sa mère Rhodène-Angélique Dherer, décédée un an avant leur mariage. Jean-Baptiste ne se cachait pas derrière le masque de sa fonction, de sa charge. Il était un homme moderne face aux tempêtes de la vie qu'il fallait affronter de face. Mais que faisait-il donc si tard ? Quelle impérieuse nécessité faisait obstacle à son retour en sa demeure, une nuit si neigeuse ?

Elle ne pouvait voir, ni même imaginer, le visage dur, les yeux injectés de sang, de Barthélémy Serdant.

35

Saint-Gaudens
Le dimanche 9 janvier 1763
La nuit

Un bruit alerta Thérèse. On marchait dans la rue. Jean-Baptiste ? Elle se rua vers la porte. Passant devant la fenêtre, elle vit une silhouette s'approcher. Un large chapeau couvrait un homme enveloppé d'un manteau. Il s'approcha du carreau. Thérèse frémit. D'un geste vif, elle se plaqua contre le mur. L'homme colla son visage à la fenêtre. Il cherchait à voir à l'intérieur. Un coup de vent souleva ses longs cheveux. Une horrible cicatrice barrait sa tempe. Thérèse vit une lame se diriger vers la jointure des deux battants. L'homme cherchait à l'enfoncer. Elle voulut crier mais aucun son ne surgit de sa gorge. Le pistolet de Jean-Baptiste était dans les mains de Servaise. Son épée n'était pas suspendue. Et que pouvait-elle en faire ?

Jean-Baptiste lui racontait des méfaits homériques. Au marché, elle entendait parler d'attaques, de crimes. Elle frissonna. L'homme allait et venait. Sa silhouette cherchait une entrée. Elle le sentit derrière la porte heureusement massive et verrouillée. Il s'éloigna. Plus un mouvement. Elle resta contre le mur, près de la fenêtre, tétanisée. Elle pouvait voir sans être vue. Cela ne changeait rien au danger. Elle n'osa pas se déplacer vers la cheminée. La lumière du feu trahirait sa présence.

Elle regarda le grand chandelier posé sur la table. Pour une fois, elle trouva que les bougies se consumaient trop lentement. Elle espérait leur évanouissement progressif, tout comme le sommeil des bûches encore trop actives. Les flammes maintenant modestes, trouvaient encore la force de projeter, sur les murs et le plafond, les ombres géantes des bergères et du candélabre. Des figures monstrueuses envahissaient la pièce, écrasaient Thérèse figée dans son angoisse.

Un choc. Elle réprima son cri, la main sur la bouche. Un deuxième coup. L'homme cherchait à forcer la porte d'entrée. Un troisième. Le silence. La défense résistait. La silhouette passa à nouveau devant la fenêtre. Thérèse glissa le long du mur. Elle poussa légèrement la porte de l'office qui grinça. Elle saisit l'un des couteaux de Servaise, celui qu'elle utilisait pour découper les volailles. Soudain, elle réalisa que la petite porte qui donnait sur la cour intérieure n'était peut-être pas verrouillée. Et la porte cochère, était-elle fermée ? Elle se précipita. Elle tira le verrou pour la bloquer. Un coup la fit sursauter. L'homme avait repéré cette ouverture et s'apprêtait à entrer par cette faille de défense. Une petite fenêtre très haute, protégée par des barreaux, donnait habituellement de la lumière à l'office. Heureusement, la pièce était sombre. On ne pouvait donc la voir, d'autant que le haut du chapeau apparut dans l'encadrement. L'homme avait certainement déplacé un tonneau contre le mur pour se hisser vers cette ouverture heureusement condamnée par sa grille de solide métal.

Elle referma sur elle la porte de l'office. Elle tira avec peine un banc massif pour la bloquer. Le couteau à la main, elle écoutait le moindre bruit. Le temps lui sembla ne jamais vouloir s'écouler. Que faisait Servaise ? Et son époux ? Avait-il été attaqué ? Et la cuisinière de même ?

Comme une bête traquée, tous ses muscles en alerte attendaient le signal pour l'aider à bondir. Elle ne se laisserait pas attaquer sans se défendre. Le loup pouvait bien montrer ses crocs, elle tenait un dard puissant entre ses doigts.

À nouveau un bruit dans l'entrée, atténué par la porte

de l'office, mais bien réel. On l'ouvrait. Elle entendit chuchoter. Ils étaient deux. Ne pas crier. Rester derrière le banc, dans le noir. Des pas sur le plancher grinçant. On marchait dans la grande pièce. Pire, on montait l'escalier, vers les chambres des enfants. Sortir avec le couteau, attaquer l'assaillant et protéger ses chers petits. Un assaut direct serait-il vainqueur ? La force brute triompherait de sa bravoure. Il fallait ruser. Elle fit glisser le banc sans bruit. Elle déverrouilla la porte de l'office. Elle l'entrouvrit. La lumière plus vive indiquait que l'on avait renouvelé les chandelles. L'assaillant devait chercher de l'argent, des objets de valeur. Le laisser s'en emparer et s'enfuir. Oui, certainement, mais ces pas dans l'escalier ? La menace se tournait sur les enfants. Si l'un d'eux se réveillait ! S'il criait ! Le voleur en danger l'égorgerait sans frémir. Elle faillit tomber mais se ressaisit à la faveur d'une rage qui monta en elle. Elle sortit de l'office en se plaquant contre le mur de l'entrée dont la porte avait été refermée. Elle glissa un oeil dans l'entrebâillement de la double ouverture du salon. Une silhouette en contrejour ! Servaise ! Se pouvait-il qu'elle soit complice de l'assaillant qui, maintenant, arrivait en haut de l'escalier ? Attendre le bon moment, tapie dans le noir, couteau en main. À nouveau, des pas dans l'escalier. Ils descendaient. Avait-il accompli son forfait ? Jean-Baptiste lui avait raconté le récent crime de Montréjeau. Aucun voisin, même les plus proches, ceux dont les maisons jouxtaient celle des victimes, n'avait entendu le moindre cri. Elle frémit entre angoisse et colère, désir de se ruer en criant et celui de rester en embuscade.

    La porte de l'escalier s'ouvrit lentement, comme si l'on voulait éviter de faire le moindre bruit. C'est à ce moment-là qu'elle vit son visage. Elle sombra d'un coup. Elle s'affaissa, évanouie.

36

Saint-Gaudens
Le dimanche 9 janvier 1763
La nuit

À l'auberge Lacroix, on discutait ferme. Tous ces crimes horripilaient. Les quelques hommes attablés autour d'un verre, demeuraient-ils encore là par plaisir de la discussion, malgré l'heure avancée, ou parce qu'ils redoutaient de sortir seuls pour rentrer chez eux ?

Minuit sonna lourdement à la collégiale. Le son des cloches eut de la peine à se diffuser au-dessus des toits de la ville. Les flocons et la couche de neige sur les toitures les absorbaient.

Il est temps de rejoindre nos couches respectives, dit Lacroix qui ne pouvait plus s'empêcher de bâiller.

- Tu as raison ! Je me hâte de rejoindre mon édredon et ma Pétronille qui doit se morfondre, dit le maître perruquier, approuvé par le doreur Chausson.

- Cheminons ensemble, demanda ce dernier.

Ils saluèrent, se vêtirent chaudement, enfoncèrent leur tricorne avant de plonger sous les flocons maintenant plus gras.

Ils marchaient à grands pas. Passant devant la maison de leur ami Cathérinot, ils constatèrent avec surprise qu'elle était encore allumée. Mais ils ne s'attardèrent pas. La soirée avait été suffisamment dramatique pour ne point la prolonger encore.

À l'intérieur, Thérèse de Cap, épouse Cathérinot, gisait sur le sol. Servaise se pencha sur elle.

- Madame, Madame, réveillez-vous !

Elle la secoua. Thérèse ouvrit légèrement les yeux, puis complètement, d'un coup, tout en criant. Elle brandit la

lame que ses doigts crispés n'avaient pas relâchée.
- Tout doux !
Cette voix ! Elle sombra à nouveau.
Elle se réveilla dans sa chambre. Une chandelle brûlait sur un guéridon. Était-elle enfermée, prisonnière, pendant que les canailles fouillaient la maison ? Allait-on la soumettre à la torture pour qu'elle révèle où se cachait leur cassette ? On racontait les méthodes monstrueuses de bandits qui brûlaient les plantes des pieds pour faire avouer la cache des économies, même les plus modestes.
Elle se leva sans bruit. Elle s'approcha de la porte et fit tourner la poignée. Elle n'était pas verrouillée. Le couloir. Ne pas faire grincer le parquet. L'escalier se présentait là, devant elle, trou noir qui plongeait vers le bas, d'où montait le son d'une conversation chuchotée.
Elle posa son pied nu sur la première marche. Le noir absolu ne représentait pas un obstacle. Elle pouvait descendre les yeux fermés. Le second pied vint rejoindre l'autre, sur le même niveau. Elle sentit les veines du bois sous sa peau. Elle attendit. Elle n'avait plus son couteau. Comment faire ? Leur sauter à la gorge ? Les griffer ? Les mordre ? Se jeter dans la rue et hurler pour alerter le voisinage. Il faudrait réagir vite. Saisir un pot et leur jeter au visage avant de s'échapper ? Faire basculer une chaise pour les ralentir ? Tout se bousculait en elle. La descente fut longue, très lente, marche après marche. Un grincement la perdrait. Elle le savait. Elle retenait son souffle. Ses tempes battaient à tout rompre. Elle arriva en bas. Sortir tout de suite et hurler ? Entrer dans le salon et les attaquer ? Il fallait être fou ! Une femme contre deux bandits ! Sur la console en bois marqueté de l'entrée, un beau vase décorait sagement ce vestibule. Elle saisit lentement la bouquetière en faïence, fabriquée dans le petit village

proche de Martres. Elle la leva bien haut. Il faudrait d'abord assommer l'homme, puis sauter sur Servaise. Elle posa son pied sur le bas de la double porte du salon. Elle était entrouverte. Une chance. Elle se raidit. Soudain, elle poussa le battant qui s'ouvrit d'un coup. Elle hurla. Elle bondit dans la pièce en tenant le vase au dessus de sa tête. Les yeux exorbités elle visa l'homme qui se retourna d'un coup. Elle faillit mourir foudroyée. Jean-Baptiste !

- Voulez-vous me fracasser, ma bonne amie ? rit-il.

Thérèse se figea sur place. Rêvait-elle ? Le malin la possédait-il pour la tourmenter ?

- Madame, dit Servaise souriante. Vous voilà enfin réveillée !

Elle resta un instant figé sur place, les bras tendus, les mains crispées sur le vase.

- Vous transformez-vous en statue, mon amie ? Voilà donc une oeuvre de grande beauté. Comment se nomme l'artiste ?

Elle baissa lentement les bras. Servaise s'empara délicatement du vase qu'elle posa sur la table.

- Je vous présente mes sincères excuses pour ce long retard, chère Thérèse. Cela vaut-il pour autant de m'attaquer ainsi, de menacer mon crâne de cette faïence par ailleurs de grand prix ?

Ébranlée par la peur, elle se mit à trembler, regardant son époux et sa cuisinière. Elle se laissa tomber dans la bergère aux coussins moelleux. Elle soupira, ne pouvant quitter Jean-Baptiste des yeux.

- Peut-être aurez-vous la bonté de me livrer quelques explications ? dit-elle d'une voix faible.

- Rien de bien important. Sitôt notre réunion de francs-maçons achevée, je fus interpellé par un de nos Frères, propriétaire d'un moulin. Il souhaitait pouvoir améliorer le débit de la modeste rivière qui l'alimente. Nous nous abouchâmes chez Lacroix, pour ce qui devait être un court échange afin de fixer un rendez-vous. Mais l'homme m'entraîna dans un récit illustré de moult détails et je fus emporté comme un tronc dans la rivière de printemps. Ma passion de la chose me fit tracer quelques croquis sur ses descriptions du ruisseau. De fil en aiguille, nous ne vîmes pas le temps s'écouler. Survint alors Servaise, ayant découvert dans la neige un corps qu'elle crut être le mien. Nous nous précipitâmes dans la rue. Un malheureux, saisi par le froid, allait périr sans notre prompt secours. Nous le transportâmes chez le bon Lacroix. Nous l'installâmes près de la cheminée. Un bonne soupe au lard lui redonna vie. Nous aidâmes ensuite l'aubergiste au grand coeur à le conduire à l'étage, dans une chambre qu'il offrit pour son secours. Lacroix refusa que l'on vînt abonder sa caisse. L'aide du nécessiteux est un devoir, pour un franc-maçon, nous dit-il, comme pour s'excuser de sa bonté. Nous rentrâmes avec Servaise pour vous trouver évanouie.

- Il se trouve, mon tendre époux, que lors de votre absence, quelqu'un a cherché à pénétrer en notre demeure !

- Fichtre ! Les canailles ne se contentent plus d'attaquer sur les chemins isolés !

- L'affreux personnage portait une terrible cicatrice à la tempe.

Jean-Baptiste se figea net, tétanisé.

- Où se trouvait cette balafre ?

- Sur la tempe !

Cathérinot se précipita vers la fenêtre. Il regarda si la rue était bien déserte. Il l'ouvrit d'un coup sec. Il saisit les volets et les referma sans délai. Il les verrouilla.

- Désormais, Servaise, vous fermerez dès la nuit tombée.

Il s'assit dans l'une des bergères près du feu.

- Je me dois de vous mettre en alerte. Je me suis lancé à la poursuite d'un criminel redoutable…

- Cet homme à la cicatrice ? coupa Thérèse.

- Si fait.

- Mais quelle impérieuse raison vous a conduit à mener cette entreprise risquée qui n'est point de votre ressort ?

- Je ne sais ce qui a poussé en moi au point de convoquer ma morale. J'ai été bouleversé par l'assassinat d'un Prussien sur la lande de Landorthe.

- L'affaire du loup ne vous a donc pas servi de leçon ?

- Je ne puis accepter que l'honnête homme soit la proie du vice. J'exècre la violence. Elle nous enferme dans notre animalité. Voyez les lumières des sciences. Elles nous révèlent chaque jour les beautés du monde, ses possibilités de vivre dans un jardin d'Eden. Nous vaincrons les maladies, j'en suis certain. Nous éradiquerons les épidémies. Nous ferons taire les canons. Et nous soignerons les âmes corrompues par des fureurs malsaines. La justice n'est-elle pas l'un des remèdes qui pourrait nous éloigner des vengeances séculaires ? Traduire le coupable devant le parlement des hommes sages qui examineraient les détails afin de convoquer la lumière, n'est-ce pas une noble entreprise ?

- Je retrouve bien là votre idéalisme, mon cher. Ce faisant, sans en être mandaté, donc dépouillé du bouclier de la fonction et de la loi, ne craignez-vous pas nous avoir mis en danger, vous, moi, nos enfants et même cette bonne Servaise ?

- Je consens à la critique. Elle est fondée. Mais je ne puis revenir en arrière. J'étais chasseur, je deviens une proie.

- Vous devez maintenant en référer au Sénéchal. C'est là son affaire.

- Si la famille du Prussien ne saisit pas la justice du

Roi, nous ne pouvons rien faire de plus.

- Alertez les Consuls, la maréchaussée, l'Intendant qui vous a à la bonne ! Que sais-je de vos possibles renforts ?

- Il ne se peut ! J'en suis marri mais j'ai outrepassé mes attributions et risque une révocation. Mon escapade en Espagne n'est pas encore réglée, grâce à la protection de d'Étigny. Rajouter un poids à la charge qui m'accable m'enfoncerait dans les profondeurs de la disgrâce. Je me dois de taire cette affaire, et trouver par moi-même les solutions.

- Quoi alors ? Allons-nous déménager à Latoue chez mes parents ? Leurs nombreux domestiques seraient une protection.

- Vous et les enfants y serez à l'abri. Pour ma part, je ne puis déserter mes travaux et reste vulnérable lors de mes déplacements en montagne.

- Voulez-vous que je demande à mon frère de nous rejoindre ? avança Servaise. Il est fort et agile, comme tous les hommes du Larboust. Il serait un renfort efficace.

Dehors, la neige tombait plus encore. À l'angle de la rue, bravant les flocons, Barthélémy Cerdant, ivre de colère, enrageait de n'avoir pu s'introduire dans la demeure de ce Cathérinot de malheur. Une chaleur brûlait en lui. Il ne sentait pas la morsure du froid sur son visage rougi. Demain lui donnerait une autre opportunité. Il ne pouvait risquer d'être démasqué, pourchassé, peut-être saisi par corps pour subir son trépas sous la torture de la question.

37

Saint-Gaudens
Le lundi 10 janvier 1763
Le matin

Le heurtoir percuta sans réserve. On toquait à la porte de la maison Cathérinot. À l'office, Servaise déployait son talent pour rôtir une volaille. Jean-Baptiste se préparait à sortir. Il devait se rendre chez le perruquier. Il ouvrit la porte. Un jeune homme le salua et lui remis un pli cacheté. Cathérinot lui donna une pièce avant de refermer sur le froid qui n'eut pas le temps de s'engouffrer. Il se dirigea vers sa table de travail, dans ce salon qui jouxtait la grande salle. Une table de belle taille occupait le centre. Il s'assit et glissa la lame du coupe-papier pour l'ouvrir. Il déplia le billet et se réjouit en voyant la signature de son ami Bertrand de Fondeville.

En quelques mots efficaces, le seigneur de Marignac lui indiquait passer à Saint-Gaudens en fin de matinée dans la diligence de Toulouse, pour se rendre au château de la Terrasse à Carbonne. Il y négociait des laines avec le maître de la manufacture. Il proposait à l'ingénieur de se joindre à lui. Ce faisant, celui-ci pourrait espérer obtenir des informations sur le radelier à la cicatrice. La proposition réjouit Cathérinot. Il pourrait, en outre, mieux observer les aménagements du port de déchargement devant les bâtiments. Il regarda l'horloge. Deux bonnes heures devant lui. Il avait encore le temps de poursuivre son travail.

Il saisit son compas. Il écarta les branches pour placer les pointes sur deux graduations de son échelle. Il traça une ligne avec une règle. Il reporta plusieurs fois l'écart du compas pour tracer un point. Il venait de dessiner l'écart entre les deux rives. Il ouvrit son carnet. Pas celui qui se protégeait d'une couverture verte et portait des croquis de bâtiments, une étude graphique sur des portails d'église, des dessins de paysages, et en particulier une suite sur le pic du Gar et ses falaises, une autre sur le pic de Cagire dont il avait saisi l'importance symbolique pour les populations locales. Il observa son croquis. Il mesura, reporta. Il traça la courbe d'une des rives. Il nota les hauteurs relevées sur le terrain. La route devait contourner cette colline avant de bifurquer sur la partie la plus étroite de la rivière. La passerelle de bois à construire coûterait moins cher en cette place. Sa grande feuille s'enrichissait de traits et de chiffres.

Cathérinot mesurait la force d'un dessin, d'une carte, d'un plan. Ils racontaient mieux que de longues et pénibles descriptions, passage obligé lorsqu'il évoquait des aménagements avant leur traduction graphique. Faute de traits et de couleurs, il devait trouver les mots justes pour que son interlocuteur, souvent d'Étigny, élabore en lui l'image des lieux.

Le tintement cristallin de l'horloge et le fumet de la volaille qui rôtissait lentement dans la cheminée le tirèrent de sa plongée dans le tracé de son plan. Midi approchait, en même temps que la diligence.

Il retrouva Thérèse qui lisait près de l'âtre.

- Je vous abandonne, ma mie. Mon cher de Fondeville se rend à Carbonne et m'a invité à l'accompagner. Ainsi pourrais-je dessiner certains aménagements du port de la manufacture.

- Et investiguer !

- Si peu, si peu ! Un soupçon d'observation ! Que dis-je, une pincée de questions...

- Me prenez-vous pour une sotte, mon ami ? dit-elle de sa voix douce, agrémentée d'un irrésistible sourire qui rassura Jean-Baptiste.

- Comment pourrais-je ainsi mépriser votre intelligence, votre finesse, votre...

- Il suffit, Jean-Baptiste, coupa-t-elle en passant du sourire au début du rire. Cessez-donc de vous moquer !

- Me moquer ? Moi ? Comme vous y allez !

Ils échangèrent ainsi quelques passes à fleurets mouchetés, en riant, puis en s'embrassant avec ferveur.

- Père !

Du haut de ses quatre ans, le petit Jean-Jacques, que toute la famille surnommait Jacquau, fit son entrée dans la salle.

Jean-Baptiste le prit dans ses bras et le souleva à sa hauteur.

- Voilà bien mon géant de fils aîné.

Il le serra contre lui avant de le reposer avec douceur.

- Mère ! appela Jacquau en se jetant sur elle qui venait de se rasseoir.

- Venez vous réchauffer près de moi, mon tout petit.

- Avez-vous ma toupie ? demanda-t-il d'une voix implorante, en nichant sa tête sur la poitrine de sa mère.

- Courez la demander à Servaise !

Jacquau fila vers l'office.

- Voilà la nouvelle génération qui nous oblige, mon amie, dit Jean-Baptiste. Pour elle, nous devons œuvrer avec zèle et rendre la vie plus facile, plus juste, plus harmonieuse...

- Êtes-vous en train de prêcher comme ce bon chanoine Giscaro ? sourit-elle avec malice. Trois couvents dans cette petite ville devraient vous permettre d'entrer aisément dans les ordres !

Cathérinot éclata de rire.

- Et me priver de vous ? De nos transports amoureux ?

La chose est impossible !

- Me voilà rassurée ! dit-elle en fronçant les sourcils dans une mimique outrée mais factice, car trahie par le regard vif et la bouche malicieuse.

- Je serai de retour ce soir, avant la nuit. En passant à l'auberge, je vais demander à Lacroix de dépêcher ici un homme de confiance pour vous protéger.

- Vous réduisez mes tourments, mon ami, mon chevalier servant.

- Encore un compliment et je ne pourrai m'extraire de vos filets et de vos charmes, dit-il en se couvrant de son manteau brun clair et de son tricorne noir.

Dehors, il ne neigeait plus. Le vent glacial tourmentait les rares passants. Cathérinot fila vers l'auberge. Il ne pouvait remarquer Barthélémy Serdant caché contre le mur du couvent. L'homme observait les rares allées et venues dans la rue, devant la maison de l'ingénieur qu'il vit passer. Une chance. Il le suivit du regard. Puis, il sortit de sa cachette pour le suivre. Il le vit entrer dans l'auberge. Attendre qu'il ressorte et l'attaquer dans un coin de rue déserte.

- Mon cher Frère Lacroix, j'ai un service à te demander.

- Considère qu'il t'est acquis, sauf si tu me demandes de te conduire sur la lune !

- Tu sais que ma famille est en danger depuis que je traque ce radelier homicidaire.

- Si fait. Ton courage est exemplaire, mon chez Frère.

- Connaîtrais-tu un homme sûr que je pourrais engager pour nous protéger ?

- Je puis te proposer un solide gaillard d'un loyauté absolue.

- Ses gages seront les miens. Je ne regarderai pas à la

dépense.

Lacroix appela son fils. Il lui donna quelques consignes. Le petit s'habilla chaudement et sortit aussi vite qu'une souris poursuivie par un chat affamé.

Lorsqu'il revint, il était accompagné d'un robuste brassier, habitué à louer ses bras dans les taches les plus diverses. Jean-Baptiste lui expliqua ses attentes. Il ne minora pas les dangers de la mission. Ils se tapèrent dans les mains. Accord conclu. Cathérinot insista pour payer une semaine d'avance. Il tira plusieurs pièces de sa bourse.

Serdant réfléchissait. Cathérinot éloigné, la maison redevenait vulnérable. Personne n'imaginerait une attaque en plein jour. Il frapperait. Lorsqu'on ouvrirait, il sauterait à la gorge de la cuisinière, l'égorgerait d'un coup avant de faire son sort à Madame Cathérinot. Les enfants suivraient. Dans la place, il attendrait le retour de l'ingénieur pour l'occire chez lui, loin de tout regard. Ensuite, fouiller la maison à la recherche de pièces. S'éclipser à la faveur de la nuit.

Il quitta son poste d'observation pas très loin de l'auberge pour revenir chez les Cathérinot. La capuche de sa cape masquait son visage toujours couvert du foulard. En dessous, il regarda. Il croisa quelques personnes qui ne relevèrent pas la tête pour saluer, trop pressées de rentrer ou d'arriver à destination. Il passa devant la porte de l'ingénieur sans s'arrêter. À quelques pas de là, il se retourna. Personne. La rue était vide. Il se rapprocha de la porte. Avant d'agiter le heurtoir, il saisit sa lame. Ses doigts fermes, quoiqu'endoloris par le froid, se crispaient sur le manche. Il plaça sa main gauche sur le heurtoir de métal forgé. Il le souleva lentement, tout en dégageant son manteau de l'épaule droite d'un geste de bras. Il le leva pour donner force au premier coup, dès que la porte s'ouvrirait.

Dans la diligence qui roulait sur la belle route royale de Montréjeau à Saint-Gaudens, Bertrand de Fondeville calculait.

- Ces nouvelles toisons de Benasque ont la qualité nécessaire pour en obtenir un bon prix, se dit-il.

Il se réjouissait d'avoir installé, sur le versant espagnol, plusieurs hommes à lui qui traquaient les meilleurs produits. Son inquiétude venait de l'attitude agressive d'un marchand de bois de Saint-Béat. Une sombre brute. Ce Martin commerçait le bois et visait maintenant celui de la laine. Un concurrent aux méthodes rudes. Il devait se méfier de cet homme.

Il se réjouit à l'idée de retrouver ce bon Cathérinot. Sa gentillesse, sa compétence dans la menée de sa mission, avaient transformé sa vision de la société des francs-maçons, que son père lui avait présentée et dans laquelle on l'avait invité. Il avait refusé, soupçonnant quelque complot contre la religion et le Roi. Mais la présence, dans leurs rangs, des hommes qui comptaient dans le Comminges et le Nébouzan avait ouvert un doute.

Lucide, il se disait que l'image était trop belle, trop parfaite, trop idéale pour traduire une vérité sans tache. Dans cette honorable société, il devait bien se nicher quelques intrigants, quelques coquins, quelques opportunistes assez adroits pour se masquer derrière les mots de la vertu. N'y avait-il pas, en ce royaume, des Évêques douteux, avides et calculateurs ?

Que penser de l'attitude de Cathérinot, de la courageuse mise en accord de ses idées avec l'engagement à poursuivre l'assassin de ce sympathique charpentier prussien qui avait réparé son toit de main de maître ?

La diligence s'arrêta devant le relais de poste, activant le manège des commis qui dételaient les chevaux pour les remplacer.

- De Fondeville, mon ami !

Le seigneur baissa un peu la vitre.

- Entrez vite avant que le froid ne prenne votre place.

Jean-Baptiste ouvrit la portière, se hissa grâce au marchepied et pénétra dans la caisse. Il s'installa face à son ami, qui lui tendit une toison à placer sur ses jambes, comme lui. Un homme et une femme vinrent les rejoindre. Tous se saluèrent. Il ne fallut pas attendre longtemps avant que le postillon, juché sur le premier cheval, ne hurle le signal de départ.

38

Cazères
Le même jour.
Le lundi 10 janvier 1763

La diligence avait fait une halte à Cazères. Durant le trajet, de Fondeville et Cathérinot avaient modifié leur plan. Avant le rendez-vous de Carbonne, ils feraient halte à Cazères pour se rendre dans son port. La recherche du radelier pouvait y être fructueuse. Une foule d'ouvriers s'activaient dans la construction de barques. Bertrand de Fondeville savait que les trains de radeaux faisaient une halte importante à Cazères. Les marins trouvaient le gîte et le couvert dans ce port. Ils étaient payés avant de retourner vers la vallée de Saint-Béat. Les convois de bois à brûler changeaient alors d'équipage pour rejoindre Toulouse. Cependant, certains conducteurs poursuivaient eux-mêmes vers la grande ville gourmande de matériaux. L'homme à la cicatrice se trouvait peut-être en ces lieux, ou les avait fréquentés. Les tavernes livreraient certainement de précieux indices.

- Il vous faudra louer des chevaux pour la fin du voyage, avertit le maître du relais de poste. Et, par ce froid, abandonner le confort de la voiture, n'est-ce pas risqué ?

- Une affaire urgente et imprévue nous oblige, lâcha Jean-Baptiste, pour se débarrasser des questions incongrues du maître, qui semblait vexé de cette désertion.

- Avez-vous souffert du froid dans la caisse ?

- Pas le moins du monde, vous dis-je. Connaît-on meilleur confort pour voyager ? Votre service est remarquable, brave homme.

Rassuré, il revint houspiller les commis, trop lents à son

goût.

Bertrand et Jean-Baptiste traversèrent la petite place couverte d'une halle, dépassèrent l'église, puis s'insinuèrent dans une ruelle. Elle devint un chemin qui les mena vers Garonne, au port de la Baze. Une passerelle leur permit de franchir le canal qui les séparait d'une île le long de laquelle les radeaux étaient amarrés. Ça s'activait en tous sens.

Quelques barques à quai chargeaient du bois à brûler, qu'elles livreraient au Port Gareau de Toulouse. La ville en pleine extension devenait une gloutonne avide des arbres des Pyrénées. Mais pas que pour alimenter les fourneaux et les cheminées. Les pièces de charpente arrivaient par radeaux entiers.

Jean-Baptiste et Bertrand s'approchèrent d'embarcations. On pouvait les prendre pour des marchands en recherche d'un équipage et d'une embarcation pour un transport. Les radeliers s'affairaient. Il en était qui associaient plusieurs plateformes en trains. D'autres vrillaient des tiges de jeune chêne pour fabriquer des endortes. Ces cordages souples, solides et résistants à l'eau, permettaient de joindre entre eux les troncs du radeau.

Chercher la cicatrice sur un visage. Le froid ne facilitait pas la quête. Les hommes enfonçaient mieux encore leur bonnet, cachant ainsi le haut de leur tête et les oreilles. Ils s'activaient pour ne pas geler sur place. En ralentir un ou deux pour les interroger ne pouvait s'envisager. Alors, ils se contentèrent d'observer, tout en cheminant sur la rive.

Pendant ce temps, à Saint-Gaudens, Madame Cathérinot demandait à Servaise de monter à l'étage pour s'occuper des enfants. La gouvernante déposa une bûche dans la cheminée, entre les chenets. Elle tisonna et grimpa l'escalier.

Il était temps pour Madame de rédiger son courrier. Elle avait fait installer un petit écritoire en bois marqueté, à l'angle de la pièce, devant la fenêtre qui donnait sur la rue. Le dernier numéro de son abonnement au Mercure de France attendait, ouvert. L'article qu'elle venait de lire l'invitait à échanger avec une de ses amies de Toulouse. Que pensait-elle des propos de son auteur ? En partageait-elle les arguments ? Elle aurait aimé en discuter avec elle, ici même. Mais les rigueurs de l'hiver obligeaient à se terrer au chaud.

Elle venait de tremper sa plume quand on heurta à la porte.

- Qui vient à cette heure ? se dit-elle.

Elle attendit un instant, pensant que Servaise allait ouvrir. On toqua une nouvelle fois. Elle se ravisa. Gervaise s'occupait des enfants à l'étage. Elle reposa sa plume. On frappa une nouvelle fois, mais plus vite, plus nerveusement.

- Quelle est donc cette urgence ? se dit-elle.

Elle hâta son pas vers le vestibule.

Elle déverrouilla.

Elle ouvrit la porte. Elle le vit là, en face d'elle, encadrant la porte. La vapeur de son souffle humide, chargé de senteurs âcres d'ail, lui parvint en pleine face. Elle grimaça. Elle hurla !

À Cazères, Jean-Baptiste et Bertrand venaient d'interroger quelques brassiers qui chargeaient ou déchargeaient les embarcations. Personne ne connaissait de marin à la cicatrice. Pourtant, l'un d'eux affirma l'avoir déjà vu. Mais lorsque Cathérinot l'interrogea plus avant, l'homme lui demanda un paiement contre témoignage. Les affaires judiciaires avaient recours à ces rétributions.

- Il ne s'agit pas d'un procès au Sénéchal, coupa Bertrand de Fondeville.
- Vous n'êtes pas de la justice du Roi ?
- Nous investiguons pour notre compte.
- Que m'importe si vous me payez !
- Que savez-vous de cet homme ?
- Que me donnerez-vous en retour ?
- Nous verrons si l'information a une valeur. Nous la soupèserons.
- Que nenni ! D'abord vos pièces. Voulez-vous un quart de preuve ? Une demie ? Une entière ? Le tarif n'est pas le même.

L'échange renforça le sentiment de la rouerie. L'opportuniste dirait ce qu'ils souhaitaient entendre. Ils abandonnèrent le marchandage. L'individu en colère les paya en retour de quelques insultes gasconnes que seul Bertrand put comprendre.

- Inutile de vous traduire, mon ami, répondit-il à Cathérinot. La bouche de ce bougre n'est pas fleurie de poésie.

À quelques pas de là, une barque à fond plat recevait les passagers qui allaient traverser Garonne par ce bac.

- Notre homme a peut-être emprunté ce pas, dit Cathérinot.
- Prenons-le pour interroger le passeur, approuva de Fondeville.

Ils grimpèrent. Le *barquéjaïre*[46] vérifiait l'accroche du câble tendu entre les deux rives. Puis, il s'approcha des passagers pour percevoir le droit de passage, en distinguant bien les habitants pour lesquels le service était gratuit, et les étrangers. Il donna son tarif à Bertrand et à Jean-Baptiste qui extirpèrent chacun une pièce de leur

---

[46] Passeur.

bourse.

- Dites-donc, brave homme, avez-vous fait passer récemment un *carrassaïre* portant une cicatrice sur la tempe ?

- Ah ça, non ! Ces marins n'ont pas besoin de mon bac pour traverser.

Sans transition aucune, il saisit la traille[47], tira sur elle. Puis il agrippa une solide perche, la plongea dans l'eau et poussa de toutes ses forces. Le bac bougea légèrement. Il se reliait au câble par deux cordages terminés par des poulies, un à l'avant, un à l'arrière. Ainsi, il ne serait pas entraîné par le courant.

Arrivés sur l'autre rive, ils voulurent interroger à nouveau le *barquejaïre*. Mais celui-ci s'éloigna, alors qu'un autre venait le remplacer pour le passage de retour. Ils ne descendirent pas de la barque, alors que deux paysannes montaient avec leur petit panier rempli d'œufs. Le passeur vint demander son droit aux deux étrangers emmitouflés dans leur manteau. Jean-Baptiste en profita.

- Avez-vous vu un *carrassaïre* défiguré par une méchante cicatrice ?

- Pour sûr, dit l'homme en prenant la perche.

- Où donc ?

Il força pour démarrer. Il poussait et son visage s'empourpra. Enfin, la barque avança. Il appuya de toutes ses forces pour profiter de ce premier élan. Puis, il replongea la perche et s'arc-bouta sur elle en soufflant. Il fallut attendre le milieu du fleuve pour qu'il reprenne la parole, sans pour autant abandonner sa manoeuvre de force.

- Voilà un sombre individu...

Il releva la perche et la replongea.

---

[47] Câble.

- Fuyez une telle crapule ...

Le courant devint un peu plus puissant. Il tendit les deux câbles reliés à la traille. Le passeur se concentrait sur sa manœuvre. Il fallait attendre l'arrivée sur la rive de la ville.

Enfin, il amarra le bac et tous descendirent.

- Pourquoi le qualifiez-vous ainsi ? fit mine de s'étonner Jean-Baptiste.

- C'est le diable en personne. Pour un rien, une simple dispute, il s'est battu à l'auberge Garrigue. Cette crapule a sorti une lame. Il était à deux doigts d'occire son adversaire. Il ne le blessa qu'à la main et dut s'enfuir au plus vite, faute de subir une bastonnade de l'assistance.

- Quand a eu lieu cette rixe ?

- Comptez bien deux bons mois. J'étais dans la salle. J'ai vu son regard de feu et cette cicatrice. L'homme est dangereux. Faites prudence à l'approcher. Mesurez vos mots. L'individu est chatouilleux.

Après quelques remerciements, Cathérinot et de Fondeville allaient remonter vers le centre de Cazères quand ils virent quelques personnes sortir d'une maisonnette. Le petit groupe monta dans une barque amarrée.

- Peut-être pourrions-nous descendre nous aussi Garonne jusqu'au port de Carbonne ?

- Excellente idée. Hâtons-nous !

Ils coururent jusqu'à la petite maison de planches, acquittèrent le droit de transport, traversèrent le quai et franchirent, cette fois plus lentement, l'étroite passerelle de bois posée entre le quai et la barque. Tomber dans cette eau sombre et glaciale serait redoutable.

Dès le départ, les deux hommes regrettèrent leur imprudence. Au fond, un cheval eût été préférable. Garonne se nappait de bancs de brouillard gelé dans lesquels ils pénétraient au gré du courant et de la dextérité du pilote. Des fantômes de branches d'arbres marquaient les rives.

Les cinq personnes qu'ils avaient rejointes dissertaient sur le destin funeste qui les avait fait rater le départ de la diligence. Obligées par leur affaires, elles n'avaient plus que ce recours pour arriver à Toulouse au plus vite. C'était des marchands, à l'évidence. Il fallait bien l'attrait du commerce pour pousser ces quidams à pareille audace. Dans cette purée de pois, une branche entre deux eaux saurait les faire chavirer. On parlait pour se réchauffer et se réconforter mutuellement. Mais on ne quittait pas des yeux la surface de l'eau, à peine visible devant l'embarcation. On n'en disait rien mais on guettait le moindre obstacle flottant. Parfois, de la rive, parvenaient les paroles tamisées d'hommes au travail. Elles glissaient entre brume et clapotis du fleuve. Un poète embarqué eût imaginé bien des monstres dans ces masses sombres qui se transformaient à mesure de l'avancement de la barque. Ils ne l'étaient pas, loin s'en fallait.

Jean-Baptiste et Bertrand tentèrent de nouer conversation, de questionner au détour d'une phrase anodine. Nouvelle défaite. À part les cours du bois, de la pierre, de la chaux, de certains tissus, les obstacles au commerce, la lourdeur des taxes et la myriade d'empêchements à s'enrichir, rien d'autre n'accrochait, à part quelques digressions sur les dangers de la rivière. Le chemin à parcourir n'était pas long. La navigation n'en parut que plus lente, non point que le courant fût atone mais que le pilote dirigea avec prudence.

À Saint-Gaudens, la porte de la maison Cathérinot venait de se refermer brutalement. Le claquement sourd et inhabituel fit sursauter Servaise.

39

Carbonne
Le lundi 10 janvier 1763

La barque fit escale au port du château de la Terrasse. Bertrand de Fondeville et Jean-Baptiste Cathérinot sautèrent lestement sur le quai. Les autres se blottirent les uns contre les autres, priant le pilote de repartir au plus vite. Personne n'attendait l'embarquement. Il poussa donc sur la rame pour s'éloigner de la rive et reprendre la faible énergie du courant. Le brouillard dévora la silhouette sombre de la barque.

Ça s'affairait sur le pré qui bordait le port. On avait déchargé des ballots d'un radeau amarré. Aux cris puissants, Jean-Baptiste devina qu'un autre allait surgir du brouillard pour accoster. Des hommes l'attendaient. Ceux qui déchargeaient portaient tous un bonnet rouge et un manteau en peau de chèvre. Sans même se parler, les deux amis s'insinuèrent dans le groupe des marins qui allaient et venaient. Pas la moindre face à cicatrice en vue.

Ils s'éloignèrent du fleuve en direction du château. Habitué des lieux, Bertrand avança vers un très haut mur formé de galets de Garonne qui s'empilaient avec régularité. Ils alternaient avec des lignes de briques parfaitement horizontales. Leur rouge sombre formaient des bandes qui contrastaient avec les pierres rondes, lisses, blanches et leur mortier intercalé. En fin observateur, Jean-Baptiste avait constaté les diverses solutions dans la construction des maisons. Plus on s'éloignait de la montagne et moins on trouvait de murs de pierre, au profit de la brique. Ici, elle cohabitait encore avec le minéral, mais pas le caillou aux arêtes saillantes qui disait la rudesse d'un pays de torrents. La rondeur du galet érodé par le fleuve portait en lui l'assagissement de la plaine. C'est du moins ce que pensait l'ingénieur, sans se départir d'une naïveté consolatrice des drames qu'il constatait.

Une énorme bouche sombre se dessina peu à peu. Elle semblait vouloir engloutir des silhouettes qui passaient devant elle. En s'approchant, Jean-Baptiste, toujours l'œil aux aguets, regrettait de n'avoir pas son carnet de croquis : il venait de découvrir une gigantesque arche au cintre de briques. Le tunnel géant s'enfonçait sous le château.

Soudain, à la faveur d'une petite humeur venteuse, la tour de la bâtisse surgit du brouillard au-dessus d'eux. Puissante, elle se détachait légèrement de la façade.

- Je doute fort que le marquis Pierre-François d'Haupoul soit en sa demeure.

- En voyage ?

- Un capitaine des grenadiers n'est-il pas assuré de toujours parcourir le monde, d'un champ de bataille à l'autre ? Depuis la défaite de Cassel et la capitulation de nos troupes en novembre dernier, il n'est pas encore reparu à Carbonne. Est-il blessé, ou prisonnier ? Nul ne le sait.

Les deux hommes longèrent le haut mur qui retenait le sol et formait la première terrasse.

Bertrand de Fondeville avait déjà parcouru le jardin à la française qui décorait le château de ses platebandes taillées avec une rigueur géométrique qui ne déplairait pas à Cathérinot.

Ils poursuivirent vers le nord. La tour les surplombait maintenant. Ils croisèrent des charrettes chargées de ballots de pièces de tissu.

À l'angle de l'édifice, ils remontrèrent ce flux en bifurquant vers l'intérieur des terres. Le grand bâtiment de la manufacture royale s'imposa dans leur champ de vision. Des portes en arches ouvertes sortaient des tissus regroupés en balles.

S'approchant encore, ils entendirent les cliquetis des métiers à tisser. La puissance de ce bruit indiquait qu'ils étaient très nombreux, peut-être une bonne centaine.

Sur la façade, un escalier double conduisait à l'étage. Il s'élevait, massif, bordé non point d'une rambarde en fer forgé comme à Saint-Mamet, mais d'un mur plein, lui aussi en briques. En dessous, une ouverture en arche surmontée d'une clé de voûte en pierre, menait à des entrepôts.

Bertrand de Fondeville poussa la porte pour se retrouver dans une grande salle occupée par des écritoires et leurs commis aux écritures. Aucun ne leva le nez de ces colonnes de chiffres. Cathérinot le suivit lorsqu'il frappa à une porte, au fond de cette pièce. Le seigneur de Marignac connaissait les lieux. Il entendit une voix qui l'invitait à entrer. Il poussa la porte et pénétra dans le bureau du maître des lieux.

- Marcassus mon ami, quel plaisir de vous voir !

- Entrez donc, cher de Fondeville, dit-il en se levant de sa table de travail généreusement éclairée par deux chandeliers en mission de lutter contre l'obscurité d'une journée saturée de brouillard.

- Je vous présente mon ami Cathérinot, sieur de Nose-Feré, ci-devant ingénieur à Saint-Gaudens.

- Un homme précieux ! répliqua en saluant. Prenez place, je vous prie.

Nicolas Joseph Marcassus appela un commis qui vint promptement recharger la cheminée.

- Ainsi donc, Monsieur l'ingénieur, vous exercez vos talents à Saint-Gaudens et venez observer le port de la Terrasse, je présume.

La remarque toute en finesse de cet homme de la quarantaine, le front haut sous une perruque sobre mais correctement poudrée, s'accompagnait d'un regard vif émanant de grands yeux clairs. Elle troubla Jean-Baptiste qui eût préféré passer pour un accompagnateur discret de Bertrand de Fondeville.

- Ce ne sont que des premiers contacts avec un site que je ne connais pas encore, comme ma charge me l'impose.

- Une mission des plus utiles, mon ami, sourit Marcassus qui s'était rassis, comme ses interlocuteurs. Nous devons beaucoup à un Inspecteur des Manufactures et Tissus qui siégeait lui aussi à Saint-Gaudens. Mon père, à qui je viens de succéder, ne tarissait pas de louanges envers Philippe Joly.

- Je l'ai connu pour l'avoir visité en son inspection de Saint-Gaudens avec mon père[48], approuva Bertrand de Fondeville.

- Songez, Messieurs, poursuivit le baron de Puymaurin, qu'il œuvra avec zèle à l'amélioration de la qualité de nos tissus. Il réforma sans relâche, et avec beaucoup d'adresse diplomatique, les abus qui minaient cette industrie, sans se soucier des oppositions farouches de quelques tricheurs, faussaires et autres falsificateurs.

- Qui n'ont pas disparu pour autant, dit de Fondeville.

Marcassus sourit d'approbation. Le fil de la trame se nouait entre les deux hommes. Bertrand négociait avec son père. Il devait jauger le fils. L'enjeu n'était pas mince, même s'il savait ses toisons de très grande qualité. Jean-Baptiste observait, n'osant se glisser dans la conversation.

- Sur les marchés, mon père faisait acheter la laine en

---

[48] Voir « Assassinat de Saint-Béat: la rivière de la discorde, Tome 1 »

estame[49], en peignons[50]. Mauvaise qualité donne mauvais tissage !

- Nous savons tous deux, cher ami, que l'afflux massif de grossières toisons du Béarn est néfaste à notre commerce, poursuivit Bertrand.

- Cela rend encore plus louable votre inclination à nous fournir de belles toisons d'Espagne, mon cher de Fondeville.

- Lavée au mieux, directement à Benasque ! sourit-il. Vous savez aussi, par votre père, que je me refuse à les laisser séjourner longtemps dans des entrepôts humides afin de les alourdir. L'esprit de la fraude ne coule pas dans mes veines.

- Je connais vos hautes valeurs morales. N'ayez crainte, mon ami, je ne marchanderai pas ce trésor. Tout au plus, devons-nous nous accorder sur son volume. Ma fabrique a l'appétit d'un ours au printemps.

Sous le parquet grossier aux larges planches, on entendait, quoi qu'atténué par l'épaisseur du bois, le cliquetis sans pause des métiers qui tissaient en continu. Plus loin, on plongeait les tissus dans les bassins de teinture. Les deux marchands échangèrent, évaluèrent, fixèrent dates, quantités, prix avant qu'un commis fût appelé pour fixer les conclusions par écrit, en un contrat qu'ils signèrent chacun d'une plume ferme.

- Nos affaires enfin nouées, vous accepterez de goûter un excellent vin.

Une carafe de verre raffiné emplit trois verres. On changea de conversation.

---

[49] « Laine peignée entrant dans la confection de la chaîne » d'après Jean-Michel Minovez. Voir bibliographie.
[50] « Filaments courts de la laine peignée entrant dans la confection de la chaîne » d'après Jean-Michel Minovez. Voir bibliographie.

- Aimez-vous la peinture, mes amis ?

- Mon épouse en est friande. Elle en décore les murs de notre château de Marignac.

- Oserai-je dire que je me dois de manier avec art, le crayon et l'aquarelle ? compléta Cathérinot. Mes dessins débordent les limites de ma fonction. J'affectionne de restituer des bâtiments remarquables qui décorent ce grandiose panorama des Pyrénées.

- À la bonne heure ! Je viens tout juste d'acquérir l'Hôtel d'Assezat à Toulouse. Il commence à recevoir nombre de mes acquisitions. Je m'honore d'être membre de l'Académie. Me ferez-vous l'honneur d'une visite en ma demeure ? Il me plairait de vous y faire admirer quelques chefs-d'oeuvre.

Ils approuvèrent sans mesure, louant les vertus du geste du mécène.

Au même moment, à Saint-Gaudens, dans la maison Cathérinot, les cris de Servaise venaient de terroriser les trois enfants.

40

Saint-Gaudens
Le lundi 10 janvier 1763
Le soir

La diligence du soir les déposa au relais.
- Il est bien tard, dit Bertrand. Je file à grands pas chez Lacroix.
- Dormir à l'auberge ! Comme vous y allez, mon ami ! Souffrez que je proteste. Me ferez-vous le déshonneur de ne point accepter l'une de nos chambres en ma demeure ?
- Je ne veux en rien déranger votre maison.
- Allons donc ! Venez découvrir les délices culinaires de notre cuisinière. Cette bonne Servaise déborde de talents.
- Vous me prenez aux sentiments ! rit Bertrand. J'accepte de bon coeur.

Les rues désertes et enneigées résistaient par endroits à l'obscurité. On avait suspendu quelques rares lanternes. Le décret royal sur l'éclairage public commençait à prospérer modestement dans les petites villes. Saint-Gaudens tenait le haut du pavé par son statut de centre le plus important des Pyrénées pour l'industrie des tissus. La cité ne pouvait déroger à la dépense. Un marchand de la ville, qui commerçait avec la capitale, avait ramené de Paris une de ces nouvelles lanternes à réverbère que venait d'imposer le lieutenant de police de Sartine. Les Consuls en avaient fait l'acquisition de cinq. Elles étaient suspendues au sommet d'un mât dans les rues les plus fréquentées. Leur réflecteur argenté renvoyait vers le sol la lumière de la mèche qui se consommait lentement, plongée dans l'huile de tripe. Une odeur nauséabonde s'en dégageait. Personne ne stationnait en dessous depuis qu'un quidam avait été brûlé à la tête par un écoulement du liquide inflammable. La discussion animait les réunions des Consuls, et les rues de la ville, pour décider s'il fallait les retirer ou en ajouter de supplémentaires. Cependant, chacun s'accordait sur le constat qu'elles produisaient un halo de lumière assez généreux pour guider le passant sur plusieurs pas, avant qu'il ne replonge dans l'obscurité.

Jean-Baptiste avait emprunté un lumignon au relais. Le tricorne bien enfoncé, le manteau serré, de leurs paroles fusaient de la vapeur d'eau qui précédait leur visage.

- Notre criminel est un fantôme.

- Est-on certain qu'il s'agit bien d'un radelier ? La piste s'avère peut-être viciée dès le départ.

- Il nous faudra envisager cette hypothèse, mon cher Bertrand. Mais avant, pressons le pas pour nous réchauffer près de ma cheminée.

Les traces de pas se faisaient rares dans cette mince couche de neige. Ils tournèrent enfin dans la rue de la maison Cathérinot. Des marques de chaussure ponctuaient le milieu du chemin. Elles obliquèrent pour se retrouver au pas de la porte de Jean-Baptiste. Les chambranles de marbre de Sarrancolin peinaient à libérer leurs teintes rouges dans ce noir à peine éclairé. La lueur de la petite lanterne dessinait, par des reflets sur le métal, les traits souples du fer forgé qui décorait le haut de l'ouverture, sous l'arche très légèrement courbée du linteau surmonté de la ligne horizontale de la corniche. Il leva son lumignon pour mieux voir, sur le panneau de droite, la poignée en forme de petite vague horizontale. Il saisit le métal forgé pour faire tourner le mécanisme mais celui-ci résista.

- J'ai oublié la clé. Je vais devoir toquer et réveiller mes enfants.

Il saisit le heurtoir qui pendait au milieu du panneau de

gauche. Il le leva délicatement et le fit percuter légèrement sur la porte. Trois petits coups. Il attendit. Aucune réaction. La maison avait-elle sombré dans le sommeil ? Aucune lumière de l'intérieur ne se glissait dans le mince espace qui séparait les volets clos. L'heure tardive l'expliquait. Et puis, il n'avait pas donné instruction de son retour. On ne l'attendait pas. Son épouse avait l'habitude de ces impromptus. Elle l'attendait jeudi, il rentrait samedi. Elle savait qu'il n'était pas de ces libertins consommateurs de filles faciles et tarifées. Elle avait confiance en sa sincérité. Ses déplacements pour suivre des chantiers pouvaient rencontrer des obstacles considérables, l'obligeant à demeurer sur place. Une contestation de corvée, un refus de travailler, un différend avec le propriétaire d'un terrain, le volontarisme de l'Intendant d'Étigny produisaient des vagues, puis des cascades de mauvaise humeur. La révolte des radeliers ne s'éteignait pas. La route de Montréjeau à Bagnères-de-Luchon absorbait des jours de travail obligé pour le service du Roi. La colère couvait toujours comme des braises trop légèrement recouvertes d'une fine pellicule de cendre, envolée aux premiers vents générateurs de l'incendie. Cathérinot devait donc s'adapter. Thérèse le comprenait.

Il renouvela ses petits chocs sur la porte. Toujours rien. Enfin, presque. Il lui sembla que l'on bougeait à l'intérieur. Une illusion des sens, certainement. La porte avait l'épaisseur qui interdisait que l'on entende.

Ils n'allaient pas geler sur place. Encore moins retourner à l'auberge. Jean-Baptiste toqua à nouveau, mais plus fort. Un silence lui répondit. Puis, soudain, il entendit le bruit du ressort et de la tirette, du verrou qui glisse. On allait ouvrir, enfin. Le noir de la nuit amplifia le son métallique de la clé que l'on glisse dans la serrure. La porte s'ouvrit lentement. Jean-Baptiste leva sa petite lanterne. C'est alors que le battant bascula d'un coup libérant l'entrée. Cathérinot sursauta. Il lâcha le lumignon qui ne s'éteignit pas. La lumière montant du sol éclairait le canon d'un pistolet. Il sauta en arrière pour éviter le coup de feu qui viendrait le brûler. De Fondeville s'écarta. Ils entendirent Servaise qui hurlait à l'intérieur.

À Carbonne, seul dans son bureau, Marcassus écrivait une lettre à un de ses amis, peintre. Il lui commandait un dessus de porte pour son hôtel particulier de Toulouse.

41

Saint-Gaudens
Le lundi 10 janvier 1763
La nuit

Jean-Baptiste se releva et se plaqua contre le mur, saisissant son pistolet qu'il arma en un geste réflexe. Bertrand venait de faire la même manoeuvre. Il fallait donc que celui qui tenait l'arme à l'entrée sorte dans la rue pour les atteindre. Il n'avait pas encore tiré sa balle. Aucun renfort ne viendrait de la rue plongée dans l'obscurité glaciale de cette nuit de janvier. Il faudrait lui sauter dessus dès qu'il apparaîtrait sur le seuil, visant l'un ou l'autre.

- Fuyez ! cria Servaise ! Fuyez !

Jean-Baptiste fut saisi au coeur. Voilà que la cuisinière les avertissait encore du danger, au risque de son propre péril.

- Gardez courage Servaise, hurla Jean-Baptiste.
- Monsieur ? C'est vous Monsieur ? hurla-t-elle.
- Mon cher mari, est-ce vous ? cria Thérèse.
- Nous venons vous sauver ! dit Jean-Baptiste. Éloignez-vous ! Nous allons donner l'assaut. Le bandit va trépasser dans un instant, avec un prompt renfort que nous avons appelé.

Un silence retomba. À l'entrée de la maison, on entendait chuchoter.

- Rangez votre pistolet, dit Thérèse qui avança sur le seuil, à l'étonnement de Cathérinot et de Fondeville.

Quelle ruse venait encore perturber ce retour ?

- Baissez aussi le vôtre ! dit-elle en direction de celui qui tenait le pistolet dans l'entrée plongée dans la pénombre.

Méfiant, Jean-Baptiste resta plaqué contre le mur, chien

armé. Thérèse tourna la tête vers lui. La faible lumière du lumignon posé sur le flanc, dans la neige, éclaira le sourire de la jeune femme. Il ne pouvait plus s'agir d'une malice.

- N'êtes-vous plus en danger ? dit-il.
- Quelle méprise, mon ami ! Nous vous avons pris pour un assaillant.
- Mais alors, cette arme pointée ?

Thérèse Cathérinot éclata de rire.

- Votre ami Lacroix nous a dépêché un homme de confiance qui fait sentinelle et garde du corps.

Une silhouette sortit lentement du noir, tenant fermement son pistolet. Le gaillard ne parla pas, le visage fermé. Aucune cicatrice sur la tempe.

- Mais ne restez pas à l'entrée, dit Thérèse, en saluant Bertrand qui venait de s'approcher.
- Quelle peur vous nous avez faite, Monsieur, dit Servaise essoufflée. Je file à l'office préparer un chocolat pour vous tous. Il nous redonnera vie ! Ah, quelle épreuve ! Mes sangs sont en ébullition. Savez-vous que mon pauvre cœur crut se rompre lorsqu'un inconnu vint frapper à notre porte ? Je ne savais pas qu'il s'agissait du renfort de maître Lacroix ! Et puis, maintenant, au milieu de la nuit, ces coups d'un assaut possible de la canaille, dit-elle en se signant. Quelle époque, mon dieu, quelle funeste époque !

Autour de la cheminée, confortablement installé dans les bergères, on dégusta à petites gorgées un nectar parfumé, servi dans des timbales d'argent portant les armes finement ciselées de Nose-Feré. Une discrète vapeur s'élevait, diffusant l'arôme de chocolat dans la pièce.

- Nous n'avons pas trouvé trace de ce radelier de malheur, avoua Jean-Baptiste.
- Prenez renfort de la maréchaussée, dit Thérèse. Votre

quête est aventureuse à l'excès, et même fort périlleuse pour vous et pour notre famille.

- Vous avez raison, conclut Jean-Baptiste pour la rassurer.

Bertrand de Fondeville lut dans son regard qu'il n'en serait rien. Le chasseur ne lâchait pas sa proie invisible.

- Viendrez-vous demain avec moi à Marignac ? Il me faut vous montrer quelques aménagements à proposer à d'Étigny sur la route de Luchon.

- Je suis votre homme, dit Jean-Baptiste, en réprimant un sourire de satisfaction qui aurait trahi la supercherie. L'enquête allait se poursuivre.

Il se tourna vers l'homme de Lacroix.

- Pouvez-vous demeurer ici encore quelques jours ?

- Je suis à votre service, Monsieur l'Ingénieur. Le temps qu'il vous plaira. Vos gages seront les miens.

- À la bonne heure. Ne regardons pas à la dépense.

La discussion se poursuivit sur la rencontre de noble Marcassus en sa manufacture royale de la Terrasse.

- Je vais l'inviter à l'un de nos soupers de Marignac, proposa Bertrand de Fondeville. Mon épouse tient à tenir salon. Certes, je préfère courir la montagne que demeurer prisonnier de mondanités, mais il règne en ces rencontres un esprit d'intelligence, de science et d'humanité qui ne me déplaît pas.

- Vous me semblez prêt à rejoindre notre société discrète, sourit Jean-Baptiste.

- Pas le moins du monde, mon ami ! Je me dois de vous arrêter dans vos élans prosélytes. Les voies de la sagesse sont multiples. La vôtre possède ses vertus, je vous l'accorde, mais je ne suis pas mûr pour en accepter les protocoles secrets, que je devine.

On changea de sujet, avant que le signal de rejoindre les chambres ne fût donné par Thérèse.

Les portes des chambres se refermèrent doucement à l'étage. L'homme de Lacroix se cala dans une bergère, près du feu, le pistolet armé posé sur un guéridon.

Était-ce le contrecoup de la peur et le bonheur de la sécurité retrouvée qui bouleversèrent les sens de Madame Cathérinot ? Elle se montra ardente et fière, montant à l'assaut de Jean-Baptiste qui n'opposa aucune résistance. Elle le chevaucha avec vigueur, alternant galop fou et pas doucereux, se cabrant puis se laissant choir, frôlant sa poitrine soyeuse sur le torse de son compagnon à la vigueur triomphante. Il est ainsi des corps à corps qui ne veulent pas de cessez-le-feu, ni de trêve, et point de compromis. Puis, assaut après assaut, les deux corps en fusion vinrent s'échouer dans les plis amples des draps. Jean-Baptiste recouvrit leur nudité d'un geste lent, pour contrer le froid qui voulait triompher des braises de la cheminée. Il hésita à rejoindre Thérèse dans son sommeil naissant. Il se faufila sans la réveiller. Il ajouta quelques petites bûches et revint se coucher.

Deux rues plus loin, dans une écurie, à l'étage, on remuait dans le foin. Enroulé dans une piteuse couverture, Serdant ne trouvait pas le sommeil. Son couteau planté dans une planche du grenier attendait son heure.

42

Saint-Gaudens
Le mardi 11 janvier 1763

La plume de Jean-Baptiste grattait le papier avec énergie ce matin. Il avait plié une feuille en deux pour en faire la chemise qui réunirait ses notes. Il traça le titre en grosses lettres : « *Toisé estimatif de la route de Benasque, depuis Baignères de Luchon jusqu'au somet du port, par le sieur Cathérinot, sous-ingénieur du Roy* »[51].

Les premiers croquis prirent place, ainsi que des colonnes de chiffres. Quelques notes portaient sur son observation depuis l'Hospice de France.

L'ingénieur regarda à nouveau la carte étalée sur sa table. Il mesura, nota.

La porte s'ouvrit sur Thérèse. Jean-Baptiste sourit, posa son long et fin compas d'acier forgé, se leva et vint la prendre dans ses bras pour un long et interminable baiser sensuel. Elle l'interrompit en faisant mine de le repousser sans vigueur.

- Mon ami, mon ami !
- J'aime quand vous tourmentez mon travail.

Elle contourna la table sans le quitter des yeux. Parvenue en face de lui, elle se pencha pour mieux regarder la carte, libérant une vue plongeante sur sa poitrine. Mesurant la ferveur du regard de braise de Jean-Baptiste, elle minauda, se redressa comme une fille prude, sans se départir de ce sourire qui faisait fondre l'ingénieur.

On toqua à la porte du bureau.

- Mon commis ! lâcha Cathérinot, la mine déconfite.

Thérèse sourit.

---

[51] Archives Nationales, graphie originale.

- Je vous fais apporter du café, mon ami...

Elle sortit en saluant le commis.

- Le graphomètre à lunette est réparé, dit celui-ci en posant l'objet de laiton sur la petite plateforme du trépied.

Jean-Baptiste opina du chef pour approbation.

Le secrétaire rejoignit son écritoire incliné, coincé devant la fenêtre. Il souleva le plateau mobile pour en extirper une chemise de documents, sa plume et son encrier.

À l'office, Servaise menait bataille, cuillère de bois à la main. Le froid invitait à se nourrir avec générosité. Elle s'activait donc au-dessus de ses casseroles de cuivre. Une vapeur parfumée d'oignons revenus dans de l'huile d'olive s'élevait, s'insinuait crânement dans le couloir et venait, atténuée par les portes, presque éteinte par les obstacles, légèrement chatouiller les narines de l'ingénieur. Peu mais suggestif.

Le précepteur est arrivée, Madame, dit-elle lorsque Thérèse vint s'enquérir des raisons de cet agréable fumet. Je l'ai installé dans le salon.

La maîtresse de maison se hâta de faire accueil à ce jeune avocat qui, n'ayant pas encore pu installer son étude, donnait des leçons à plusieurs enfants de la ville. Chez Cathérinot, on ne voulait pas de curé pour enseigner les rudiments de la langue au petit Jacquau, âgé de quatre ans, mais qui avait montré des talents précoces. Son père lui apporterait les rudiments de la science. Il en ferait un ingénieur comme lui, persuadé de l'importance du rôle de la raison, de la technique, pour faire le bonheur des hommes ici-bas, sans attendre un hypothétique paradis.

Jean-Baptiste rédigeait maintenant une lettre à l'Intendant Mégret d'Étigny. Il renouvelait sa demande d'intervention pour sa demande d'autorisation d'achat d'une partie de la forêt de Landorthe. Il abordait aussi le danger que faisait courir l'homme à la cicatrice, qu'il ne désignait pas ainsi dans son courrier, préférant les qualifications de bandit, d'assassin, de furieux homicideur. Il le remerciait encore de différer dans la transmission de son dossier sur l'affaire de cet enlèvement insensé de la fille d'un marchand. Il renouvelait ses excuses, insistant sur la fougue de la jeunesse, énergie débordante qu'il plaçait maintenant au service du Roi.

L'homme de Lacroix entra dans la cuisine. Il ne tarit pas d'éloges envers Servaise, qui sourit.

- Ne reste pas planté là comme un piquet. Veux-tu bien aller chercher un seau d'eau à la fontaine ?
- Je ne dois pas quitter la maison…
- Lave-toi donc les mains dans ce baquet et casse ces oeufs dans ce bol ! Avec délicatesse, *miladiu* !
- Je sais pas faire, moi…
- Grand nigaud. Tu sais bien les manger ! Regarde. Fais comme moi.

L'homme écrasa quelques coquilles malgré une concentration qui se lisait dans le froncement de ses sourcils épais. Servaise le houspilla.

- Tiens, apporte donc le café à Monsieur et à son secrétaire. Et ne le renverse pas !

Dans la grange, Serdant trépignait. Par les observations de sa proie, il savait maintenant que Cathérinot et sa famille se protégeaient d'un bouclier solide. Un de plus à percer pour l'atteindre. Et le risque de périr lui aussi. Il apaisa ses ardeurs pour mieux réfléchir. Il jeta sa gourde de vin dans un coin de la grange. Il tourna dans sa tête les nombreuses possibilités, envahi de questions, les réponses perturbées par des bouffées de colère. Il prit une décision en s'enroulant dans sa couverture. Il attendrait la nuit pour s'éclipser. Il connaissait une astuce pour ne point se faire repérer par les hommes du guet. Il retournerait se cacher chez lui, dans la vallée de Saint-Béat, en attendant que l'ingénieur vienne sur son terrain, ce qu'il ferait de façon certaine.

43

Argut
Une semaine plus tard
Le 17 janvier 1763

La petite porte grinça en s'ouvrant à moitié. Le bas racla le sol et l'immobilisa. Une poussée vigoureuse l'ouvrit complètement avant qu'elle ne soit refermée d'une main ferme. Le froid resta au dehors. Il ne dit rien et vint s'asseoir sur un petit banc au coin du feu. Une *oule* en terre laissait un bouillon clapoter sans excès. La braise suffisait en dessous, aidée de modestes flammes sur le côté. Un feu timide dans cette pièce sombre et humide. Un bien maigre brouet mijotait. Une pauvre bouillie. Le lard ne pouvait que s'imaginer. Pas de cochon à tuer cette année. Et cette neige qui barraient les ruelles ! Heureusement, elle barricadait les voisins chez eux. Personne ne l'avait vu grimper au village si tôt le matin.

Il accueillit sa mère d'un grognement.

- Te voilà enfin, dit-elle.

Elle s'installa à ses côtés, sur le petit banc. La lumière ne suffisait pas pour repriser cette chemise. Pas question d'allumer une bougie. Elle se leva pour saisir une petite chaise cannée. Elle la plaça devant l'étroite et basse fenêtre. Le soleil venait de se lever dans leur dos. Il éclairait le versant opposé. Ses yeux usés peinaient à trouver le chas de l'aiguille.

- Viens m'aider, Barthélémy.

Un grognement. Elle maugréa.

- Veux-tu reprendre toi-même ta chemise ?

Il pesta. Elle n'entendit pas son juron marmonné. Il vint la rejoindre. Il saisit le bout de fil et l'aiguille. Ses grosses paluches tremblaient. Le mauvais vin érodait ses nerfs qui n'avaient pas besoin de ce renfort maléfique. Il tenta une fois, puis une deuxième en approchant l'aiguille au plus près de ses yeux. À la troisième, il lança la pelote contre le mur en jurant. Et il revint s'asseoir près du feu. La vieille mère ne fut pas avare, elle non plus, de jurons imagés. Elle peina à se courber, puis à se relever avec la laine, appuyant sa main sur une hanche. Elle posa la pelote sur le buffet de bois brut. En grommelant, elle passa dans l'écurie. Après avoir étalé du foin pour les brebis, elle s'attela à traire la chèvre.

Elle vint poser le bol de lait sur la table.

- Ramènes-tu quelque chose à manger ?

Barthélémy, agacé, grogna, souffla.

- Nous allons crever de faim, si tu ne fais rien !

- Tu crois que les pièces se ramassent sur le chemin ?

- Et le travail ?

- Quel travail ? Tu sais que je suis suspect aux yeux des autres *carrassaïres* !

- Canaille de fainéant !

Serdant se leva d'un bond et vint se poster devant sa mère courbée par l'âge.

- Attention, la mère ! Il pourrait t'en cuire toi aussi !

- Tu ne me fais pas peur, Barthélémy. Tu as oublié que je t'ai torché à la paille !

Serdant se raidit, serra les poings. Deux forces s'affrontaient en lui. L'une qui allait le pousser à étrangler la vieille. L'autre qui retenait le geste envers sa propre mère.

- Tu dois aller voir Martin !

Serdant sembla se réveiller. Ses yeux exorbités se calmèrent. Les sourcils se froncèrent. La cicatrice grimaça.

- Quel Martin ?

- Le marchand de bois ! Gérard Martin, de Saint-Béat.

- Et pourquoi donc ?

- Il se dit qu'il cherche des radeliers.

- Il connaît ma faute ! Il m'a écarté comme un malpropre. Jamais il ne me reprendra.

- Crétin ! C'est une brute comme toi. Il engage des durs. Va le voir sans tarder.

Barthélémy grogna, flanqua un coup de pied dans le banc puis grimpa dans le grenier à foin.

Il n'en redescendit qu'une heure après. Sans dire mot, il plongea une cuillère de bois dans l'*oule*. Il se servit un bol de bouillie de céréales qu'il ingurgita bruyamment. Toujours silencieux et grave, il s'habilla chaudement. Sa mère l'observait du coin de l'œil, n'osant rien dire qui pourrait déclencher un nouvel orage.

Dehors, il neigeait encore. Qu'importe. Il avait de belles bottes. Une chance pour avancer sur le chemin sans se geler les pieds.

Il marcha dans la tourmente, sur le chemin quelquefois bordé de pierres plates dressées.

Arrivé à Saint-Béat, il longea la rive droite de Garonne. Il dépassa l'église. Malgré la neige, un radeau filait dans le faible courant. Le passage sous la maison Martin ressemblait à la bouche noire d'un monstre.

Il toqua à la porte. Il insista. Elle s'ouvrit. L'homme trapu, les cheveux gris posés en bataille sur une tête massive le regarda durement.

- Que me veux-tu ?

- On dit que vous cherchez des radeliers !

- Il se peut !

- Je suis votre homme.

- As-tu déjà navigué ? lâcha Martin en fronçant les sourcils broussailleux.

Il observa Serdant, plongeant dans ses yeux comme on fouille dans une caisse obscure à la recherche d'une vérité cachée. Il découvrit sa cicatrice.

- Je te reconnais, toi ! grogna-t-il. N'as-tu point déjà travaillé pour moi ?

- Oui ! souffla Serdant, agacé. Une méchante affaire m'avait écarté de mon maître radelier.

Gérard Martin, campé sur ses deux jambes, croisa les bras et regarda Serdant dans les yeux. Barthélémy sentit monter en lui les bouffées malfaisantes. Il lui sembla que le marchand le défiait. Il se raidit et une lueur brutale envahit son regard. Martin ne broncha pas, visage dur. Petits yeux interrogatifs. Il sentit la violence de cet inconnu.

- Je cherche des hommes courageux, déterminés ! En es-tu ?

Serdant grogna, raidit sa mâchoire.

- Oui !

- Au besoin, serais-tu capable de faire le coup de poing ?

- Oui !

Gérard Martin avait en tête les difficiles négociations qu'il menait pour construire sa fortune. Il devait quelques fois forcer des décisions. Imposer la crainte lui devenait indispensable. Il regarda encore l'individu sauvage planté devant sa porte. Il se pigmentait peu à peu de flocons de neige sur sa cape et son capuchon. Il regarda ses bottes. Elles tranchaient avec le reste miteux de ses habits.

- Voilà un coquin plein de ressources, se dit-il. Un regard volontaire, une énergie contenue, une arme à diriger.

Martin s'écarta.

- Entre !

Dans la pièce emplie de ballots, une planche posée sur deux tonneaux supportait un registre. Gérard l'ouvrit, saisit une plume.

- Quel est ton nom ?

Serdant. Barthélémy Serdant, de Niou.

- De quel village ?

- Argut.

Gérard Martin écrivit nerveusement.

- Signe là !

Serdant se figea.

- Je ne sais pas écrire !

- Une croix suffira.

La plume posée sur la planche, Serdant resta planté.

- Sois à Fos dans trois jours. Il faut accarasser un radeau pour Soumastre.

- Non !

Gérard s'empourpra d'un coup.

- Quoi ! cria-t-il, comme on tire un coup de feu sans réfléchir

- Je reprends mon engagement ! grogna Barthélémy.

- Tu vas goûter de mes poings, canaille ! hurla Martin.

Serdant tira son couteau et le pointa en direction du marchand.

- Ose t'approcher !

- Maudit bandit ! vociféra Martin. Pose ta lame ou il va t'en cuire.

- Jamais je ne travaillerai avec ceux de Fos. Ils m'ont exclu !

- On les comprend, si tu tires aussi facilement ton couteau.

- J'avais faim. J'ai dérobé quelques pièces. Ils m'ont flanqué à l'eau et banni de leurs radeaux.

- Pose ta lame. On peut discuter, coupa Gérard le visage tendu.

Mais Serdant demeurait penché à l'avant, la main crispée sur son couteau, prêt à frapper.

- Lâche ton arme ou je te brûle ! cria une voix derrière

une porte entrouverte sur le canon d'un pistolet.

Serdant se retourna pour faire face à la menace. Profitant de la diversion, Gérard saisit le tisonnier de la cheminée et flanqua un coup sur la main de Serdant. Le couteau valsa. La porte s'ouvrit sur Bernard Martin, le frère du marchand.

Barthélémy venait de crier et se tenait la main blessée. Il recula contre le mur. La porte d'entrée fermée, il ne pouvait fuir. Pris au piège.

- Donne ! dit avec vigueur Gérard à son frère, qui lui laissa le pistolet.

Serdant, tétanisé, les yeux injectés de sang comme une bête piégée qui sent la mort venir, se préparait à bondir avant de recevoir un pouce d'acier dans la face.

- Assieds-toi, dit Gérard en lui montrant une chaise.

Serdant hésita. Il calculait. Quelle était cette ruse pour l'anéantir ?

- Mais assieds-toi donc, bougre de canaille ! Je veux te parler, pas t'occire !

Peu confiant, les muscles prêts à se détendre, Barthélémy se rapprocha lentement de la chaise, avant de s'asseoir sans jamais quitter Gérard Martin du regard.

- J'ai du travail pour toi.

Silence. Martin venait de reconsidérer la situation.

- Une tâche délicate.

Mutisme.

- Pour un homme courageux et fier.

Serdant demeurait muet, inquiet.

- Un bon émolument à la clé. Quelques pièces d'argent.

Le mot sembla le réveiller.

- Que dois-je faire ? bredouilla-t-il, convaincu d'une intrigue pour le perdre.

Il avait menacé de mort un marchand qui allait se venger. Il cherchait à lui faire baisser la garde pour l'homicider et hurler à la défense.

Martin ouvrit un tiroir. Il en extirpa une bourse. Il la versa sur la table. De l'index, il écarta trois pièces d'argent qu'il fit glisser sur le bord. Puis, il fit de même avec trois autres pièces.

- Voilà pour l'engagement. Trois tout de suite. Trois une fois le travail effectué.

Serdant réfléchissait.

- Que dois-je faire ? hasarda-t-il sans se départir de sa tension.

- Tu dois convaincre un scieur en long de prendre mon chargement de roules.

- Tant d'argent pour si peu ! s'étonna Barthélémy qui fit semblant d'entrer en négociation pour mieux cerner l'adversaire.

- C'est que l'homme est réticent. Il faudra un peu forcer sa décision. As-tu compris ?

Nouveau long silence. Qu'avait-il à perdre en acceptant ?

- Tu me sembles capable de le secouer. Mais attention, l'effrayer, pas l'occire !

Les mots se bousculaient dans la tête de Serdant.

- Ensuite, je te ferai prendre sur un radeau de Saint-Béat.

- Les autres vont me reconnaître à cause de cette cicatrice, poursuivit l'homme d'Argut après un long silence.

- Laisse pousser plus encore tes cheveux pour la masquer ! claqua Gérard, agacé par tant de palabres, habitué à ce que l'on exécute ses ordres sur l'instant.

Barthélémy hésita. Gérard commença à s'empourprer.

- Décide-toi à l'instant. Tu acceptes maintenant ou nous t'entravons et te conduisons chez le juge Cailheau de Campels.

- Oui !
- Oui à quoi ? La prison ou le travail ?
- Le travail ! Donne-moi ces deniers ! Je dois voir qui ? Je vais lui dire quoi ? Rends-moi d'abord ma lame.

Gérard saisit les trois pièces qu'il lança à l'insolent. Elle s'étalèrent sur le sol. Il les ramassa promptement.

- Rends-toi au port de Bagiry. Tu trouveras le charpentier sur le quai. Il doit accepter mes roules, et pour le prix que je lui ai déjà donné. As-tu bien entendu ? Mes roules ! N'hésite pas à le bousculer, mais sans laisser de trace. Veille à ne pas être vu. Passe ici de nuit pour toucher le solde. Ensuite, file te cacher chez toi. Que l'on ne te voie pas dans la vallée. Laisse pousser tes cheveux et reviens au printemps. Je te donnerai le nom du maître radelier qui t'engagera.

Barthélémy récupéra son couteau, le glissa dans son fourreau tenu par la large ceinture de tissu grossier. Il ouvrit la porte et plongea sous les flocons qui l'absorbèrent.

44

Muret
5 mois plus tard
Le 14 juin 1763

Le soleil s'en donnait à coeur joie. Les façades de brique l'aidaient bien dans son entreprise d'écrasement des forces. La Louge somnolait, comme en peine d'écouler son eau opaque et verte. Les radeaux fonçaient au milieu du lit de Garonne. Les rues grouillaient de monde.

Le jeune soldat s'épongea le front, en arrivant devant le relais de poste. Le commis leva les yeux, au-dessus de ses bésicles. D'une plume rapide, il enregistra son nom, sa destination. Il empocha le tarif du voyage. Une petite somme, tout de même.

Le Consul de Lafitte lui avait donné deux bourses. La première contenait une évaluation des frais du voyage, aller comme retour. La seconde ne devait pas être ouverte. Elle contenait les économies restantes de Hans. Il devait la restituer à son père. Une lettre du Consul, traduite, expliquait le drame à la famille. Pliée et cachetée, elle portait l'adresse. Sur une autre feuille, se trouvait la liste des villes à traverser pour atteindre Ingelheim. Un passeport venait compléter le contenu de sa précieuse sacoche de cuir qu'il tenait près de lui. Après Toulouse, il prendrait une autre route royale qui le mènerait à Lyon. De longues journées de voyage l'attendaient. Il en souriait. Cheminer ainsi, assis dans la caisse d'une diligence, sur ces nouvelles routes sans ornières, quel bonheur. Il avait avalé tant de lieues à pied, son lourd paquetage sur le dos, fusil à l'épaule. Qu'avait-il vu des paysages, les yeux ivres de fatigue ?

Devant le relais de poste, l'ingénieur Cathérinot conversait avec deux hommes.

- Allons maintenant sur le bord de Garonne, mes amis.
- Nous vous suivons, répondit le maître maçon Grenier Aîné.

Le maître charpentier, Clément Ader[52], approuva en tirant son carnet d'un petit sac.

- Monsieur Belloc souhaite l'aménagement rapide de ce port sur la rivière, ainsi que du pont de Saint-Clar. Il nous faudra faire diligence. Le subdélégué est impatient. Allons toiser au plus juste. Vous m'établirez les devis sans tarder.

La diligence démarra devant eux, direction Toulouse.

Le jeune soldat admira les façades puis la campagne. Il regardait les paysans oeuvrant aux champs, sous le plomb tombant du ciel. Les vitres baissées, un précieux courant d'air passait d'une porte à l'autre. On entendait les cris du postillon, le crissement du fer des roues sur le revêtement de pierre. Puis, la circulation se fit dense avec le renfort de charrettes de toutes formes, de toutes tailles. On eût dit qu'elles étaient attirées par la ville, aspirée par une force irrésistible. Le ventre de la cité les avalait. Bientôt, il fut absorbé par cet estomac bouillonnant d'encombrements et de vociférations. Le postillon pestait. La diligence s'arrêtait, repartait. Une foule marchait d'un pas rapide à ses côtés. Par le cadre de la portière, le soldat regardait les portraits qui s'affichaient un court instant. Profils pressés, regards soucieux, tricornes et coiffes, un vrai catalogue. Quelquefois, une tête s'attardait, jetant ses yeux à l'intérieur par curiosité ou par envie de savoir si la caisse valait d'être suivie pour délester un des occupants de quelques pièces.

---

[52] Archives de Muret (2DD2)

À Ingelheim, Hilda s'étonnait de n'avoir pas reçu de réponse à ses dernières lettres. Elle annonçait le piteux état de santé du pasteur. Elle invoquait l'urgence du retour. Mais, pas plus dans sa maison que dans celle de Hans, le moindre pli n'arrivait. L'espoir se transformait en inquiétude sourde, non dite, mais pas moins source d'un tourment intérieur.

45

Château de Compiègne
1 mois plus tard
Le 14 août 1763

Les jardins du château de Compiègne retrouvaient un peu de calme en cette après-midi d'un été étouffant. Le Roi avait décidé d'une chasse et une partie de la Cour s'était jointe à l'aventure. Dans certains salons, on conversait au frais, savourant une orangeade de bon aloi. Le monarque aimait à passer l'été en ce château qu'il venait de faire réaménager.

Antoine Mégret d'Étigny se sentait pour le moins épuisé par ces chaleurs. Il avait stratégiquement déserté son siège d'Auch pour se rapprocher de la Cour. Là se décidaient bien des réalisations, se construisaient ou se défaisaient les réputations. Pour un bâtisseur, Intendant du Roi, il ne fallait point manquer ce rendez-vous. La révolte des radeliers et les nombreux crimes dans le pays de Nébouzan pouvaient servir à des intrigues, petit jeu favori de nobles en mal d'activités et de positions. Pour certains d'entre eux, la langue de vipère avait remplacé les armes. Point de sang sur les mains mais de la petitesse dans le dos, avec l'obscurité comme comparse.

Il détenait plusieurs courriers de son ingénieur Cathérinot. L'homme qu'il avait en bonne estime, qui accomplissait sa tâche avec zèle et lui était d'un profond secours dans sa volonté d'amélioration des voies de communication de sa généralité d'Auch, demandait son appui pour acheter la forêt de Landorthe. Il évoquait à demi-mots sa quête de justice dans l'affaire de l'assassinat d'un voyageur prussien.

Mégret d'Étigny traversa un salon en saluant. Il longea

la tenture des chasses du Roi, passa la porte qui s'ornait, sur son linteau, d'un tableau de portraits de chiens. Sur la terrasse écrasée de soleil, il regarda à la ronde le jardin aux allées rectilignes. Personne.

- Je vais goûter enfin à quelques apaisements du corps et de l'âme, se dit-il.

La chaleur l'invita à descendre, puis à emprunter l'allée couverte de larges feuilles. Une belle ombre lui apporta un peu de soulagement. Il épongea son front et maudit sa perruque. Un bruit de pas dans le gravier le fit se retourner. Le Maréchal Duc de Richelieu s'avançait lentement, tenant à son bras une ravissante jeune femme qui n'économisait pas son rire sonore, aigu mais distingué.

- Mon ami ! dit-il en voyant l'Intendant. Quel plaisir de vous voir à Compiègne ! Je m'apprêtais à vous écrire. J'ignorais votre présence.

D'Étigny salua très bas.

- Les affaires de la Généralité occupent la moindre parcelle de mon temps, pour la gloire du Roi et de votre seigneurie !

- Je le sais, mon ami, je le sais. Plus de deux mille six-cents communautés ! Voilà une bien lourde tâche.

- En une contrée chauffée à blanc par un soleil qui excite les esprits.

- J'ai lu avec attention vos plis sur la révolte de vos radeliers, dont nous avons déjà parlé l'an dernier aux États du Nébouzan, tenus en sa capitale Saint-Gaudens. Monsieur le Contrôleur des Marbres assiège mes secrétaires en les bombardant de missives.

- Ces drôles n'en font qu'à leur tête. Ils sont aussi durs que les rochers de leurs montagnes. Et vindicatifs en diable ! Souvenez-vous de ma difficulté à faire planter ces arbres sur l'allée de Bagnères-de-Luchon pour accéder avec confort aux baigneries.

Le Maréchal Duc de Richelieu sourit.

- Ma chère amie, veuillez m'attendre près de l'Orangerie. La politique m'impose de vous abandonner un instant.

La jeune femme salua d'Étigny et s'éloigna avec grâce.

- Dans quelques jours, je reviens à Bordeaux. Le Roi me charge, cette année encore, de présider l'assemblée des trois Ordres dudit Pays du Nébouzan. Ma visite à Saint-Gaudens s'agrémentera d'un séjour en ces lieux montagneux aux frontières de l'Espagne. Mon médecin me conseille d'aller passer un mois à Bagnères-de-Luchon. La goutte, mon bon ami, la goutte me fait horriblement souffrir ! Je m'y rendrai donc pour apprécier de mes yeux la réalisation des travaux dont vous m'entretenez si souvent et jouir du pouvoir médicinal de ses bains.

Le gouverneur de Guyenne donna à son Intendant quelques détails de ces déplacements, des dates, des lieux, des exigences.

- Je m'en remets donc à votre zèle, mon ami. Bien le bonjour, Monsieur l'Intendant.

D'Étigny saluait encore alors que le Duc commençait à pivoter avec souplesse pour changer de cap. Le vieux Maréchal Duc de Richelieu à la perruque soignée, au port altier, conservait une belle prestance malgré ses soixante-neuf ans. L'ancien libertin, héros de victoires militaires retentissantes, se dirigea avec grâce vers l'Orangerie.

- Mille excuses, ma bonne amie, pour cette attente forcée. Les affaires politiques m'obligent.

- Il n'en est rien, Messire. À vous attendre, je m'enivrais des parfums de ce beau jardin.

- M'accompagnerez-vous à l'automne dans mon voyage aux Pyrénées ?

- En voilà une audace ! rit-elle. Non point votre invite,

mais la destination. On dit la population locale des plus farouches et toujours prête à l'émeute ! N'est-il pas périlleux d'oser cette aventure ?

- N'ayez crainte. Notre escorte nous protègera. Vous pourrez découvrir les nouveaux bains d'un petit village perdu en fond de vallée. Nous y prendrons les eaux comme le firent les Romains.

- Quelle aventure ! Votre vie exaltante a l'attrait d'un récit légendaire. Vos batailles, votre élection si jeune à l'Académie, la prise d'un fort à Minorque ! Il me semble lire une épopée chevaleresque ! Quelle honneur d'être aux bras d'un héros !

- Vous vous moquez et, ne vous déplaise, j'en suis fort aise ! Vous parlez comme mon ami Voltaire. Il insiste dans sa dernière lettre de Ferney pour que j'écrive les mémoires de ma vie. Le vil flatteur que voilà ! Il m'invite à me reposer trois ou quatre mois à Richelieu et à repasser tout ce que j'ai fait dans ma vie, qu'il estime illustre et singulière. Un flatteur, vous dis-je.

- J'approuve sa requête et, en même temps, je la redoute. Ne vous éloignera-t-elle pas trop de moi ?

- Comment le pourrais-je, ma belle enfant ? Venez ! Prenez mon bras ! Retrouvons la fraîcheur des salons ombragés et leurs boissons désaltérantes.

Au même moment, dans les lointaines Pyrénées, Serdant, métamorphosé, jouait de la rame pour guider un radeau dans le passelis de Saint-Martory. Ses cheveux longs et raides s'échappaient du bonnet et cachaient sa cicatrice. Depuis quelques temps, il empochait les maigres émoluments de survie de son métier. Ils les augmentait de quelques vols, mais point de crimes hasardeux.

Il savait maintenant où trouver l'ingénieur et sa famille.

Sa demeure étant toujours sous protection, il ne pourrait attaquer que lors d'un déplacement. Il l'avait suivi à plusieurs reprises sans pour autant trouver l'opportunité de le poignarder. Cela viendrait, il en était sûr. Ses mains en tremblaient lorsqu'il y pensait.

Serdant logeait dans le modeste grenier d'une petite maison de Saint-Gaudens, rue du Barry. Elle appartenait aux parents d'un des radeliers avec qui il avait lié sympathie. Un coquin comme lui, à l'affût de quelques larcins pour apporter du lard à la soupe. Une canaille qui craignait les soudains accès de fureur de son complice dont il redoutait la lame, pour lui-même aussi.

Ce même jour, Cathérinot chevauchait au-dessus de Luchon. Il tirait un mulet docile qui portait ses instruments. Il arriva enfin à l'Hospice de France, sa dernière halte avant d'attaquer le port de Vénasque. Il attacha ses bêtes aux anneaux près de l'abreuvoir pour leur offrir un peu de fraîcheur. Malgré l'altitude, le soleil dardait ses rayons. Il salua l'aubergiste. La salle était vide. Elle se remplirait peut-être ce soir. Il se désaltéra d'eau fraîche en s'épongeant le front.

- Quelle chaleur, mon ami !

Il échangea avec le maître des lieux, qu'il connaissait bien maintenant. Discussion sur des banalités, mais sur un ton amical. L'homme savait ne point trop en dire à un serviteur du Roi. Il voyait les passages des contrebandiers et tenait sa langue. N'ayant aucune tâche à accomplir, le tenancier, appointé par la communauté de Bagnères-de-Luchon, accepta de tenir la perche de visée de Cathérinot. L'ingénieur détacha, déplia et positionna son trépied. Il lui indiqua où se placer précisément. L'aubergiste s'éloigna. Cathérinot commença à viser. Il régla son graphomètre.

46

Château de Compiègne
Le lendemain
Le 15 août 1763

D'Étigny se leva de grande humeur. Le soleil allait colorier d'or le sommet de la forêt et les façades du château. Il appela un valet et se fit porter plume, encre et papier.

Sans tarder, il se mit à sa table pour écrire à son secrétaire Dalies, resté à Auch :

"*Monsieur le Maréchal compte arriver à Bagnères-de-Luchon du 10 au 12 septembre ; mais vous sentez qu'il est nécessaire d'annoncer son arrivée au 1er septembre afin que tout soit prêt plus tôt que plus tard, logements, chemins pour arriver, provisions et tout le reste. Vous vous y rendrez au plus tard le 7 ou le 8. Je ne puis autrement être assuré qu'il ne manquera rien à Monsieur le Maréchal.*"

Le plume arrêta un instant sa chorégraphie. D'Étigny ne devait rien oublier, pas le moindre petit détail.

Voyons, se dit-il. Monsieur le Maréchal devra faire halte avant d'attaquer la route de fond de vallée. Montréjeau sera une étape de repos. L'hôtel du Contrôleur des Marbres fera l'affaire. Les deux frères de Lassus savent recevoir :

"*Monsieur Lassus-Duperron recevra Monsieur le Maréchal à Montréjeau et Monsieur son frère voudra bien pourvoir à son logement. Vous pouvez lui envoyer copie de ma lettre.*"

Le confort du gîte et du couvert sont assurés. N'oublions pas celui du voyage. Trop de fatigue pourrait ruiner l'entreprise et mon crédit :

"*Il ne faut pas oublier de faire mettre en bon état la route de Bagnères-de-Luchon à Montréjeau, et de Montré-*

jeau jusqu'à la Bigorre, ainsi que de Montréjeau à Auch, et d'Auch à Layrac pour le retour de Monsieur le Maréchal."

Voyons maintenant comment loger au mieux tout ce monde à Bagnères-de-Luchon :

"La maison destinée à Monsieur Faucher sera pour Madame Rousse. Faites de votre mieux pour que Madame Rousse soit logée commodément. Il faudra aussi quelques chambres de plus pour les personnes que Monsieur le Maréchal pourra amener avec lui. Je vais encore lui parler et vous ferai part de ses ordres."

La double porte de la chambre réservée à l'Intendant d'Étigny s'ouvrit. Un valet salua et s'écarta pour laisser entrer le Maréchal Duc de Richelieu. Les deux hommes se saluèrent, échangèrent quelques mots aimables sur les senteurs qui déjà montaient du jardin.

- À mon âge, on se lève avec le soleil ! Mais je vois que vous êtes déjà attelé à votre besogne.

- S'il plaît à Monseigneur, j'organise son voyage dans nos montagnes !

- Mais surtout dans vos bains ! rit-il.

Il vit que d'Étigny écrivait ses recommandations.

- Annoncez donc à votre secrétaire que je serai accompagné de l'Évêque de Bazas, ainsi que d'une autre personne qui m'est chère.

D'Étigny n'en demanda pas plus. Le Maréchal Duc de Richelieu n'avait pas abdiqué sa réputation de séducteur. Les rides qui soulignaient les traits de son visage ne pouvaient effacer la puissance de son regard noir profond. L'homme avait fière allure. Sa présence, son magnétisme, irradiaient la pièce qui l'accueillait. Il eût été surprenant qu'il fît le voyage des Pyrénées sans une jeune et jolie femme à ses cotés. Il saisit la feuille et lut la lettre de

d'Étigny.
- Voilà qui m'agrée !

47

Château de Gourdan
Une semaine plus tard
Le 22 août 1763

La malle-poste surgit à vive allure sur la belle et rectiligne route royale de Saint-Gaudens à Montréjeau. Le postillon, juché sur le troisième cheval, commençait à souffler un peu. Il fit claquer son fouet pour activer son fort limonier qui devait entraîner les deux autres. La côte raide fut avalée sans difficulté.

Au relais de Montréjeau, le postillon sauta de son cheval. Il salua d'une bourrade le maître des Postes.

- Alors, pas encore cuit sous ce soleil ?
- Tu peux rire ! Et toi, bien essoré dans ton panier à salade ?

Les deux éclatèrent de rire. Le postillon contourna sa charrette à deux roues recouverte d'une bâche. Il grimpa sur le plateau pour ouvrir la grande malle. Les liasses de courrier étant rangées avec rigueur, il lui fut facile d'extraire celle de Montréjeau. Il lança avec adresse le paquet ficelé au Maître des Postes qui venait de lui poser, sur le rebord, un petit paquet de courriers. Le postillon les enfourna dans la malle, bien placés à côté de sa collecte de Saint-Gaudens. Il sauta sur le chemin, alors que ses collègues du relais dételaient les chevaux pour les remplacer.

Le Maître des Postes entra dans son relais en appelant un commis. Il détacha la liasse, lu les adresses et les classa par priorité.

Tiens, va d'abord à l'hôtel de Lassus pour ces plis. Ensuite, prends un cheval pour te rendre au château de Gourdan. De là, tu iras…

Le postillon s'était attablé pour rincer son gosier desséché par la poussière de la route.

Quand Lassus-Duperron reçut le pli qui lui arrivait de Compiègne, où il savait la Cour en villégiature, il pressentit qu'il devait contenir quelque message d'importance. On avait fait diligence pour le lui remettre. La lecture apporta confirmation. Il appela sans tarder son secrétaire.

- Il faut que les routes soient mises en état pour le passage du carrosse du Maréchal Duc de Richelieu. Vous avez trois semaines au plus. Faites le nécessaire. Voyez dès aujourd'hui Jurats et Consuls pour organiser les corvées. Je vous rédige à l'instant une lettre à leur présenter.

La plume fila avec dextérité sur le papier.

- Par bonheur, je l'avais fait remettre en état l'an dernier. Il suffira de quelques aménagements, combler les trous, soutenir des bordures. Je vais moi-même loger sur place pour ne point admettre le moindre retard.

Il parlait et notait en même temps.

- Voyez à Bagnères-de-Luchon son Premier Consul, le sieur Jean Caubet. Il y possède une belle maison au quartier de Barcugnas. Nous y logerons le Maréchal Duc. Le village, honoré par cette présence, pourvoira aux dépenses d'aménagement.

Il signa son courrier.

- Commandez aussi la fabrication et l'installation de baignoires neuves, pour moins de quarante livres.

48

Forêt de Landorthe
Une semaine plus tard
Le 29 août 1763

Le petit feu de camp s'obligeait à la modestie de la dissimulation. Les trois hommes en cercle autour des braises se gardait bien de trop le charger. Néanmoins, il fallait bien quelques flammes pour rôtir ce lapin attrapé au collet. Oui, mais avec peu de fumée. Un généreux panache les aurait signalés. Il aurait dénoncé leur place. On aurait envoyé vers eux des paysans du village de Landorthe, ou d'Estancarbon, avec fourches, bâtons et faux. On les aurait délogés avec force coups et avalanche d'horions. Le peuple n'en pouvait plus d'être attaqué dans cette forêt, sur une route royale devenue dangereuse. Il protestait, alertait les Consuls, mais l'administration du Roi ne bougeait pas. On savait que des dragons protégeaient des chantiers, des travaux sur les routes, des plantations d'arbres. Un paysan, qui se rendait le jeudi au marché de Saint-Gaudens, avait moins de valeur qu'un platane destiné à offrir le confort d'une ombre généreuse au noble en promenade. C'est du moins ce qui se disait sur un ton aigre. À chaque attaque, la colère montait d'un cran.

Cette forêt, que l'abbé Bordage, curé d'Estancarbon, qualifiait de *désert vaste et affreux*, conjuguait le tissage étroit de hauts chênes et châtaigniers avec les entrelacs de broussailles et de ronces. Ce maquis souvent impénétrable convenait bien à quelques fripouilles. Ils s'y sentaient en sécurité, autant que des réfugiés derrière de hauts murs d'enceinte. Les griffes végétales gênaient leurs poursuivants. Elles pouvaient les freiner, les encercler, les immobiliser et, pris au piège, les condamner aux affres de lames jamais avares de faire couler le sang. On hésitait donc à s'enfoncer dans l'inconnu redoutable. Les détrousseurs, leur forfait accompli, de jour comme de nuit, savaient se faufiler sous les ronciers, entre les pousses de genêts et de chèvrefeuille. Les épineux en défense, les autorités en défiance, les brigands en confiance, la potion devenait amère.

Soudain, un coup de sifflet retentit. Ce n'était pas un oiseau, mais un guetteur. Serdant somnolait sur une couche de fougère séchée. Il sursauta. Il saisit sa lame, posée à ses côtés, et bondit. Il écarta le pan de couverture qu'il avait posé sur une branche horizontale pour en faire une tente. La petite clairière s'animait. Trois autres gibiers de potence avaient eux aussi délaissé leur lapin, qui noircissait au-dessus de modestes flammes.

Serdant s'était adjoint quelques crapules en renfort. Juste pour un coup. Il retournerait ensuite à ses larcins solitaires. Il replaça son bonnet et l'enfonça pour masquer sa cicatrice. Ses longs cheveux complétaient la dissimulation. Ses compagnons de larcin la connaissaient. Pour autant, ils ignoraient son implication dans le meurtre du Prussien. Pour eux, un fait d'armes comme un autre. Plutôt un échec, car il se murmurait que l'assaillant avait homicidé pour rien. Aucun butin. Néanmoins, Barthélémy cachait toujours ce signe qui l'avait signalé à ce maudit ingénieur. Il le savait toujours sur sa trace. Dans les auberges, il n'était pas rare d'entendre que l'on avait été interrogé sur l'homme à la cicatrice. La prudence s'imposait toujours, tant qu'il ne l'avait pas homicidé.

Les quatre fripouilles se faufilèrent jusqu'à la route. Ils se blottirent dans le fossé, cachés par des fougères.

Un individu marchait à grand pas. Il regardait à droite et à gauche, inquiet. Il s'aidait d'un bâton.

Les hommes se firent quelques signes. Soudain, ils surgirent de leur cachette et se ruèrent sur le voyageur. Ils l'entourèrent si bien qu'aucune fuite n'était possible.

- Vide tes poches ! grogna l'un des brigands.

Tétanisé par la peur, l'homme s'exécuta en extirpant sa bourse.

- Lance-la !

Le deuxième, un gringalet dont la maigreur rendait la vision plus sévère, la capta au vol. Serdant restait en retrait, pendant que le troisième saisit la main du malheureux qui tremblait. Il lui arracha une bague.

- Tu n'as rien d'autre de valeur ?

- Rien, rien ! Vous avez tout pris… bredouilla-t-il en regardant au loin si quelqu'un venait sur la route.

- Non, hurla Serdant. On ne t'a pas tout pris !

- Si, je vous l'assure !

- Il te reste la vie ! dit-il d'une voix blanche en levant une branche noueuse.

Le voyageur n'eut pas le temps de tendre le bras pour se protéger. Il s'effondra d'un coup, sous le rire sardonique de Serdant.

- Ouvre la bourse et partageons.

La nouvelle arriva très vite à Saint-Gaudens.

- Encore ces détrousseurs ! pesta le Premier Consul Dansan.

La maison commune venait d'être envahie par une petite foule d'habitants. On apercevait plusieurs marchands furieux. Dansan allait dans leur sens, se mêlant à leur protestation.

- Je vais de ce pas rédiger un sévère placet au Sénéchal, à l'Intendant d'Étigny et même au Gouverneur !

- Oui ! Alertez encore un fois le Maréchal Duc ! Il doit

appuyer nos demandes de protection.

Le soir même, Jean-Baptiste rencontrait le blessé à l'hospice de la ville. Très affaibli, le marchand de retour de Toulouse eut quelques peines à parler. Dans ses murmures, il ne put confirmer avoir vu une cicatrice sur la face d'un des brigands. Mais la description physique semblait correspondre. Il raconta l'assaut et l'inutile coup, ayant déjà donné sa bourse. Pour l'ingénieur, la bestialité de l'acte signait la participation de l'homme stigmatisé.

Dans la nuit sans lune, Serdant quittait seul la forêt pour s'insinuer dans les ruelles de Saint-Gaudens, quelques pièces en poche. Il vint se poster à l'angle de la rue de l'ingénieur. Des lumières lui indiquèrent que sa proie était bien là.
- Demain, je le saignerai comme un cochon, se dit-il.

49

Montréjeau
Moins de 20 jours après
Le 18 septembre 1763

La rumeur de la venue du Maréchal Duc de Richelieu s'était propagée sur les places et les marchés, des bourgs aux villages. Une foule compacte occupait les bas-côtés de la route royale. Chacun voulait apercevoir le grand personnage. Surtout ceux qui ne l'avaient pas vu l'année précédente.

Un régiment de Dragons veillait au bon ordre. L'industrieuse Montréjeau, impatiente et animée, attendait.

La présence d'uniformes à Saint-Gaudens et, disait-on, à Montréjeau, alerta Serdant. Beaucoup de bourses à piller sans vergogne dans l'une ou l'autre des villes, mais aussi des hommes aguerris prêts à intervenir. Il lui faudrait de l'adresse, de la maîtrise et de la précision dans le geste. Le butin possible dépassait de beaucoup ses dernières prises de la forêt de Landorthe. Il entendit que le célèbre Maréchal Duc se rendrait à Bagnères-de-Luchon pour prendre les eaux. Le noble personnage allait entraîner à sa suite une flopée de parasites aux bourses bien remplies, débordantes, mais pas assez pour ces accapareurs en habits et perruques. Quelques-uns, naïfs, se laisseraient piéger sans efforts, ni besoin de sang. Il fallait se rendre sur place, dans ce village prometteur, fécond de fruits à cueillir avec adresse. Le pied de la montagne couverte de forêt naissait juste derrière les maisons. La fuite serait aisée pour un montagnard comme lui.

Dans la rue royale de Montréjeau, le carrosse attelé à

six chevaux s'approcha enfin, accueilli par les cris de bienvenue des habitants. Penché à la portière, le Gouverneur de Richelieu agitait son bras. Il saluait le peuple, la cohorte des sujets de son monarque. Un sourire large et non feint, quoi qu'initialement diplomatique, indiquait qu'il appréciait cette ferveur. À ses côtés, assis sagement sur leur banquette, le marquis d'Aramon et l'Évêque de Bazas n'économisaient pas leurs sourires, tout en restant sobres dans leurs gestes. La gloire devait strictement revenir au seul Gouverneur.

Le carrosse roula lentement dans la rue, puis franchit le porche de l'hôtel de Lassus. Une fois les lourdes portes closes, la foule continua à chanter.

- Soyez le bienvenu en ma modeste demeure ! dit Monsieur de Lassus-Camon d'une voix claire et forte qui résonna dans la cour, accompagnant ses mots d'un long et respectueux salut.

- Votre généreuse hospitalité n'a d'égale que le confort de votre hôtel, mon ami. Je me réjouis de vous retrouver face à cette muraille des Pyrénées.

Dans la cour d'honneur, les invités saluaient respectueusement. Le subdélégué Lassus-Duperron remercia le Maréchal Duc de sa visite et lui indiqua que tout était en place pour le recevoir à Bagnères-de-Luchon.

Un somptueux banquet réunit la famille Lassus. Le Contrôleur des Marbres avait exprimé ses exigences et l'enjeu de cet hébergement au personnel.

- La Cour doit nous reconnaître dans notre excellence et notre dévouement à la couronne. Aucune fausse note ne doit nourrir la perfidie et la jalousie.

On s'activait donc en coulisses. L'office ressemblait à un volcan en éruption. Chaleur, pression, explosions de vapeurs, course des commis portant des plats, des paniers d'ingrédients, cris des cuisiniers et, passées les portes successives de l'entrée en scène, grâce et lenteur mesurée du service, comme s'écoule la lave sur les pentes douces. Dans ce spectacle du repas courtois se jouait le raffinement des apparences qui masquait le dur labeur des arrières-salles, des cuisines et des dépendances.

Lassus-Duperron, à son habitude pour les grandes circonstances, avait exigé et obtenu de belles pièces de gibier chassé en montagne.

Son frère aîné parla des marbres sous son contrôle, charge oblige. Il invita l'époux de sa fille Jaquette à exposer le commerce des laines, en insistant sur le souci de haute valeur de son commerce.

- Voilà une voie qui me satisfait, approuva le Maréchal Duc. Il nous plaît de voir évoluer la qualité des tissus produits ici.

Bertrand de Fondeville eut l'adresse, lorsqu'il aborda le transport des ballots, de ne point évoquer la révolte des radeliers. Lassus-Duperron, qui ne le quittait pas du regard, en fut soulagé. Rompu aux pratiques des négociations, le maître de maison introduisit dans la discussion quelques mots habilement choisis.

Des flux tumultueux, dangereux mais profitables, de Garonne, la discussion dériva adroitement vers d'autres eaux, celles de la pratique ancienne des bains des Romains. Le Maréchal Duc de Richelieu en parla avec emphase, comme l'académicien qu'il était. Personne dans l'assistance ne savait que, lors de son entrée dans la prestigieuse institution, il ne savait ni lire ni écrire, et dut se faire rédiger un discours appris par cœur. La noble assemblée réunie autour de la table connaissait ses exploits militaires et sa réputation de libertin. Il parlait. On l'écoutait. On le regardait dans son costume somptueux, arborant fièrement l'insigne de l'ordre du Saint-Esprit.

Bien loin de ces mondanités, à Saint-Gaudens, Serdant ne relâchait pas sa surveillance. La porte des Cathérinot s'ouvrit. Jean-Baptiste sortit avec sa sacoche. L'accompagnait l'homme de Lacroix que l'ingénieur avait maintenant pris à son compte. Il secondait Servaise Puyfourcat avec zèle dans toutes les tâches de réparation et d'entretien, en plus de sa priorité de garde du corps de la famille.

- Mon bon Jeannet, veillez à réparer cette serrure avant la nuit. Elle me semble avoir été forcée sans succès. Je serai de retour de Bagnères-de-Luchon dans trois jours.

- Je m'y attelle tout de suite, répondit Cazassus.

Le gaillard portait mal son prénom de petit Jean. Large d'épaules, celui qui fut brassier au service de Lacroix avait fait honneur à la confiance placée en lui. Il protégeait la famille Cathérinot avec rigueur et bonne humeur. Dans son village natal d'Aspet, on le disait homme sympathique mais à ne pas chatouiller. Lui ne disait rien et se contentait de sourire. Ses mains et les muscles de ses bras parlaient pour lui. Serdant qui, entre deux forfaits, ne renonçait pas à trucider cet ingénieur qui le cherchait, se tenait à distance.

Jean-Baptiste se dirigeait vers les écuries de Talazac.

Barthélémy marcha à grands pas vers le couvent des Soeurs de Notre-Dame. Il longea le mur. Il héla une des charrettes qui portaient des victuailles. Le séjour du Maréchal Duc à Luchon obligeait les aubergistes de la ville, peu nombreux et débordés, à commander de quoi nourrir des palais délicats.

- Je puis t'aider à décharger si tu me prends à ton bord, lança Serdant.

La voiture s'arrêta et Barthélémy grimpa. Marché conclu.

La route serait longue. Peu causant, le taciturne d'Argut s'allongea entre les paniers de légumes. Il sombra dans le sommeil réparateur d'une nuit de surveillance.

Il se réveilla au gué de Labroquère. La charrette s'agita en tous sens en roulant sur les galets recouverts d'un faible niveau des eaux. Elle sembla vouloir verser dans les flots.

- Descends pousser ! hurla le marchand, effrayé.

Barthélémy grommela mais s'exécuta sans enthousiasme. La perspective de continuer à pied ne l'enchantait guère.

Ils arrivèrent à la nuit, après plus de douze heures de route. À l'auberge, le déchargement se fit sans ardeur. La fatigue avait rongé les deux convoyeurs. Serdant obtint l'autorisation de dormir dans la charrette, enroulé dans une couverture.

À Saint-Mamet, il faisait nuit noire lorsque Jean-Baptiste arriva. Il abandonna son cheval au domestique. Il grimpa quatre à quatre les marches de l'escalier de marbre du château. Bertrand de Fondeville l'attendait. Il dormirait chez lui.

- Demain, mon ami, je vais intriguer pour le bien de la justice du Roi.
- Toujours cette affaire du Prussien ? Elle vous obsède !
- Si fait. J'ai écrit pour demander audience au Maréchal Duc. Je ne puis penser un seul instant qu'il refuse ou diffère.

L'horloge du château sonna lentement, d'un son cristallin, les douze coups de minuit qui mirent fin à la discussion. Le tic-tac semblait rythmer les battements de cœur du petit chasseur portant tricorne et fusil qui complétait la décoration moulée autour du cadran. Les engrenages tournaient lentement, comme s'écoulent les grains du sablier.

Les aiguilles franchissaient machinalement les chiffres romains, sans passion. Autant de pas vers le funeste destin qui se profilait.

Jean-Baptiste Cathérinot marchait sans le savoir vers la rencontre fatale.

L'enragé serrait sa lame affûtée.

50

Bagnères-de-Luchon
De fin septembre à fin octobre 1763

Le Duc de Richelieu marchait lentement, théâtralement, entouré de quémandeurs adroits, tenus tout de même à distance par plusieurs officiers de sa maison.

Il entra lentement dans les eaux chaudes des baignoires toutes neuves. Elles calmeraient ses douleurs pour un temps. Les soubresauts des diligences à prendre, pour le retour, sauraient malheureusement les réveiller. Mais baste, le bénéfice d'un peu de répit ne se refusait pas.

Lassus-Duperron se démenait pour veiller aux plus minces détails. Le séjour du Maréchal Duc ne pouvait souffrir le moindre désagrément. Il en allait de la réputation en construction d'un petit village perdu en fond de vallée, mais que l'on pressentait des plus prometteurs. Autour de sa modeste église, les maisons de pierre couvertes d'ardoises n'oubliaient pas l'attaque des Miquelets et les incendies. Dans les familles, on se racontait ces jours de malheur. Le souci de protection se transmettait. La population se plut à imaginer que la présence de hauts personnages attirerait des soldats. Un bouclier, enrichi de louis et de sols aussi. On restait discret sur le sujet. La jalousie pouvait compromettre le bénéfice.

Lassus-Deperron fournissait en gibier la table du Maréchal Duc. Pouvait-il abdiquer ses habitudes de luxe et de raffinement, bien difficiles à satisfaire en ces montagnes frustres et pauvres ? À l'opposé des inquiétudes du subdélégué, ceux qui l'approchaient constataient sa curiosité à voir de plus près la vie simple des Pyrénéens. Il semblait se plaire dans cette plongée, à proximité humaine de vies simples et rudes. Il visita plusieurs vallées, traversant des villages dans sa chaise à porteurs. Il constatait sa popularité, ce qui lui fit aimer plus encore les Pyrénées.

Lassus-Camon recevait, avec satisfaction, les lettres de remerciement de Faucher, le secrétaire du Gouverneur.

En effectuant des travaux de terrassement, des ouvriers découvrirent ce qu'ils ne savaient pas encore être des vestiges romains.

Lassus-Duperron demanda que l'on fouille près des thermes et qu'on l'avertisse au plus tôt de toute découverte.

- Avons déterré un caillou avec des écritures ! confia avec fierté un terrassier essoufflé par la course vers le subdélégué, qu'il trouva près de l'église.

- Je vous suis. Montrez-moi cela !

Sans nul doute, il s'agissait bien d'un autel votif romain, de même facture que d'autres pièces trouvées dans la contrée. Le souvenir de Rome se lisait encore dans les ruines de Lugdunum Converarum, qui s'étalaient au pied de la colline de Saint-Bertrand. Une aubaine pour Lassus-Duperron. Le village de Bagnères-de-Luchon pourrait se relier concrètement à l'Antiquité, glorieuse et à la mode. D'Étigny serait ravi d'un tel atout dans sa volonté de développer son territoire d'exercice. La Cour jetterait un regard curieux sur ce pays de montagne réputé désolé et dangereux. Pour princes et courtisans, le soleil siégeait à Versailles. Il condescendait à pousser quelques pâles rayons vers les Provinces. Le centre glorieux méprisait ses marges affreuses aux patois incompréhensibles.

Le subdélégué appela les deux terrassiers qui avaient découvert l'autel votif.

- Mes amis...

Les deux hommes se regardèrent, incrédules. Le seigneur les appelait « ses amis » ? Quelle rouerie se préparait ici ?

- Voulez-vous bien replacer cette pierre taillée à sa place et l'enfouir de nouveau ?

La demande renforça leur étonnement.

- Je reviendrai ici tout à l'heure avec le Maréchal Duc. Attendez de nous voir près de vous. Faites comme si vous creusiez. Mettez à jour devant nous la pierre gravée, sans jamais outrer vos gestes. Soyez économes des moindres manifestations, pas même d'étonnement. Restez impassibles.

La demande ne manquait pas de sel. Un ordre du subdélégué ne se contestait pas, par principe. Mais pour un homme des montagnes, la liberté comptait par dessus tout. La protestation et le refus de l'ordre venu d'ailleurs habitaient les cœurs et les têtes. Et, pire encore, pour les assujettis à la corvée.

- Approchez donc ! leur dit-il, en constatant les signes de mauvaise humeur.

Lassus-Duperron ouvrit une petite bourse. Il en tira deux pièces d'argent.

- Voilà pour vous, si vous tenez votre langue. La même chose lorsque le gouverneur aura quitté la contrée.

Un large sourire éclaira les visages des deux terrassiers. On mangerait bien pendant quelques jours dans leur maison.

Le subdélégué s'éloigna à grands pas. Il savait où trouver le Maréchal Duc qui avait terminé son bain chaud.

- Monseigneur souhaiterait-il assister à une fouille ? On dit la contrée riche de vestiges romains.

- Voilà une idée qui me ravit ! Elle m'éloignera des tables de jeu. Le pharaon m'ennuie profondément, savez-vous. Je vous suis.

Le Maréchal Duc de Richelieu visita le chantier des

thermes. Çà et là, il saupoudrait sa déambulation de mots adroits, en réconfort aux hommes qui creusaient, déplaçaient des tas de terre et de cailloux. Par bonheur, il ne comprenait pas le gascon. Il ne pouvait s'offusquer de jurons locaux qui fusaient entre les dents d'hommes qui auraient préféré se trouver dans les estives, pour la descente des moutons.

- Comme cette langue des montagnes est musicale, s'étonna de Richelieu.

- Elle fut celle des Troubadours, de l'amour courtois, sourit de Lassus.

- Que disent-ils ?

- Des louanges en votre honneur, Monseigneur. Toutes simples mais chargées d'authenticité.

- Heureux hommes !

Soudain, un cri. Deux terrassiers appelaient.

- On nous interpelle avec vigueur, Monseigneur !

Au pied de la montagne, la terre avait été retournée. On retirait des pierres brutes, saillantes, pour ériger des murs.

- Un caillou taillé, dit l'un des terrassiers.

- Dégagez-le, dit Lassus-Deperron d'un ton autoritaire, sous le regard du Maréchal Duc intrigué.

À l'aide de barres de fer et de pics, les deux hommes firent basculer la pierre rectangulaire. En se retournant, elle dévoila une face écrite.

- Un autel votif ! s'écria le subdélégué. La merveilleuse découverte ! Le témoignage romain !

Les ouvriers frottèrent la pierre pour rendre l'écriture plus lisible. L'un d'eux versa l'eau de sa gourde.

- NYMPHIS AVG SACRUM, lut le subdélégué.

Le Maréchal Duc sourit. Sa longue expérience militaire lui avait appris à ne point se laisser berner par les apparences. Il fit mine de s'émouvoir, pensant que cette découverte « fortuite » lui serait d'un précieux secours pour piquer la curiosité de la Cour.

Le Maréchal exprima son ravissement feint avec finesse.

Dans les soupers qui réunissaient les visiteurs, on ergotait maintenant sur le passé antique des lieux. De beaux esprits faisaient montre d'un savoir en la matière, aussitôt salué par des convives excités par l'aventure.

L'Évêque de Bazas écoutait avec grande attention. La traduction de l'inscription sur la stèle ne faisait aucun doute : « *Monument consacré aux Nymphes d'Auguste* ». Il pestait en lui-même, n'en montrant rien sur son visage ou dans ses mots choisis toujours avec diplomatie. Encore une évocation de ces jeunes divinités féminines ! Le peuple croyait qu'elles vivaient dans les bois, les vallées, les rivières, les montagnes, les grottes, les sources, et les plus discrets recoins de ce jardin sauvage que l'homme se devait de dompter et de soumettre à son commerce. Des nymphes auxquelles ces Pyrénéens vouaient des cultes obscurs.

L'Évêque Jean-Baptiste Amédée de Grégoire de Saint-Sauveur constatait avec effroi que l'avancée des temps faisait resurgir des ténèbres les obscurantismes du polythéisme. Pour lui, ce sursaut de Satan devait se combattre de toutes les forces. Le soir, il rédigeait quelques instructions précises à l'adresse de plusieurs curés des vallées. Ils se devaient tous de lutter contre le paganisme qui perdurait dans ces Pyrénées encore rétives à la parole du Christ et aux Évangiles. Aucun lieu de culte païen ne devait subsister. Ne pouvant empêcher les villageois de s'y rendre, mieux valait les détourner, les recouvrir de cérémonies chrétiennes et transformer leur appellation. Les nouvelles habitudes populaires et l'engagement des curés des villages, qui se succèderaient avec la même fougue évangélisatrice, viendraient remplacer les anciennes pratiques par de nouvelles traditions. Le nom d'une divinité locale donné à un site serait remplacé par celui d'un saint, ou simplement par un mot plus conforme à la vraie religion. Ainsi, une cascade devint « d'Enfer », tout comme un pic, une gorge. Cascade Saint-Vincent, cascade Saint-Benoît, pic Paradis et lac Paradis, pic des Moines, massif et gouffre de la Pierre Saint-Martin, gorges de Saint-Georges…

Dans les soupers, on en vint à suggérer de mieux visiter la contrée :

- Mes amis, sortons de ce village !
- Oui, gagnons les fonds de vallée !
- Risquons-nous sur les hauteurs !
- Y trouvera-t-on assez d'air à respirer ? questionna une jeune marquise.

On rit à la remarque.

- N'allons-nous pas nous faire dévorer par quelque loup ?
- Ou bien un ours féroce !
- Je veux assister à une chasse ! Une chasse à l'ours ! posa un des convives excité.
- Je me refuse à marcher sur des pentes aussi raides, pesta un chevalier peu enclin à s'extraire de son fauteuil.
- Commandons des chaises, mes amis ! Des chaises, vous dis-je !
- En trouvera-t-on assez ? J'en doute ! maugréa un vieux barbon à la perruque démodée.

Le subdélégué écoutait avec attention. Il mobiliserait sans délai son administration pour répondre à cette demande qui ne pouvait se différer.

Chaises et porteurs se multiplièrent, au meilleur bénéfice de Luchonnais ayant flairé la bonne affaire. Ils connaissaient leur pays. Ils pouvaient guider ces visiteurs.

Ils le firent avec succès. Ils venaient d'inventer un nouveau trésor à protéger jalousement. Pas question de le partager.

La présence de Richelieu et l'agitation attirèrent quelques intrigants. Un service de courrier fut organisé. Il reçut une pile considérable de plis et de demandes d'audience. Le Maréchal Duc consacra du temps à écouter quelques plaideurs dont les requêtes avaient été sélectionnées. D'Étigny usait de son autorité, avec adresse, pour effectuer certains choix, pour lui prioritaires.

- Oserais-je vous suggérer, Monseigneur, de recevoir un homme pour lequel j'ai grande estime ?

- Osez, mon ami, osez !

- N'est-il pas celui qui participa aux travaux de la route qui vous mena confortablement ici ? Évoquerais-je ses allées plantées d'arbres ?

- Quel est donc ce zélé serviteur du Roi ?

- Jean-Baptiste Cathérinot, sieur de Nose-Feré, Ingénieur des Ponts et Chaussées en poste à Saint-Gaudens.

- Un de ces artisans précieux pour la grandeur du royaume et la prospérité de notre Généralité ! Quelle est donc sa requête ?

- Il fait antichambre depuis des jours. Voulez-vous que je le fasse comparaître pour exposer ses tourments ?

- Des tourments ? Fichtre ! Faites, mon ami.

Peu après, Jean-Baptiste saluait le Maréchal Duc installé derrière sa table bien garnie de feuillets dépliés. Le Gouverneur le regarda attentivement puis l'invita à s'asseoir et à exposer sa requête. Cathérinot parla d'une voix claire, douce, mais affirmée.

- Il est, en lisière de Saint-Gaudens, une méchante forêt peuplée de brigands, peu nombreux mais redoutables. Ils attaquent les voyageurs. Plusieurs crimes de sang sont à déplorer. L'impunité arme leur bras. Le dernier fut celui d'un Prussien de passage.

- Je suis informé de cette affaire, dit le Maréchal Duc.

Il lui fallait veiller à ne point souffler sur des braises encore actives, sur des foyers dormants prêts à se réveiller. Le vieux guerrier aux glorieuses victoires savait mieux que d'autres à quel point les guerres usaient les forces du trésor royal.

- J'ai prévu d'en parler à la faveur des États du Nébouzan que je présiderai à Saint-Gaudens, dans quelques jours.

- Ma requête se veut, peut-être, un renfort à votre volonté de résoudre ce trouble. J'ai demandé au Roi, en son Conseil, l'autorisation de lui acheter cents arpents de cette forêt, afin de la défricher et d'y planter des céréales.

- Mon ami, voilà une belle et généreuse idée qui vous honore. Je vais m'employer à appuyer votre demande. J'ai l'oreille de sa Majesté. Je lui en parlerai dès mon retour à Versailles. Mon appui vous est acquis. Bien le bonjour, mon ami.

Dans sa tanière d'Argut, un furieux attendait son heure. Il reçut un mot de Martin. Il devait convoyer un chargement vers Toulouse.

Il enfourna ses habits de radelier dans un sac de toile grossière qu'il jeta sur son épaule. Il ajusta un chapeau miteux qui couvrait son visage. Les cheveux cachaient bien la cicatrice. Il fourra son couteau dans sa ceinture. Il prit le chemin de Saint-Béat.

51

Saint-Gaudens
Le 23 octobre 1763

Déjà quelques jours auparavant, après la lecture d'un pli de l'Intendant Mégret d'Étigny, le Premier Consul de Saint-Gaudens avait été clair et précis.

- La réception du Maréchal Duc, l'an dernier, fut un succès mémorable. Vous savez combien il nous a remerciés. Assurément, mes amis, on en parlera bien longtemps. La gloire de notre ville en sera assurée.

- Et son commerce, mon cher Dansan, ajouta un autre Consul.

- Les deux s'accordent avec bonheur, reconnaissons-le. Le Roi demande au Gouverneur de présider nos États cette année encore. Nous devons organiser le même rituel pour obtenir un pareil éclat.

L'approbation ne faisant pas débat, les ordres avaient été donnés. On avait discuté des sujets à aborder, en plus de ceux du Sénéchal, et du Gouverneur lui-même, oreille et parole du Roi qui ne pouvait se couper des assemblées de ses États et des Parlements.

- Abordons-nous la demande de l'ingénieur Cathérinot ?

- L'homme est entêté. Il multiplie les courriers et les demandes pour obtenir cette autorisation d'acheter une centaine d'arpents de la forêt de Landorthe. Il évoque l'insécurité du lieu.

- Il n'a pas tort, avait approuvé l'un des Consuls. Il veut nous débarrasser de ce problème. Aidons cette démarche.

- D'autant que la dépense sera imputée sur sa cassette personnelle.

- Elle n'en est que plus vertueuse pour les finances de la cité, sourit le Premier Consul.

- N'oublions pas qu'elle est appuyée par les très influents francs-maçons de la Loge.
- Qui se compose de beaucoup de membres de la noblesse. Notre cité bourgeoise a une tradition de liberté. Nous n'abdiquerons pas l'élan de notre commerce pour les chimères des seigneurs, que d'ailleurs nous tenons le plus souvent hors de nos murs.
- Ce Cathérinot est sieur de Nose-Feré. Il est de ces nobles éclairés. Ses aspirations sont vertueuses.

On avait ergoté longuement sur le sujet. Il avait été décidé, non point de mettre le sujet explicitement sur la table, mais d'en parler directement avec le Maréchal Duc. Cathérinot serait invité au repas solennel. Fonctionnaire du roi, il s'y présenterait de plein droit avec l'Inspecteur des Manufactures Lauvergnat et le Maître des Eaux et Forêts, Villa de Gariscan.

Dans les coulisses, avec adresse et diplomatie, Jean-Baptiste avait lancé plusieurs bâtiments armés d'arguments en direction de sa cible : Richelieu. Les vents lui étaient pour l'heure favorables.

Ce jour-là, la foule se pressait à Saint-Gaudens. La nouvelle s'était répandue dans les campagnes. On voulait voir le grand homme, comme s'il fût le Roi en personne.

La veille, Monsieur de Lassus-Camon avait délaissé son hôtel particulier de Montréjeau pour se rendre à Saint-Gaudens. Neuf jours plus tôt, un exprès lui avait apporté un pli du Maréchal Duc :

« *Le roi m'ayant fait adresser, Monsieur, ses ordres pour la convocation des États de Nébouzan, je me suis déterminé à les assembler le 23 de ce mois, et je compte que, pour marquer votre zèle à sa Majesté et votre atta-*

chement au bien de votre province, vous voudrez bien vous rendre, la veille de ce jour, dans la ville de Saint-Gaudens pour commencer et terminer vos séances dans la forme usitée.

Je suis, Monsieur, votre très humble et très obéissant serviteur.

Maréchal Duc de Richelieu. »

Sitôt sa mission accomplie, certain que les préparatifs de la visite étaient à la hauteur des sollicitations du Gouverneur, rassuré par la présentation des cérémonies exposée par les Consuls et qui serait de même nature que l'année précédente, de Lassus avait regagné Montréjeau dans l'après-midi. Un deuxième courrier, vieux de quatre jours, l'y enjoignait :

« *J'ai fixé l'ouverture des États de Nébouzan au 23. Je vous verrai la veille, et Monsieur votre frère veut encore que j'aille vous incommoder et vous demander à souper. Je serai charmé de pouvoir vous dire combien je suis sensible à ses attentions et aux vôtres et vous renouveler l'assurance de mes sentiments d'estime et d'amitié. Richelieu.* »

Bertrand de Fondeville, son épouse Jaquette et leur fils Pierre-Clair, marchaient dans Saint-Gaudens, escortés par deux domestiques. Ils se dirigèrent, comme la foule, vers la collégiale qui sonnait neuf heures du soir. Toutes les lanternes publiques allumées luttaient contre l'obscurité. La venue du Maréchal Duc l'année précédente avait permis de multiplier les points de l'éclairage public. Le Gouverneur avait donné ordre de ce déploiement dans les villes de son ressort. Saint-Gaudens ne pouvait différer, au grand bonheur de ses habitants, enfin débarrassés de quelques places bien trop plongées dans les ombres dangereuses.

Le petit groupe poussa jusqu'à la porte du Barry-Bigourdan, en passant par l'étroite Rue royale, généreusement illuminée. La foule bavarde et rieuse s'agglutinait.

Deux pas derrière les nobles Fondeville, un de leurs valets surveillait. Quelques coupeurs de bourses de la lande de Landorthe avaient pu s'inviter, une protection s'imposait.

La ville de Saint-Gaudens, peu rassurée par les nombreux crimes et vols qui rendaient les alentours dangereux, se racontait encore avec émotion le meurtre l'an dernier d'un voyageur prussien.

Les de Fondeville franchirent la porte, passèrent le pont sur les anciens fossés. Au beau milieu du croisement des routes, les Consuls avaient fait à nouveau dresser leur belle estrade carrée, surmontée d'un arc de triomphe habillé de tissus et de tapisseries de grand luxe. Les côtés de la plateforme protégeaient un fauteuil par des tentures bordées de galons d'or qui brillaient. Deux rangs de soldats armés de la milice bourgeoise s'alignaient avec leurs officiers. Chacun arborait une cocarde blanche et bleue.

- Bien le bonjour, mon ami !

Bertrand de Fondeville se retourna.

- Cathérinot ! Quelle joie de vous voir !

L'Ingénieur des Ponts et Chaussées salua Bertrand, son épouse et le petit Pierre-Clair. On se congratula de nouveau et on s'embrassa en amis.

- Thérèse n'est pas avec vous ?

- Non point. Elle goûte peu les élans de la foule. Nous la retrouverons tout à l'heure pour souper.

- Êtes-vous toujours sous protection ?

- Nous ne baissons pas la garde, tant que ce bandit à la cicatrice n'a pas été pris de corps.

- La justice est donc saisie ?

- Non et je le regrette. Nous pensons que le furieux récidivera et que, cette fois, nous saurons l'embastiller. Vous le savez, mon ami, Saint-Gaudens possède une prison dans chacune de ses quatre tours. Il y a donc place pour la canaille !

Soudain, une clameur s'éleva au loin. Un carrosse escorté de cavaliers s'approchait lentement sur la route royale de Montréjeau. Le Maréchal Duc venait de passer la nuit et la journée chez Monsieur de Lassus-Camon dont, à l'évidence, il appréciait l'hospitalité, ce dernier n'étant pas avare de sollicitudes envers les personnages en vue de la Cour.

Sous les vivats, Richelieu descendit de sa voiture. Avec grâce, élégance et maintien, il monta lentement les marches. Elles le conduisirent sur l'estrade d'honneur éclairée par les flambeaux de douze hommes. Il devait être vu et admiré dans ses somptueux habits. Il salua la foule et s'assit dans un majestueux fauteuil. Le Premier Consul de la ville, Maître Dansan, avocat au verbe haut, vint le rejoindre. Il salua son hôte prestigieux. Il se lança enfin dans un discours élogieux et plein d'emphase à la gloire du noble seigneur qui daignait descendre des limbes de la Cour de Versailles pour se pencher sur son petit peuple, le tout pour la gloire du Roi Louis le quinzième. La foule applaudit à tout rompre.

De Richelieu remercia d'un geste et descendit de l'estrade, suivi de ses gardes qui formèrent deux rangs de part et d'autre de lui.

La compagnie de la milice bourgeoise forma elle aussi une double colonne et franchit le pont puis la porte Bigourdanne. Suivirent les brigades de la maréchaussée. Vinrent ensuite les valets de la ville. Sur l'épaule, reposait leur pertuisane, à la verticale. La lame de la longue lance brillait au-dessus de leur tête. Brandie ainsi avec énergie, elle proclamait la volonté de défendre la cité. Leur main reposait sur le pommeau de leur sabre. Le cortège se forma ensuite des nombreux domestiques de Monseigneur, puis des officiers de sa maison, des capitaines des gardes avec la moitié de leurs hommes. Venaient ensuite les quatre Consuls parés de leur long manteau rouge et revêtus de leur chaperon. Ils tenaient une chaise à porteurs destinée à Monseigneur le Duc, mais vide d'occupant. Celui-ci, fidèle à sa réputation de héros, bien que vieillissant, avait décliné l'offre de ce transport. Il avait préféré marcher, mieux être vu de tous, pouvoir saluer la foule, recevoir plus directement les acclamations qui anesthésiaient pour un temps les douleurs de la goutte. Le reste de ses gardes l'entouraient. Fermaient le cortège les magistrats de la ville et les avocats en robe, suivis par la foule enthousiaste, sous le son des tambours et des fifres.

- Regarde bien ! dit un homme à son fils juché sur ses épaules.

- En voilà du beau monde, maugréa un radelier à ses compagnons, comme lui vêtus de leur chemise blanche et coiffés de la *bouneto* rouge au sommet pendant sur un côté.

Les capulets des femmes, eux aussi rouge vif, ponctuaient d'éclats colorés cette foule bigarrée et joyeuse.

Dans le cortège, les corps contraints dans les uniformes et dans des gestes codifiés respiraient la recherche de l'ordre, de l'abandon de la personnalité pour s'inféoder à une figure symbolique. Le soldat en habits n'était plus ce petit paysan initié au maniement des armes et aux combats mais le représentant de la puissance de l'armée du Roi. Sous son manteau, maître Dansan n'était plus l'avocat bourgeois, adroit en affaires et en tractations, mais, en habit de Consul, il symbolisait la cité, la recherche d'une relative autonomie de décision, le garant de la mémoire des anciennes chartes. Richelieu lui-même n'était plus seulement l'homme au passé prestigieux, aux victoires héroïques, aux connaissances des rouages de la Cour et des intrigues politiques, il était la noblesse, l'incarnation du dieu Mars porteur des armes de la guerre. Dans cette représentation du monde, de la société des hommes, chacun se voyait allouée une place précise dans un ordre immuable, sous le regard sévère d'un architecte de l'univers dont la parole s'entendait chaque dimanche dans les nefs obscures et humides des églises et de la collégiale. Un tableau faussement idyllique d'une société qui allait bientôt craquer de toutes parts dans le sang.

- *Wonderful*, murmura l'homme penché à la fenêtre de sa chambre d'auberge.

Le voyageur anglais abandonna son carnet de croquis et sa mine de plomb pour jouir du spectacle. D'en haut, il pouvait mieux encore distinguer le calme et la solennité du cortège se frayant un passage rectiligne entre deux rangs d'une population exubérante, bruyante, agitée et enthousiaste. Lignes ponctuées d'espaces réguliers au milieu d'une pagaille colorée.

Chaque habitant de la ville avait eu à cœur de suspendre un tissu orné ou une tapisserie à sa façade. Les échoppes des marchands rivalisaient de lumières, de lambeaux, de lumignons, si bien que le Maréchal Duc de Richelieu en fut impressionné.

Le cortège interminable arriva devant la collégiale. Le clergé en habit attendait sur le seuil de l'église. Un bref mais élogieux discours et le Maréchal Duc entra dans la collégiale, accompagné par la musique somptueuse de l'orgue. Les cloches sonnèrent à toute volée.

De Richelieu remonta la nef jusqu'à l'autel. Il s'agenouilla sur un prie-Dieu couvert d'un tissu rouge bordé d'or. Il entonna un Te Deum, accompagné par les personnalités, les membres du défilé et la foule découverte. Le chant s'éleva vers le ciel, rebondit sur les façades et le toit de la grande halle pour se perdre dans l'obscurité.

Le Maréchal Duc de Richelieu ne fut pas surpris par l'absence de l'Évêque. Il savait Monseigneur Antoine de Lastic malade et en voyage à Paris.

Le cortège se remit en marche, longea la vaste halle, en direction de la porte de la Trinité qui marquait les limites de la ville vers l'est. Il la franchit et s'arrêta devant le palais épiscopal. Les gardes prirent position, ainsi que la milice municipale. Après avoir salué et reçu une nouvelle bourrasque de vivats sonores, le Duc entra dans le palais aménagé pour recevoir le représentant du Roi avec faste.

La ville se souviendra longtemps de cette visite ! dit Cathérinot à ses amis de Fondeville. Et ce n'est pas fini. Demain s'ouvrent les États du Nébouzan ! Rendons-nous en ma maison. Nous pourrons souper et disserter à loisir.

Ils repassèrent la porte de la Trinité quand la foule commençait à se disperser.

Dans la demeure de Cathérinot, une belle table avait été dressée avec rigueur par Servaise. Plusieurs peintures de paysages et de portraits en touches légères donnaient une fraîcheur à la décoration de feuilles et de fleurs qui ornaient les boiseries. C'est autour des généreux chandeliers que l'on soupa en discutant de bonne humeur, sous le regard curieux du jeune Pierre-Clair.

- Dites-moi, mes amis, notre seigneur et Duc de Richelieu va-t-il prendre des mesures pour bouter hors de notre portée cette engeance dangereuse qui rend moult voyages fort périlleux ?

- On dit qu'il a donné, l'an dernier, de précises instructions et qu'il va en mesurer les effets, constata Bertrand de Fondeville. Et, de fait, personne n'a été homicidé cette année près de Saint-Gaudens.

- Mais que de larcins, de passagers dépouillés encore sur cette lande de Landorthe ! Voyez-vous, mes amis, dit Cathérinot, il me faudra couper tous ces arbres, ces taillis, ces arbustes qui sont autant de cachettes et de refuges aux malandrins. Ce défrichage dégagera de la terre pour des cultures. Enfin, si notre Roi et son conseil m'accordent le privilège d'acquérir quelques arpents en ces lieux.

- Mon cher Ingénieur, sourit d'un air taquin Bertrand, sous l'œil attentif de Pierre-Clair, je connais votre dessein. Nous en avons souvent parlé cette année. Planter ces arbres à Bagnères-de-Luchon vous a tellement ému que vous aspirez à vouloir maintenant en déraciner à l'envie ! Quelle vengeance vous anime ainsi, dont on ignore l'obscur ressort, vous qui faites toujours montre d'une grande sagesse ?

Un rire de bon aloi se diffusa autour de la table.

- Ah, le méchant coup d'estoc ! s'exclama Cathérinot en riant lui aussi de bon cœur. Touché, oui, vous touchez mon ami ! À Bagnères-de-Luchon, j'ai planté des arbres et récolté des cailloux. Monsieur d'Étigny ne fut point épargné par les projectiles. Je blêmis lorsque je constate une fraude, lors de mes inspections de chantiers. Le dire doit s'accompagner d'une stratégie digne d'un militaire pour éviter de passer cul par dessus tête.

52

Saint-Gaudens et Montréjeau
Le lendemain
24 octobre 1763

Louis François Armand de Vignerot du Plessis, duc de Fronsac et de Richelieu, membre de l'Académie Française, ancien ambassadeur du Roi à Vienne, Premier Gentilhomme de la Chambre, héros de guerre, ami de Voltaire, gouverneur de la Guyenne, entra en cérémonie dans la Collégiale, revêtu de son costume et de la décoration de l'Ordre du Saint-Esprit en diamants. La noblesse de l'État du Nébouzan entra à sa suite, suivie par les Consuls et une belle foule.

Après la messe, il se rendit en grand cérémonial dans le palais commun, après la place de la Tourasse.

L'assemblée s'installa dans la vaste salle dont l'estrade, où s'étaient jouées plusieurs pièces de Voltaire, était fermée par des rideaux.

Suivant les propos d'ouverture de l'assemblée des trois Ordres par le Duc lui-même, le procureur du Roi présenta les besoins de ce pays niché au pied des montagnes, martyrisé par la pauvreté des populations et par les inondations fréquentes.

On en vint à l'épineuse question du montant des impôts. La discussion s'ouvrit sur des doléances et l'enregistrement scrupuleux des interventions.

Le Duc, qui présidait avec grande écoute, questionna l'assemblée et le Sénéchal sur l'évolution du brigandage de la lande de Landorthe et des alentours.

Ses secrétaires notaient les moindres paroles. Les plumes crissaient.

Puis, après la présentation d'initiatives pour le commerce et l'agriculture, après quelques échanges, l'assemblée des États quitta la salle en cortège pour se rendre, après avoir passé la porte de la Trinité, dans le grand réfectoire du séminaire qui jouxtait le palais épiscopal et qui avait été décoré pour la circonstance.

Les valets installèrent plus de soixante convives. Monsieur Labarthe de Giscaro accompagnait ses chanoines. Les Consuls en habits, regroupés eux aussi, occupaient une partie de la grande table dressée avec soin. Belle vaisselle et argenterie brillaient des reflets des nombreux chandeliers. Les Officiers, installés aux extrémités, encadraient la noblesse locale, le reste du clergé et les notables du tiers.

Au même moment, à Montréjeau, l'animation régnait dans l'hôtel de Lassus. On attendait dans deux jours le retour de monseigneur de Richelieu. Après les États du Nébouzan, il avait prévu de visiter le Couserans, puis de revenir à Montréjeau se reposer avant son voyage vers Paris.

Bertrand de Fondeville, son épouse Jaquette et leur fils Pierre-Clair, avaient pris leur quartier dans l'un des appartements qui leur était dévolu dans l'hôtel particulier de Lassus. Ainsi, ils seraient à proximité des hauts personnages du royaume qui feraient halte une ou deux nuits à Montréjeau. Monsieur de Lassus n'oubliait jamais sa famille. Mieux que quiconque, il savait placer les siens à des postes stratégiques pour le développement de sa fortune. Que son gendre, déjà très adroit en affaires, puisse nouer des liens avec des personnes bien en Cour serait bénéfique pour toute sa maisonnée.

- Bertrand mon ami, interpela Jaquette. Voulez-vous voir comment s'arrange l'appartement du Duc pour son accueil ?

Le seigneur de Marignac fit la moue mais Jaquette insista. Former le goût de son mari lui permettrait d'enrichir encore la décoration du château de Marignac. Il se résolut à se rendre avec elle à l'autre extrémité du vaste hôtel.

Ils entrèrent dans la chambre. Des valets installaient le mobilier et la décoration murale. On fixait des tapisseries d'animaux, venues du château de Nestier le matin même. Un portrait du Roi dans un cadre ovale en bois ouvragé et doré, prit place dans le prolongement du grand lit de noyer sculpté de deux Grâces, surmonté de riches tissus aux galons brodés de fils d'or. Un portrait de Monsieur de Montespan à cheval, et celui du duc et de la duchesse d'Antin, venaient compléter la personnalisation de l'appartement.

Fauteuils, bergères, tables prenaient place, ainsi que quatre grands chandeliers. Sur le bureau, un valet plaça un écritoire en laque de Chine et deux godets en argent pour recevoir l'encre. Un autre vint poser trois gros livres reliés. Bertrand de Fondeville s'approcha. Il ouvrit l'un deux en maroquin rouge, doré sur la tranche. Il reconnut l'Almanach Royal de 1762. Les deux autres ouvrages traitaient de l'état militaire de la France en 1760, des médailles gravées au temps de Louis XIV.

Une servante vint rejoindre les époux avec le petit Pierre-Clair. Jaquette lui fit visiter l'appartement, l'instruisant de la décoration des objets, des personnages des tableaux. Mais le petit garçon lâcha sa main et courut vers les tapisseries pour regarder attentivement les animaux figurés.

- Voilà bien un seigneur de Marignac ! rit sa mère en regard Bertrand. La montagne, la forêt et les bêtes... Venez donc avec moi, Monsieur mon fils ! Regardez avec une même curiosité ces trois livres sur cette table de travail ! Ces savoirs, quoi que limités ici, forgeront votre avenir aussi sûrement que des escapades vers les sommets de la montagne...

Le petit bonhomme d'une dizaine d'années s'approcha et ouvrit l'un des livres. Le précepteur du château avait correctement initié le fils de son seigneur aux rudiments de la langue. Pierre-Clair lut la page de garde.

- Almanach Royal, année...

Il hésita un instant pour traduire le chiffre romain.

- 1762 ! Contenant les naissances des princes et princesses de l'Europe, les Archevêques, Évêques, Cardinaux et Abbés Commendataires. Les Maréchaux de France...

Pierre-Clair regarda son père.

- Se peut-il que notre Richelieu y figure ?
- Regardons ensemble ! dit Bertrand de Fondeville en se saisissant du volume dont il se mit à tourner les pages, plus avant ou vers l'arrière.

Pierre-Clair ne perdait pas un geste.

- Voilà, page 96. Maréchaux de France... Monsieur de Noailles...

Son index semblait suivre une ligne du haut vers le bas de la page.

- Tenez, lisez-donc mon fils !
- Monsieur de Richelieu, Rue d'Antin ! lut à voix haute Pierre-Clair.

Bertrand de Fondeville reposa l'almanach sur l'écritoire, tira une chaise à lui et tourna les pages que regardait Pierre-Clair à ses côtés.

- Pour la Guyenne et la Gascogne, dit-il en montrant du doigt la page...
- Monsieur le Maréchal Duc de Richelieu, Gouverneur et Lieutenant Général, prolongea Pierre-Clair sans beaucoup d'hésitation, montrant une lecture assurée.

Bertrand et Jaquette sourirent.

- Monsieur mon père, j'ai ouï que votre ami Cathérinot désirait couper tous les arbres d'une forêt. Est-il possible ?

- Là se cachent de redoutables bandits, mon fils. La forêt devenant un grand champ de blé les obligera à fuir.

- En a-t-il le droit ?

- Le droit, mon fils ? Comme vous voilà déjà instruit des arcanes de la vie en société. Croyez-vous que les bandits saisiront la justice pour la destruction de leur cachette ? rit Bertrand. Lorsque vous me succèderez dans mes seigneuries, vous serez confronté à l'exercice de la basse justice. Une douloureuse épine dans votre pied. Les querelles sont constantes.

- Je serai avocat, père. Oui, conduisez-moi vers les études.

- En voilà un effronté ! Les affaires commerciales de notre famille ne vous offriront que peu de temps pour ce luxe.

Pierre-Clair fit la moue.

- S'il n'était le danger, j'enverrais un intrépide garçon comme vous descendre Garonne sur un des radeaux qui transportent mes laines à la manufacture de Carbonne.

- Je m'y oppose de tout mon coeur ! coupa Jaquette, à la frayeur sincère.

- Ne vous alarmez pas, ma mie. Il n'en est pas question. J'ai d'ailleurs longtemps hésité à accepter que mon ami Cathérinot fasse le prochain voyage.

- Sur un radeau ?

- Si fait. Il veut mieux voir encore la flottabilité de la rivière.

À Saint-Béat, Martin donnait ordre, à l'équipe qui avait intégré Serdant, de descendre un chargement de bois de chauffage à Toulouse.

53

Fos
Quatre jours plus tard
28 octobre 1763

Sorti très tôt ce matin de sa maison de Capélé, Guilheim Esclarmonde se démenait sur la rive de Garonne. Il donnait ses ordres pour que le radeau soit construit solidement. Au bord de l'eau, sur des billes de bois dressées, portant une entaille en v, il avait fait poser deux troncs de sapin, perpendiculairement à la rivière. Un tas de poutres venait de la scierie de Donnièss. Sur cette structure, les hommes hissèrent une pièce de bois, en prenant soin de placer la partie taillée en pointe vers l'avant. Puis, ils en disposèrent une seconde tout contre. Aucun espace ne devait subsister, au risque de blesser un radelier qui pourrait y introduire son pied par mégarde. Ils ajoutèrent autant de poutres qu'il fallait pour constituer la plateforme. Un rectangle s'était formé.

- Apporte la tarière ! dit Esclarmonde.

Sur la rive, un des hommes s'activa et revint avec cet outil de perçage en forme de T, l'hélice de métal et son manche en deux parties placé à l'équerre pour faire levier.

- Allez, perce les trous des endortes !

L'homme piqua la surface de la poutre. Il appuya puis fit tourner le gros foret, non sans résistance du bois dur et sec. Il fit de même pour toutes les pièces, à leurs extrémités. On apporta deux transverses que l'on plaça sur les poutres, au niveau des deux troncs.

- Où sont les endortes ? cria Esclarmonde, un peu énervé.

On se hâta de lui apporter les liens végétaux de trois mètres, formés de branchettes de noisetiers longtemps trempées dans l'eau pour acquérir une indispensable souplesse.

- Sont-elles correctement vrillées ?
- Oui ! maugréa un des hommes.
- Et trempées ?
- Oui ! souffla-t-il, agacé.
- Allez, attachons les pièces.

L'endorte fut introduite dans le trou de la première poutre, puis attachée au tronc et à la barre latérale. De même pour chaque pièce de bois. La liaison des parties du radeau prit du temps. Chacun soignait un travail délicat qui garantissait la sécurité des radeliers.

Esclarmonde dressa à la verticale une solide branche d'un mètre, entre deux troncs et contre la barre latérale. Il en fixa une deuxième. Il les lia entre elles, faisant plusieurs tours avec l'endorte. Il ménagea un espace pour laisser passer la rame-gouvernail et relia de même le haut de ces piquets. Il renouvela l'opération à l'arrière. Il testa l'articulation avec succès.

Un homme perçait un trou dans l'une des poutres du centre de la plateforme. Il y introduisit une petite potence d'un mètre de haut.

Le patron examina une à une les attaches.

- Parfait, se dit-il. Arrose !

L'un des hommes saisit un seau, l'emplit à la rivière et le déversa sur les endortes. Il renouvela l'opération sur tous les assemblages pour qu'ils restent souples.

Un coup d'oeil à la ronde pour vérifier que plusieurs ouvriers pouvaient maintenant venir mettre l'embarcation à flot.

- À l'eau ! cria Esclarmonde.

Les hommes apportèrent plusieurs billes de bois écorcé pour former une glissière sous le radeau et jusqu'au bord de la rive. Esclarmonde attacha une corde sur un tronc pour qu'elle serve d'amarre. Le préposé au seau arrosa copieusement la rampe, pendant que plusieurs ouvriers saisissaient chacun une solide perche. Sur ordre du patron, tous s'en servirent en même temps comme d'un bras de levier. Le radeau se déplaça, puis glissa lourdement vers la rivière, avant de basculer et d'entrer progressivement dans l'eau. Esclarmonde attacha l'amarre à un piquet planté dans le sol. Une seconde fut fixée à l'arrière.

- On charge !

Les tas de bûches fendues quittèrent la prairie pour s'entasser avec méthode sur la plateforme. Les hommes ne ménagèrent pas leur énergie. Le chargement fut rapide.

- Passe-moi la rame, Serdant ! ordonna Esclarmonde d'un ton calme pour ne pas déclencher un mouvement d'humeur de ce radelier, imposé par Gérard Martin pour quelques actions annexes que chacun s'accordait à ignorer.

Barthélémy souleva la perche et grimpa sur l'embarcation. Pierre Cazalot vint la fixer à l'avant. Les deux renouvelèrent l'opération pour l'arrière. On suspendit à la potence un petit sac de provisions, indispensable pour ce voyage vers Toulouse et pour le retour.

Les trois hommes détachèrent l'amarre. Ils plongèrent leur perche et poussèrent ensemble pour saisir le bord du courant. Le radeau se décala de la berge puis avança lentement. Le flux caressa les troncs pour les attirer vers l'aval. Quelques poussées adroites conduisirent l'embarcation vers le courant qui donnait toute sa pleine force au milieu de la rivière. Cazalot actionna la rame de devant, plongée dans l'eau. Serdant s'empara de celle de l'arrière pour compléter le mouvement. Esclarmonde, rassuré, suivait les manoeuvres. Les dernières maisons de Fos et la scierie de Donniès dépassées, l'embarcation fila à grande vitesse. Serdant enfonça mieux encore son bonnet. Il faisait froid. Les trois radeliers n'avaient pas oublié de se vêtir de leur manteau en peau de chèvre.

À l'entrée de Saint-Béat, Serdant leva la tête, se retourna pour regarder la porte de Taripé et sa prison. Un rictus amer s'invita sur son visage. Ils longèrent le Gravier, puis l'église, avant de passer sous la passerelle de bois en face de la maison de Gérard Martin. Esclarmonde regarda si le commanditaire était posté à sa fenêtre. Point. Le marchand avait autre chose à faire qu'à surveiller l'une de ses nombreuses livraisons. Ils franchirent le couloir de Saint-Béat sans encombre. À droite, les falaises du pic du Gar attendaient les premières neiges comme des sentinelles de pierre dressées. Sur l'autre rive, les cheminées du château de Bertrand de Fondeville exhalaient leurs fumées qui se mêlaient à celles des maisons de Marignac.

Le radeau ne fit pas halte au port de Cierp, encombré de roules qui flottaient, en attendant de former un train. Sur les pontons, on s'activait.

La descente mena les trois hommes au port de Bagiry. La délicate manœuvre d'accostage menée avec intelligence par Esclarmonde permit à l'embarcation de s'amarrer à côté d'une autre en cours de chargement. Il fallait ajouter du bois de la Barousse. Sur la rive, un attelage de huit boeufs tirait un énorme tronc posé sur deux essieux. Il arrivait de la montagne de Thèbe.

Esclarmonde débarqua.

- Notre bois est là, dit-il à l'adresse des deux autres.

Inutile d'en dire plus. Les longues bûches quittèrent leur tas pour se ranger à l'avant de la fiole. Chacune calait l'autre. Fendues en quatre, leurs faces plates se posaient les unes sur les autres. L'empilage se stabilisait, comme les pierres plates des murets de montagne qui retenaient les prés en terrasses.

Devant eux, un deuxième radeau stationnait. Plus long et plus large, doté de quatre rames-gouvernails, il avait été chargé de poutres taillées. Une charrette attendait, portant des laines correctement emballées. L'équipage, après avoir solidement lié les bois, entreprit de poser des ballots par dessus. Ils ne devaient pas être mouillés par les flots qui, souvent, passaient sur la plateforme.

Deux cavaliers arrivèrent au pas.

- Voilà notre radeau, mon ami, dit Bertrand de Fondeville.

- Pour ma première expérience de navigation ! sourit Cathérinot enthousiaste.

Ils mirent pied à terre, attachèrent leur monture aux branches d'un solide noisetier, s'approchèrent du bord de l'eau.

- Le courant est bon, dit Bertrand.

À sa vue, les *carrassaïres* retirèrent leur bonnet rouge pour le saluer.

- Le chargement se déroule-t-il comme vous l'espérez ? demanda le seigneur de Fondeville.

- Encore un ballot à attacher, puis le tout à bâcher, et nous filons vers Carbonne.

- Vous aurez un passager, aujourd'hui. Veillez sur lui comme à la prunelle de vos yeux !

- Vous pouvez compter sur nous ! dit Marc Laffont, le patron du radeau.

- Il va observer le voyage avec ses yeux d'ingénieur ! N'est-ce pas, mon cher Cathérinot ?

Serdant, sur l'autre embarcation, sursauta.

- Est-il possible ? se dit-il en tirant ses mèches sur la cicatrice.

Il tourna légèrement la tête pour mieux voir sans être vu. Pas de doute. Ce manteau, ce tricorne, ce visage. Son poursuivant se trouvait bien sur l'autre radeau. Il venait de s'asseoir sur le bout d'une poutre. Barthélémy se dissimula derrière un des *carrassaïres*, tout en effectuant les manœuvres de départ. Le radeau de bois de chauffage s'éloigna du bord, dépassa celui des laines et prit très vite le courant.

L'embarcation du seigneur de Fondeville se décala de même. Elle s'insinua dans le sillage de celle pilotée par l'homme à la cicatrice.

- Laisse-moi à l'avant, grogna Barthélémy à son patron qui accepta.

Face aux flots devant lui, il pouvait filer sans être reconnu par l'ingénieur. Le courant ne choisissait pas ses complices. Il ne modulait pas ses ardeurs à la tête du client. Les deux embarcations se suivaient à peu de distance. Le resserrement de Labroquère, devant le château de Vidaussan, ne changea pas la donne. Pouvait-on se dépasser sans danger ? Personne ne s'y risquait. Sous les flots tempétueux, de gros rochers menaçaient. La température de l'eau interdisait toute chute.

Montréjeau se profila. Le radeau de Serdant accosta pour charger d'autres bois. Celui du seigneur de Marignac les dépassa et continua à filer à faible vitesse. Le courant de Garonne semblait s'anémier.

Ce n'est qu'au niveau de Miramont que Barthélémy aperçut la silhouette de son poursuivant, maintenant devant lui. Une aubaine. L'effet de surprise passait dans son camp. Se baissant pour relever un peu la rame, son manteau s'ouvrit, dévoilant le manche de son couteau.

- Que fais-tu avec une lame ? pesta Esclarmonde.
- Quel couteau ?
- Celui qui dépasse de ta ceinture !

Serdant se rembrunit. Ses yeux brillèrent. Sa mâchoire

se crispa.

- C'est pour me défendre !

- De qui ? hurla le patron pour passer au-dessus du bruit des eaux.

- Ne sais-tu pas que le chemin du retour est dangereux ?

- Tu parles de la forêt de Landorthe ?

- Assurément ! Il nous faudra bien la traverser avec notre gain du voyage.

- N'aie crainte, Serdant. Nous sommes quatre, et solides. Qu'ils s'y frottent donc !

La suite du voyage se déroula sans encombre.

Cathérinot avait recopié sur son carnet le tracé de la Garonne de Matis. Ainsi, il ajoutait des remarques, en les situant. Ici un rocher dangereux, là une courbe trop serrée, plus loin un fond périlleux car recouvert d'un faible niveau d'eau.

À Saint-Martory, on obligea Cathérinot à saisir vigoureusement une corde attachée aux poutres et aux timons qui tenaient les deux rames-gouvernails de l'avant.

- Nous allons franchir le passelis. Le danger de tomber est grand. Tenez-vous solidement !

- Je vais m'y efforcer, dit Cathérinot en rangeant son carnet dans la poche de son manteau.

La délicate manoeuvre se déroula sans difficulté. Le radeau flottait lentement sur la rivière assagie avant la chute. Par d'adroits coups de rame-gouvernail, les *carrassaïres* visèrent le passage qu'ils savaient délicat car guère plus large que leur embarcation. Elle se tenait bien alignée pour s'engager maintenant sur la pente aménagée pour passer l'obstacle du mur de retenue des eaux qui alimentaient le moulin en aval. L'avant se présenta avec justesse. Les marins relevèrent les rames de l'avant comme de l'arrière. Ils poussèrent avec leurs perches. Le courant, ainsi aidé, fit passer l'embarcation dans cette large rigole en pente raide, puis son poids la fit glisser et basculer vers le tourbillon d'écume. Cathérinot s'accrocha, pensa ne pas sortir vivant de ces remous vers lesquels il plongeait. Les troncs raclèrent toute la descente, puis s'enfoncèrent dans la turbulence, mouillant les pieds des marins et du voyageur tétanisé par l'épreuve. Les laines, placées en haut du tas de poutres ne se mouillèrent pas. Le radeau se redressa enfin, ballota dans le courant bien plus fort après cette chute d'eau, et continua sa navigation, guidé par les rames tenues à nouveau avec vigueur.

Cathérinot mesura à cet instant l'une des raisons de la colère des radeliers de Fos, qui refusaient de dépasser le port de Montréjeau. Ils se révoltaient malgré la menace des autorités. Ici, se jouait leur vie.

Mais déjà, la fiole d'Esclarmonde, bien que plus étroite, s'attaquait à la même difficulté. Solidement agrippés, les quatre glissèrent et plongèrent dans le remous avant de filer vers l'aval.

Serdant calculait. Le radeau de l'ingénieur portait des laines. Il devait donc accoster au port du château de la Terrasse, à Carbonne, pour livrer ses matières à la manufacture des tissus. Son chargement de bois, pour Toulouse, devait se délester d'une partie de la cargaison pour le chauffage de ce château. Se débarrasser de l'ingénieur en ce lieu ! Le planter et le jeter dans le courant, ou dans l'un des bacs de teinture. Ensuite, il pourrait s'enfuir vers la ville ou vers la campagne, ou bien remonter sur son radeau et filer. Son regard se durcit. Les veines de ses tempes se gonflèrent. La fureur montait en lui. Le parfum du sang l'envahissait. Il sentait ses forces décuplées.

La tour carrée et le corps de bâtiment du château de la Terrasse s'inscrivirent dans le paysage. Sur le port, un grouillement d'hommes s'activait.

- Je passerai inaperçu dans cette foule au travail, se dit Barthélémy.

Il vit Cathérinot descendre de son embarcation, puis longer l'embarcadère.

Esclarmonde arrima son radeau.

- Déchargeons ce tas-ci ! dit-il en montrant une partie du bois.

Sitôt à terre, Serdant tira discrètement sa lame. Oubliant le déchargement, n'écoutant plus que son instinct de chasseur, il marcha d'un pas rapide en direction de Cathérinot qui contournait les hauts murs de briques de la demeure seigneuriale. Il se rapprocha de lui. L'ingénieur se dirigeait vers la porte d'entrée de la manufacture. Des hommes allaient et venaient, portant des ballots, ou des pièces de tissu terminées. Bientôt, il ne fut plus qu'à un souffle de lui, à portée de lame. Il serra le manche. Il regarda autour de lui. On s'affairait. Il vit que le porche était sombre. L'ombre masquait tout.

Les deux hommes pénétrèrent dans l'obscurité. Serdant leva très haut son bras armé d'une lame acérée.

54

Carbonne. Château de la Terrasse
28 octobre 1763

Jean-Baptiste sentit une vive brûlure dans le dos. La douleur et le choc le firent tomber. Au sol, il se retourna d'un coup. Le visage grimaçant de Barthélémy. La lame du couteau rougie de son sang. Cathérinot tendit la main ouverte devant lui.

- Non !

Le bras de Serdant se leva.

- Crève !

L'assaillant abattit son couteau vers la poitrine de l'ingénieur.

- Non !

Le cri retentit sous le porche, frappa le mur de briques du château, rebondit, fit tourner les têtes.

- Que se passe-t-il ? s'inquiéta le patron du radeau.

On homicide à l'entrée de la manufacture !

- Serdant ! Où est Serdant ? Pourquoi ne décharge-t-il pas ? bredouilla Esclarmonde visiblement inquiet.

Sous le porche, un ouvrier avait donné un coup de manche sur le bras de Barthélémy. Le couteau avait volé à l'écart avant de pouvoir achever son forfait. Il sauta de côté, chercha à récupérer sa lame. Un second ouvrier l'envoya valser au loin d'un coup de pied.

- Emparez-vous de lui ! hurla Cathérinot qui se relevait. Le fâcheux est un criminel ! Il a homicidé. Attrapons-le.

Serdant grimaça. Plusieurs ouvriers accourus formaient maintenant un cercle. Des manches se levèrent. La canaille bouscula la porte. Il pénétra dans le vaste entrepôt. Il courut vers le fond. Des ballots de laines s'empilaient. D'étroites ruelles s'ouvraient entre ces tas organisés. Il se faufila.

Jean-Baptiste ne sentait plus sa blessure.

- Vous saignez Monsieur, dit un ouvrier, en l'aidant à se redresser.

- Ce n'est rien ! Il faut le saisir à tout prix ! Ce furieux est dangereux. Prenez garde !

- Il n'est plus armé. Son couteau est dans l'herbe.

- Allons-y !

Jean-Baptiste entra dans l'entrepôt suivi par des ouvriers qui le prirent pour un policier du roi. On ne viendrait pas les disputer pour leur retard de travail.

Le furieux avait grimpé sur des ballots. Il pouvait voir le petit groupe s'approcher à petits pas. Dans sa course, il s'était emparé d'un crochet à foin qui servait à manipuler les balles. Bientôt, les cinq hommes qui accompagnaient Cathérinot passèrent en contrebas de son promontoire.

- Il ne peut être qu'ici, dit l'ingénieur. Allez chercher du renfort et verrouillez la porte d'entrée !

Le sang bouillit dans la tête de Serdant. Pris comme une bête dans sa tanière ? De sa place, sa tête touchant le haut d'une des arches de briques, il vit qu'une porte donnait sur une autre pièce. Il saisit sa nouvelle arme. Il la planta dans un ballot. Il tira pour faire basculer le tas qui écraserait ses poursuivants. La pile s'écroula sans bruit mais avec la puissance de son poids.

- Attention !

Les hommes reculèrent en un geste réflexe. Aucun ne fut enseveli dans ce défilé de laines maintenant obstrué. Barthélémy sauta sur un autre tas, sur un troisième, puis descendit sur celui qui s'appuyait contre l'un des piliers en brique. La porte était ouverte. Il entra en courant dans la pièce. Elle était encore plus vaste et entièrement occupée de métiers à tisser. Des dizaines. Une forêt organisée au cordeau sous les arches. Chaque ouvrier concentré sur sa tâche actionnait le balancement de la trame et le va-et-vient de la navette. Un bruit infernal interdisait toute possibilité de discussion. Il retira son bonnet. Il feignit de venir observer le travail, se faufilant d'une machine à l'autre, regardant à droite et à gauche à la recherche d'une sortie. Il se dissimula derrière une arche de brique pour observer la porte de l'entrepôt.

- Malédiction !

Cathérinot et les ouvriers venaient d'entrer. Ils fouillaient des yeux l'entremêlement des fils et des montants de bois des métiers à tisser. L'assassin se cachait forcément dans cet atelier.

- Déployons-nous, hurla Cathérinot, mimant son ordre de grands gestes du bras droit, le gauche ne pouvant se lever.

Les hommes prirent des directions différentes dans l'indifférence des tisserands.

Serdant quitta sa cachette, rasa le mur en direction d'une autre porte. Elle s'ouvrit sur une cour intérieure. Il referma et marcha lentement, comme si de rien n'était. Une suite d'arches de briques ouvraient sur des entrepôts. Au-dessus, de petites ouvertures éclairaient l'étage. Les murs alternaient un appareil de galets de Garonne, penchés dans un sens, puis à l'opposé sur le rang de dessus, avec des bandes horizontales de briques. Une génoise courait en bordure des toits de tuiles.

Plusieurs charrettes se déchargeaient ou se remplissaient d'étoffes. Des hommes pesaient, entassaient, déplaçaient des ballots. Un commis derrière sa table notait sur un épais registre.

- Vingt-cinq pièces pour Auch ! C'est bien cela ?

Serdant approchait, cherchant une autre sortie. La cour

carrée présentait plusieurs portes. Laquelle choisir ? Il déambula entre les tas et les voitures, l'air faussement distrait.

- Que fais-tu là ? l'interpella le commis.
- Je suis radelier. Je me suis égaré.
- Un marin n'a rien à faire dans la fabrique. Retourne au port.
- Par où dois-je passer ?
- Prends cette porte, devant toi ! dit-il d'un ton cassant.

Barthélémy s'approcha du commis. Il le regarda droit dans les yeux. Il mit sa main à la ceinture. Le couteau n'était plus là. Il souffla de colère, tourna les talons et ouvrit la lourde porte. Elle donnait sur un couloir sombre. Il entendit des cris dans la cour. Les poursuivants retrouvaient sa trace. Il se mit à courir. Une porte s'ouvrit sur le terrain qui séparait la manufacture du château. On s'affairait. Devait-il courir pour prendre de l'avance mais se faire repérer, ou marcher lentement et se fondre dans la masse des ouvriers à l'oeuvre ? La réponse vint vite.

- Arrêtez-le ! cria Cathérinot sortant du couloir.

Serdant se mit à courir en direction du château. Il entra dans le jardin à la française. Il se dissimula derrière un buis taillé en boule. Il s'allongea. Il rampa pour contourner les bâtiments, jusqu'à la terrasse qui dominait le port. Une enfilade de grandes portes-fenêtres rythmait la façade. L'une d'elles était ouverte. Un valet entra, puis sortit en s'éloignant vers la tour. Serdant leva la tête. On le cherchait autour des bâtiments de la manufacture. Il resta courbé pour traverser la terrasse et entrer dans le salon d'apparat. Des bergères, des canapés, des meubles marquetés, des sculptures, plusieurs horloges, des tableaux.

- Un trésor ! se dit Barthélémy en se cachant derrière un canapé.

Un valet entra. Il épousseta une commode, puis il changea les bougies des candélabres. Serdant n'osait respirer. Devait-il attendre la nuit pour s'enfuir ? Trop risqué. On pourrait l'enfermer dans cette salle et le prendre à la nasse. Il maugréa en lui-même, maudissant ce valet qui lambinait et ne semblait jamais vouloir terminer sa tâche.

Dehors Cathérinot mobilisait. Un des ouvriers revenait avec la maréchaussée à cheval.

- L'homme que nous traquons a homicidé à Saint-Gaudens, dans la forêt de Landorthe, expliqua l'ingénieur.

- Comment le savez-vous ? Et qui êtes-vous ?

- Je suis l'ingénieur de Saint-Gaudens, le sieur Cathérinot de Nose-Feré.

L'officier de la maréchaussée n'hésita pas. Le serviteur du Roi ne pouvait qu'être officiellement mandaté.

- Déployez-vous autour de la manufacture ! Il ne doit pas nous échapper.

Serdant rampa jusqu'à la porte-fenêtre. Personne. Il sortit sur la terrasse, longea le muret, puis descendit sur l'esplanade du port. Il remit son bonnet rouge et se mêla aux autres radeliers. Son embarcation allait appareiller. Esclarmonde tenait l'amarre entre les mains. Serdant courut comme un lièvre traqué. Il sauta sur la plateforme de troncs.

- Te voilà enfin ! Où étais-tu ?

- Ne me cherche pas querelle, Esclarmonde. Saisissons les rames et partons !

Le patron du radeau, habituellement fort en caractère, ne broncha pas. Homme spécial de Martin le commanditaire, Serdant restait intouchable.

De la rive, monta un cri.

- Là-bas, hurla Cathérinot. Il s'échappe sur un radeau.

L'ingénieur courut à perdre haleine malgré sa blessure.

Arrivé sur le bord de l'eau, il constata que l'embarcation ne s'éloignait que de quelques pieds. Elle n'avait pas encore saisi le courant. Jean-Baptiste prit son élan et sauta. Il retomba sur l'embarcation et roula sur les poutres. Serdant saisit une perche et la leva pour assommer l'ingénieur.

Esclarmonde s'interposa.

- Arrête Serdant ! Es-tu devenu fou ?

Le mot le fit exploser. La barre de bois tournoya et vint frapper le patron à la tête. Déséquilibré, il tomba à l'eau, le visage en sang. Les deux autres radeliers crièrent, tendirent leur perche. Mais Esclarmonde, déjà trop loin et inconscient, emporté par le courant, sombrait dans les eaux tumultueuses. Serdant en profita pour pousser les deux autres marins dans Garonne. Le radeau prit le courant et de la vitesse. Sans la gouvernance des rames, il se mit à tournoyer, coquille de noix folle en péril de se fracasser sur un rocher.

- Enfin seuls ! cria-t-il à Cathérinot qui lui faisait face.

N'écoutant pas la raison, l'ingénieur se rua sur Serdant. Un premier coup de poing à la face l'envoya sur le tas de bois. Le radelier saisit une bûche. Il la leva et l'abattit sur Jean-Baptiste qui esquiva le coup mais se coinça le talon entre deux poutres et chuta. Serdant leva à nouveau son gourdin. Plus rien ne lui interdisait d'écraser le crâne de son adversaire. Ses yeux brillaient. Sa mâchoire tétanisée provoquait un affreux rictus des lèvres. Il transpirait de sa course, de sa fuite, de son excitation à l'approche du sang. Il resta un bref moment ainsi, la bûche levée au plus haut, les mains crispées, la cicatrice découverte, la bave aux lèvres. Cathérinot chercha à pivoter, à se relever, à arracher le talon de sa botte des pinces de ce piège. Son regard passait des yeux de Serdant à cette bûche fatale. Il pensa à Thérèse, à ses enfants, à son ami de Fondeville, à d'Étigny. Une force se décupla en lui. Il se tendit mais la botte resta coincée. Il n'abandonna pas, dans ce court instant où la vie est en jeu, où l'on pense mourir, où l'on se dit « *c'est donc ainsi que se termine ma vie* ». Serdant sourit, se délectant de la peur de celui qui allait trépasser. Cathérinot vit la bûche se rapprocher de lui. Un coup de feu claqua. Serdant se figea. Une tache rouge vint s'épanouir sur sa chemise blanche. Ses yeux s'écarquillèrent. Il lâcha son gourdin de circonstance. Il porta sa main à la poitrine. Un deuxième coup de feu claqua. Il se pencha. Cathérinot vit, dans ses yeux, la haine absolue. Il bascula et tomba dans l'eau.

L'ingénieur se releva. Il saignait du dos. Il sentit sa tête tourner. Le radeau fou filait à grande vitesse. Il extirpa son pied de la botte au talon coincé. Il cria de douleur. Il avait observé les marins. Il s'empara d'une des rames. La sueur inondait son visage crispé par le feu de son dos percé. Il glissa le gouvernail dans le logement ménagé entre les deux piquets verticaux. Il le plongea dans l'eau. La force du courant, appuyant sur le plat du bout de la rame, imposa un début de trajectoire à l'embarcation qui filait vers Carbonne. Comment l'arrêter ?

Cathérinot, au bord de l'évanouissement, agissait tout de même instinctivement. Il calculait, rappelait en lui ses connaissances de la géométrie et de la logique des forces. Il parvint bientôt à stabiliser le radeau qui maintenant filait droit dans le sens de la rivière.

À la sortie de Carbonne, la Garonne s'élargissait. Elle tempérait le courant qui se diluait dans la largeur du lit. Le radeau ralentit. Sur la rive, des cavaliers de la maréchaussée suivaient sa progression. Ils hurlaient des mots que Cathérinot n'entendait pas distinctement. En face de Marquefave, par une manoeuvre de la rame, il se rapprocha de la rive opposée au village. Le radeau quittait peu à peu le courant. Il ralentissait. Des hommes en uniforme l'attendaient, tenant des cordes. Arrivé à la hauteur du premier, il le vit jeter le filin qui tomba à l'eau. Le second fut le bon. Cathérinot saisit le bout et l'enroula sur le premier tronc. Le gendarme, aidé de ses compagnons, bloqua la corde. L'arrière du radeau pivota, mais l'avant vint toucher la rive.

- Sautez vite ! hurla l'officier depuis son cheval.

En un bond énergique, Jean-Baptiste atteignit la rive. Il tituba. Il bredouilla un remerciement aux gendarmes qui avaient tiré sur le furieux à la cicatrice. Il s'écroula. Une tache de sang avait traversé ses vêtements et imbibé son manteau.

55

Saint-Gaudens
Un mois plus tard
29 novembre 1763

- Êtes-vous remis de votre blessure, mon ami ? s'inquiéta d'Étigny, assis en face de son Ingénieur.

- Quelques faiblesses nuisent encore à ma fougue, mais mon zèle est intact, répondit Cathérinot, le teint pâle. Saint-Gaudens est dotée de bons chirurgiens. Ils œuvrent avec grand talent.

- Je suis heureux de l'entendre. Cependant, je ne puis, vous le comprenez, faire état de votre acte héroïque. Il se situe au-delà de votre périmètre d'exercice. La justice du Roi pourrait en prendre ombrage. Depuis l'affaire Calas, qui empoisonne le Parlement de Toulouse, nous marchons sur les œufs. Le philosophe Voltaire vient de publier « Traité sur la tolérance ».

- Je l'entends bien et souhaite également la plus grande discrétion sur cette affaire.

- Vous savez l'estime que j'ai pour vous, mon ami. Elle est renforcée par votre bravoure, votre engagement à combattre le mal. Je poursuis mon obstruction à remonter, à l'École des Ponts et Chaussées, l'inévitable rapport sur votre escapade espagnole, sourit d'Étigny.

- Comment vous remercier ?

- En poursuivant votre tâche au service du royaume. Mais avant, voulez-vous bien me conter les ressorts de cette affaire ? Pourquoi ce radelier chercha-t-il à vous homicider ?

- Vous souvenez-vous de ma requête pour acquérir cent arpents de la forêt de Landorthe ?

- Si fait.

- Cet homme était l'assassin du voyageur prussien. Le bois fut son repère et celui de crapules de son espèce.

- Fichtre. Le tableau s'éclaircit d'un jour nouveau.

- D'autres sont certainement encore cachés dans les fourrés. On m'a rapporté de nouvelles attaques. Des bourses changent de main. Il est temps de défricher ce désert affreux.

D'Étigny se tint le menton, les sourcils froncés de celui qui envisage toutes les pièces d'un dossier épineux.

- Monsieur de Richelieu s'est engagé, devant les États du Nébouzan, à pousser en avant cette requête, avec l'approbation des Consuls. D'autant que vous persistez, comme moi-même, à avancer les sommes requises sur votre cassette personnelle.

- Coûts dont je ne demanderai jamais remboursement, précisa Cathérinot.

D'Étigny opina du chef. Il avait lui-même payé les travaux des routes. Il espérait un recouvrement des sommes par le Roi. Il ne savait pas encore qu'il ne viendrait jamais et qu'il en serait ruiné. Pour l'heure, dans l'euphorie de la concrétisation des idées généreuses, les deux hommes ne calculaient pas, ils agissaient.

- Je vais de ce pas tisonner avec vigueur les dossiers en souffrance. Je viens de renvoyer Genain, mon secrétaire, et de le remplacer par Sallenave. Il devra me dire si mes placets ont été correctement adressés, et les renouveler s'il le faut.

Le soir même, l'obscurité masquait la réunion secrète de la loge des francs-maçons, toujours interdite.

Le Vénérable ouvrit les travaux. Après avoir fait vivre le rituel, il fit un court discours en l'honneur de Cathérinot.

- Mon très cher Frère, Jean-Baptiste, notre loge est fière de t'acclamer pour ton geste héroïque. Tu as risqué ta vie pour creuser un puits profond pour le vice. Tu mets en œuvre les ressorts de la vertu, cherchant inlassablement le bonheur des hommes. Tu dessines le paysage de notre contrée, non comme il est, mais comme il doit être, au service des sujets du Roi. Routes et ponts facilitent leur vie, sous le regard bienveillant du grand architecte de l'univers. Mes Frères, chargeons les canons !

Chacun remplit son verre de vin.

- Portons une santé à notre bien aimé Frère Cathérinot ! Haut les coupes ! Buvons !

Le banquet terminé, Dispan de Floran, Villa de Gariscan, l'abbé de Ganties, le chanoine Giscaro, renouvelèrent leur soutien à Jean-Baptiste.

- Nous multiplions les placets en renfort de ta requête, mon Frère.

Une heure après, épuisé par les efforts consentis pour ne point laisser paraître la douleur de la blessure, Jean-Baptiste s'endormait dans les bras de Thérèse.

56

Saint-Gaudens
Presque 3 ans plus tard
24 juin 1766

Trois années de travaux avaient encore nourri le quotidien de l'ingénieur des Ponts et Chaussées. On le voyait par monts et par vaux, de la plaine aux plus profondes des vallées. Il constata avec amertume que le projet de création d'une manufacture de soie en Nébouzan avait été abandonnée par les États en 1764. D'Étigny avait favorisé l'entreprise en pure perte. Les arbres plantés à Labarthe de Rivière avaient bénéficié de nombreux travaux. La multiplication des mûriers avait échoué.

Bertrand de Fondeville lui racontait quelques querelles avec le marchand de Saint-Béat, la brute Gérard Martin.

- Il attaque mes affaires de façon si maladroite, avec tant de brusquerie.

- Ne craignez-vous pas ses assauts ?

- Pas le moins du monde. J'obtiens les meilleurs laines et me fiche bien du commerce du bois.

Jean-Baptiste se rendait quelques fois au château de Marignac, avec Thérèse son épouse. Les soupers avaient le lustre des salons de Toulouse. On pouvait y échanger des idées généreuses, des emportements pour une amélioration du monde. Cathérinot aimait faire halte à Saint-Béat pour y jouer au billard.

Pour sa demeure de Saint-Gaudens, l'ingénieur avait commandé au peintre Pousson de réaliser un dessus de porte en stuc rehaussé de dorures. Le petit bas relief représentait une herminette de charpentier qui se croisait avec une équerre et un compas, sur une guirlande de fleurs très à la mode. La mémoire de Hans s'inscrivait dans la chair même de la maison. Souvent, en passant au salon, l'image lui rappelait l'assassiné, et son engagement à détruire ce coupe-gorge qui perdurait, qui alimentait les discussions. Pour la rue saint-gaudinoise, les autorités de Versailles se fichaient bien de son peuple des Pyrénées.

Très souvent, son cheval le conduisait à Bagnères-de-Luchon. Richelieu, relayé par d'Étigny, souhaitait prendre les eaux. Des aménagements s'imposaient. Alors, il toisait, dessinait, calculait, proposait, rédigeait des mémoires. Une activité intense. De hautes personnalités se rendaient maintenant en ce modeste village. Il en rencontra lors de soupers. Il en est qui lui confièrent, à demi-mots, relayer sa demande, semblait-il endormie, d'achat de la forêt. Le firent-ils ? Comment le dire ? La période aimait à se gargariser de mots. On se disait important, avoir l'oreille du Roi, celle d'un ministre. La posture de la proclamation de son pouvoir participait de cette scène mondaine de la cité thermale.

Ce matin de juin, Cathérinot quitta sa maison. Le parfum des fleurs de tilleul tentait de lutter contre les puanteurs des eaux stagnantes des anciens fossés. Il peinait à triompher.

Après avoir fait célébrer la messe chantée à la collégiale, la Loge s'était assemblée en son temple, rue du Carro, pour fêter la première année de son retour dans la légalité. L'interdiction du Roi levée, les travaux avaient repris avec force et vigueur, sous la direction de son Vénérable Maître, Dispan de Floran.

Le solstice d'été s'accordait avec la Saint-Jean, saint patron des Loges. On procédait ce soir, comme tous les ans, à l'élection des officiers, au scrutin secret.

Cathérinot et nombre de ses Frères rêvaient d'un pareil mode de décision et de sélection des responsables du royaume. L'achat des charges installait quelquefois de l'incompétence et provoquait de l'incurie. La fortune ne rimait pas avec génie. La noblesse ne se parait pas toujours de vertu.

Après le vote secret, on dépouilla. Le chanoine de Giscaro fut élu Vénérable. L'abbé de Labarthe devint, pour un an lui aussi, le deuxième Surveillant. Lapène prit la charge d'orateur. Le trésor fut confié au Chevalier de la Barthe, capitaine dans le bataillon de la milice bourgeoise de Saint-Gaudens. Le négociant Fournier se retrouva maître d'hôtel, responsable de l'organisation des banquets. Jean-Baptiste Cathérinot, à la plume agile, devenait la mémoire de la confrérie en épousant la charge de secrétaire.

On vota en suivant le paiement de six mois de loyer aux propriétaires de l'immeuble. Le Chevalier de la Barthe inscrivit la somme de trente livres sur le registre comptable.

Lors du banquet, on échangea.

- Mon très cher Frère Cathérinot, alors, dites-nous où en sont vos démarches d'acquisition de la forêt de Landorthe.

- Elles progressent à la vitesse de l'escargot par temps sec !

Un rire amical ponctua la remarque.

- Je persévère, conclut Cathérinot, sans aucune amertume.

Les réverbères diffusaient une douce lumière dans les rues lorsqu'il regagna sa demeure.

57

Saint-Gaudens
1 an plus tard, jour pour jour
24 juin 1767

La Loge procédait à son vote annuel. Les Frères n'avaient pas tenu rigueur à Cathérinot de son admonestation de janvier. Il avait promis d'être présent au banquet, mais son travail l'avait obligé à s'absenter. Les deux Surveillants l'avaient conduit solennellement devant le Vénérable qui lui en avait fait le reproche devant toute la Loge assemblée, et sous une forme rituelle.

Verdier, le curé de Liéoux, nouvellement initié, découvrit ses premières élections. Le marchand Estrémé, qui avait investi à perte dans la pépinière de Labarthe, devint Vénérable, comme le commerçant Lapène père. Jean-Baptiste Cathérinot fut élu second Surveillant.

Verdier observait l'assemblée. Quelle surprise d'y voir plusieurs nobles célèbres et prestigieux !

- Ainsi, se dit-il, on ne m'a pas menti. Dans une Loge, des nobles peuvent passer sous l'autorité de bourgeois et de curés. Je n'imagine pas user de ce renversement si l'Évêque vient à être initié.

Au banquet, on aborda le sujet de nouvelles attaques de voyageurs à la sortie de Saint-Gaudens. Cathérinot intervint pour dire sa culture de la patience dans son interminable attente d'autorisation d'achat de la forêt.

- Je capitalise une belle somme pour cette acquisition. Le temps joue plus pour moi que pour les voyageurs encore délestés de leur bourse.

Thérèse de Cap s'amusait à taquiner son époux.

- Poursuis-tu encore ta chimère ?

- Pour l'instant, c'est toi que je vais poursuivre jusque

dans notre chambre, rit Jean-Baptiste, en suivant son épouse à l'étage.

Il referma la porte. En bas, Servaise vaquait à ses occupations. Elle nettoyait la cour intérieure à grandes eaux.

Jean-Baptiste enlaça Thérèse qui fondit et se laissa porter jusqu'au lit.

58

Saint-Gaudens
3 ans plus tard
12 février 1770

Exista-t-il plus terrible année pour un homme que celle qui s'ouvrait, par un hiver rigoureux ? Jean-Baptiste se reprochera toujours d'avoir accepté Thérèse avec lui lors de son déplacement à Cierp. Il aurait pu différer. Il aurait dû. Mais la peste soit de la rigueur de l'engagement dans une mission ! Ils chevauchèrent côte à côte, avec la prudence obligée par un sol enneigé. Jean-Baptiste nota avec précision les aménagements urgents à réaliser au port de la Toucouère, à Cierp. Les Consuls avaient saisi l'Intendant. Des travaux de réparation devaient se conduire. Il fallait en évaluer le coût. Un rendez-vous sur le site, avec un charpentier, permettrait de chiffrer le devis.

Au retour à Saint-Gaudens, dans la soirée, la soupe nourrissante de Servaise n'avait point réchauffé Thérèse. Elle toussa toute la nuit. Au matin, une fièvre vint la clouer au lit. Le chirurgien, dépêché, pratiqua une inutile saignée. Dominique Couret, l'apothicaire, fabriqua une pommade que Servaise massa dans le dos de l'infortunée Thérèse. La toux lui arrachait la gorge. Elle frissonnait, se plaignait de douleurs aux genoux, aux coudes. Dès que Jean-Baptiste entrait dans la chambre, elle forçait un sourire, les yeux mi-clos sur des cernes sombres. Elle transpirait. Il l'épongeait, lui parlant à voix basse.

Le lendemain, la fatigue la plongea dans le sommeil. Au soir, on la réveilla mais elle ne put boire la tisane. L'inquiétude gagna la maison.

Jean-Baptiste demanda à son commis de différer tous les rendez-vous.

Sentinelle mobilisée, il s'assit sur une chaise près du lit, guettant son réveil pour lui raconter mille et une choses inutiles mais distrayantes.

- Avez-vous des nouvelles du Roi ? bredouilla-t-elle sans ouvrir les yeux, le front perlé de sueur. Sa Majesté se fait attendre, mon doux chevalier.

Jean-Baptiste tourna la tête pour essuyer une larme qui venait de s'échapper. En partant, le docteur ne lui avait laissé plus aucun espoir.

- Elle passera dans la nuit.

Jean-Baptiste ne répondit pas. Il ne voulait pas que sa voix trahisse sa détresse.

- Mon courageux chevalier, donnez-moi la main. Contez-moi à nouveau votre lutte épique contre l'affreux Serdant.

On toqua à l'entrée. Il entendit Servaise. Puis ce furent ses pas dans l'escalier. Elle ouvrit doucement la porte de la chambre.

- Un pli pour vous, Monsieur.

- Déposez-le sur ma table, ma bonne Servaise. Allez chercher les enfants pour qu'ils embrassent leur mère.

Servaise ouvrit les yeux d'étonnement. La chambre étant plongée dans la pénombre, elle ne voyait pas le visage de son maître. Il s'approcha. Elle vit qu'il pleurait. Elle comprit et sa main se plaqua sur ses lèvres. Des larmes coulèrent de ses yeux. Elle s'essuya d'un geste bref.

Les enfants jouaient dans leur chambre.

- Venez souhaiter une bonne nuit à votre mère, leur dit-elle d'une voix blanche.

Jacquau, l'aîné, du haut de ses onze ans, entra le premier, suivi de son frère Jean Gaudens, plus jeune d'un an, puis enfin du dernier de huit ans, Gaudens.

Ils s'approchèrent du lit. Jean-Baptiste avait allumé une chandelle.

- Comme vous êtes blanche, maman, murmura Gaudens.

- Demain, il n'y paraîtra plus, dit-elle d'une faible voix. Approchez-vous que je vous embrasse.

- Bonne nuit, petite maman !

- Bonne nuit, dit l'aîné en l'embrassant sur la joue. Comme vous êtes brûlante.

- Bonne nuit, dit le cadet sur sa réserve, étonné de voir sa mère ainsi allongée.

- Bonne nuit mes enfants, conclut Jean-Baptiste. Rejoignez vos chambres.

Les enfants endormis, Servaise vint rejoindre son maître dans la chambres.

- Allez chercher le curé Bascans, lui chuchota l'ingénieur. Qu'il entre sans bruit. Les enfants ne doivent pas être réveillés.

La nuit se passa à éponger son front, à croire que sa gorge allait se rompre sous les coups de la toux.

Le curé revint avec le chanoine de Giscaro. Il administra les derniers sacrements. Puis il demeura un moment à prier. Cathérinot les remercia et les invita à le laisser seul avec son épouse.

Jean-Baptiste voulait parler avec Thérèse, lui dire ce qu'il n'avait jamais eu le temps d'aborder. Se raconter leur rencontre, lui déclamer son amour, se rappeler de l'arrivée des garçons dans la famille, se souvenir ensemble des rêves échangés, des espoirs d'un monde nouveau, plus juste. Les sujets se bousculaient au bord de ses lèvres sans pouvoir devenir des mots. Thérèse sombrait dans le sommeil. Entendait-elle ? Il souffla la bougie et resta là, sur la chaise, non sans avoir alimenté la cheminée.

Il se réveilla en sursaut. L'avait-elle appelé ? Un râle ? Il s'approcha. Il battit le briquet pour rallumer la chandelle. La bouche ouverte de Thérèse restait muette. Elle ne toussait plus. Il lui prit la main. Il posa sa tête sur sa poitrine, qui ne vibrait plus. Il fondit en sanglots. À trente-cinq ans, elle abandonnait sa famille.

Jean-Baptiste resta ainsi jusqu'au matin, inconsolable. Il descendit et trouva Servaise qui ne s'était pas couchée. Faisant fi de tous les usages de la pudeur et de la distance, elle le prit dans ses bras, le serra contre elle comme s'il fût son propre fils. Elle pleura avec lui.

L'ingénieur rejoignit sa table de travail et se laissa tomber dans la bergère, abattu.

Le pli porté par Servaise le regardait. Il le saisit machinalement. Il portait le sceau royal. Il décacheta. La lettre l'autorisait à acheter cent arpents du bois de Landorthe. Signé: Louis.

La veille, il aurait bondi, sauté, crié de joie. Il laissa tomber la feuille de papier. La veille, il l'aurait montrée à Thérèse en signe de victoire. Des larmes coulèrent à nouveau. Il entendit le pas de ses fils qui descendaient l'escalier pour filer dans les communs solliciter une belle tartine de pain frais à Servaise.

Faites moins de bruit, leur dit Jacquau. Il ne faut pas réveiller maman.

59

Saint-Gaudens
4 mois plus tard
5 juin 1770

Les voyageurs n'en croyaient pas leurs yeux, depuis la fenêtre de la diligence. Une armada de bûcherons abattait les arbres de la forêt de Landorthe. Les cognées frappaient. Les lames tranchaient. Les troncs se couchaient dans un fracas sec et puissant. À la hache, ils émondaient les fûts. Des essieux passés sous les roules facilitaient leur déplacement. Les paires de boeufs tiraient les chargements et les conduisaient dans la plaine, vers Garonne.

Des ouvriers coupaient les ronces à la serpe. Ils les entassaient. Les buissons firent les frais du débroussaillage. Les genêts et les tiges épineuses disparurent peu à peu. On trouva plusieurs sacoches de cuir vidées de leur contenu, quelques couteaux perdus.

Jean-Baptiste surveillait le chantier, juché sur sa monture.

- Tout se passe comme vous le souhaitez, mon ami ? dit Villa de Gariscan, le Maître des Eaux et Forêts, en arrivant sur son cheval.

- Assurément.

- Avez-vous bénéficié de l'arrêté du Contrôleur Général des Finances du Roi, le sieur Bertin ?

- Dites m'en plus, mon ami. Je vous avoue ma profonde ignorance.

- Les édits de défrichement des terres incultes, publiés en 1761, encouragent votre entreprise. Le pays a besoin de céréales. Une terre restée sans culture vingt-cinq ans est concernée.

- Je l'ignorais. Voici donc que l'intention d'un homme

rencontre le dessein du Roi. J'en suis fort aise.

- Il se peut que, dans l'ombre de la diplomatie discrète de votre affaire, cet édit ait pu jouer en votre faveur. Le sieur Bertin s'est attelé à accroître la production de céréales. Il incite au défrichement des terres vagues comme ces landes affreuses. Savez-vous qu'il vient de créer une École Vétérinaire à Lyon ? Le royaume se modernise, mon ami.

- Je le constate chaque jour dans ma charge. Ici, l'automne venu, je sèmerai du blé.

- L'heureuse initiative. Espérons une abondante récolte.

- Qui viendra nourrir l'appétit des meules de nos moulins, produire une belle farine pour nos boulangers.

- Qui pétriront des pains pour nos pauvres.

Jean-Baptiste Cathérinot regardait, au loin, tous ces bras à l'oeuvre pour effacer les lieux de plusieurs drames. Le sol révélait maintenant l'intimité de son épiderme, comme se dévoile la peau d'un mouton après la tonte. Il songea à sa belle Thérèse qui ne verrait jamais l'accomplissement de cette idée dont ils avaient si souvent parlé ensemble. Un voile de tristesse vint figer son regard. Lui vint à l'esprit le visage du voyageur de Prusse.

Le sang de Hans le charpentier avait fécondé une terre de malheur sur laquelle viendraient croître des épis de blé, aussi blonds que les cheveux d'Hilda.

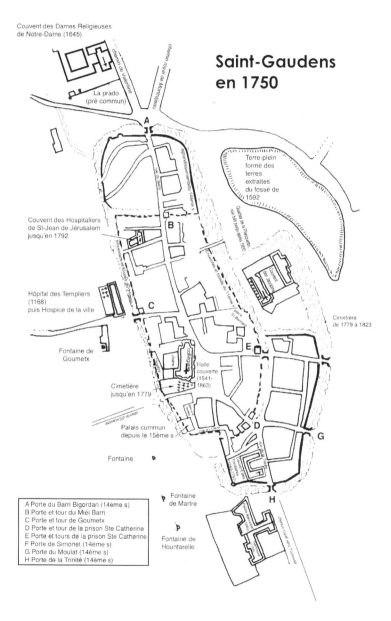

Infographie de l'auteur à partir de plusieurs sources.

Une partie importante des sources provient des Archives Départementales de la Haute-Garonne, des archives de plusieurs petites communes de l'aire géographique de ce roman, de la BNF, mais aussi de documents privés et de publications de sociétés historiques, en particulier de la Société des Études du Comminges.

Une longue et minutieuse enquête de terrain a permis de retrouver et de situer les principaux lieux précis de cette histoire.

Bibliographie
SEC : Société des Études du Comminges.
BNF : Bibliothèque Nationale de France.

• ANONYME, **Recueil des Règlements généraux et particuliers concernant les manufactures et fabriques du Royaume**, Paris, 1730.
• ANONYME, **Messagerie royale Saint-Gaudens-Toulouse.**
• ANONYME, **Le Maçon démasqué ou le vrai secret des francs-maçons, mis au jour dans toutes ses parties avec sincérité et sans déguisement**, Owen Temple Bar, Londres, 1751 (BNF).
• ANONYME, **L'origine et la déclaration mistérieuse des francs-maçons , contenant Une relation generale et sincere, par Demandes et Reponses de leurs Ceremonies, par Samuel Prichard cy-devant Membre d'une Chambre et la même Confrairie tenue à Londres**, Bruxelles, 1743. (Orthographe d'origine du document).
• ANONYME, **Nouveau catéchisme des Francs-Maçons**, 1760 (BNF).
• BEAUREPAIRE Pierre-Yves, **La France des Lumières,1715-1789**, Belin, Paris, 2014.
•BLOND Stéphane, **Mobilités d'ingénieurs en Europe, XVe-XVIIIe siècle**, PUR, Rennes, 2017
• CABOURDIN Guy, VIARD Georges, **Lexique Historique de la France d'Ancien Régime**, Armand Colin, Paris 1981.
• CASSINI César-François, **Cartes, XVIIIème siècle.**
• CATHÉRINOT Jean-Baptiste, **Toisé estimatif de la route de Benasque, depuis Baignères de Luchon jusqu'au somet du port** (orthographe originale du document), Archives Nationales.
• CAZALBOU Jean, **Fos, mémoire d'un village pyrénéen**, Privat, Toulouse, 1982.
• CHADUC Jean-Marc, **La vallée et la cité, La Barousse Saint-Bertrand de Comminges , deux millénaires d'histoire**, PyréGraph, 2016
• COQUEREL Roland, **La traite des bois des Pyrénées pour la marine aux XVIIème et XVIIIème siècles**, Supplément au bulletin de la Société RAMOND, 1985.
• COUGET Alphonse, **Le duc de Richelieu Gouverneur de Guyenne et de Gascogne en Comminges et Nébouzan (1763)**, in Revue de Comminges , SEC, Saint-Gaudens, 1901.
• D'ALEMBERT, DIDEROT Denis, **Fabrique des armes**, dans l'Encyclopédie, BNF, 1751-1780
• DARBEAU Bertrand, **Les Lumières**, Flammarion, 2002.
• DAVIDSON CRAGOE Carol, **Comprendre l'architecture**, Larousse, Paris, 2010.
• DE LASSUS Baron, **Entrée et réception de M. Le Duc de Richelieu dans la ville de Saint-Gaudens le 24 octobre 1762**, in Revue de Comminges, SEC, 1890.
• DHERS José, **Petites histoires du Comminges et petite histoire de Saint-Gaudens**, SEC, Saint-Gaudens, 1974.
• DIDEROT Denis, **Salons de 1759,1760,1763**, Flammarion, Paris, 1967.
• ENOCH Frère, **Le vrai franc-maçon**, Liège, 1773 (BNF).

- FARGE Arlette, **Condamnés au XVIIIème siècle**, Le Bord de l'eau, Lormont, 2013.
- FELLETIN Marthe, **Ingénieurs des Ponts et Chaussées (1748-1932) Inventaire-index**, Archives Nationales, Paris.
- GALY Marc, **Des bateaux, des radeaux et des hommes. Quand la Garonne était navigable des Pyrénées à Toulouse**, In Extenso Éditions, 2018.
- GARNOT Benoît, POTON Didier, **La France et les Français 1715/1788**, Société et Pouvoirs, Ophrys, 1992.
- GARNOT Benoît, LE PEUPLE au siècle des Lumières, Échec d'un dressage culturel, Imago, Paris, 1990.
- GOEURY Marianne, **Les Lumières-L'invention de l'esprit critique**, EJL, 2007.
- GORSSE (de) Bertrand et Pierre, **Bagnères de Luchon**, Privat, Toulouse,1942.
- GORSSE (de) Bertrand et Pierre, **Bagnères-de-Luchon développement et évolution d'une cité thermale**, Privat, Toulouse, 1942.
- GRASSEN-BARBE Marcel, **Lumières sur les Loges maçonniques en Bigorre 1764-1946**, Propa, Tarbes, 2010.
- LAZURAN, **Les Francs-Maçons écrasés, L'ordre des Francs-Maçons trahi, traduit du latin par l'Abbé Lazuran**, Amsterdam, 1774 (BNF).
- LASSERRE André, **Le costume Pyrénéen**, Cairn, 2011.
- LUQUET G.H, **La Franc-Maçonnerie et l'Église au XVIIIème siècle**, Paris, 1955.
- LENOBLE, **Les inspecteurs des manufactures en France sous l'ancien régime**, in Bulletin de l'inspection du travail, 1908.
- MAGNIN Bénédicte, **Il était une fois les Pyrénées, vie quotidienne, usages et coutumes**, Ed du Gave, 2008.
- MARCHAND Patrick, **Le Maître de poste et le messager, les transports publics au temps des chevaux**, Belin, Paris, 2006.
- MATIS Hippolyte , **Carte du cours de la Garonne**, XVIIIème siècle.
- MAUREL Jean, **L'art de juger, les affaires criminelles au XVIIIème siècle en Rouergue et à Toulouse**, Ed. Les Amis des Archives de la Haute-Garonne, 2012.
- MAZA Sarah, **Le tribunal de la Nation : les mémoires judiciaires et l'opinion publique à la fin de l'Ancien Régime**, Northwestern University Annales ESC, Armand Colin, janvier-février 1987.
- MINOVEZ Jean-Michel, **L'État des draperies dans les Pyrénées centrales du milieu du XVIIIe siècle**, in Annales du Midi, Privat.
- MINOVEZ Jean-Michel, **Grandeur et décadence de la navigation fluviale : L'exemple du bassin supérieur de la Garonne du XVIIe au milieu du XIXe siècle**, in Histoire, économie et société, 1999, 18e année, n°3. pp. 569-592.
- MINOVEZ Jean-Michel, **La Puissance du Midi, Drapiers et draperies de Colbert à la Révolution**, Presses Universitaires de Rennes, Rennes, 2012.
- MINOVEZ Jean-Michel, **Politique réglementaire de l'État et mutations de l'industrie, l'exemple des draperies des Pyrénées Centrales**, 1742 - vers 1789.
- MINOVEZ Jean-Michel, **Société des villes - société des champs en Midi toulousain sous l'Ancien Régime**, PyréGraph, Aspet, 1997.
- MOLIS Robert, **Inspection des manufactures au département de Saint-Gaudens et industries en Nébouzan**, in Revue de Comminges, SEC.
- MOLIS Robert, **Révolte en Nébouzan (1768-1769) à propos de la construction de la route de Valentine au Bazert**, in Revue de Comminges, SEC.
- MOREL J.-P.-M.: **La franc-maçonnerie et le théâtre français à Saint-Gaudens, de 1748 à 1754** , in Revue du Comminges, SEC, 1887.
- PARFOURU Paul, **Lettres et mémoires inédits de M. D'Etigny**, Imprimerie Cocharaux Frères, Auch, 1885.
- PERAU Gabriel-Louis, **Le secret des Mopses révélé**, Amsterdam, 1766 (BNF).
- PICON Antoine, **L'invention de l'ingénieur moderne, l'école des Ponts et Chaussées, 1747-1851**, Presses de l'École Nationale des Ponts et Chaussées, Paris, 1992/

• POUJADE Patrice, **Le Voisin et le Migrant, Hommes et circulation dans les Pyrénées modernes (XVIème-XIXème siècles)**, Presses Universitaires de Rennes, Rennes, 2011.
• POUJADE Patrice, **Une vallée frontière dans le Grand Siècle : Le Val d'Aran entre deux monarchies**, Pyrégraph, Aspet, 1998.
•PRIOURET Roger, **La Franc-Maçonnerie sous les lys**, Grasset et Fasquelle, 1953.
• ROCHE Daniel, **Mille loges au royaume de France**, in L'Histoire N° 256, 2001.
• SABADIE Jean, **Landorthe, La question des biens nationaux**, in Revue de Comminges, SEC.
• SACAZE Julien, **Histoire ancienne de Luchon**, Abadie, Saint-Gaudens, 1887.
• SAPENE Bertrand, **Les «Lies et Passeries» frontalières mal appliquées au XVIIIème siècle, sous Louis XV dans la haute vallée de la Garonne**, SEC.
• SARRAMON (Dr) Armand, **Les Quatre-Vallées, Aure Barousse Neste Magnoac Essai historique** Tomes I et II, Ed. des Régionalismes, Cressé 2013 (réédition).
• SICAMOIS H, **L'Assemblée de la Vallée de la Barousse sous l'Ancien Régime**, SEC.
• SOULET Jean-François, **La vie dans les Pyrénées du XVIème au XVIIIème siècles**, Cairn, 2011.
• SOULET Jean-François, **La vie quotidienne dans les Pyrénées sous l'Ancien Régime**, Hachette, Paris, 1974.
• TAILLEFER Michel, **Étude sur le sociabilité à Toulouse et dans le Midi toulousain de l'Ancien Régime à la Révolution**, Presses universitaires du Mirail, Toulouse, 2014.
• TAMBON Jacques, **Autrefois la vie fluviale dans les Pyrénées Centrales**, Mon Hélios, 2007.
• THOMAS Christophe, **Histoire du château de Saint-Mamet, Étude et analyse des vestiges**, (Monographie privée sans date, sans éditeur).
• VIGOUREUX-LORIDON Jean-Noël, **Histoire illustrée du costume**, Samedi midi éditions, 2006.
• VARSZAWSKI Jean-Marc, **Dupuy Bernard-Aymable, 1707-1789**, musicologie.org, 2009.
• **Histoire des Loges Maçonniques du Sud et de l'Espagne**, ITEM 2010.

Contact auteur :
christian.louis22@wanadoo.fr
christian.louis31@orange.fr
Page FaceBook
https://www.facebook.com/christian.louis.3591
Groupe FaceBook consacré au roman
https://www.facebook.com/groups/assassinatdesaint-beatromanpolarhistorique/
Illustrations de couverture :
Elsa DEDIEU

Achevé d'imprimer en 2020 par Huella Digital. Imprimé en Espagne

Printed in France by Amazon
Brétigny-sur-Orge, FR